Het Meisje in de Beek

Een meeslepende Australische thriller in een klein stadje, met een dodelijk geheim en een gevaarlijke aantrekkingskracht

Caitlyn Lynch

Shenanigans Press

INHOUDSOPGAVE

HOOFDSTUK 1

DE BANKAFSCHRIFTEN LAGEN OP de keukentafel, met de afschrijvingen gemarkeerd in felroze en de bijschrijvingen in limoengroen. Het saldo kwam niet eens in de buurt. Zara volgde elk agressief roze getal met haar vingertop, alsof de aanraking ze op de een of andere manier kon uitwissen. Ooit zou ze een andere pen hebben gepakt om zaken te markeren waarin ze kon snijden. Netflix-abonnement, lidmaatschap van de sportschool. Maar er viel niets meer te snijden. De roze cijfers lieten er geen twijfel over bestaan: ze was teruggebracht tot de absolute basisbehoeften. Water. Elektriciteit. Gemeentelijke belastingen. Hypotheek. Voedsel. En van dat laatste was er de laatste tijd al weinig genoeg.

De houten woning kraakte terwijl het hout uitzette door de warmte van de dag. Drie weken. Nog drie weken voordat de bank de hypotheek weer zou afschrijven. Ze drukte haar vingertoppen tegen haar slapen, haalde adem op een manier die de onderkant van haar longen net niet bereikte, en klapte haar laptop open.

Het inlogscherm van YouTube Studio vulde haar gezichtsveld. Ze aarzelde voordat ze op enter drukte. Er was een tijd, nog niet zo lang geleden, dat ze deze statistieken met enthousiasme bekeek. Elke nieuwe maand bracht hogere cijfers, meer abonnees, meer inkomsten. De Verloren Australiërs was vijf jaar lang gestaag gegroeid, tot...

De pagina laadde. Zara's schouders trokken langzaam op naar haar oren terwijl de cijfers verschenen. Weer een maand van daling. Het aantal weergaven was met 18% gedaald ten opzichte van de vorige maand, die ook al 22% lager was dan de maand daarvoor. Inkomsten: $1.487,32. Niet eens genoeg voor de hypotheekbetaling, laat staan voor de energierekening, eten en verzekeringen. De inkomsten van Spotify en de andere podcast-bronnen zouden er nog zo'n $500 aan toevoegen, maar het was niet voldoende.

Ze drukte haar handpalmen plat op de tafel en voelde de nerf van het hout onder haar huid. Haar lichaam voelde plotseling hol aan. De kleine, nette keuken om haar heen, ooit een punt van trots toen ze dit huis kocht, leek haar nu te bespotten met de afbladderende verf en de verouderde inrichting. De stapel rekeningen naast haar laptop was in de loop der maanden steeds hoger geworden: elektriciteit, water, verzekeringen.

Zara opende het spreadsheet dat ze zes maanden geleden had gemaakt, toen de daling voor het eerst onmogelijk te negeren was geworden. Ze had het in een moment van wrange humor 'OVERLEVINGSPLAN' genoemd. De rijen liepen over het scherm naar beneden, die elk een week van haar resterende middelen vertegenwoordigden. Bij de huidige stand van zaken had ze nog acht weken voor ze financieel volledig ten onder zou gaan. Acht weken voordat ze het huis zou moeten verkopen, terug zou moeten kruipen naar haar ouders in Brisbane, en zou moeten toegeven dat hun scepsis over haar beroepskeuze al die tijd terecht was geweest.

'Zoek toch een echte baan,' had haar moeder twee jaar geleden gezegd, nadat het was gebeurd. Na de Little Girls

Lost-zaak. Nadat het internet zich tegen haar had gekeerd. Nadat haar sponsors waren gevlucht. Nadat haar journalistieke geloofwaardigheid aan scherven lag.

In de gang kraakte een vloerplank. Dev verscheen in de deuropening van de keuken; zijn slungelige postuur leek te groot voor de ruimte. Zijn haar stond in vreemde pieken overeind, maar zijn ogen achter zijn rechthoekige bril stonden wakker, ondanks het vroege uur.

'Morgen,' zei hij, terwijl hij naar het aanrecht liep om koffie te zetten. 'Ben je al lang op?'

Zara sloot het spreadsheet en wisselde van tabblad naar haar e-mail. 'Eventjes.'

Dev knikte naar haar laptop. 'Werk je aan de nieuwe aflevering?'

'Zoiets.' Ze hield haar stem neutraal, omdat ze niet wilde dat haar huurder wist hoe penibel de situatie was geworden. Dev huurde haar logeerkamer nu bijna een jaar. Zijn wekelijkse huur van $300 was een financiële reddingslijn geworden. Ze kon het risico niet nemen hem weg te jagen met de waarheid.

Het koffiezetapparaat pruttelde en siste. Dev leunde tegen het aanrecht met zijn armen over elkaar. Zijn T-shirt was voorzien van een obscure verwijzing naar een game die ze niet begreep.

'Ik heb gisteren, eh, weer eens naar wat oude afleveringen geluisterd,' zei hij, terwijl hij zijn bril op zijn neus omhoog duwde. 'De serie over The Bellwood Strangler was briljant. De manier waarop je die drie cold cases verbond die niemand eerder aan elkaar had gelinkt? Dat was...' Hij maakte een explosief gebaar met zijn handen. 'Dat was pas journalistiek, weet je wel? Echte onderzoeksjournalistiek.'

Zara's keel kneep dicht. De Bellwood-serie was haar doorbraak geweest, het moment waarop haar podcast was opgeklommen naar de top van de true crime-inhoud. Driehonderdduizend downloads in de eerste week alleen al. Sponsors die háár belden, in plaats van andersom. Een kort, glorieus moment waarop ze dacht dat ze het gemaakt had. De inkomsten uit die serie hadden de aanbetaling voor haar huis gefinancierd.

'Bedankt,' bracht ze uit.

Dev schonk koffie in twee mokken en schoof er een over het aanrecht naar haar toe. Hij greep in zijn zak, haalde er een envelop uit en legde die naast haar mok.

'De huur van volgende maand,' zei hij. 'Sorry dat het een dag te laat is, ik was pas gisteravond bij de bank.'

'Maakt niet uit.' Ze pakte de envelop aan en probeerde niet te begerig over te komen. Die twaalfhonderd dollar zou de meeste lopende rekeningen dekken. In elk geval alle rekeningen met rode inkt. Misschien kon ze zelfs eens uitpakken en iets anders dan ramenoedels kopen voor het avondeten.

Dev aarzelde terwijl hij suiker in zijn koffie roerde. 'Zeg, eh, heb je al iets nieuws op de planning staan? Na het laatste seizoen, bedoel ik?'

Het laatste seizoen, een haastig onderzocht verhaal over een opgeloste moord uit de jaren zeventig die ze over vier afleveringen had weten uit te smeren, had minder dan een kwart van haar gebruikelijke luisteraars getrokken. Ze had de laatste aflevering drie weken geleden online gezet en sindsdien had ze niets meer in de pijplijn.

'Ik werk aan wat aanwijzingen,' zei ze, terwijl de leugen bitter smaakte. 'Nog niets concreets.'

Hij knikte, oprecht en vol vertrouwen. Zo was Dev nu eenmaal; op een manier die haar zowel beschermend als jaloers maakte. Hij had het druk met zijn promotieonderzoek in de elektrotechniek en zijn goedbetaalde bijbaan waarbij hij gegevens herstelde van beschadigde apparaten, maar hij vond nog steeds de tijd om haar trouwste supporter te zijn.

'Wat je volgende project ook wordt, het zal geweldig zijn,' zei hij met overtuiging in zijn stem. 'Jouw stem is, zeg maar, nodig in de true crime-wereld. Er is al genoeg sensationele rotzooi op de markt.'

De ironie ontging haar niet. Twee jaar geleden was ze juist daarvan beschuldigd: sensationalisme, uitbuiting, roekeloosheid. De Little Girls Lost-zaak. Drie jonge meisjes verdwenen in een tijdsbestek van zes jaar in een klein plattelandsstadje. De zaak was haar vanaf het begin vreemd voorgekomen, en ze had een theorie nagestreefd die uiteindelijk juist bleek, maar gevolgen had die ze niet had voorzien. De dader had zelfmoord gepleegd toen hij besefte dat ze hem op het spoor was, waardoor hij aan zijn straf ontsnapte en het geheim over wat hij met de lichamen van de meisjes had gedaan, mee in zijn graf nam.

Omdat de families hun kans op antwoorden verloren zagen gaan, hadden ze zich tegen haar gekeerd. De pers keerde zich tegen haar; een journalist van een van de grote landelijke kranten schreef een vernietigend artikel over 'amateur-detectives in spe die jarenlange onderzoeken verpesten'. Het onderzoek was al jaren gesloten voordat zij zich ermee bemoeide. Haar sponsors waren van de ene op de andere dag vertrokken, en haar maandelijkse inkomen was sindsdien alleen maar gedaald.

'Bedankt, Dev,' zei ze, hoewel de woorden ontoereikend voelden.

Hij dronk zijn koffie in drie grote slokken leeg en spoelde de mok om in de gootsteen. 'Ik heb vanochtend een klus voor dataherstel. Het zou niet lang moeten duren, ik verwacht rond lunchtijd weer thuis te zijn.'

Ze knikte en keek toe hoe hij zijn rugzak naast de koelkast pakte. 'Geen colleges vandaag?'

Hij keek haar vreemd aan. 'Het is zaterdag.'

Weekenden hebben weinig betekenis als je geen baan hebt en geen geld. Ze knikte opnieuw en voelde een lichte blos op haar kaken branden. 'Oh, ja. Vergeten.'

Er ontbrak iets aan de stapel rekeningen naast haar. De internetrekening, die gisteren betaald had moeten zijn. Ze opende haar mond, maar sloot hem weer toen Dev zijn rugzak over één schouder wierp.

'Nog plannen voor vandaag?' vroeg hij, terwijl hij in de deuropening bleef staan.

Zara haalde haar schouders op. 'Onderzoek, vooral. Ik probeer iets te vinden dat de moeite waard is om in te duiken.'

Iets wat haar carrière zou redden. Haar huis zou redden. Haar zou redden van de vernedering van het falen.

'Cool. Nou, succes ermee.' Hij gaf een onhandig half zwaaitje en verdween in de gang.

Zara's ogen gleden terug naar de stapel rekeningen. De internetrekening was er definitief niet meer. Ze had hem daar gisteravond neergelegd, boven op de stapel. Dev moest hem gepakt hebben. Niet gestolen; hij zou hem betalen, dat wist ze. Hij had internet nodig voor zijn studie, voor zijn bijbaan.

Ze zou achter hem aan moeten gaan, hem moeten zeggen dat ze haar eigen rekeningen wel kon betalen. Maar de gedachte om toe te geven hoe dicht ze bij de afgrond stond, voelde erger dan het accepteren van zijn zwijgzame hulp. Ze nipte van haar koffie. Bitter en sterk, precies zoals de realiteit die haar aanstaarde. Acht weken speelruimte. Misschien minder, als er iets onverwachts gebeurde.

Ze had een verhaal nodig. Niet zomaar een verhaal; een grote zaak. Iets dat meeslepend genoeg was om mensen eraan te herinneren waarom ze in de eerste plaats naar haar luisterden, voordat alles misging. Iets om haar van de rand van de afgrond weg te trekken.

Zara opende een nieuw tabblad in haar browser.

Het was tijd om de weg terug te vinden.

Zara's vingers gingen over het toetsenbord. De databank van cold cases van de Queensland Police Service laadde traag; de publieke versie was opzettelijk onhandig, meer ontworpen voor de schijn van transparantie dan voor daadwerkelijke toegankelijkheid. Ze was al uren bezig en filterde methodisch door onopgeloste verdwijningen en verdachte sterfgevallen, op zoek naar iets dat haar raakte. Niet zomaar elke zaak was goed genoeg. Ze had er een nodig met losse eindjes, onbeantwoorde vragen, genoeg vastgelegd bewijsmateriaal om op voort te bouwen. Een zaak die een tweede blik verdiende en het narratieve potentieel had om haar reputatie te herstellen.

Ze nipte aan haar koude koffie en scrolde door de volgende pagina met resultaten. Vermiste wandelaars in nationale parken. Verdachte auto-ongelukken. Zaken van huiselijk geweld met onvoldoende bewijs. Uit de hand gelopen kroeggevechten, mislukte drugsdeals, ruzies tussen geliefden die eindigden met messen, vuisten of vuurwapens. Elk van hen was een afgebroken leven.

Haar filters waren specifiek: zaken tussen de vijf en vijftien jaar oud, recent genoeg voor levende getuigen, oud genoeg om een cold case te zijn geworden; zaken met ten minste gedeeltelijk fysiek bewijs; zaken met documentatie die toegankelijk was via verzoeken om openbare registers. Ze voegde nog een parameter toe: zaken buiten de grote stedelijke gebieden. De geïsoleerde gevallen, waar middelen schaars waren en rechercheurs wellicht geneigd waren geweest de kantjes er vanaf te lopen.

De databank werd ververst. Drieëntwintig resultaten. Beter.

Ze scrolde omlaag en scande de namen van de zaken en de korte samenvattingen. Niets greep haar aan tot de derde pagina, toen er een naam uitsprong:

ZHANG, IRIS (17) – Salt Creek, QLD – 15 oktober 2014

Zara klikte op de vermelding. Het scherm werd gevuld met een samenvatting van de zaak en een schoolfoto van een tienermeisje met lang donker haar en ernstige ogen achter een rechthoekige bril. Chinese gelaatstrekken, lichtbruine huid. Iets in de gestage blik van het meisje greep Zara en liet haar niet meer los.

Ze las de samenvatting:

Betrokkene overleden aangetroffen in Salt Creek op 16 oktober 2014. Positie: met het gezicht naar beneden in ongeveer 15 cm water. Doodsoorzaak: verdrinking. Onderzoek afgesloten op 27 oktober 2014. Uitspraak: ongeval. Zaak gesloten.

Twee weken. Ze hadden de zaak in twee weken gesloten.

Zara's hand bewoog onbewust naar haar eigen gezicht, haar vingers drukten tegen haar wang. Vijftien centimeter water. Dat was nog geen zes inch. Hoe verdrinkt een gezonde zeventienjarige in vijftien centimeter water?

Ze klikte door naar de details van de zaak en scande de informatie. Iris Zhang was een topstudente geweest aan de Salt Creek High School. Ze had een vervroegde toelating tot de universiteit aangevraagd bij de Queensland College of Art. Geen geschiedenis van depressies of mentale problemen. Geen drugs of alcohol gevonden bij de toxicologische onderzoeken. Het lichaam was gevonden door een ochtendjogger om 6:23 uur. Voor het laatst levend gezien rond 22:00 uur de avond ervoor, toen ze het restaurant van haar ouders verliet om de korte afstand naar hun huis te lopen; het tijdstip van overlijden werd geschat tussen 22:00 uur en middernacht.

'Ze hebben het niet eens geprobeerd,' fluisterde Zara tegen de lege kamer.

Ze klikte op de foto's van de plaats delict, die wettelijk verplicht waren in de openbare databank, maar vaak van belabberde kwaliteit. De eerste toonde een overzicht van een ondiepe beekbedding, nauwelijks meer dan een stroompje dat over gladde stenen liep. Gele bewijslastbordjes stonden verspreid over het terrein. De tweede toonde een close-up van de plek waar het lichaam was gevonden, een lichte verlaging in de bedding waar het water zich verzamelde tot ongeveer enkelhoogte.

Zara leunde dichter naar het scherm en inventariseerde de ongerijmdheden. De positie sloeg nergens op. In het officiële rapport stond dat Iris met haar gezicht naar beneden was gevonden. Zelfs op de korrelige foto kon Zara zien dat iedereen die in dat ondiepe water lag, gemakkelijk zijn hoofd opzij kon draaien om adem te halen. Ze zouden niet met hun gezicht naar beneden liggen, niet onder water zijn. Tenzij ze bewusteloos waren. Of onder water werden gehouden.

Ze klikte door meer foto's, deze waren van een afstand genomen. De beek liep door wat het centrum van een klein stadje leek te zijn, met gebouwen op de achtergrond. Een houten voetbrug overspande de beek, stroomopwaarts van de plek waar ze was gevonden. Het gebied leek niet afgelegen of gevaarlijk, gewoon een gewone beek in een gewoon stadje.

Salt Creek. De naam kwam haar vaag bekend voor. Ze zocht het op in Google Maps. Een klein stadje aan de Bruce Highway, ergens ten noorden van Bundaberg. Een plek waar de meeste mensen doorheen reden op weg naar ergens anders, een verzameling gebouwen aan een stoffige snelweg. Het soort plek waar iedereen iedereen kende, waar buitenstaanders werden opgemerkt, waar een Chinees gezin zou opvallen.

Zara hield even in. Ze was zelf voor een kwart Vietnamees; haar grootmoeder van moederskant kwam uit Hanoi. Hoewel Zara op het eerste gezicht als wit door kon gaan, was haar haar net iets te zwart, te steil en glanzend, en haar donkere ogen vertoonden het kleinste spoor van een amandelvorm. Toen ze opgroeide in Brisbane had ze de subtiele vormen van racisme ervaren die onder het multiculturele oppervlak van Australië bestonden. De aannames. De vragen over waar ze 'echt' vandaan kwam. De verbazing als ze geen accent had.

Hadden diezelfde krachten een rol gespeeld in de zaak van Iris? Een Chinees meisje in een klein stadje in Queensland. Een snel onderzoek. Een handige uitspraak. Zaak gesloten.

Dit was niet langer alleen maar een potentieel verhaal voor een comeback. Iets diepers trok aan haar. Een gevoel van verbondenheid, van verantwoordelijkheid. Het was alsof ze zichzelf terugzag in die ernstige ogen achter die rechthoekige bril.

Ze klikte terug naar de foto van Iris en bestudeerde het gezicht van het meisje. Er zat iets vastberadens in haar uitdrukking, een standvastigheid die wees op principes, op grenzen. Niet het soort meisje dat onopzettelijk zou verdrinken in een beek op twee minuten lopen van haar huis, een beek die ze waarschijnlijk al duizend keer was overgestoken. Niet het soort dood dat met een onderzoek van twee weken mag worden afgedaan.

Zara opende een nieuw document en begon aantekeningen te maken. Er vormden zich sneller vragen dan ze kon typen:

Wat deed ze 's nachts bij de beek? Welke vriend bezocht ze? Waren er getuigen die haar het restaurant zagen verlaten? Waren er sporen van een worsteling op de plek? Was het waterpeil die nacht normaal of beïnvloed door recente regen?

Hoe meer ze las, hoe zekerder ze ervan werd dat er iets niet klopte aan het officiële verhaal. De autopsie bevestigde verdrinking als doodsoorzaak, maar maakte melding van 'onverklaarde blauwe plekken' op de bovenarmen van het slachtoffer. In het politierapport werd dit genoemd als 'mogelijk consistent met normale activiteiten van een tiener'.

'Onzin,' mompelde Zara.

Ze sloot kort haar ogen om zich te herpakken. Toen ze ze weer opende, stond de schoolfoto van Iris Zhang nog steeds op het scherm; die ernstige ogen leken haar rechtstreeks aan te kijken. Ze vroegen om iets. Ze eisten iets.

De waarheid.

Zara begon een nieuwe zoekopdracht, dit keer naar alles wat ze kon vinden over Salt Creek, Queensland. Over de familie

Zhang. Over wat er op 15 oktober 2014 was gebeurd en waarom het niemand genoeg leek te schelen om dieper te graven.

Ze had haar verhaal gevonden. Nu moest ze zichzelf er alleen nog van overtuigen dat haar motieven puur professioneel waren.

Zara sloot de laptop. Het geluid voelde als een punt achter een zin. Iris Zhang verdiende meer dan vijftien centimeter water en een onderzoek van twee weken. Ze verdiende het om meer te zijn dan een statistiek in een databank die niemand de moeite nam te doorzoeken. En als Zara eerlijk tegen zichzelf was, had zij deze zaak net zo hard nodig als de zaak haar. Ze schoof naar achteren van de keukentafel en stond op; haar lichaam voelde plotseling licht van vastberadenheid, van richting.

Salt Creek. Alleen de naam al voelde als een bestemming die op haar had gewacht.

Ze liep door het huis en verzamelde wat ze nodig had. Als eerste pakte ze haar verweerde, navulbare leren notitieboek. Ouderwets, maar ze vertrouwde op papier. Het gevoel van een pen hielp haar bij het nadenken, hielp haar bij het verbinden van punten die anders gescheiden zouden blijven. Daarna volgde haar opnameapparatuur: twee hoogwaardige microfoons, haar videocamera, statieven, reservebatterijen en SD-kaarten. Het gereedschap van haar vak, dat al te lang ongebruikt was gebleven. Ze voegde extra batterijen en oplaadkabels toe aan de aluminium apparatuurkoffer en sloot deze.

In haar slaapkamer haalde ze een rugzak uit de kast en begon kleding in te pakken. Hoe lang zou ze blijven? Een week? Twee? Salt Creek was klein; dat had ze al bevestigd in haar onderzoek. Eén pub, een paar motels, een Chinees restaurant dat wel van de familie Zhang moest zijn. Ze zou voorzichtig te werk moeten gaan. Kleine stadjes hadden een goed geheugen en diepe loyaliteiten. Vooral als het ging om buitenstaanders die vragen stelden over overleden lokale meisjes.

Zara hield even in met een halfgevouwen shirt in haar handen. Ze moest een kamer boeken. Betalen voor maaltijden. Benzine voor de rit naar het noorden. Haar spaarrekening bevatte $8.8 72,43, haar laatste buffer tegen een complete financiële ondergang. Deze reis zou zeker een derde daarvan opslokken, misschien meer als het onderzoek tijd zou kosten. En het zou tijd kosten. Dat deden dit soort zaken altijd.

Het alternatief was ondenkbaar. Hier blijven, haar spaargeld tot nul zien slinken, het huis kwijtraken, de nederlaag toegeven. Op deze manier ging ze tenminste strijdend ten onder.

Ze was klaar met het inpakken van kleding en ging naar de badkamer voor haar toiletartikelen. In de spiegel keek haar spiegelbeeld haar aan: donkere ogen waarvan haar grootvader had gezegd dat ze 'alles bestuderen', haar haar in een praktische paardenstaart, de scherpe lijnen van haar jukbeenderen duidelijker dan een jaar geleden. Stress en een beperkt voedselbudget hadden haar getekend. Maar er keek ook nog iets anders naar haar vanuit de spiegel, een vonk die ze maandenlang had gemist. Een doel.

Terug in haar slaapkamer telde ze het contante geld uit Devs envelop. De helft, dacht ze. De rest zou ze op de bank storten; samen met haar inkomsten uit streaming zou dat de meest dringende rekeningen en de volgende hypotheekbetaling in elk geval dekken, al zouden de andere rekeningen wat langer moeten wachten. Zeshonderd dollar zou geen digitaal spoor achterlaten en was genoeg om te beginnen. Ze stopte de ene helft in een binnenzak van haar tas, de andere helft in de schoudertas die ook als laptoptas diende, en ging aan haar bureau zitten voor de laatste voorbereidingen.

Haar telefoon trilde door een melding. Een betaling van een Patreon-supporter, een van de weinigen die loyaal was gebleven na haar ondergang en het daaropvolgende stilzwijgen. Tien dollar met een berichtje: *'Ik mis je stem. Ik hoop dat je snel weer terug bent.'*

Ze staarde een lang moment naar de melding. Schuldgevoel over de maanden van stilte. Dankbaarheid voor de loyaliteit. Angst dat ze hen opnieuw zou teleurstellen. Maar vooral een hernieuwd gevoel van verantwoordelijkheid. Mensen wachtten tot ze haar stem weer zou vinden. Wachtten tot ze verhalen zou vertellen die er echt toe deden.

Zara opende haar notitieboek en begon te schrijven:

Iris Zhang, 17, dood aangetroffen in Salt Creek, QLD, 16 okt 2014; overlijden vond de nacht ervoor plaats. Zaak na twee weken gesloten als onopzettelijke verdrinking. 15 cm water – onmogelijk? Chinees gezin in klein stadje – factor racisme? Blauwe plekken op bovenarmen – niet consistent met ongeval. Wat deed ze na zonsondergang bij de beek?

Ze onderstreepte de laatste vraag twee keer. Dat was altijd het beginpunt: het 'waarom'. Waarom was Iris Zhang, volgens alle verslagen een ijverig, ambitieus meisje met het vooruitzicht op een vervroegde toelating tot de universiteit, op een doordeweekse avond na zonsondergang bij een beek?

Zara keek hoe laat het was. Bijna middag. Ze kon tegen de avond in Salt Creek zijn als ze nu vertrok. Ze verzamelde haar apparatuur, haar aantekeningen, haar kleren en ging in het midden van haar slaapkamer staan voor een laatste mentale inventarisatie. Een harde klop op de deurpost deed haar opschrikken.

Dev stond in de deuropening; zijn lange gestalte vulde die bijna helemaal. 'Ga je ergens heen?' vroeg hij, terwijl hij naar de ingepakte tas op haar bed keek.

'Ik moet je eigenlijk even spreken,' zei Zara, terwijl ze de rugzak dicht ritste. 'Ik ga een tijdje naar het noorden. Een onderzoeksreis.'

Devs wenkbrauwen gingen boven zijn bril omhoog. 'Voor de podcast?'

'Misschien. Dat weet ik nog niet zeker.' Ze was er nog niet klaar voor om meer te zeggen, om het prille momentum dat ze had gevonden niet te verstoren. 'Ik ben minstens een week weg, waarschijnlijk langer. Red je het alleen?'

'Natuurlijk,' zei Dev knikkend. 'Ik heb volgende week een grote klus voor een advocatenkantoor om data te herstellen, wat beschadigde bestanden die ze nodig hebben voor een zaak. Verdient goed. Ik kan hier wel op de zaken passen.'

Zara knikte opgelucht. Ze vertrouwde Dev, voor zover ze tegenwoordig nog iemand vertrouwde. Hij was betrouwbaar, verantwoordelijk en, wat belangrijker was, hij had geen enkele band met haar eerdere werk. Hij was een fan geweest, ja, maar nooit betrokken bij haar onderzoeken. Hij was nooit besmet door het schandaal dat haar carrière had overschaduwd.

'Iets interessants?' vroeg Dev, zijn ogen sprankelend van nieuwsgierigheid achter zijn glazen. 'Het onderzoek, bedoel ik.'

Zara forceerde een glimlach en probeerde de balans te vinden tussen eerlijkheid en voorzichtigheid. 'Misschien. Je bent de eerste die het hoort. Pas je goed op het huis?'

Dev knikte en verplaatste zijn gewicht van de ene voet op de andere. 'Komt goed. En, eh, veel succes. Met wat het ook is.'

Ze herkende de bezorgdheid achter zijn onhandige woorden. Dev maakte zich niet alleen zorgen om haar; hij maakte zich zorgen om zijn eigen situatie. Als zij de hypotheek niet meer kon betalen, als ze het huis kwijtraakte, zou hij ook zijn huis kwijtraken. Zijn betaalbare huur. Zijn stabiele basis terwijl hij zijn promotie afrondde. Ze was niet de enige die iets op het spel had staan.

'Bedankt,' zei ze, terwijl ze hem voor het eerst in dit gesprek echt aankeek. 'Ik denk dat dit wel eens iets goeds zou kunnen zijn.'

Ze meende het. Dit ging niet alleen over het redden van haar carrière of haar huis, hoewel die motieven reëel en urgent waren. Het ging over Iris Zhang. Over vijftien centimeter water. Over een zaak die te snel was gesloten in een klein stadje waar een Chinees gezin misschien geen medestanders had gevonden.

Dev gaf haar een kleine glimlach en liep weg uit de deuropening. Ze hoorde hem door de gang naar zijn kamer lopen, naar zijn kamer waar stapels harde schijven en printplaten een technologisch fort vormden.

Zara hing haar rugzak en schoudertas om haar schouder en pakte haar apparatuurkoffer op. Bij de deur aarzelde ze. Maakte ze weer een fout? Stortte ze zich in een zaak die tot niets zou leiden en verbrandde ze haar laatste middelen op basis van een voorgevoel? De herinnering aan de ernstige ogen van Iris op die schoolfoto gaf haar weer moed.

Nee. Dit was geen fout. Dit was wat ze deed, wat ze hoorde te doen. Verhalen vinden die anderen over het hoofd hadden gezien. Een stem geven aan degenen die niet voor zichzelf konden spreken.

Ze trok de deur achter zich dicht. Het bekende gewicht van vastberadenheid rustte op haar schouders.

Salt Creek wachtte op haar.

HOOFDSTUK 2

De regen kletterde tegen de snelweg, elke druppel spatte sneller uiteen tegen de voorruit dan de wissers ze konden wegvagen. Zara leunde naar voren en tuurde door de waterige sluier. Witte knokkels op het stuur. Wat boven Bundaberg was begonnen als een lichte bui, was binnen enkele minuten veranderd in een subtropische zondvloed, met een zicht van nog maar een paar meter. Salt Creek tegen de avond, had ze gedacht. Lachwekkend nu.

De auto kreeg last van aquaplaning. Ze liet het gas los, terwijl de adrenaline door haar borst schoot. Zestig kilometer per uur voelde al gevaarlijk hard. De weinige andere voertuigen op de weg hadden hun alarmlichten aan en bewogen zich als gewonde dieren door de storm. Een road train denderde in de tegenovergestelde richting voorbij en wierp een golf water over haar voorruit die haar gedurende enkele hartstollende seconden volledig verblindde.

'Verdomme.' Ze zette de ruitenwissers op de hoogste stand. Ze piepten uit protest. Het weerbericht had gesproken over mogelijke stormen, maar niets van deze omvang. De lucht was verkleurd naar een beurs paarsgrijs, hoewel het nog maar net vier uur 's middags was.

Bliksem spleet de lucht voor haar open. Donder volgde vrijwel onmiddellijk, luid genoeg om boven de regen uit te komen die op het dak van de auto hamerde. Haar schouders deden pijn van de spanning. Haar ogen brandden van de inspanning om de wegmarkeringen te zien.

Uit de duisternis doemde een groen bord op: CHILDERS 5 KM. Ze slaakte een zucht van verlichting. Niet de plek waar ze had gepland te stoppen, maar het vooruitzicht van een warme maaltijd lonkte. Misschien een kamer. *Ik had de radar moeten checken*, dacht ze, terwijl er weer een road train voorbij raasde en water over haar auto smeet. Een beginnersfout in de late zomer van Queensland, wanneer een middagstorm vaker wel dan niet de kop opstak. Met nog zeker twee uur te gaan tot Salt Creek, een tijd die op de gps alleen maar opliep terwijl ze ernaar keek, nam Zara haar besluit. Als ze een kamer kon vinden in Childers, zou ze daar overnachten.

Het stadje verscheen als vage lichtjes door de bezoedelde ramen. Ze minderde vaart en tuurde door de stortregen op zoek naar een slaapplaats. De hoofdstraat was grotendeels verlaten; verstandige mensen hadden onderdak gezocht. Een neonbord flikkerde: HIGHWAY REST MOTEL. Het gedeelte met 'vacancy' lichtte in haperend rood op. Geen chique hotel, maar het zou volstaan.

Ze gaf richting aan en draaide de parkeerplaats op. Grind knarste onder haar banden. Regen hamerde op het dak. Ze zette de motor uit en bleef even zitten om moed te verzamelen voor de sprint naar de receptie. Het water stroomde in vellen langs de voorruit.

De receptie was twintig meter verderop. Zelfs met een paraplu zou ze nat worden. Zara greep haar portemonnee en telefoon, stopte ze diep in haar zakken, diepte de paraplu op die ze onder haar stoel bewaarde en rende. Tegen de tijd dat ze het afdakje van het kleine receptiegebouw bereikte, was ze vanaf haar middel doorweekt.

Een belletje rinkelde toen ze de deur openduwde. Koude lucht van de airconditioning sloeg op haar natte huid. Ze rilde. De lobby was klein en versleten, maar redelijk schoon. Verbleekte toeristische posters voor de Bundaberg Rum Distillery en Mon Repos-schildpaddenbroedplaats sierden de met hout beklede muren. Achter de balie keek een man van in de zestig op van een pocketroman en tuurde over zijn leesbril naar haar.

'Beroerd weer daar buiten,' zei hij.

'Verschrikkelijk.' Zara veegde haar voeten af op een mat die vandaag al te veel actie had gezien en zette de vochtige paraplu op een handdoek die duidelijk voor dit doel in de hal was neergelegd. 'Heeft u nog een kamer voor vannacht?'

'U heeft geluk, de laatste.' Hij drukte op een knop naast de balie. Vanuit haar ooghoek zag Zara dat het flikkerende VACANCY-licht gezelschap kreeg van een NO.

Hij schoof een formulier over de toonbank. 'Ik moet even uw legitimatie zien. Vijfentachtig voor de nacht. Morgen uitchecken voor tien uur. Geen ontbijt beschikbaar, sorry.'

Zara kromp inwendig ineen bij het horen van de prijs, maar ze wist dat het geen zin had om af te dingen. Ze ondertekende het formulier, toonde haar rijbewijs en overhandigde haar creditcard.

'Kamer zeven,' zei de man, terwijl hij haar een sleutel gaf aan een dikke plastic hanger. 'Aan het eind van de rij, parkeren kan pal voor de deur. De pub aan de overkant serveert behoorlijke maaltijden tot acht uur als u honger heeft.'

'Bedankt.' Ze stak de sleutel in haar zak en zette zich schrap voor weer een sprint door de regen.

Tegen de tijd dat ze bij haar auto was, zat haar haar ondanks de paraplu tegen haar schedel geplakt. Ze reed het korte stukje naar kamer zeven en parkeerde zo dicht mogelijk bij de deur. Een paar hectische ritjes later had ze alles binnen, grondig doordrenkt.

De kamer voldeed aan haar verwachtingen: klein, sober, schoon. Een eenpersoonsbed met een bloemensprei die tot pastelkleurige schimmen was vervaagd. Een nachtkastje met een lamp zonder kap. Een klein bureau. Een tv die op een goede dag waarschijnlijk drie zenders duidelijk liet zien. De badkamer was zichtbaar door een open deur: witte tegels die vergeeld waren door de ouderdom, een douche in een bad.

Regen hamerde op het golfplaten dak. Het gestage gedruppel van een lekkende dakgoot zorgde voor de percussie, terwijl het water zich verzamelde in een plas voor haar raam.

Ze controleerde eerst haar apparatuur. De dure microfoons en camera-accessoires. Alles was droog; de koffer had zijn werk gedaan. Haar kleren waren er minder goed vanaf gekomen. Ze haalde eruit wat ze voor de nacht nodig had en hing de vochtige kledingstukken over de douchestang.

De douche werd heet na een minuut van onrustbarend geborrel in de leidingen. Ze bleef langer onder de straal staan dan nodig was en liet de warmte in haar kille huid trekken. Haar gedachten gingen over de informatie die ze had verzameld over Iris Zhang en Salt Creek. Morgen zou ze met het echte werk beginnen. Vanavond stond in het teken van bijkomen en voorbereiden.

Gekleed in droge kleren zat ze op het bed en luisterde naar de regen. Haar maag gunde haar geen rust. De motelmanager had een pub genoemd. Ze keek op de klok: net na zessen. Tijd genoeg voordat de keuken zou sluiten.

Ze keek uit het raam. Aan de overkant van de weg viel geel licht uit de ramen van de pub, een warm contrast met het grijze gordijn van regen. Haar maag gromde opnieuw, luider deze keer. Besluit genomen.

Zara greep haar paraplu, portemonnee en telefoon en opende de deur. De regen trof haar onmiddellijk, zijwaarts gedreven door de wind. Ze klapte de paraplu uit, die prompt probeerde binnenstebuiten te klappen. Terwijl ze hem weer in model dwong, begon ze aan de oversteek.

Tegen de tijd dat ze de ingang van de pub bereikte, had de paraplu het opgegeven. Haar tweede outfit van de dag was net zo nat als de eerste. Haar haar droop. Ze schudde het water zo goed en zo kwaad als het ging van zich af en duwde de deur open, waarbij ze vanuit de chaos in het licht, de herrie en de belofte van een warme maaltijd stapte.

De pub voelde als een warme deken voor Zara. De regen trommelde op het tinnen dak boven haar, maar binnen brachten plafondventilatoren de vochtige lucht in beweging zonder die echt af te koelen. De ruimte was halfvol, meestal mannen die zich rond een tv boven de bar hadden verzameld waarop een rugbywedstrijd te zien was. Af en toe werd hun aandacht onderbroken door gezucht of gejuich. *Zaterdagavond*, dacht ze. *Natuurlijk is het druk.*

Zara wreef het water van haar armen en liep naar de bar, waar ze een kruk vond aan het verre uiteinde, weg van de meest fanatieke sportliefhebbers.

De barmvrouw, een vrouw met grijsgestreept haar in een praktische paardenstaart, trok een wenkbrauw op bij het zien van Zara's haveloze toestand, maar gaf geen commentaar. 'Wat mag het zijn?'

'Doe maar een licht biertje van de tap,' zei Zara, en voegde eraan toe: 'En eten, als de keuken nog open is?'

'De keuken is open tot acht uur. De parmy is goed. De steak sandwich ook.' De barmvrouw haalde een geplastificeerde menukaart onder de bar vandaan en schoof die naar haar toe.

'Een parmy klinkt perfect, bedankt.' Zara nam plaats op de kruk en trok een gezicht toen haar natte benen tegen het kunstleer bleven plakken. Haar voeten voelden zompig aan in haar sneakers; ze had haar wandelschoenen moeten opduiken voordat ze de kamer verliet.

De barmvrouw tapte het bier en zette het voor haar neer. Er vormde zich al condens op het glas. 'De keuken heeft ongeveer twintig minuten nodig.'

'Geen probleem.' Zara nam een grote slok en de koude vloeistof gleed door haar keel. Ze had niet doorgehad hoe dorstig ze was.

De pub gonsde van de gesprekken, onderbroken door het commentaar van de televisie en af en toe een gejuich. De regen zette zijn aanval op het dak voort, een constante percussie die ervoor zorgde dat de warmte en het licht binnen nog kostbaarder aanvoelden. Zara haalde haar telefoon tevoorschijn en controleerde haar berichten. Niets dringends. Ze opende haar notitie-app en begon door te nemen wat ze over Iris Zhang had verzameld.

Elf jaar geleden was een achttienjarig meisje overleden in Salt Creek. Officieel afgedaan als een onopzettelijke verdrinking. Haar lichaam werd met het gezicht naar beneden gevonden in nog geen vijftig centimeter water in een kreek die door het stadspark liep. Geen tekenen van worsteling, geen zichtbaar trauma. De zaak werd binnen enkele weken gesloten.

Maar hoe meer Zara zich in de details verdiepte, hoe minder het klopte. De blauwe plekken die vermeld stonden in het voorlopig autopsierapport, maar in de definitieve versie werden gebagatelliseerd. Het gebrek aan afweerverwondingen, terwijl Iris een sterke zwemmer was. Het feit dat de kreek zo ondiep was. Het overhaaste onderzoek, het gebrek aan opvolging van tegenstrijdige getuigenverklaringen.

En dan was er nog het e-mailtje dat ze twee weken geleden had ontvangen van iemand die zichzelf 'Een Vriend' noemde. Geen naam, geen identificerende informatie, alleen een simpel bericht: *Iris Zhang is niet door een ongeluk verdronken. Kijk eens beter naar wie haar lichaam heeft gevonden.*

Ze had het bijna verwijderd. Anonieme tips kwamen meestal van gekken of mensen met een appeltje te schillen. Maar iets eraan was blijven hangen. Ze was begonnen met zoeken, en hoe meer ze zocht, hoe minder het officiële verhaal overeind bleef.

'Chicken parmy?' De stem van de barmvrouw onderbrak haar gedachten.

Zara keek op en zag dat er een bord voor haar werd neergezet. De schnitzel was enorm, bedekt met gesmolten kaas en tomatensaus, met een berg friet ernaast. Haar maag reageerde onmiddellijk.

'Bedankt.' Ze borg haar telefoon op en pakte haar mes en vork.

Ze was halverwege de maaltijd toen er iemand op de kruk naast haar schoof. Ze keek even op, haar vork halverwege haar mond.

De man was waarschijnlijk halverwege de dertig, met een verweerd gezicht dat getuigde van veel tijd in de buitenlucht. Hij droeg een spijkerbroek en een vaal poloshirt, vochtig van de regen. Zijn haar was donker, iets te lang, en hij had een stoppelbaard die eerder een bewuste keuze dan luiheid suggereerde.

'Die storm is echt een klootzak,' zei hij terloops, terwijl hij naar de barmvrouw knikte. 'Rum-cola, alsjeblieft.'

Zara maakte een instemmend geluid en richtte haar aandacht weer op haar eten. Ze was niet in de stemming voor een gesprek met een vreemde, zeker niet met iemand die haar misschien probeerde te versieren.

Maar daar leek het niet op. Hij nam zijn drankje aan, nam een grote slok en richtte zijn aandacht op de rugbywedstrijd op de televisie. Ze zaten enkele minuten in een gemoedelijke stilte. Zij aan het eten, hij aan het kijken naar de wedstrijd.

'Niet van hier,' zei hij uiteindelijk. Het was geen vraag.

'Gewoon op doorreis. Ben overvallen door de storm.'

'Dat gebeurt.' Hij nam nog een slok. 'Onderweg naar het noorden of het zuiden?'

'Noord. Jij?'

'Zuid. Brisbane.' Hij trok een grimas. 'Dat probeer ik tenminste. Ik zag de radar en besloot hier maar te overnachten in plaats van het risico te nemen.'

'Verstandig.' Zara at haar laatste frietje op en schoof het bord weg. Het bier was ook bijna op. Ze moest eigenlijk terug naar haar kamer gaan om wat echte rust te pakken voor de rit van morgen.

Maar iets hield haar op haar plek. Misschien de warmte van de pub na de koude regen. Misschien de prettige roes van het bier op een nu goedgevulde maag. Misschien het feit dat deze vreemdeling niet aandrong, niet probeerde indruk te maken of informatie los te peuteren of haar iets te verkopen. Hij was er gewoon, als gezelschap tijdens een storm.

'Nog eentje?' vroeg de barmvrouw, knikkend naar Zara's bijna lege glas.

Ze zou nee moeten zeggen. Terug moeten gaan naar haar kamer, haar aantekeningen doornemen, zich voorbereiden op morgen. Maar de regen hield nog niet op, en de gedachte aan die eenzame motelkamer was niet bepaald aanlokkelijk.

'Ja, waarom ook niet.'

Het tweede biertje kwam eraan. De man naast haar bestelde nog een rum-cola. De wedstrijd was afgelopen en werd vervangen door hoogtepunten en commentaar. De menigte rond de televisie dunde uit naarmate mensen naar tafeltjes liepen of naar huis gingen. De regen zette zijn aanval op het dak voort.

'Je bent geen vertegenwoordiger,' zei hij na een tijdje.

'Waarom denkt u dat?'

'Geen pak. Geen laptoptas. En je hebt die blik niet.'

'Welke blik?'

'Die blik waarbij je inschat of ik een potentiële klant ben.' Hij glimlachte even. 'Ik zie veel vertegenwoordigers in mijn vak. U bent er geen.'

'Wat doet u voor werk?'

'Politie. Detective-sergeant.' Hij nam een slok. 'En u?'

Zara aarzelde. Journalist leverde vaak reacties op, en niet altijd positieve. 'Podcaster.'

'Echt?' Hij leek oprecht geïnteresseerd. 'In welk genre?'

'True crime.'

'Ah.' Hij knikte langzaam. 'Laat me raden. U bent onderweg naar een of ander gehucht om een cold case op te graven en iedereen een ongemakkelijk gevoel te geven.'

Ze kon een glimlach niet onderdrukken. 'Zoiets ja.'

'Groot gelijk. Dat is waarschijnlijk hard nodig.' Hij dronk zijn glas leeg. 'De meeste kleine steden hebben wel minstens één zaak die niemand ooit echt lekker heeft gezeten. Meestal omdat iemand met macht wilde dat die zaak in de doofpot verdween.'

Er klonk iets in zijn stem door dat haar dwong hem beter te bekijken. 'Het klinkt alsof u daar ervaring mee hebt.'

'Meer dan me lief is.' Hij keek haar aan en ze zag iets in zijn ogen. Frustratie, misschien. Vermoeidheid. De blik van iemand die vaker water bij de wijn had gedaan dan hij had gewild, maar minder dan hij had gevreesd.

Ze praatten. Niet over details, niet over zaken of namen of plaatsen. Maar over het werk, over de moeilijkheid om de waarheid te achterhalen wanneer systemen erop zijn ingericht om de macht te beschermen in plaats van de gerechtigheid te dienen. Over de eenzaamheid ervan, de manier waarop het je isoleert van mensen die de voorkeur geven aan comfortabele leugens.

De pub werd nog leger. De barmvrouw begon de tafels af te nemen en wierp hen veelzeggende blikken toe. De laatste ronde kwam en ging. Ze waren de enige klanten die nog over waren.

'We moeten waarschijnlijk gaan,' zei Zara, hoewel ze geen aanstalten maakte om op te staan.

'Waarschijnlijk.' Hij bewoog ook niet.

Ze keken elkaar aan. De sfeer tussen hen was ergens in het afgelopen uur veranderd, geladen met een zekere spanning. Zara wist wat dit was, wat het kon zijn. Iets tijdelijks. Anoniem. Ze deed dit normaal niet. Ze pikte geen vreemden op in een pub.

Maar vanavond voelde het anders. De storm, de isolatie, de onverwachte klik met iemand die haar werk begreep op een manier die de meeste mensen niet deden. En de manier waarop hij naar haar keek, alsof hij haar echt zag, niet alleen de buitenkant maar iets diepers.

'Ik zit in kamer zeven van het motel aan de overkant,' hoorde ze zichzelf zeggen.

Zijn ogen werden iets donkerder. 'Ik zit in kamer twaalf.'

'Dichterbij,' zei ze, terwijl haar hart ineens luid in haar oren bonsde.

'Dat klopt.'

Ze rekenden apart af en vertrokken samen, waarbij ze naar buiten stapten in de regen die inmiddels was afgezwakt tot een gestage motregen. De korte wandeling naar het motel voelde beladen. Geen van beiden sprak. Beiden waren ze zich pijnlijk bewust van de aanwezigheid van de ander.

Bij kamer twaalf opende hij de deur en hield die voor haar open. Zara stapte naar binnen, hoorde de deur achter hen sluiten en draaide zich naar hem toe.

De regen kletterde tegen de ruiten en veranderde ze in impressionistische schilderijen van de nacht buiten. Straatlantaarns vervloeiden tot waterige vlekken. Ze stonden even stil, terwijl het water uit hun kleren op het tapijt droop.

Zara bewoog als eerste en reikte naar hem.

Zijn mond vond de hare in de halfschaduw. De kus werd onmiddellijk intenser en sloeg elke voorzichtigheid over voor iets veel hongerigers. Zijn handen omklemden haar gezicht.

'Ik hoef uw naam niet te weten,' fluisterde ze tegen zijn mond.

'Mooi,' antwoordde hij met een schorre stem. 'Ik die van u ook niet.'

Iets aan die anonimiteit maakte hen beiden vrij. Ze trok aan zijn shirt, ze wilde de barrière weg hebben. Hij hielp haar en zijn vingers maakten de knoopjes los terwijl zij de vochtige stof van zijn schouders trok.

Ze kleedden elkaar uit en hun kleren vielen in vochtige hopen op de grond. Zijn vingers raakten verstrikt in haar haar, dat nog nat was van de regen, en hij trok het los uit de paardenstaart. De koele lucht op haar huid werd onmiddellijk gecounterd door de hitte van zijn lichaam dat tegen het hare drukte. Hij liep achteruit met haar totdat haar benen de rand van het bed raakten, waarna hij haar volgde op de matras.

Ze liet haar handen over zijn rug glijden. Hij was niet perfect, en zij ook niet, en op de een of andere manier maakte dat alles alleen maar beter.

Zijn mond bewoog over haar huid en ontdekte wat haar deed snakken naar adem, wat haar zijn schouders steviger deed vastpakken. Haar reactie leek hem alleen maar meer aan te moedigen.

Wanneer hij boven haar kwam, sloeg ze haar benen om zijn middel en trok hem dichterbij. De verwachting was bijna ondraaglijk.

'Bescherming?' vroeg hij met een schorre stem. 'Ik heb geen...'

'De pil,' zei ze. 'Het is goed zo.'

Een kort moment van bevestiging. Toen kwamen ze samen en viel al het andere weg.

Zara werd wakker door het grijze ochtendlicht dat door de gordijnen naar binnen sijpelde. Ze merkte dat hij naar haar keek.

'Goeiemorgen,' zei ze, haar stem nog hees van de slaap.

'Goeiemorgen.' Hij streek een lok haar achter haar oor.

Ze wisten allebei dat dit het einde was. Wat er tussen hen was gebeurd, behoorde toe aan de nacht, aan de storm. Het daglicht bracht de realiteit weer in beeld.

Zara ging overeind zitten en trok het laken om zich heen. 'Ik moet maar eens naar mijn eigen kamer gaan.'

Hij knikte. 'Ik moet sowieso ook snel weer de weg op.'

Zwijgend kleedden ze zich aan. Af en toe een blik, een kleine glimlach. De ontspannenheid van mensen die niets te bewijzen hadden. Bij de deur hielden ze stil.

'Dit was...' begon ze.

'Perfect,' maakte hij de zin af met een kleine grijns. 'Omdat het hier eindigt.'

Ze knikte. 'Precies.'

'Vaarwel, geheimzinnige dame. Goede reis. En veel succes.'

Hij boog zich voorover en drukte zijn lippen nog één keer op de hare. Een gebaar van waardering, geen eis. Daarna deed hij een stap terug.

Zara opende de deur naar een wereld die schoongewassen was door de regen van gisteravond. De lucht rook naar natte aarde en eucalyptus, de lucht was helder en bijna agressief stralend blauw. Ze liep weg zonder om te kijken, wetende dat hij haar nakeek en dat geen van beiden zou proberen te verlengen wat juist door de beperkingen ervan perfect was geweest.

In haar eigen kamer douchte ze en liet het hete water de fysieke herinneringen wegspoelen. Haar gedachten waren al aan het schakelen, ze herfocuste op de dag die voor haar lag. Salt Creek wachtte, en daarmee het onderzoek dat haar carrière nieuw leven in kon blazen. De ernstige ogen van Iris Zhang op die schoolfoto leken haar vanuit haar herinnering aan te kijken en herinnerden haar eraan waarom ze deze reis überhaupt was aangegaan.

Een set droge kleren en haar wandelschoenen aan en ze was klaar voor vertrek. Ze pakte snel in en controleerde of haar apparatuur veilig was en of er niets beschadigd was door de regen van gisteren. Nadat ze de auto had ingeladen, liep ze naar de receptie om haar sleutel in te leveren. Ze bedankte de receptionist, een andere man dan de avond ervoor.

Terwijl ze de Bruce Highway opreed en gas gaf richting het noorden, dacht ze nog één keer aan de naamloze man en hun nacht samen. Een perfect intermezzo, nu voltooid. Een mooie herinnering die vervaagde in haar achteruitkijkspiegel.

De snelweg strekte zich voor haar uit, niet langer belemmerd door de regen. Ze voelde zich uitgerust en in balans op een manier die ze in maanden niet had gevoeld, klaar om alles onder ogen te zien wat haar in Salt Creek te wachten stond.

HOOFDSTUK 3

DE SUIKERRIETVELDEN STREKTEN ZICH aan weerszijden van de snelweg eindeloos uit, een monotone groene zee die alleen werd onderbroken door een incidentele boerderij of roestende apparatuur. Zara verstelde het rooster van de airconditioning en richtte de lauwe lucht op haar gezicht. Het antieke systeem van de auto worstelde tegen de toenemende hitte van de dag en produceerde weinig meer dan een lauw briesje. Februari in Queensland was meedogenloos; de zon was onverbiddelijk, zelfs door de getinte ruiten.

In haar hoofd herhaalde ze de details die ze over Iris Zhang uit haar hoofd had geleerd. Zeventien jaar oud. Ambitieus. Principieel. Voorover gevonden in vijftien centimeter water. Zaak in twee weken gesloten. De feiten tolden door haar gedachten, en elk feit versterkte haar overtuiging dat er iets grondig mis was met de officiële lezing.

Er verscheen een vervaagd groen bord langs de weg: 'Welkom in Salt Creek, inwoneraantal 3.147.' Daaronder had iemand met rode spuitbusletters 'HEL' geschreven, hoewel er een half-slachtige poging was gedaan om het weg te schrobben. Niet de grootste fan van het stadje, die graffitispuiter, dacht Zara terwijl ze het bord passeerde en vaart minderde.

De hoofdstraat doemde op, een enkele strook verweerde gebouwen die het centrum vormden. De Bruce Highway sneed er dwars doorheen, waardoor reizigers gedwongen werden vaart te minderen, maar zelden stopten. Aan haar rechterhand bezette een pub met afbladderende crèmekleurige verf en een bord met de tekst 'Koud bier, warme maaltijden' de hoek. Verderop stond een kleine supermarkt, de ramen volgeplakt met verbleekte aanbiedingen. Een tankstation, een bouwmarkt, een viskraam.

Toen zag ze het, aan de linkerkant van de weg: Golden Horse Restaurant. De zaak was gevestigd in een vierkant, bakstenen gebouw met rode kozijnen en gouden accenten. Op het uithangbord steigerde een handgeschilderd goudkleurig paard. Dit was de plek waar Iris met haar ouders had gewerkt, waar ze voor het laatst levend was gezien voordat ze op die oktoberavond, meer dan tien jaar geleden, naar huis liep.

Het meest opvallende was wat er net voorbij het restaurant lag: een ravijn dat als een wond door het landschap sneed, een meter of vijftien diep, en het stadje in tweeën deelde. De Bruce Highway overspande het via een moderne betonnen brug. Dit was Salt Creek zelf, het geografische kenmerk waaraan het stadje zijn naam ontleende en dat onder onmogelijke omstandigheden het leven van Iris Zhang had geëist. Terwijl ze langzaam over de brug reed, probeerde Zara in het ravijn te kijken, maar de betonnen zijkanten van de brug belemmerden haar zicht.

Aan de andere kant van de brug vond ze de school, of scholen; de middelbare school en basisschool lagen naast elkaar, met sportvelden erachter. Een veevoederwinkel leek het einde van het commerciële district te markeren en het stadje hield bijna onmiddellijk daarna op.

Zara stuurde naar links, parkeerde op de brede vluchtrook en raadpleegde haar telefoon. Er waren twee motels in het stadje, herinnerde ze zich; een daarvan was een keten met prijzen op de website vanaf 100 dollar per nacht. Ze keek een beetje weemoedig naar de foto van het glinsterende blauwe zwembad voordat ze het venster wegklikte en het andere motel opzocht.

'Dat lijkt meer binnen mijn budget te liggen,' mompelde ze. 'Eens kijken of ze een plekje voor me hebben.' Ze controleerde haar spiegels, wachtte op een gaatje in het verkeer en maakte toen een u-bocht om terug door het stadje te rijden en de brug opnieuw over te steken.

Zara draaide de parkeerplaats op van het Salt Creek Motel, een gebouw van één verdieping opgetrokken uit planken en geschilderd in een vaalblauw. Het neon bordje 'VRIJ' flikkerde onregelmatig, alsof het er nog niet over uit was of het echt bezoekers verwelkomde. Zes deuren grensden aan de parkeerplaats, genummerd van één tot en met zes. Achter het raam van de receptie draaide een plafondventilator lui rondjes.

Ze bleef even zitten om haar gedachten te ordenen voordat ze uitstapte. Dit was het dan. De plek waar ze ofwel haar carrière nieuw leven in zou blazen, of hem definitief ten onder zou zien gaan. Ze dacht aan de hypotheekbetaling die over drie weken was verschuldigd, aan haar slinkende spaargeld en aan Dev die stilletjes de internetrekening betaalde zonder er iets over te zeggen. Daarna dacht ze aan de serieuze ogen van Iris Zhang op die schoolfoto, en ze klemde haar kaken op elkaar.

Toen ze de deur van de receptie openduwde, klonk er een bel. Binnen keek een vrouw van in de zestig op van een pocketroman, haar leesbril op het puntje van haar neus. De airconditioning stond op de vriesstand; de plotselinge kou bezorgde Zara kippenvel op haar armen.

'Kan ik u helpen?' vroeg de vrouw op neutrale toon, maar met keurende ogen. Ze nam met één blik de stadse kleding van Zara in zich op, haar professionele kapsel en haar onduidelijke afkomst, met een blik die niet vijandig was, maar ook niet bepaald gastvrij.

'Ik had graag een kamer,' zei Zara. 'In eerste instantie voor een week, maar het kan zijn dat ik langer blijf.'

De vrouw knikte en legde haar boek opzij. 'Eenpersoons of tweepersoons?'

'Eenpersoons is prima.'

'Zeventig per nacht. Voor een weektarief wordt dat vijfenzestig.' De vrouw haalde een registratiekaart tevoorschijn. 'Ik heb een creditcard en een identiteitsbewijs nodig.'

Zara overhandigde haar rijbewijs en creditcard en vulde het formulier in. De vrouw bestudeerde haar rijbewijs en keek heen en weer tussen de foto en het gezicht van Zara.

'Langley,' las ze hardop voor. 'Adres in Brisbane. Zakelijk of vakantie?'

'Zakelijk,' antwoordde Zara, zonder verder uit te wijden.

'Inchecken is pas vanaf twee uur, maar kamer vier is vannacht niet gebruikt. Hij is klaar als u er nu al in wilt.' De vrouw overhandigde het rijbewijs en haalde de creditcard door het apparaat.

'Dat zou fijn zijn, bedankt.' Zara nam de plastic sleutelkaart aan waarop het logo van het motel door het vele gebruik vervaagd was.

'Wilt u verder nog iets weten? Ontbijt is niet inbegrepen, maar het café naast de supermarkt om zes uur opengaat. Er is gratis wifi, het wachtwoord staat op het kaartje in de kamer.'

'Bedankt,' zei Zara. 'Eigenlijk vroeg ik me iets af over de beek. Is die vanaf hier makkelijk bereikbaar?'

De uitdrukking van de vrouw veranderde subtiel. 'Er loopt een pad beneden bij het park. Een beetje steil, maar goed te lopen. Er is alleen niet veel te zien. Gewoon een beek.'

Gewoon een beek waarin een zeventienjarig meisje zogenaamd in een laagje water tot aan haar enkels was verdronken. 'Bedankt voor de informatie,' zei Zara in plaats daarvan.

Buiten sloeg de hitte haar weer tegemoet; ze voelde hoe het zweet onmiddellijk uit al haar poriën brak en hoopte dat de airco in haar kamer al aanstond. Haar auto was na die paar minuten in de zon alweer gloeiend heet, en ze trok een gezicht toen ze haar handen op het warme stuur legde. Snel reed ze naar kamer vier en parkeerde er recht voor, waarna ze haar apparatuur en tassen in twee keer naar binnen bracht.

De kamer voldeed aan haar verwachtingen en leek erg op de kamer in Childers van de vorige nacht, net zoals op talloze andere motelkamers in kleine stadjes langs de snelweg overal in het land. Er stond een tweepersoonsbed met een sprei met bloemsjabloon, een tafeltje met twee stoelen, een televisie die zijn beste tijd had gehad en een badkamer met beige tegels en een douche-in-bad-combinatie. Maar het was schoon, de airconditioning werkte en het was een prima uitvalsbasis.

Er was zelfs gratis wifi, wat ze niet echt had verwacht maar waar ze wel dankbaar voor was. Ze zou natuurlijk altijd haar VPN inschakelen, maar het scheelde in elk geval dat ze niet door de data van haar telefoonabonnement heen zou vliegen en hoefde bij te betalen.

Zara pakte haar spullen uit, zette haar laptop op de tafel en legde haar opnameapparatuur ernaast. De twee hoogwaardige microfoons, nog steeds in hun beschermende koffers. De videocamera en het statief. Reservebatterijen en SD-kaarten. Haar in leer gebonden notitieboek met haar aantekeningen over Iris en Salt

Creek. Een kaart van het stadje die ze voor vertrek had geprint, al voorzien van markeringen bij de belangrijkste locaties.

In de badkamer spetterde ze koud water in haar gezicht en keek ze op in het spiegelbeeld. Donkere kringen stonden onder haar ogen, souvenirs van de nacht in Childers, van zowel de storm als van wat daarna kwam. Maar onder de vermoeidheid was iets te zien wat ze in maanden niet in haar eigen gezicht had gezien: een doel.

Ze droogde haar gezicht af en keerde terug naar de kamer, waarbij ze op de klok keek. Iets over twaalven. Nog genoeg daglicht om haar verkenning van het stadje te beginnen, vooral de beek. Morgen zou ze bij het Golden Horse langsgaan om contact te zoeken met de ouders van Iris. Maar vandaag stond in het teken van de geografie te begrijpen, de locatie vastleggen en het visuele bewijs verzamelen dat de ruggengraat zou vormen van haar eerste aflevering.

Haar apparatuurkoffer zou te veel aandacht trekken als ze die door het dorp zou meeslepen, maar ze wilde wel wat van haar spullen bij zich hebben. Ze zou vanmiddag waarschijnlijk geen interviews afnemen, maar ze wilde wel graag een video maken waarin ze de omgeving liet zien en de zaak introduceerde, als dat lukte. Ze pakte haar schoudertas en stopte een van haar statieven erin, samen met haar notitieboek. Haar laptop kon ze beter hier laten, al borg ze die wel op in haar koffer.

Zara pakte haar camera, stak haar telefoon en sleutelkaart in haar zak en stapte weer de hitte van Queensland in. Salt Creek wachtte om ontdekt te worden, en ergens in dit stoffige stadje lag de waarheid over wat er met Iris Zhang was gebeurd.

De warmte van de zondagmiddag hing zwaar boven de hoofdstraat van Salt Creek terwijl Zara er met haar camera in de hand doorheen liep. Ze hield haar bewegingen laconiek, als een toerist die een pittoresk plattelandsstadje vastlegt in plaats van een onderzoeker die een zaak opbouwt. Toch voelde ze ogen haar volgen vanaf het café waar drie oudere mannen bij hun koffie zaten, vanuit de supermarkt waar een jonge moeder kinderen door de automatische deuren loodste en vanuit de geparkeerde pick-ups met opengeendraaide ramen. In een dorp van deze omvang viel een nieuw gezicht net zo erg op als een knipperend neonbord.

Ze fotografeerde de pub, de bouwmarkt, het Golden Horse Restaurant met zijn afbladderende rode verf en het bord met gouden letters. Elke klik van de sluiter voelde als een aankondiging van haar aanwezigheid, van haar plannen. Een tiener op een skateboard minderde vaart toen hij haar passeerde, zijn nieuwsgierigheid duidelijk afleesbaar op zijn door de zon gebruinde gezicht.

'Ben je een verslaggever of zo?' vroeg hij, terwijl hij zijn board omhoog trapte in zijn hand.

'Ik ben gewoon op doorreis,' antwoordde Zara met een glimlach die niets weggaf. 'Ik maak wat foto's voor mijn sociale media.'

Hij keek onovertuigd maar haalde zijn schouders op en vervolgde zijn weg. Zara keek hem na en vroeg zich af of hij oud genoeg was om Iris gekend te hebben, om met haar op school te hebben gezeten. Waarschijnlijk niet: Iris zou nu bijna dertig zijn geweest als ze nog zou leven. Ze moest hier echter voorzichtig zijn. Kleine gemeenschappen hadden een lang geheugen en een sterke loyaliteit.

Ze volgde de hoofdstraat naar de brug, waar de gebouwen plaatsmaakten voor een klein parkje dat tegen de rand van het ravijn lag. Het was er druk met gezinnen; kinderen klauterden over speeltoestellen terwijl ouders aan picknicktafels in de schaduw zaten. Natuurlijk, besefte ze. Zondagmiddag in een stadje met weinig vertier. Het park was het sociale middelpunt.

Zara liep om de speeltuin heen en knikte beleefd naar de volwassenen die hun gesprekken even onderbraken om haar voorbij te zien gaan. Achter in het park vond ze wat ze zocht: een smal zandpad dat in het struikgewas verdween en naar beneden het ravijn in kronkelde. Een verweerd bord waarschuwde: 'LET OP: STEIL PAD NAAR DE BEEK'.

Het pad liep steil af, waardoor ze voorzichtig haar weg moest zoeken over blootliggende wortels en losse stenen. De temperatuur daalde naarmate ze dieper het ravijn in ging, doordat de hoge wanden de directe zon tegenhielden. Inheemse struiken stonden dicht langs het pad en de bladeren streken langs haar armen. Het zweet stond op haar voorhoofd door de inspanning en de aanhoudende vochtigheid.

Halverwege hield ze even in om op adem te komen. Boven haar overspande de houten voetbrug het ravijn; de verweerde planken waren zichtbaar door gaten in het bladerdak. Vanuit deze hoek kon ze ook de wegverbinding van de snelweg zien, veel hoger gelegen, waar af en toe voertuigen overheen reden. Het geluid van de spelende kinderen in het park was vervaagd en vervangen door het zachte ritselen van bladeren en ver verkeer.

Ze vervolgde haar weg naar beneden en gebruikte boomstammen als steun op de steilste stukken. Het pad werd duidelijker naarmate ze de bodem naderde en verbreedde zich tot een open plek op de bodem van het ravijn. En daar was het: Salt Creek zelf.

De beek strekte zich voor haar uit, op dit punt misschien twee meter breed; het water stroomde rustig over gladde, ronde stenen. Het zonlicht drong op sommige plekken het ravijn binnen, wat een gespikkeld patroon op het heldere water vormde. Maar wat haar onmiddellijk opviel, was hoe ondiep het was; op de meeste plekken bedekte het water de stenen nauwelijks, met hier en daar wat diepere poelen die hooguit tot halverwege haar kuiten zouden reiken.

Zara stond roerloos stil en staarde naar het water. *Hier* was een zeventienjarig meisje zogenaamd verdronken? Ze wist uit de politierapporten dat het water ondiep was, maar nu ze het met eigen ogen zag, leek het officiële verhaal niet alleen onwaarschijnlijk, maar ronduit absurd.

Ze liep langs de oever tot ze de specifieke locatie vond die in het politierapport werd beschreven, direct onder de houten voetbrug. Hier was het water in een natuurlijke verlaging iets dieper, maar zelfs na de regen van gisteravond kon het niet meer dan vijftien centimeter diep zijn geweest. Het idee dat iemand hier onopzettelijk verdrinking zou kunnen meemaken, was belachelijk.

Zara zette haar tas op een droge rots en trok haar wandelschoenen en sokken uit. De hete stenen van de oever brandden tegen haar blote voeten tot ze de beek in stapte. Het water was verrassend koud, een schok tegen haar huid na de hitte van de dag. Het reikte nauwelijks tot haar enkels. Ze bukte zich, doopte haar vingertoppen in het water, snoof eraan en proefde behoedzaam een druppel. Niet zout. Merkwaardig. Hoe was Salt Creek dan aan zijn naam gekomen? Ze maakte een mentale notitie om dat uit te zoeken, niet dat het van belang was voor de zaak. Ze wilde gewoon haar eigen nieuwsgierigheid bevredigen.

Het ravijn kwam haar ook vreemd voor, veel te diep om te zijn uitgesleten door een beekje dat zo kalm was als dit. Was er ergens stroomopwaarts een dam? Zo ja, dan zou de beek zelden veel boven het huidige niveau stijgen. Wat, gezien de gezonde bomen en het struikgewas dat tot aan de waterkant groeide, aannemelijk leek.

Ze haalde een van de foto's van de plaats delict tevoorschijn op haar telefoon, controleerde haar positie ten opzichte van de houten voetbrug en begaf zich voorzichtig naar de plek waar het lichaam van Iris was gevonden. De stenen onder haar voeten waren glad, gepolijst door jaren van stromend water. Niet echt glibberig, maar ze moest wel opletten om veilig te kunnen lopen. Toch zou er ofwel aanzienlijke kracht, ofwel volledige handelingsonbekwaamheid nodig zijn om iemands gezicht hier onder water te houden. Een persoon die bij bewustzijn was, zou simpelweg zijn hoofd wegdraaien of zichzelf opdrukken.

Zara stelde haar statief op de beekbodem op, stelde het zo af dat de camera ondanks de ongelijke ondergrond waterpas stond, en zette de camerastand op high-definition video-opname. Ze bepaalde het kader, filmde een klein testfragment om te controleren of ze zelf ook in beeld was terwijl ze in het water stond met de houten brug boven haar zichtbaar, drukte toen op de opnameknop en stapte in beeld.

'Dit is de plek waar de zeventienjarige Iris Zhang naar verluidt is verdronken op 15 oktober 2014,' zei ze, haar stem vast en professioneel ondanks de woede die in haar opborrelde. 'Ik sta op de exacte plek waar haar lichaam werd gevonden, en het water reikt nauwelijks tot mijn enkels, ondanks de hevige regen van gisteravond.'

Ze bewoog een beetje om te laten zien hoe makkelijk ze haar evenwicht kon bewaren. 'Volgens het officiële rapport werd Iris met haar gezicht naar beneden gevonden in ongeveer vijftien centimeter water. Het onderzoek werd na slechts twee weken afgesloten met een officiële uitspraak van onopzettelijke verdrinking.'

Zara bukte zich, plaatste haar hand plat op de beekbodem en tilde hem toen op, terwijl het water tussen haar vingers door stroomde. 'De vraag is niet of Iris Zhang is verdronken. De autopsie heeft dat bevestigd. De vraag is hoe een gezonde, atletische zeventienjarige mogelijk onopzettelijk kon verdrinken in water dat zo ondiep is.'

Ze voltooide de opname en verzette de camera vervolgens om verschillende hoeken vast te leggen. Ruime shots die de hele breedte van de beek lieten zien, close-ups van de waterdiepte vergeleken met haar enkel, gedetailleerde beelden van de beekbodem zelf. Boven haar wierp de houten voetbrug gestreepte schaduwen over het water. Dat filmde ze ook, en daarna de brugpijlers, waarbij ze zich afvroeg of Iris die brug was overgestoken in de nacht dat ze stierf.

Het verre gezoem van het verkeer op de snelwegbrug zorgde voor een constant achtergrondgeluid. Af en toe waaiden er stemmen neer uit het park daarboven, herinneringen aan de stad die haar normale zondagse routine voortzette terwijl zij op de plek stond waar een jong meisje was gestorven onder onmogelijke omstandigheden.

Zara waadde verder langs de beek en legde elk aspect van de locatie vast. Elke nieuwe hoek, elke meting van de waterdiepte versterkte haar zekerheid: Iris Zhang had hier niet onopzettelijk kunnen verdrinken. Wat betekende dat iemand haar onder water had gehouden. Iemand had haar vermoord. En de politie had het ofwel volledig over het hoofd gezien, ofwel moedwillig genegeerd.

Terwijl ze haar apparatuur inpakte en haar schoenen weer aantrok, voelde Zara een diepgewortelde zekerheid dat ze een verhaal had gevonden dat verteld moest worden. Dit ging niet langer alleen over het redden van haar carrière. Dit ging over gerechtigheid voor een meisje wiens dood was afgedaan als een kleinigheid, wiens waarheid net zo makkelijk begraven was als haar lichaam.

Ze klom weer omhoog via het steile pad, de camera vol bewijsmateriaal, haar hoofd tollend van de vragen. Salt Creek had een geheim, en zij was van plan het te onthullen, ongeacht wie haar probeerde tegen te houden.

De schemering was over Salt Creek gevallen tegen de tijd dat Zara terugkeerde naar het motel, na een korte stop bij de vis- en patatkraam om wat te eten te halen. De hitte van de dag bleef hangen in de muren van planken, ondanks de zwoegende airconditioner. Ze deed de deur achter zich op slot, zette haar tas voorzichtig op de tafel en rolde met haar schouders om de spanning los te laten die zich had opgebouwd tijdens de klim terug vanuit de beek. Haar voeten waren nog steeds klam in haar wandelschoenen en fijn gruis van het pad was tussen haar tenen gaan zitten, maar de ongemakken drongen nauwelijks tot haar door. Ze had wat ze nodig had om te beginnen: visueel bewijs van de onmogelijkheid die de kern vormde van de dood van Iris Zhang.

Zara schopte haar schoenen uit, trok haar sokken uit en veegde haar voeten af met een handdoek uit de badkamer. Daarna richtte ze haar werkplek in: de laptop in het midden van de kleine tafel, de externe harde schijf aangesloten, de camera verbonden via een kabel. Haar vingers voerden het vertrouwde proces uit van het overzetten van bestanden, terwijl haar geest de narratieve structuur al aan het ordenen was van wat haar eerste aflevering zou worden.

De beelden begonnen te downloaden en ze bekeek de eerste fragmenten op het voorbeeldscherm. Daar stond ze, tot aan haar enkels in de beek, het water nauwelijks zichtbaar over haar voeten stromend. De belichting was goed. De late middagzon was onder precies de juiste hoek het ravijn binnengedrongen, waardoor de ondiepte van het water werd geaccentueerd terwijl haar gezicht goed belicht bleef. Haar stem klonk helder boven de achtergrondgeluiden van het kabbelende water en het verre verkeer: 'Dit is de plek waar de zeventienjarige Iris Zhang naar verluidt is verdronken...'

Ze liep de fragmenten na en markeerde de sterkste segmenten. Het ruime shot van de hele beekbodem, dat de bescheiden breedte en consistente ondiepte liet zien. De close-up van het water dat om haar enkels stroomde. De dramatische onthulling van haar hand plat op de beekbodem, waarna ze hem optilde om te laten zien hoe weinig water er werkelijk was. Elk beeld bouwde voort op het vorige om een onmiskenbaar visueel argument te creëren: niemand kon hier onopzettelijk verdrinken.

Zara opende haar montagesoftware; de vertrouwde interface begroette haar als een oude vriend. Ooit was dit proces even natuurlijk geweest als ademhalen. Haar jaren als producent van Het meisje in de beek hadden haar technische vaardigheden zo verfijnd dat de software aanvoelde als een verlengstuk van haar eigen gedachten. Ondanks haar maanden van verminderde productiviteit herinnerden haar vingers het zich nog; ze vlogen over het toetsenbord terwijl ze haar verhaal samenstelde. Af en toe greep ze in de zak met steeds kouder wordende frietjes en knabbelde er aan eentje zonder het echt te proeven, te diep in haar werk verzonken om zich op het eten te concentreren.

Ze maakte een nieuw projectbestand aan: 'Het Meisje in de beek_EP01'. De titel was bij haar opgekomen terwijl ze in het water stond, de stenen onder haar voeten voelde en opkeek naar de houten brug waar Iris die nacht misschien overheen was gelopen. Het was eenvoudig, direct, en zou opvallen tussen de vaak sensationele titels in het true crime-genre.

De montage kreeg vorm en haar visie materialiseerde op het scherm. Ze begon met sfeerbeelden van Salt Creek, het ravijn en de beek zelf. Daarna haar directe toespraak tot de camera, waarin ze de basisfeiten van de zaak uitlegde. Ze wisselde dit af met scans van het politierapport dat ze had bemachtigd, waarbij ze de inconsistenties benadrukte. Het verhaal bouwde op naar de centrale vraag: hoe kon een gezonde tiener in vredesnaam onopzettelijk verdrinken in vijftien centimeter water?

Voor de thumbnail opende ze de map met de schoolfoto van Iris. De ernstige ogen van de zeventienjarige staarden haar aan vanachter een rechthoekige bril, zo gelijk aan de ogen van Zara's eigen grootmoeder dat het een bijna fysieke pijn in haar borst veroorzaakte. Dit was niet zomaar de zoveelste zaak. Dit was persoonlijk op manieren die ze nog niet volledig had erkend, zelfs niet voor zichzelf.

Ze voerde subtiele aanpassingen uit aan het beeld, verhoogde het contrast iets en zorgde ervoor dat het gezicht van Iris duidelijk zichtbaar zou zijn, zelfs als kleine thumbnail op streamingplatforms. De titel zou naast haar gezicht verschijnen: 'Het Meisje in de beek, aflevering 1: Vijftien centimeter'. Strak, eenvoudig, intrigerend.

De klok op haar laptop gaf 22.38 uur aan. Ze was al uren zonder pauze aan het werk, maar het vertrouwde ritme van creatie had haar erdoorheen gesleept. Nu kwam het belangrijkste deel: de voice-over die alles aan elkaar zou binden. Zara zette een microfoon op een klein bureaustandaard en plaatste de plopkap zorgvuldig. Ze nam een slok water uit de fles die ze eerder had bijgevuld, schraapte haar keel en begon de opname.

'Welkom bij "Het meisje in de beek",' zei ze, terwijl haar stem overging in de professionele toon die ze tijdens haar mediastudie had geleerd en in jaren van uitzendingen had geperfectioneerd. Vloeiend maar niet gekunsteld, gezaghebbend zonder pretentieus te zijn, betrokken maar beheerst. 'Dit is het verhaal van Iris Zhang, en de waarheid die Salt Creek niet wil dat u hoort.'

Ze vervolgde met het introduceren van de basisfeiten van de zaak. Haar stem bleef rustig terwijl ze de officiële lezing beschreef, en veranderde toen lichtjes, waarbij ze haar verontwaardiging aan de oppervlakte liet komen toen ze de vraag stelde hoe een gezonde tiener kon verdrinken in water dat tot aan de enkels reikte. Ze vertelde in detail over haar eigen waarnemingen bij de beek, het visuele bewijs dat ze had verzameld en de vragen die onbeantwoord bleven.

'In de komende afleveringen onderzoeken we wie Iris Zhang was, wat er gebeurde op de avond van 15 oktober 2014, en waarom het onderzoek naar haar dood zo snel werd gesloten met zo'n ongeloofwaardige conclusie.'

Zara voltooide de voice-over in één keer. Ze luisterde de opname terug en maakte aantekeningen over stukken die eventueel opnieuw moesten, maar vond slechts kleine dingetjes die makkelijk te herstellen waren met korte extra opnames.

Terwijl ze de audio masterde en de voice-over integreerde met haar beelden, kreeg de aflevering haar definitieve vorm. Vijftien minuten en zeventien seconden aan strak gemonteerde inhoud die de zaak introduceerde en het centrale mysterie vaststelde: een verdrinking die niet mogelijk had mogen zijn. Het was niet haar meest gepolijste werk. Ze had geen onderzoeksassistent, geen professionele geluidstechnicus, geen grafisch ontwerper voor de titels. Maar het was meeslepend. Het stelde vragen die om antwoorden vroegen. Het sprak voor een meisje dat niet langer voor zichzelf kon spreken.

Om 23.47 uur uploadde Zara de voltooide aflevering naar haar hostingplatform. Die zou automatisch worden verspreid naar Spotify, Apple Podcasts, YouTube en alle andere platforms waar De Verloren Australiërs ooit floreerden. Ze schreef een korte beschrijving, voegde tags toe om de vindbaarheid te optimaliseren en plande de aflevering in om onmiddellijk live te gaan.

Ze klikte op 'Publiceren' en keek hoe de voortgangsbalk zich vulde. Toen het klaar was, sloot ze haar laptop en stond op, terwijl ze haar spieren strekte die stijf waren geworden van het urenlange zitten. Uitputting spoelde als een golf over haar heen; nu de creatieve focus was weggevallen, merkte haar lichaam eindelijk de inspanningen van de dag op.

Zara liep naar het bed en liet zich er met haar kleren nog aan op vallen, te moe om zich om te kleden of zelfs maar de dekens weg te slaan. Haar telefoon lag naast haar, nu stil, maar tegen de ochtend mogelijk de drager van cruciaal nieuws. Zou er een piek in haar statistieken zijn? Zouden haar overgebleven luisteraars reageren op deze nieuwe weg? Zou ze nieuwe volgers krijgen die geïnteresseerd waren in het verhaal van Iris?

De vragen tolden door haar hoofd terwijl de vermoeidheid haar richting slaap trok. Acht weken speelruimte. Dat was wat ze had berekend voordat ze Brisbane verliet. Acht weken voor de volledige financiële ondergang. Deze aflevering, deze zaak, het verhaal van dit meisje... het was haar laatste kans om weer op te bouwen wat ze na de 'Little Girls Lost'-zaak was kwijtgeraakt. Maar terwijl de slaap haar overmande, waren het niet de financiële belangen die haar gedachten vulden, maar de ernstige ogen van Iris Zhang achter haar rechthoekige bril, die om de waarheid vroegen en gerechtigheid eisten.

Morgen zou uitwijzen of deze gok haar carrière zou redden of definitief zou beëindigen. Maar vannacht, in de stille duisternis van een motelkamer in Salt Creek, was Zara begonnen aan datgene waar ze het beste in was: ze had een stem gegeven aan iemand die tot zwijgen was gebracht. Het maakte niet uit of het iemand anders ook maar iets kon schelen; dat gaf een voldoening waardoor ze snel in een diepe, droomloze slaap viel.

Hoofdstuk 4

Zaras telefoonwekker schrikte haar om zes uur wakker. Ze knipperde verbaasd met haar ogen, nog volledig aangekleed van de avond ervoor, met een stijve nek door de onhandige hoek waaronder ze tegen het kussen had gelegen. Een moment lang wist ze niet waar ze was, en toen kwam alles weer terug. Salt Creek. Iris Zhang. De aflevering die ze vlak voor middernacht had geüpload. Haar hand schoot naar haar telefoon om het alarm uit te zetten, waarna ze direct haar analysedashboard opende, terwijl haar hart tegen haar ribben hamerde.

De cijfers laadden traag; de wifi van het motel had moeite met het ochtendverkeer. Ze ging rechtop zitten, over haar nek wrijvend, en probeerde de pagina met haar ogen sneller te laten laden. Toen deze eindelijk verscheen, knipperde ze twee keer met haar ogen, ervan overtuigd dat ze het verkeerd zag.

Weergaven: 7.823 Abonnees: +412

'Wat krijgen we nu?' fluisterde ze. Ze sloot de app en opende hem opnieuw, in de veronderstelling dat het een foutje was. De cijfers bleven staan en liepen zelfs met enkele eenheden op terwijl ze keek. Dit kon niet kloppen. Haar vorige aflevering, het haastig onderzochte stuk over de moord in de jaren zeventig, had in de eerste week nauwelijks de 2.000 weergaven gehaald. Nu zat ze op bijna 8.000 in minder dan zes uur?

Ze stapte over naar haar YouTube-statistieken, waar de groei nog duidelijker was. Het algoritme had haar video opgepikt en promootte deze agressief. De thumbnail van Iris' schoolfoto naast de beek verscheen in de sectie 'Trending' van true crime-inhoud.

Haar vingers trilden lichtjes terwijl ze naar de reacties scrolde:

'Heilige stront, dit is ONMOGELIJK. Geen schijn van kans dat dit een ongeluk was. Ik ben verslaafd.'

'We hebben je gemist, Zara. Niemand vertelt deze verhalen zoals jij. Dit arme meisje verdient gerechtigheid.'

'Ik woon nu in het VK, maar ik ben opgegroeid op drie uur van Salt Creek. Ik herinner me nog dat dit gebeurde, het was nooit logisch. Bedankt dat je dit uitzoekt.'

'Geabonneerd! Wanneer komt de volgende aflevering online?'

Reacties stroomden over het scherm, tientallen tegelijk. Ze scrolde snel omlaag, op zoek naar de kritische geluiden, de beschuldigingen van uitbuiting die haar waren blijven achtervolgen na de Little Girls Lost-zaak. Er waren er een paar, die waren er altijd, maar ze werden begraven onder golven van steun en betrokkenheid.

Zara zwaaide haar benen over de rand van het bed en liep naar haar laptop, die ze opstartte om een beter overzicht van de statistieken te krijgen. Het grotere scherm bevestigde wat haar telefoon al had laten zien: haar inhoud ging viraal op een manier die ze in bijna twee jaar niet had meegemaakt. De statistieken liepen op terwijl ze ernaar keek. Weergaven, gedeelde berichten, reacties, abonnees.

Het belangrijkste was dat de geschatte inkomsten voor de maand alleen al door deze ene aflevering op 1.200 dollar stonden. Als de groei in dit tempo zou doorzetten, of zelfs met de helft daarvan, zou ze deze maand op 5.000 dollar of meer uit kunnen komen. De hypotheek. De rekeningen. Eten dat geen ramen of het goedkoopste blikje tonijn was.

Haar hand ging onbewust naar haar borstkas, drukkend tegen haar borstbeen waar al maanden een strakke knoop zat. Hij zat er nog steeds, maar voelde nu losser aan, alsof iemand de eerste paar draden had losgetrokken.

Ze opende het dashboard van haar streamingplatform, waar de audio-versie van de podcast een vergelijkbare groei liet zien. Er waren 6.435 downloads en dat aantal steeg gestaag. De betrokkenheidsstatistieken lieten zien dat mensen de hele aflevering beluisterden en niet halverwege afhaakten. De hoogste retentie die ze had gezien sinds... nou ja, sinds daarvóór.

Haar Patreon-meldingen lieten vijftien nieuwe abonnees zien in de afgelopen zes uur, die zich elk hadden vastgelegd op een maandelijkse bijdrage variërend van 5 tot 25 dollar. Drie voormalige donateurs waren teruggekeerd en hadden berichten achtergelaten:

'Zo goed om te zien dat je weer in vorm bent. Deze zaak heeft iemand als jij nodig.'

'Ik heb het vertrouwen nooit verloren. Dit is de Zara Langley die ik vanaf het begin heb gesteund.'

'Hier is mijn geld. Ik moet weten wat er met Iris is gebeurd.'

Zara leunde achterover in haar stoel. Erkenning. Na maanden van dalende cijfers, financiële paniek en de vraag of haar carrière voorbij was, was dit het tastbare bewijs dat ze nog steeds een publiek had. Dat haar stem er nog steeds toe deed. Dat ze datgene wat haar hier zo goed in maakte, nog niet verloren was.

Maar het ging niet alleen om haar. Mensen leefden mee met het verhaal van Iris. Ze stelden dezelfde vragen die zij had gesteld toen ze tot haar enkels in die beek stond. Hoe kon een gezonde zeventienjarige verdrinken in vijftien centimeter langzaam stromend water? Waarom werd het onderzoek zo snel gesloten? Wat was er die nacht werkelijk gebeurd?

Ze sloeg haar notitieblok open en begon reacties te noteren, vragen uit de reacties waar ze zelf nog niet aan had gedacht, verbanden die door luisteraars werden gelegd en die tot nieuwe onderzoeksrichtingen zouden kunnen leiden. Dit was wat ze het meest had gemist: het samenwerkingsaspect van true crime-podcasting, de manier waarop een betrokken publiek een verlengstuk van het onderzoeksteam werd en perspectieven en informatie bood die ze alleen waarschijnlijk nooit had ontdekt.

Haar telefoon trilde door een sms van Dev:

'Net geluisterd. Dit is briljant. De reactiesectie ontploft. Je bent helemaal terug.'

Ze glimlachte, geraakt door zijn enthousiasme en steun. Ze smste terug:

'Bedankt. Het is nog vroeg, maar het ziet er veelbelovend uit.'

Haar aandacht ging weer uit naar de statistieken; de cijfers bleven stijgen. Dit was niet de typische vroege piek die gepaard ging met een nieuwe publicatie; dit vertoonde het onmiskenbare patroon van inhoud die verder werd gedeeld dan alleen door haar bestaande publiek. Het algoritme gaf haar een zetje en de mensen reageerden.

Belangrijker nog, ze reageerden op Iris. Op de fundamentele onjuistheid van het feit dat de dood van een jong Chinees-Australisch meisje zo argeloos terzijde was geschoven. Op het visuele bewijs dat de officiële uitspraak ongeloofwaardig maakte. Op de ernstige ogen achter de rechthoekige bril die de kijkers recht leken aan te kijken en om hulp vroegen.

Zara stond op en rekte zich uit; haar lichaam was nog steeds stijf van de afdaling naar en klim uit de beek gisteren. Ze liep naar de kleine badkamer van het motel en gooide koud water in haar gezicht. In de spiegel zag haar spiegelbeeld er anders uit dan gisteren. De scherpe lijnen van haar jukbeenderen waren er nog steeds, het bewijs van stress en een beperkt voedselbudget was nog zichtbaar. Maar haar ogen waren veranderd. De vonk van vastberadenheid die ze gisteren had gevoeld, was aangewakkerd tot iets sterkers, iets zekerders.

Ze moest voorzichtig zijn. Dit vroege succes was geen garantie voor de toekomst. Ze had deze opleving vaker gevoeld bij andere zaken, om vervolgens tegen muren, doodlopende wegen en weerstand aan te lopen. Salt Creek was een klein stadje met een lang geheugen. Als hier een geheim lag, hadden de mensen het tien jaar lang bewaard. Dat zouden ze niet zomaar prijsgeven.

Maar voor het eerst in twee jaar voelde Zara de wind in de rug in plaats van van voren. Ze had momentum. Ze had een publiek. Er gloorde financiële ademruimte aan de horizon.

En bovenal had ze het verhaal van Iris om te vertellen. En als de eerste zes uur een aanwijzing waren, waren de mensen bereid om te luisteren.

Ze ging terug naar haar laptop en opende het document waarin ze was begonnen met de planning van haar volgende aflevering. De basisstructuur stond er, maar nu voegde ze opmerkingen uit de reacties toe, vragen om te onderzoeken, invalshoeken om te verkennen. Vandaag moest ze meer te weten komen over Salt Creek zelf, over de geschiedenis van de beek, over hoe het stadje reageerde op de dood van Iris. En ze moest een manier vinden om de familie Zhang te benaderen, om hun vertrouwen te winnen, om er zeker van te zijn dat ze het verhaal van hun dochter vertelde op een manier die recht deed aan haar nagedachtenis in plaats van haar uit te buiten.

Zaras vingers gleden over het toetsenbord, zelfverzekerd en trefzeker. Het momentum van een verhaal dat vlam vat. Dit was wat ze had gemist. Dit was waar ze het beste in was.

Voor Iris. Voor zichzelf. Voor de waarheid die iemand in dit stadje niet verteld wilde zien.

De openbare bibliotheek van Salt Creek deelde een gebouw met het postkantoor van het stadje, een bakstenen gebouw uit het begin van de twintigste eeuw met hoge ramen en versleten stenen trappen die naar dubbele deuren leidden. Zara beklom deze treden net na openingstijd om negen uur, met haar notitieblok en laptop in haar tas, klaar om in de geschiedenis van de stad te duiken. Online zoekopdrachten hadden haar basisinformatie opgeleverd, maar de lokale archieven zouden de contextuele details bevatten die ze nodig had om niet alleen de beek zelf te begrijpen, maar ook de gemeenschap die eromheen was gebouwd. Het begrijpen van de geografie en de geschiedenis was haar eerste prioriteit; het zou kunnen verklaren waarom een zeventienjarig meisje na zonsondergang bij de beek terechtkwam, en waarom niemand vragen stelde bij haar vermeende onopzettelijke verdrinking in enkelhoog water.

Binnen was het aangenaam koel in de bibliotheek, waar plafondventilatoren loom boven rijen planken draaiden. De ruimte rook naar papier en meubelwas, die kenmerkende bibliotheekgeur die overal hetzelfde is. Ondanks de geringe omvang voelde de ruimte goed onderhouden en georganiseerd aan, met een kinderhoek die werd opgevrolijkt door kleurrijke zitzakken, een rij van vier openbare computers en een sectie met lokale geschiedenis die prominent bij de balie stond opgesteld.

Achter die balie zat een vrouw van achter in de zestig, het zilveren haar in een keurige bob geknipt en een leesbril die aan een kralenketting om haar nek hing. Ze keek op toen de deur achter Zara dichtviel en gaf haar een gastvrije glimlach.

'Goedemorgen,' zei ze, en haar stem had de bijzondere warmte van iemand die oprecht genoot van het contact met anderen. 'Ik heb u hier nog niet eerder gezien. Bent u op doorreis?'

'Ik blijf een tijdje in het stadje,' antwoordde Zara terwijl ze de balie naderde. 'Ik doe onderzoek. Ik hoopte wat meer over de geschiedenis van de stad te weten te komen.'

De glimlach van de vrouw werd breder. 'Nou, dan bent u aan het juiste adres. Ik ben Esther, ik ben hier al zevenentwintig jaar bibliothecaris. Ik weet meer over dit stadje dan de meeste mensen die hier geboren zijn.' Ze stak haar hand uit, die Zara schudde. 'Lokale geschiedenis is mijn specialiteit. Waar bent u precies in geïnteresseerd?'

'Ik ben Zara. Ik ben om te beginnen benieuwd hoe de beek aan zijn naam komt. Het water is namelijk helemaal niet zout, althans niet op de plek waar ik gisteren een monster nam.'

Esthers ogen lichtten op, duidelijk blij dat ze haar kennis kon delen. 'U heeft gelijk, het is niet zout op het punt waar het door het stadje stroomt. De naam komt van verder stroomafwaarts, ongeveer twee kilometer voorbij het ravijn. Daar is een kleine waterval, en daaronder stroomt het water door een uiterwaarde die doorloopt tot aan de monding. Door de getijden wordt er zout water de beek in gestuwd. De oorspronkelijke veehouderij waaraan de stad zijn naam dankt, werd daar in 1862 opgericht, waarbij het vee graasde in de vruchtbare uiterwaarden.'

Ze kwam achter de balie vandaan en gebaarde Zara haar te volgen naar een vitrine met een glazen plaat waarin oude foto's lagen. 'Hier is de oorspronkelijke boerderij,' zei ze, wijzend naar een sepia afbeelding van een ruwe houten constructie naast de beek. 'Verwoest door een cycloon in 1937, maar tegen die tijd was het ravijn hierboven al overbrugd om een fatsoenlijke weg aan te leggen, en was het stadje hier bij het oversteekpunt gaan groeien.'

Zara bestudeerde de foto en merkte op hoe anders de beek eruitzag. Breder, sneller stromend. 'Het ravijn lijkt me te diep om door de huidige beek te zijn gevormd,' merkte ze op. 'Was hij vroeger groter?'

'Helemaal juist,' knikte Esther goedkeurend. 'Goede observatie. De beek was vroeger veel aanzienlijker, voordat ze in 2001 de Blackwell Dam stroomopwaarts bouwden. Een waterbeheerproject om de landbouwgrond te beschermen tegen overstromingen tijdens het regenseizoen. Nu stroomt de beek eigenlijk alleen nog maar goed tijdens spuimomenten van de dam.'

Zara pakte haar notitieblok en noteerde deze details. 'Dus de beek is sindsdien nog maar een paar keer overstroomd?'

'Dat klopt. Alleen als we cycloonachtig weer hebben waardoor ze gedwongen zijn een grote hoeveelheid water uit de dam te lozen. De laatste grote was in 2011, toen spoelde de oude houten voetbrug weg en moesten ze hem herbouwen. Verder is het eigenlijk zoals u het nu ziet. Het grootste deel van het jaar stelt het niet meer voor dan een straaltje.'

Dit bevestigde wat Zara al vermoedde. De beek waarin Iris zogenaamd was verdronken, was niet toevallig ondiep op die bewuste dag; hij was bewust ondiep gehouden, gecontroleerd door de dam stroomopwaarts, en kwam zelden tot een noemenswaardige diepte, behalve tijdens geplande spuimomenten of extreem weer.

'Waren er in oktober 2014 ongebruikelijke weersomstandigheden?' vroeg ze, waarbij ze haar toon ongedwongen hield.

Esther fronste haar wenkbrauwen lichtjes. 'Oktober 2014? Laat me even denken... Nee, dat moet typisch lenteweer zijn geweest. Warme dagen, misschien af en toe een onweersbui in de middag, maar niets cycloonachtigs in die tijd van het jaar.'

'Dus de beek zou er ongeveer zo bij hebben gelegen als ik hem gisteren zag? Ondiep, met het water dat net over de stenen stroomt?'

'Ja, dat klopt. Gewoon een kabbelend stroompje in die tijd van het jaar, tenzij er een specifiek spuimoment van de dam was, wat ze dan van tevoren aankondigen.' Esther liep naar een plank in een hoek van de bibliotheek die zelden bezocht leek te worden en pakte een dikke map met het label "Lokale Geografie en Weerberichten". 'Ik kan even kijken of er toen geplande lozingen waren, als u dat wilt?'

'Dat zou heel fijn zijn,' zei Zara.

Esther bladerde door de map en zocht de pagina voor 2014 op. Haar vinger gleed langs de kolom met data. 'Nee, niets in oktober. Er was een kleine lozing begin december, maar oktober was volkomen normaal.'

Zara knikte en maakte nog een aantekening. Dit was belangrijk. Een officiële bevestiging dat de beek op de avond dat Iris stierf in zijn normale, ondiepe staat was geweest. Het onmogelijke karakter van een onpzettelijke verdrinking werd met elk nieuw brokje informatie concreter.

'Dit is fascinerend', zei ze. 'Ik werk momenteel aan een podcast over het stadje en ik zou graag wat van deze historische context willen opnemen.' Ze zweeg even en observeerde de uitdrukking van Esther zorgvuldig voordat ze toevoegde: 'Ik ben vooral geïnteresseerd in wat er met Iris Zhang is gebeurd.'

De verandering was onmiddellijk en dramatisch. Esthers open, vriendelijke gezichtsuitdrukking sloeg dicht als een deur die in het slot valt. Haar schouders verstrakten, haar mond vertrok tot een dunne streep en ze sloot de ordner met een beslistheid die buitenproportioneel leek voor de simpele fysieke handeling.

'O, daar praten we liever niet over', zei ze, haar stem merkbaar koeler. 'Het is lang geleden. Een vreselijk ongeluk, natuurlijk, maar het heeft geen zin om bij zulke dingen stil te blijven staan.'

Zara hield haar gezicht neutraal, ondanks de interne alarmbellen die afgingen. 'Ik begrijp dat het moeilijk kan zijn, maar als journalist ben ik erin geïnteresseerd om een stem te geven aan verhalen die misschien over het hoofd zijn gezien.'

'Het is niet over het hoofd gezien', onderbrak Esther haar, terwijl ze de ordner terug op de plank zette. 'De politie heeft onderzoek gedaan en vastgesteld dat het een ongeluk was. Het arme meisje is uitgegleden, heeft haar hoofd gestoten en is verdronken. Dat soort dingen gebeuren.' Ze hield zich druk bezig met het rechtzetten van boeken en mappen die niet rechtgezet hoefden te worden en ontweek Zara's blik.

'Maar in vijftien centimeter water...'

'Het spijt me', viel Esther haar opnieuw in de rede, 'maar ik moet vanochtend nog catalogiseren. U bent van harte welkom om rond te kijken bij onze sectie over de lokale geschiedenis.' Ze gebaarde vaag naar de planken. 'Alles is duidelijk gelabeld.'

Zara probeerde het vanuit een andere hoek. 'Kende u Iris persoonlijk? Of haar familie?'

'Iedereen kent iedereen in een stadje van deze omvang', antwoordde Esther, waarbij de cliché als een ontwijkend antwoord diende. 'Als u me nu wilt verontschuldigen.' Ze trok zich terug achter de balie, pakte een stapel indexkaarten en concentreerde zich daarop.

De wegwuiving was onmiskenbaar. Zara bedankte haar voor de historische informatie en begaf zich naar de sectie lokale geschiedenis, zoals gesuggereerd, maar de reactie van Esther vertelde haar meer dan enig boek op deze planken waarschijnlijk zou doen. De houding van de vrouw was in een paar seconden tijd volledig getransformeerd bij de vermelding van Iris Zhang: van enthousiaste lokale historicus naar een gesloten poortwachter.

Zara snuffelde nog twintig minuten tussen de planken en vond een paar boeken over de ontwikkeling van het stadje, maar niets waarin de dood van Iris werd vermeld. Niet verrassend voor een bibliotheek in een klein stadje. Terwijl ze aanstalten maakte om te vertrekken, wierp ze een blik achterom naar Esther, die nu een oudere man hielp en bij wie haar eerdere kilheid nergens meer te bekennen was.

Buiten op de trappen van de bibliotheek hield Zara even stil om haar aantekeningen af te maken. De reactie van Esther bevestigde wat ze al vermoedde: dit stadje had collectief besloten om niet te praten over wat er met Iris Zhang was gebeurd. Of het nu uit schuldgevoel, medeplichtigheid of simpelweg de wens om verder te gaan was, de stilte was opzettelijk en werd afgedwongen.

Wat Zara alleen maar vastberadener maakte om die stilte te doorbreken.

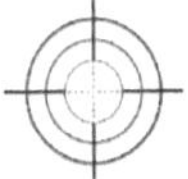

Salties was halfvol toen Zara voor het diner arriveerde; de maandagavondmenigte bestond uit een mix van lokale bewoners die ontspanden na het werk en een paar reizigers die op doorreis waren. Het interieur van de pub paste bij de verweerde buitenkant: houten vloeren die gladgesleten waren door decennia aan laarzen, muren bedekt met vervaagde foto's van lokale sportteams en de lucht was dik van de geur van bier en gefrituurd eten. Zara koos een hoektafeltje dat haar een vrij zicht op de ingang gaf terwijl ze haar rug naar de muur kon houden, een gewoonte die ze had ontwikkeld tijdens haar jarenlange onderzoekswerk. Ze bestelde een Hawaïaanse kip-parmy waarvan de barman beloofde dat het 'de beste aan deze kant van Bundy' was, en haalde toen haar telefoon tevoorschijn om haar analysedashboard weer te controleren, een dwangmatige handeling die ze de hele dag al niet van zich af kon schudden.

De cijfers waren hun stijgende lijn blijven volgen. De weergaven waren inmiddels de 32.000 gepasseerd, met reacties die in de honderden liepen. Belangrijker nog was dat de geprojecteerde inkomsten voor de maand de grens van $ 5.000 waren gepasseerd, een bedrag dat Zara een fysiek gevoel van opluchting gaf dat zo diep was dat het bijna duizelingwekkend werd. De hypotheekbetaling. De nutsvoorzieningen. Eten. De naderende verlenging van haar autoregistratie. Ze kon het allemaal betalen en hield nog genoeg over om het onderzoek voort te zetten.

Haar kip-parmy werd geserveerd, vergezeld van een berg friet en een kleine salade. Zara bedankte de barman en nam een hap; ze was verrast over hoe oprecht lekker het was toen de zoete ananas in haar mond smolt. Ze had niet beseft hoe hongerig ze was; het ontbijt was een mueslireep geweest en de lunch een haastig broodje uit het cafétje bij de bibliotheek. Ze at langzaam en genoot van elke hap terwijl ze door de reacties op haar telefoon bleef scrollen, waarbij ze in haar hoofd aantekeningen maakte van vragen die ze in haar volgende aflevering wilde behandelen.

Ze was halverwege haar maaltijd toen de sfeer in de pub subtiel veranderde. Gesprekken verstomden, hoofden draaiden richting de ingang. Zara keek op om te zien wat de verandering teweegbracht.

In de deuropening stond een jonge vrouw die de ruimte in zich opnam. Ze was waarschijnlijk nog geen dertig, dacht Zara, maar ze straalde de zelfverzekerde kalmte uit van iemand die veel ouder was. Haar honingblonde haar viel in perfecte golven op haar schouders, overduidelijk professioneel gestyled. Ze droeg een donkere linnen broek die waarschijnlijk meer kostte dan de hele outfit van Zara, gecombineerd met een zijden blouse in een zachtblauwe kleur die bij haar ogen paste en subtiele gouden sieraden. Duur maar niet opzichtig, het soort nonchalante elegantie dat veel geld vereist.

Wat Zara het meeste trof was niet alleen het verzorgde uiterlijk van de vrouw, maar de reactie die ze teweegbracht. De barman reikte onmiddellijk naar wat overduidelijk haar vaste drankje was. Mannen rechtten hun rug iets meer, vrouwen pasten hun gezichtsuitdrukking aan. Het was niet echt angst, maar ontzag. Het soort dat bewaard blijft voor iemand met invloed.

De vrouw knikte ter begroeting naar verschillende gasten en wisselde korte beleefdheden uit terwijl ze naar de bar liep. Toen viel haar blik op Zara, het onbekende gezicht, de buitenstaander, en er flikkerde iets in haar uitdrukking. Herkenning, misschien? Interesse, zeker weten. Zonder aarzelen veranderde ze van koers.

'U moet de podcaster zijn over wie iedereen het heeft', zei ze, terwijl ze bij de tafel aankwam. 'Ik ben Kirsty Cannon, Salt Creek gemeenteraadslid. Vindt u het goed als ik erbij kom zitten?' Ze wees naar de lege stoel tegenover Zara.

De vraag was slechts een formaliteit; ze schoof de stoel al naar achteren. Zara knikte en slikte haar hap eten door. 'Zara Langley', antwoordde ze, terwijl ze haar hand aan haar papieren servet afveegde voordat ze hem uitstak.

Kirstys handdruk was stevig en kort, haar hand was koel en droog ondanks de warmte in de pub. 'Ik heb vandaag van diverse bezorgde bewoners over uw podcast gehoord', zei ze, terwijl ze op de stoel plaatsnam. 'Het Meisje in de beek, nietwaar? Over Iris Zhang?'

Het nieuws was dus snel rondgegaan. Niet verrassend in een stadje van deze omvang, maar Zara vroeg zich af welke 'bezorgde bewoners' precies zo snel een gemeenteraadslid hadden benaderd. Had Esther, de vriendelijke bibliothecaresse, de telefoon gepakt op het moment dat Zara de bibliotheek uitliep?

'Dat klopt', bevestigde Zara, terwijl ze haar vork neerlegde. 'Ik doe onderzoek naar de omstandigheden rond haar dood. De officiële uitspraak heeft voor mij nooit logisch geklonken.'

De uitdrukking van Kirsty veranderde in een van ingestudeerd medeleven, een blik die Zara vaker had gezien op de gezichten van politici tijdens persconferenties. 'Het was een vreselijke tragedie. Iris en ik waren beste vriendinnen, weet u. Ik denk nog steeds voortdurend aan haar.'

Beste vriendinnen? Zara hield haar gezicht neutraal, ondanks de onmiddellijke vonk van interesse die deze bewering aanwakkerde. Dit was een onverwachte ontwikkeling. Directe toegang tot iemand die Iris zogenaamd goed had gekend.

'Dat moet ongelooflijk moeilijk voor u zijn geweest', zei Zara, terwijl ze Kirsty nauwlettend in de gaten hield. 'Ik zou graag over haar horen van iemand die haar persoonlijk kende.'

'Ze was geweldig', zei Kirsty, met een verre blik in haar ogen die niet echt een niveau van oprechte emotie bereikte. 'Zo slim, zo getalenteerd. We wisten allemaal dat ze het ver zou schoppen.'

Zara knikte en moedigde specifiekere details aan. 'Wat voor talenten had ze? Waar was ze gepassioneerd over?'

Een lichte aarzeling, bijna onmerkbaar, maar Zara ving het op. 'Kunst, voornamelijk. Ze was erg creatief. Altijd met projecten bezig.' Kirsty pauzeerde en stuurde het gesprek toen een andere kant op. 'Dat is eigenlijk waarom ik met u wilde spreken. Ik maak me zorgen over de impact die uw podcast op de familie Zhang zou kunnen hebben. Ze hebben al zoveel meegemaakt, en om dit alles na al die jaren weer op te rakelen...'

De overgang was soepel, maar bij Zara gingen de alarmbellen af in haar hoofd. Kirsty ontweek de vragen en bewoog weg van specifieke details over Iris.

'Heeft u de familie Zhang onlangs nog gesproken? Hoe gaat het met hen?' vroeg Zara, zowel uit oprechte nieuwsgierigheid als om Kirstys beweerde band te testen.

'Ik zie ze af en toe in het dorp. Ze houden zich meestal afzijdig, gefocust op hun restaurant.' Alweer een algemeen antwoord. 'Maar het heropenen van deze wond zal hen niet helpen te genezen. Soms betekent om iemand geven dat je diegene beschermt tegen pijn die ze niet opnieuw hoeven te beleven.'

De zin klonk ingestudeerd, alsof Kirsty hem had voorbereid voordat ze haar had benaderd. Zara nam een slok van haar bier en overwoog haar volgende vraag zorgvuldig.

'Hoe was Iris als persoon? Ik bedoel, los van haar talenten. Wat zou u willen dat mensen weten over uw beste vriendin?'

Kirsty glimlachte, maar haar ogen deden niet mee. 'Ze was vriendelijk. Attent. Het soort vriendin dat elke verjaardag onthield, die merkte wanneer je een slechte dag had.'

Algemene clichés die op iedereen van toepassing konden zijn. Zara's bullshitradar begon te piepen.

'Had ze specifieke plannen voor de universiteit? Ik heb begrepen dat ze zich aanmeldde voor een vervroegde toelating.' Ze pookte, zocht naar barsten in de gepolijste façade van Kirsty, maar ze wist niet genoeg over de vrouw om te weten waar ze druk moest uitoefenen.

'Ja, ze was academisch erg gemotiveerd', antwoordde Kirsty, opnieuw met die bijna onmerkbare aarzeling. 'Ze meldde zich aan bij verschillende scholen. We hadden allemaal verwacht dat ze het overal goed zou doen.'

Geen vermelding van het Queensland College of Art dat specifiek was vermeld in het politierapport. Geen persoonlijke anekdotes. Geen specifieke herinneringen die een beste vriendin toch zeker in overvloed zou hebben.

'Waarom denkt u dat ze die avond bij de beek was?' vroeg Zara, waarbij ze overstapte op een directere aanpak.

De houding van Kirsty verstrakte iets. 'Ik denk dat niemand van ons dat ooit zeker zal weten. Het was donker, misschien nam ze een kortere route. Het was een vreselijk ongeluk.'

'In vijftien centimeter water?'

'Ongelukken gebeuren op onverwachte manieren', antwoordde Kirsty, terwijl haar stem een scherp randje kreeg onder het gepolijste vernisje. 'Ze kan uitgegleden zijn, haar hoofd hebben gestoten. Het politieonderzoek was grondig.'

Een onderzoek van twee weken dat de fysieke onmogelijkheid van het scenario negeerde? Zara betwijfelde dat ten zeerste.

'Heeft u als haar beste vriendin iets ongewoons opgemerkt in de dagen voor haar dood? Waren er zorgen of conflicten die ze noemde?'

Kirstys glimlach bleef onveranderd, maar er verhardde iets in haar ogen. 'Iris was een normale tiener met normale tienerzorgen. Er was niets ongewoons.' Ze wierp een blik op haar horloge. 'Ik moet u uw diner laten opeten. Ik wilde me alleen even voorstellen en mijn bezorgdheid uiten over hoe deze podcast onze gemeenschap zou kunnen beïnvloeden.' Ze stond op en streek haar blazer glad. 'Salt Creek is een hechte gemeenschap. We kijken hier naar elkaar om. Ik hoop dat u dat in overweging neemt terwijl u doorgaat met uw... project.'

De woorden waren beleefd, maar de ondertoon van een waarschuwing was onmiskenbaar. Zara beantwoordde haar blik rechtstreeks. 'Ik neem de impact van mijn verslaglegging altijd in overweging. Vooral voor degenen die het verdienen dat hun verhaal accuraat verteld wordt.'

Er flikkerde iets over het gezicht van Kirsty, ergernis misschien, of bezorgdheid, voordat ze haar politieke glimlach weer tevoorschijn toverde. 'Het was aangenaam kennis te maken, Zara. Geniet van uw verblijf in Salt Creek.' Ze draaide zich om en liep naar de bar, waar ze onmiddellijk in gesprek ging met een groep mannen die hun rug rechtte toen ze naderde, hun uitdrukkingen veranderend in aandachtig respect.

Zara keek haar even na en haalde toen haar notitieboekje tevoorschijn, waarbij ze observaties opschreef terwijl ze nog vers waren:

Kirsty Cannon - claimt hartsvriendin van Iris te zijn, maar gaf alleen algemene details. Geen specifieke herinneringen. Noemde QCA niet specifiek toen ik vroeg naar plannen voor de universiteit. Lichaamstaal strak onder druk. Schakelde snel over naar 'bezorgd om de familie'. Waarschuwing over de stad waar ze 'naar elkaar omkijken' voelde dreigend aan. Er klopt iets totaal niet aan de bezorgde beste vriendin.

Ze onderstreepte de laatste zin twee keer en nam toen een laatste hap van haar inmiddels koude parmy. Kirsty Cannon was zojuist opgeklommen naar de top van haar lijst met mensen die ze nader wilde onderzoeken.

HOOFDSTUK 5

Het politiebureau van Salt Creek stond aan het uiteinde van de hoofdstraat, een bakstenen gebouw van één verdieping dat meer weghad van een tandartspraktijk uit de jaren zeventig dan van een plek waar de wet werd gehandhaafd. Zara duwde de glazen deur open; de overgang van de verzengende middaghitte naar de kille airconditioning bezorgde haar kippenvel op haar armen. Haar katoenen shirt, klam van het zweet door de korte wandeling vanaf haar motel, voelde plotseling koud aan tegen haar huid.

De ontvangstruimte bevestigde haar indruk van een tandartspraktijk: een vervaagde linoleumvloer in institutioneel beige, muren in een tint crème die door de ouderdom vergeeld was, en een plafondventilator die zo traag ronddraaide dat hij eerder de tijd leek weg te tikken dan lucht te verplaatsen. Er hing een poster over huiselijk geweld aan de muur met naar binnen krullende hoeken; het nummer van de hulplijn was vervaagd door jarenlang zonlicht. De kamer rook naar oud papierwerk en industrieel schoonmaakmiddel.

Achter een beschermende glazen tussenwand keek een vrouw van in de vijftig op van een computerscherm. Haar Queensland

Police-uniform leek een maat te groot en hing om haar smalle schouders, maar haar blik was alert en waakzaam.

'Goedemorgen. Hoe kan ik u helpen?' vroeg ze, haar stem professioneel neutraal.

Zara liep naar de balie en rechtte haar rug. 'Ik kom iemand spreken over de toegang tot dossiers. Voor Iris Zhang.'

De uitdrukking van de vrouw veranderde niet, maar haar blik werd scherper. 'Heeft u een afspraak?'

'Nee, maar ik heb gisteren gebeld en mij werd verteld dat er vanochtend iemand beschikbaar zou zijn om mee te praten.'

De receptioniste bestudeerde haar nog een moment. 'Naam?'

'Zara Langley.'

De vrouw knikte en pakte een telefoon. Ze draaide zich half af en sprak op gedempte toon, waardoor Zara haar niet goed kon verstaan. Na een kort gesprek hing ze op en draaide ze zich weer om.

'Detective-sergeant Pennell ontvangt u zo dadelijk. Neemt u alstublieft plaats.'

Zara knikte als dank en liep naar een van de plastic stoelen die tegen de muur stonden opgesteld. Het vinyl was gebarsten en uit een hoek ontbrak een klein stukje, waardoor het schuimrubber eronder zichtbaar was. Ze nam plaats op het randje, zette haar schoudertas op haar schoot en haalde haar notitieblok en digitale recorder tevoorschijn.

Ze controleerde het batterijniveau van de recorder. Vol. Ze testte hem met een gefluisterd 'Test, een, twee, drie' voordat ze de opname stopte en het testbestand verwijderde. Haar handpalmen waren klam ondanks de airconditioning. Deze afspraak was belangrijk. Door toegang te krijgen tot de officiële dossiers zou ze cruciale details in handen krijgen die de openbare databank had achtergehouden. Sectiefoto's. Transcripties van interviews. De aantekeningen van de rechercheur. Alle puzzelstukjes die ze nodig had om te begrijpen hoe een verdrinking in vijftien centimeter water als onopzettelijk kon worden bestempeld.

Ze bladerde door haar notitieblok naar de pagina waar ze haar vragen had voorbereid. Het was zaak om professioneel te beginnen, zonder de confrontatie op te zoeken. Toegang vragen tot de dossiers als journalist die onderzoek doet naar een cold case. Haar geloofsbrieven toelichten. Pas als ze onder druk werd gezet, zou ze de fysieke onmogelijkheden in de officiële uitspraak noemen.

Zara wierp een blik op haar horloge. Er waren tien minuten verstreken. Ze gebruikte de tijd om haar aanpak door te nemen. 'Ik doe onderzoek naar de omstandigheden rond de dood van Iris Zhang voor een documentairepodcast. Ik wil graag toegang vragen tot de dossiers onder de Right to Information Act.'

Formeel. Professioneel. Geen beschuldigingen, gewoon een routineverzoek dat moeilijk rechtstreeks te weigeren zou zijn, vooral omdat de zaak officieel gesloten was.

Het geluid van een deur die openging, trok haar aandacht. Ze keek op, in de verwachting een stereotype plattelandsagent te zien. Ouder, met een buikje, uit de hoogte.

Donker haar, iets te lang. Grijsblauwe ogen. Een strak maar ietwat gekreukt overhemd, alsof hij het al de hele dag droeg, ondanks dat het nog maar halverwege de ochtend was.

De man uit Childers.

Hun ogen ontmoetten elkaar; op beide gezichten flitste een wederzijdse schok. De naamloze vreemdeling met wie ze de nacht had doorgebracht, was detective-sergeant Garrett Pennell. Precies de agent die ze ervan moest overtuigen haar toegang te geven tot de dossiers van Iris Zhang.

Gedurende een vreselijk, dralend moment bewoog geen van beiden. De plafondventilator zette zijn luie omwentelingen voort, een klok aan de muur tikte, en ergens in een andere kamer ging een telefoon over die niet werd opgenomen. Al het andere leek te bevriezen terwijl hun gezamenlijke verleden tussen hen in de lucht bleef hangen.

Ze zag herkenning in zijn ogen, al snel gevolgd door schrik, ongeloof, en misschien een vleugje van dezelfde hitte die ze samen in die motelkamer hadden opgewekt. Zijn keel bewoog terwijl hij slikte.

Toen veranderde zijn gezicht. De schok verdween en maakte plaats voor een zorgvuldig neutrale blik. Hij rechtte zijn schouders en nam een houding aan die formeler was, afstandelijker.

'Mevrouw Langley?' zei hij, terwijl zijn stem niets verraadde van wat er zojuist tussen hen was gepasseerd. Als de receptioniste hun kortstondige verlamming had opgemerkt, liet ze daar niets van merken; haar aandacht was weer op haar computerscherm gericht.

Zara schraapte haar keel en dwong haar eigen gezicht in een neutrale plooi. 'Ja. Detective-sergeant Pennell?'

Hij knikte eenmaal en hield de deur open. 'Deze kant op, alstublieft.'

Ze pakte haar schoudertas, notitieblok en recorder, zich pijnlijk bewust van elke beweging. Haar benen voelden losgekoppeld van haar lichaam terwijl ze opstond en naar hem toe liep. Toen ze de drempel overstapte, dichtbij genoeg om de geur van zijn aftershave op te vangen, dacht ze onmiddellijk terug aan zijn mond tegen haar sleutelbeen, aan zijn handen op haar huid. Ze drukte de gedachte de kop in.

De deur sloot achter hen. Wat er in Childers ook was gebeurd, het behoorde nu tot een parallelle realiteit, een waarvan ze nu allebei moesten doen alsof die nooit had bestaan.

De verhoorkamer was klein en benauwd; de beige muren waren kaal, op een doorkijkspiegel na en een klok die te luid tikte. Een halfdode potplant hing slap in de hoek, de bladeren stoffig en verwaarloosd. Garrett wees naar de metalen stoel tegenover hem met formele gebaren, alsof ze elkaar voor het eerst ontmoetten. Zara ging zitten en legde haar recorder en notitieblok op de tafel tussen hen in, een wankele barrière tegen de onmogelijke intimiteit van de situatie.

'Vindt u het erg als ik dit gesprek opneem?' vroeg ze, haar stem vaster dan ze zich voelde.

'Dat zal niet nodig zijn,' antwoordde Garrett, kortaf en professioneel. 'Dit is een informeel gesprek, geen officieel verhoor.'

Het viel haar op hoe zorgvuldig hij zijn handen op de tafel plaatste. Vlak, beheerst, niet friemelend. De trouwring die haar in Childers al was opgevallen was afwezig en bleef ook nu afwezig. Niet getrouwd dus. Gewoon een man die ervoor had gekozen om tijdens een storm de nacht door te brengen met een vreemde. Een man die nu tegenover haar zat als een obstakel voor haar onderzoek.

'Ik begrijp het, maar ik geef er de voorkeur aan om alles nauwkeurig vast te leggen.'

'Zoals u wilt, in dat geval.' Hij haalde een schouder op.

Ze zette de recorder aan en noemde de datum, de tijd en de aanwezigen voor de opname. Garrett sloeg haar gade met een onleesbare uitdrukking, maar ze zag dat hij zijn kaken licht op elkaar klemde.

'Voor de goede orde,' zei hij zodra ze klaar was met spreken, 'ik geef geen toestemming om enig deel van deze opname op welke manier dan ook uit te zenden. Dit gesprek is een gunst en maakt geen deel uit van enig officieel dossier.'

Slim, dacht ze. 'Ik begrijp het,' zei ze hardop. 'En ik ga ermee akkoord dat geen enkel deel van dit gesprek zal worden uitgezonden. Dit is enkel voor mijn eigen aantekeningen.'

'Hoe kan ik u dan vandaag van dienst zijn, mevrouw Langley?' Zijn formele aanspreekvorm was weloverwogen. Een muur.

Zara begon aan haar geoefende verzoek. 'Ik doe onderzoek naar de omstandigheden rond de dood van Iris Zhang voor een documentairepodcast. Ik zou graag toegang willen vragen tot de volledige dossiers onder de Right to Information Act.'

'Ik ben bekend met uw podcast,' zei hij. 'Ik heb gisteravond naar de eerste aflevering geluisterd op Spotify.'

Spotify. De versie met alleen audio. Hij had de videobeelden dus niet gezien waarop zij in de beek stond om aan te tonen hoe ondiep het water was. Dat verklaarde tenminste zijn schok toen hij haar zag.

'Dan begrijpt u waarom ik de volledige dossiers wil inzien,' vervolgde ze. 'De openbare databank biedt slechts een fractie van de informatie.'

Garrett leunde iets naar achteren, zijn houding stijf. 'De zaak is meer dan tien jaar geleden grondig onderzocht en gesloten. De officiële uitspraak was onopzettelijke verdrinking.'

'In vijftien centimeter water?' De vraag ontsnapte haar voordat ze haar toon kon matigen.

Zijn ogen ontmoetten de hare voor het eerst rechtstreeks sinds ze waren gaan zitten. Een fout, misschien, want er ging iets tussen hen over, een stroom van gedeelde herinneringen die geen van beiden kon erkennen.

'Ongelukken gebeuren op onverwachte manieren,' zei hij, waarbij hij de woorden van Kirsty Cannon van de vorige avond zo nauwkeurig herhaalde dat Zara zich afvroeg of de zin deel uitmaakte van een afgesproken script van het dorp.

Garrett greep naar een pen op de tafel, waarbij zijn vingers de hare raakten. Hij trok zich terug alsof hij gestoken was en compenseerde dat vervolgens door de pen met een gemaakte nonchalance op te pakken. Maar ze had het haperen van zijn hand gezien, de bijna onmerkbare stok in zijn ademhaling.

'Ik ben op de plek des onheils geweest,' zei ze, terwijl ze iets verschoof op haar stoel toen hij naar voren leunde. 'Ik heb de diepte van de beek gedocumenteerd, de stroming en het terrein. Fysiek gezien klopt de officiële lezing niet.'

'De waterstanden veranderen. U kijkt meer dan tien jaar later naar de situatie.'

'De Blackwell Dam reguleert het waterniveau al sinds 2001. Volgens de plaatselijke archieven waren er in oktober 2014 geen ongebruikelijke lozingen of weersomstandigheden. De beek was zoals hij nu is. Ondiep, kalm, op de meeste plaatsen niet eens enkeldiep.'

Er flitste iets over zijn gezicht. Verbazing misschien, dat ze haar onderzoek zo grondig had gedaan. De airconditioning in de hoek pruttelde en had moeite met de vochtigheid die van buitenaf naar binnen drong.

'U rakelt oud verdriet op zonder reden,' zei hij, nu zachter. 'De familie Zhang heeft al genoeg geleden zonder dat de dood van hun dochter in entertainment wordt veranderd.'

De beschuldiging kwam aan, zoals ook de bedoeling was. 'Dit gaat niet om entertainment. Dit gaat om de waarheid. Een zeventienjarig meisje kan onmogelijk per ongeluk verdrinken in vijftien centimeter water.'

'U weet niet wat er die nacht is gebeurd.'

'U blijkbaar ook niet, als u de officiële uitspraak gelooft.'

Zijn ogen vernauwden zich door de uitdaging. Hij leunde naar voren en de geur van zijn aftershave dreef over de tafel. Zara dwong zichzelf om niet te reageren, om geen enkel teken te geven dat ze zich herinnerde hoe die geur zich met regen op zijn huid had vermengd.

'Ik ben al veertien jaar politieagent,' zei hij. 'Ik weet hoe ongelukken gebeuren, hoe snel dingen mis kunnen gaan.'

'En ik ben al twaalf jaar journalist,' wierp ze tegen. 'Ik begrijp wanneer iets onlogisch is.'

Ze staarden elkaar aan; hun professionele vijandigheid verhulde ternauwernood hun acute bewustzijn van elkaars nabijheid. Zijn mouwen waren opgerold tot zijn ellebogen, waardoor onderarmen zichtbaar werden die zij zich nog herinnerde van hoe zij er met haar vingers langs was gegaan. Haar blouse was tot een professionele hoogte dichtgeknoopt, maar ze wist dat hij zich herinnerde wat eronder zat. Die wetenschap hing tussen hen in, obsceen in deze omgeving.

'De dossiers die u opvraagt bevatten gevoelige informatie,' zei hij, de stilte verbrekend. 'Sectiefoto's. Getuigenverklaringen. Persoonlijke details over een minderjarige.'

'Met dat alles zou met de juiste discretie worden omgegaan.'

'Net als met uw podcast? Speculaties over een gesloten zaak de wereld in slingeren naar duizenden luisteraars?'

'Gerechtvaardigde vragen stellen over een verdachte dood.'

Garretts vingers tikten eenmaal op tafel en bleven toen stil. 'Ik heb uw theorieën gehoord in de audioversie. Maar heeft u er wel eens bij stilgestaan dat Iris misschien een medisch incident heeft gehad? Een aanval misschien, of een flauwte waardoor ze buiten westen raakte voordat ze viel?'

'Bij de autopsie is geen bewijs gevonden voor onderliggende aandoeningen.'

'Het openbare verslag is beknopt. De volledige autopsie bevat aanvullende details.'

'Dan zou ik die details graag willen zien,' hield Zara aan. 'Als er een medische verklaring is die logisch is, dan wil ik die weten. En zelfs als die er is, blijft de onbeantwoorde vraag: waarom was Iris daar überhaupt? Ik heb de route die ze vanaf the Golden Horse naar huis had moeten nemen al onderzocht. Het huis van haar ouders staat aan dezelfde kant van het dorp. Ze had nergens in de buurt van de beek moeten zijn.'

Er viel een korte, gespannen stilte. En op dat moment had Zara kunnen zweren dat ze instemming in Garretts ogen zag voordat hij wegkeek.

'U moet een formeel verzoek indienen op basis van de Right to Information.'

Hij haalde een formulier uit een map en schoof het over de tafel. 'De verwerking kan vier tot zes weken duren.'

Hun vingers raakten elkaar opnieuw toen ze het formulier aanpakte, en dit keer kon geen van beiden doen alsof ze het niet merkten. De aanraking hield een fractie te lang aan. De herinnering aan Childers hing tussen hen in; de storm, de kroeg, zijn kamer, de duisternis, hun lichamen die samen bewogen. De intimiteit die ze hadden gedeeld, contrasteerde grotesk met hun huidige posities.

De airconditioning pruttelde opnieuw en ging toen over in een moeizaam gezoem. Ondanks de kilte stonden er zweetdruppels op Garretts slapen. Zara kruiste haar benen en legde ze weer naast elkaar, hyperbewust van zijn nabijheid.

'Ik zal dit vandaag nog indienen,' zei ze, terwijl ze het formulier opvouwde en in haar notitieblok legde. 'Maar ik hoop dat u begrijpt dat ik niet uit het dorp vertrek terwijl ik wacht. Er zit meer achter dit verhaal, en ik ben van plan het te vinden, met of zonder officiële medewerking.'

Iets wat bewondering had kunnen zijn flitste over zijn gezicht voordat het weer verdween. 'Dat is uw goed recht.'

De klok aan de muur tikte luid in de stilte die volgde. Geen van beiden leek bereid om als eerste de ontmoeting te beëindigen, om de vreemde spanning die hen vasthield te verbreken.

'Kleine dorpen hebben een lang geheugen, mevrouw Langley,' zei Garrett eindelijk, terwijl hij achterover leunde in zijn stoel en een afstand tussen hen schiep die zowel noodzakelijk als opzettelijk voelde. 'U maakt uzelf hier niet geliefd met deze podcast. Mensen praten. Ze onthouden wie hun rust verstoort.'

De waarschuwing hing in de lucht. Zara beantwoordde zijn blik en weigerde zich te laten intimideren, ondanks de vlinders in haar buik. Sprak hij als een politieagent die bezorgd was over de verhoudingen in de gemeenschap, of zat er iets specifiekers achter zijn waarschuwing? Hoe dan ook, ze gaf niet toe.

'Is dat een dreigement, detective-sergeant Pennell?'

'Een observatie,' antwoordde hij met neutrale stem, maar met harde ogen. 'U bent een buitenstaander die pijnlijke herinneringen oprakelt. Niet iedereen zal dat waarderen.'

'En hoe zit het met gerechtigheid voor Iris Zhang? Is dat minder belangrijk dan het bewaren van de vrede?'

Zijn gezicht verstrakte. 'U gaat ervan uit dat er onrecht is geschied. De zaak is volgens de procedure onderzocht.'

'Een procedure die op de een of andere manier de fysieke onmogelijkheid over het hoofd zag dat een gezonde tiener per ongeluk kon verdrinken in enkeldiep water?' Zara leunde naar voren. 'Ik ben pas een paar dagen in Salt Creek en ik heb nu al inconsistenties gevonden die voor de onderzoekers overduidelijk hadden moeten zijn. Dus of het onderzoek incompetent was, of iemand heeft opzettelijk de andere kant op gekeken.'

Garrett klemde zijn kaken op elkaar. 'U beschuldigt de afdeling van wangedrag op basis van een video die u heeft gemaakt voor de clicks en views.'

'Ik trek de conclusies in twijfel op basis van fysiek bewijs en gezond verstand.' Ze tikte op haar notitieblok. 'De blauwe plekken op de bovenarmen van Iris, die in de samenvatting van de autopsie werden vermeld maar werden afgedaan als 'behorend bij normale activiteiten voor een tiener'. De waterdiepte. Het ontbreken van hoofdletsel dat de bewusteloosheid zou kunnen verklaren. De tegenstrijdige verklaringen over haar bewegingen die avond.'

Er veranderde iets in zijn blik. 'U bent druk geweest.'

'Het is mijn werk om grondig te zijn.'

'En het is mijn werk om deze gemeenschap te beschermen.'

'Tegen wat? De waarheid?'

Elk woord tussen hen voelde beladen; het professionele conflict lag boven op hun onuitgesproken geschiedenis. Zijn ogen hielden de hare een tel te lang vast en een hitte die niets te maken had met het klimaat in Queensland prikkelde haar huid.

'U begeeft zich op glad ijs,' zei hij, terwijl zijn stem zakte. 'Dit is geen stad waar je uit de lucht kunt komen vallen, de boel kunt opschudden en weer kunt vertrekken als het ongemakkelijk wordt.'

'Ik vertrek pas als ik antwoorden heb. Als u me dwarsboomt om de reputatie van de afdeling te beschermen...'

'Ik probeer te voorkomen dat u meer kwaad dan goed doet,' viel hij haar in de rede, waarbij er iets rauws in zijn stem doorklonk. 'Er zitten haken en ogen aan deze situatie die u niet begrijpt.'

'Leg ze me dan uit.'

Garrett stond abrupt op en duwde zijn stoel naar achteren. De metalen poten schraapten over het linoleum. 'Ik moet nog een formulier halen voor uw verzoek,' zei hij met verstikte stem.

Hij liep om de tafel heen naar een archiefkast in de hoek. Om daar te komen moest hij achter haar stoel langs lopen, waardoor hij in haar ooghoeken verscheen. De nabijheid was plotseling, in de kleine kamer, pijnlijk intiem. Hij bleef vlak achter haar staan, dichtbij genoeg zodat ze de warmte van zijn lichaam kon voelen en zijn huid kon ruiken onder de aftershave.

Zaras nek werd rood toen de geur herinneringen opriep aan die nacht in Childers. Zijn mond tegen haar keel. Zijn handen in haar haar. Zijn gewicht boven op haar. De geluiden die hij had gemaakt toen ze met haar nagels over zijn rug was gegaan.

Ze zat doodstil terwijl hij een seconde langer dan nodig bleef staan voordat hij doorliep naar de kast. Ze wisten precies hoe de ander er naakt uitzag, hoe de ander klonk tijdens het vrijen, en nu moesten ze doen alsof dat allemaal nooit was gebeurd.

Garrett liep met een boog terug en vermeed het om weer achter haar langs te gaan. Toen hij het formulier voor haar neerlegde, raakten hun handen elkaar kort aan.

'In dit formulier staan de specifieke vereisten voor toegang tot dossiers van gesloten zaken,' zei hij, zijn stem vast ondanks de kleur die op zijn kaken was verschenen. 'U zult heel specifiek moeten zijn over welke documenten u opvraagt.'

'Ik wil ze allemaal,' antwoordde Zara, vechtend om haar stem rustig te houden. 'Het volledige dossier. Niet geanonimiseerd.'

'Zo werkt dat niet.'

'Vertel me dan hoe het wel werkt, detective-sergeant.' De formaliteit van zijn titel voelde absurd, aangezien ze precies wist hoe het litteken op zijn linkerschouder voelde, waarvan hij haar had verteld dat hij het had opgelopen toen hij als kind uit een boom was gevallen.

Hij ademde langzaam uit en leek te worstelen tussen zijn officiële rol en iets korps-persoonlijkers. 'U moet begrijpen waar u zich in begeeft, mevrouw Langley. Dit is Brisbane niet. De regels zijn anders. De gevolgen zijn anders.'

'Probeert u me van de zaak af te houden?'

'Ik suggereer dat u nadenkt over de gevolgen van wat u doet.' Zijn ogen ontmoetten de hare. 'Niet alleen voor het dorp, maar ook voor uzelf.'

Ze wist niet meer zeker of hij het over het onderzoek had of over hen. Misschien over beide.

'Ik kan de gevolgen aan,' zei ze, terwijl ze zijn blik vasthield.

'Kunt u dat? Want als bepaalde deuren eenmaal geopend zijn, kunnen ze niet meer worden gesloten.'

'Dit is niet mijn eerste lastige zaak,' zei Zara, terwijl ze haar notitieblok en recorder pakte; ze voelde de behoefte om deze kamer uit te gaan, weg van zijn verontrustende nabijheid. 'Ik vertrek niet voordat ik die stukken heb.'

'Dat is uw keuze.' Hij stond op toen zij dat ook deed. 'Maar zeg niet dat u niet gewaarschuwd bent.'

'Waarvan akte, detective-sergeant.'

Ze stonden tegenover elkaar aan de tafel, stijf en voorzichtig; de afgepaste woorden deden niets om de gecompliceerde onderstroom te verhullen. Wat er in Childers ook was gebeurd, het behoorde nu tot een ander leven, een dat ze niet konden erkennen zonder alles erger te maken.

'Ik laat u uit,' zei hij ten slotte, terwijl hij naar de deur liep.

Zara knikte en volgde hem door de gang naar de receptie, de hele weg een voorzichtige afstand tussen hen bewarend.

Bij de balie bleef hij even staan. 'Nog een prettige dag, mevrouw Langley.'

'Detective-sergeant,' antwoordde ze met een kort knikje.

Buiten sloeg de hitte als een muur tegen haar aan, maar het was bijna een opluchting na de bedomptheid van die kamer. Zara bleef even op de treden van het bureau staan om weer tot zichzelf te komen. Het universum had een vreemd gevoel voor humor. Van alle mannen in alle kroegen in heel Queensland had ze de nacht doorgebracht met uitgerekend de rechercheur die nu tussen haar en de waarheid over Iris Zhang in stond.

Haar telefoon trilde in haar zak. Waarschijnlijk Dev die informeerde naar haar voortgang, of misschien weer een melding over de groeiende luistercijfers van de podcast. Maar die zorgen leken nu ver weg, overschaduwd door de complicatie die ze niet had kunnen voorzien.

Zara rechtte haar schouders en begon terug te lopen naar haar motel. Het onderzoek was zojuist oneindig veel complexer geworden, maar haar vastberadenheid was niet gewankeld. Integendeel, de tegenwerking overtuigde haar er alleen maar meer van dat er iets goed mis was met de zaak van Iris Zhang.

En detective-sergeant Garrett Pennell wist meer dan hij losliet.

HOOFDSTUK 6

De middagzon brandde in Zara's nek terwijl ze van het politiebureau naar het Golden Horse Restaurant liep. Haar ontmoeting met detective-sergeant Pennell zinderde nog na onder haar huid: de ongemakkelijke herkenning, het professionele antagonisme over hun onuitgesproken verleden heen, zijn versluierde waarschuwingen. Ze duwde de gedachten weg en concentreerde zich op haar volgende uitdaging. De Zhangs. De ouders van Iris. Ze moest hen voorzichtig benaderen, met respect. De zaak van hun dochter mocht dan haar reddingslijn zijn, voor hen was Iris helemaal geen zaak. Ze was hun kind.

The Golden Horse stond aan de hoofdstraat; de rode en gouden verf was vervaagd, maar stak nog steeds fel af tegen de verweerde gebouwen eromheen. Op het uithangbord steigerde trots een handgeschilderd gouden paard, waarvan het bladgoud de felle Queensland-zon ving. Door de grote ramen aan de voorkant zag Zara tafels met witte kleden, waarvan er een paar bezet waren door vroege lunchgasten. Haar maag trok samen. Deze mensen hadden hun enige dochter verloren onder omstandigheden die elke verklaring tartten, en hier stond ze, op het punt om de vrede te verstoren die ze de afgelopen tien jaar misschien hadden gevonden.

Ze bleef even staan op het trottoir en haar vingers klemden zich steviger om de riem van haar tas. Ze had vaker interviews afgenomen met rouwende families, ze had geleerd hoe ze het delicate terrein tussen journalistieke nieuwsgierigheid en menselijk fatsoen moest bewandelen. Maar dit voelde anders. Persoonlijker. Misschien kwam het door de onmogelijke verdrinking, het overhaaste onderzoek, de schijnbare collectieve afspraak van het dorp om niet te vragen naar wat er gebeurd was. Of misschien waren het die ernstige ogen achter de rechthoekige bril die door haar gedachten spookten.

Zara rechtte haar schouders en duwde de deur open. Een belletje rinkelde om haar komst aan te kondigen. Het interieur van het restaurant was onberispelijk schoon en de lucht was doordrongen van de geur van gember, knoflook en vijfkruidenpoeder. Enkele tafels waren bezet door lokale bewoners die vroeg lunchten; hun gesprekken vormden een zacht geroezemoes onder de rustige Chinese instrumentale muziek die uit verborgen luidsprekers klonk. Achter een kleine toonbank stond een vrouw die Zara onmiddellijk herkende uit haar onderzoek: May Zhang, de moeder van Iris.

Ze was kleiner dan Zara had verwacht, misschien een meter zestig, haar zwarte haar was doorregen met grijs en in een praktische knot naar achteren gebonden. Haar gezicht, rond met zachte trekken, zou ooit makkelijk hebben gelachen, maar leek nu door verdriet tot iets gereserveerders te zijn gevormd. Ze droeg een eenvoudige zwarte bloes en een donkere broek; een jade armband was haar enige sieraad.

May keek op toen de bel klonk. Haar ogen, donker en intelligent, taxeerden Zara in een oogwenk. 'Tafel voor één?' vroeg May met een bewust neutrale stem; haar Australische accent verraadde niets van de Chinese afkomst die in haar gelaatstrekken zichtbaar was.

'Eigenlijk,' begon Zara, terwijl ze naar de toonbank liep, 'had ik gehoopt u even te kunnen spreken, mevrouw Zhang. Mijn naam is Zara Langley. Ik doe onderzoek naar wat er met Iris is gebeurd.'

De temperatuur in de ruimte leek direct tien graden te dalen. Mays hand, die net naar een menukaart reikte, bevroor halverwege.

'Daar hebben we niets over te zeggen,' zei ze, haar stem nu met een randje dat scherp genoeg was om te snijden. 'Het is lang geleden.'

'Dat begrijp ik,' zei Zara, haar toon zacht maar direct houdend. 'Maar ik geloof dat er onbeantwoorde vragen zijn over hoe Iris is gestorven. De officiële uitspraak klopt niet...'

'Dit hebben we vaker gehoord,' onderbrak May haar, terwijl haar vingers zich nu om de rand van de toonbank klemden. 'Journalisten, true crime-schrijvers, mensen die beweren dat ze willen helpen, de waarheid willen vinden. Ze nemen wat ze willen, ons verdriet, ons verhaal, en dan vertrekken ze weer. Er verandert niets. Iris blijft dood.'

De botheid van haar woorden kwam bij Zara aan als een fysieke klap. Ze had weerstand verwacht, maar de rauwe bitterheid in Mays stem legde een pijn bloot die na meer dan tien jaar nog steeds vers was.

'Ik ben hier niet om uw verdriet uit te buiten,' zei Zara voorzichtig. 'Ik geloof oprecht dat er iets over het hoofd is gezien bij het onderzoek. De beek waar Iris werd gevonden...'

'De beek waar mijn dochter stierf,' viel May haar in de rede, 'is gewoon een beek. Erover praten brengt haar niet terug. Erover schrijven verandert niets. We hebben alles gezegd wat we te zeggen hebben.'

Een beweging in de deuropening van de keuken trok Zara's aandacht. Er kwam een man naar buiten, zijn witte koksbuis bevlekt door de voorbereidingen voor de lunchdrukte. David Zhang was steviger gebouwd dan zijn vrouw, met grovere trekken en een bril met een metalen montuur. Zijn zwarte haar was grijs aan de slapen en zijn schouders stonden een beetje krom door de jaren die hij boven fornuizen had doorgebracht. Zijn ogen vonden Zara onmiddellijk en leken haar in één oogopslag te beoordelen en te categoriseren voordat hij naar zijn vrouw keek.

David liep naar May en legde een hand op haar schouder. Het gebaar was zowel beschermend als steunend, een fysieke uiting van hun eenheid. Mays houding ontspande zich iets door zijn aanraking, hoewel haar blik wantrouwig bleef.

'Is er een probleem?' vroeg David, zijn stem dieper dan die van zijn vrouw. Hij had een heel licht accent; uit Zara's onderzoek was gebleken dat May in Australië was geboren in een gezin dat al een eeuw in Melbourne woonde, maar David kwam oorspronkelijk uit Hongkong.

'Dit is mevrouw Langley,' zei May, waarbij de lichte nadruk op haar naam suggereerde dat ze al over haar hadden gehoord. 'Ze is hier voor Iris.'

Davids blik keerde terug naar Zara, zijn ogen onpeilbaar achter zijn glazen. 'Wij bespreken onze dochter niet met vreemden,' zei hij simpelweg, resoluut.

Zara wist wanneer ze zich moest terugtrekken. Nu aandringen zou hun weerstand alleen maar vergroten en elke kleine mogelijkheid voor een toekomstig gesprek afsluiten. Ze knikte, liet haar schouders zakken en nam een minder confronterende houding aan.

'Ik begrijp het,' zei ze. 'Mijn excuses voor het binnenvallen. Kan ik in plaats daarvan iets bestellen om mee te nemen? Ik heb nog niet geluncht.'

Het verzoek leek hen beiden te verrassen, deze omslag van onderzoeksjournalist naar gewone klant. Na een moment schoof May een afhaalmenu over de toonbank.

'De nasi van het huis is populair,' zei ze, haar toon iets minder vijandig maar nog lang niet hartelijk.

'Dat klinkt perfect. Dank u wel.'

David ging terug naar de keuken terwijl May de bestelling aansloeg. Zara betaalde en ging toen aan de zijkant van de toonbank staan wachten. Ze probeerde ongedwongen over te komen terwijl ze elk detail van het restaurant in zich opnam. Foto's aan de muren lieten de zaak door de jaren heen zien: jongere versies van May en David, het doorknippen van een lintje bij een grote opening, lokale onderscheidingen. Maar nergens zag ze afbeeldingen van Iris. Het was alsof hun dochter zorgvuldig uit de openbare ruimte was weggesneden; waarschijnlijk elders bewaard, in de beslotenheid van hun huis.

De andere eters keken af en toe haar kant op, hun blikken nieuwsgierig maar niet onvriendelijk. Zara vroeg zich af hoeveel van hen Iris hadden gekend, hoeveel er bij haar begrafenis waren geweest, hoeveel de onmogelijke verdrinking zonder vragen hadden geaccepteerd.

Tien minuten later kwam May uit de keuken met een witte plastic tas met daarin de afhaalbak. Ze overhandigde die aan Zara zonder haar aan te kijken.

'Dank u wel,' zei Zara terwijl ze de tas aanpakte. Toen ze zich omdraaide om weg te gaan, voegde ze er zachtjes aan toe: 'Ik meende wat ik zei. Ik ben hier niet om wat er gebeurd is uit te buiten. Ik wil het gewoon begrijpen.'

May zei niets, maar toen Zara de deur bereikte, keek ze nog één keer om. May keek haar na, en heel even liet ze haar zorgvuldig opgetrokken masker zakken. Wat Zara zag was niet de vijandigheid van daarvoor, maar iets veel complexers. Een vlaag van pijnlijke hoop die onmiddellijk werd gesmoord door de angst om die hoop toe te laten.

Het belletje rinkelde toen Zara weer de felle zon in stapte, de tas met eten warm in haar handen. De last van de verantwoordelijkheid rustte zwaar op haar schouders, zwaarder dan voorheen. Als ze dit doorzette en faalde, zou ze niet alleen haar eigen laatste kans op professioneel eerherstel vergooien. Ze zou elke angst bevestigen die de Zhangs hadden over buitenstaanders die antwoorden beloofden maar alleen maar meer pijn brachten. Ze zou hen opnieuw verraden, net zoals het systeem hen al eens had verraden.

Maar dat sprankje hoop in Mays ogen vertelde haar iets belangrijks: onder hun beschermende schild van vijandigheid wilden de Zhangs ook antwoorden. Ze konden het alleen niet meer opbrengen om erop te hopen.

Zara liep terug naar het Salt Creek Motel, terwijl de warme tas in haar hand heen en weer zwaaide. De ontmoeting met de Zhangs had een leeg gevoel achtergelaten onder haar ribben. Hun verdriet was tastbaar, meer dan tien jaar oud maar nog steeds rauw genoeg om een kamer te vullen. Ze begreep hun achterdocht. Journalisten die even kwamen binnenvallen, emoties uit hun tragedie wrongen en dan weer verdwenen zodra het volgende verhaal riep. Ze kon het hen niet kwalijk nemen dat ze dachten dat zij uit hetzelfde hout gesneden was. Maar dat sprankje hoop in Mays ogen bleef haar achtervolgen. Onder hun defensieve houding wilden zij ook antwoorden.

Toen ze de hoek omging naar haar motelkamer, bevroor Zara halverwege een stap. Er zat een man op het betonnen opstapje voor haar deur. Hij was een jaar of dertig, stevig gebouwd, gekleed in eenvoudige maar kwalitatief goede kleding: een beige cargobroek en een donkergrijs overhemd met knoopjes, de mouwen opgerold tot de ellebogen. Hij keek naar beneden op zijn telefoon en leek verdiept, maar iets in zijn houding suggereerde dat hij aan het wachten was. Op haar.

Zara's hartslag versnelde. Haar vingers klemden zich om haar sleutels in haar zak, terwijl ze in gedachten berekende of ze die als geïmproviseerd wapen kon gebruiken. Maar het was klaarlichte dag, het parkeerterrein van het motel was zichtbaar vanaf de hoofdstraat en er reden regelmatig auto's langs. Ze was hier vast niet in gevaar.

De man keek op toen hij haar aanwezigheid opmerkte. Zijn ogen vonden de hare en hij stond op, terwijl hij zijn telefoon wegstak. Zijn beweging was voorzichtig, alsof hij een schichtig dier benaderde.

'Zara Langley?' vroeg hij, terwijl hij op afstand bleef. Zijn stem was rustig, bedaard. Niet bedreigend.

'Wie vraagt dat?' Ze bleef staan waar ze stond en kwam niet dichterbij.

'Ik ben Vince.' Hij haalde een hand door zijn haar, een gebaar van zenuwachtige energie. 'Vincent Thorne. Ik was de vriend van Iris Zhang. Ik heb gisteren je eerste aflevering op YouTube gezien.'

De spanning in Zara's schouders nam iets af en maakte plaats voor een vlaag van opwinding. De vriend van Iris! Een potentiële goudmijn aan informatie, iemand die haar persoonlijk had gekend, van nabij. Iemand die misschien wel bereid was om te praten.

'Het spijt me dat ik hier zomaar opduik,' vervolgde hij toen ze niet direct reageerde. 'Maar ik had geen tijd om te wachten... Ik vlieg morgen weer weg. Ik ben FIFO-ingenieur, twee weken op, een week af bij een mijn in centraal Queensland. Maar ik wilde echt met je praten over Iris.' Zijn stem haperde even bij haar naam; de meer dan tien jaar aan verdriet was nog steeds merkbaar. 'Omdat ik denk dat je gelijk hebt.'

Zara deed een stap naar voren, en toen nog een. 'Waar heb ik precies gelijk in?'

'Dat het geen ongeluk was.' Zijn ogen hielden de hare vast, standvastig en ernstig. 'Iris had nooit zo kunnen verdrinken. Niet door een ongeluk. Zij niet.'

Zara's journalistieke instinct begon te tintelen. 'Zou je bereid zijn om on the record te praten? Voor de podcast?'

Vince knikte. 'Daarom ben ik hier. Ik wil dat mensen weten wie ze echt was. Wat er echt met haar is gebeurd.' Hij keek om zich heen op het parkeerterrein van het motel. 'Alleen misschien niet hier buiten?'

'Natuurlijk.' Zara liep langs hem heen om haar deur van het slot te doen; haar eerdere achterdocht verdween als sneeuw voor de zon door deze onverwachte kans. 'Kom binnen. Ik moet mijn apparatuur even klaarleggen.'

De motelkamer voelde kleiner met Vince erbij. Zara zette haar tas met eten op de kleine tafel; in haar opwinding was ze de maaltijd vergeten. Ze liep door de kamer, haalde haar camera en statief uit de koffer, stelde de microfoons op en maakte ruimte voor het interview.

'Ik moet even wat dingen doen om de geluidskwaliteit goed te krijgen,' legde ze uit, terwijl ze de gordijnen sloot om tegenlicht te voorkomen en de stoelen verplaatste voor de juiste beeldcompositie. 'Heb je al eens eerder zo'n interview gedaan?'

Vince schudde zijn hoofd. 'Nooit. Nadat Iris stierf, hebben een paar verslaggevers wat vragen gesteld, maar ik heb niet veel gezegd. Ik was zeventien en in shock. En tegen de tijd dat ik alles genoeg had verwerkt om te kunnen praten, hadden ze de zaak al als een ongeluk afgedaan en waren ze verdergegaan.'

Terwijl Zara aan het werk was, observeerde ze hem. Er hing een degelijkheid om Vince heen die betrouwbaarheid suggereerde. Hij zat met zijn handen gevouwen en keek toe hoe ze alles voorbereidde. Hij was niet rusteloos, keek niet weer op zijn telefoon. Hij wachtte rustig af, als iemand die iets belangrijks te vertellen had en daar al heel lang op wachtte.

'Kun je me eerst wat over jezelf vertellen?' vroeg Zara terwijl ze de microfoonniveaus aanpaste. 'Hoe je Iris kende, wat je nu doet?'

'Ik werk als ingenieur voor Fortescue,' zei hij. 'Fly-in, fly-out naar het Bowen Basin. Iris... ik kende Iris mijn hele leven. We zaten bij elkaar op de basisschool en daarna op de middelbare school. Ik zat een klas hoger dan zij. We hadden bijna een jaar verkering voor ze stierf.'

Zara was klaar met het opstellen van de camera, controleerde het kader en drukte op Opname. Ze ging in de stoel tegenover

Vince zitten, dichtbij genoeg voor een gesprek maar zonder hem te benauwen. 'Vertel me eens over Iris,' zei ze, terwijl haar stem overging in het professionele register dat ze voor interviews gebruikte. 'Wat voor iemand was ze?'

Er verzachtte iets in het gezicht van Vince. 'Ze was briljant,' zei hij. 'Niet alleen slim, hoewel ze dat zeker was, de beste van de klas, maar stralend, in elk opzicht. Ze had een manier van kijken naar de wereld waardoor je dingen anders ging zien.'

Hij beschreef Iris tot in detail, het soort details dat alleen voortkomt uit oprechte kennis. Haar passie voor fotografie en digitale media. Hoe ze uren bezig kon zijn om één enkele foto precies goed te krijgen. Haar gedrevenheid om een portfolio op te bouwen dat haar voortijdige toelating tot het Queensland College of Art zou garanderen. De manier waarop ze haar bril boven op haar hoofd schoof als ze hem niet gebruikte, wat afdrukken op haar voorhoofd achterliet die hij dan met zijn vinger volgde.

'Ze had principes,' vervolgde hij, terwijl zijn stem levendiger werd. 'Sterke principes. Ze sloot geen compromissen over zaken die belangrijk voor haar waren. Ethiek, integriteit, hoe je met mensen om hoort te gaan.' Zijn blik vertroebelde. 'Soms denk ik dat dat haar dood is geworden.'

Zara leunde iets naar voren. 'Wat bedoelt u daarmee?'

Vince schudde zijn hoofd. 'Dat weet ik niet precies. Maar de Iris die ik kende zou niet per ongeluk bij die beek zijn geweest. En ze zou zeker niet zomaar in het water zijn gevallen en zijn verdronken. Om te beginnen was ze een goede zwemster. En ze was voorzichtig. Doordacht in alles wat ze deed.'

'Waar was u toen het gebeurde?' vroeg Zara, waarbij ze haar toon neutraal en professioneel hield.

'Nieuw-Zeeland,' zei hij zonder aarzelen. 'Mijn grootmoeder was erg ziek, in Auckland. Ik ging met mijn ouders mee om haar te bezoeken. We waren daar tien dagen. Ik had de stempels in mijn paspoort, de instapkaarten. De politie heeft dat allemaal gecontroleerd.' Zijn kaken werden strakker. 'Ik vloog naar huis de dag nadat ze haar hadden gevonden. Ik heb niet eens afscheid kunnen nemen.'

De pijn in zijn stem was rauw en oprecht. Dit was niet iemand die rouw veinsde; dit was iemand die er nog steeds mee leefde. Het contrast met Kirsty Cannon, de zogenaamde beste vriendin van Iris, had niet groter kunnen zijn.

'Heeft Iris in de dagen voordat u naar Nieuw-Zeeland vertrok nog gesproken over problemen?' drong Zara aan. 'Zorgen? Conflict met iemand?'

Vince was even stil en dacht na. 'Ze werkte aan een project. Iets voor haar portfolio. Ze was er enthousiast over, maar ook... ik weet het niet, beschermend? Ze wilde het aan niemand laten zien voordat het af was.' Zijn wenkbrauwen fronsten. 'En er was iets met Kirsty. Spanningen.'

'Kirsty Cannon? Het gemeenteraadslid?' Zara woog haar volgende woorden zorgvuldig. 'Ik heb Kirsty gisteravond kort ontmoet. Ze zei dat ze de beste vriendin van Iris was.'

'Ja. Ze waren al jaren vriendinnen; zoals ik al zei, we zijn allemaal samen opgegroeid. Maar er was iets gebeurd. Iris legde het niet echt uit, ze zei alleen dat Kirsty iets had gedaan dat een grens overschreed. Dat ze ruzie hadden gehad.' Hij fronste. 'Wat het ook was, het moet ernstig zijn geweest. Iris zou een vriendschap niet zomaar beëindigen. Ze was loyaal tot op het bot.'

Zara maakte een mentale notitie om dit spoor te volgen. De vage, algemene beschrijvingen van Kirsty over Iris kwamen in dit licht in een heel ander daglicht te staan.

'Was er iemand die Iris misschien kwaad wilde doen?' vroeg ze, terwijl ze zijn reactie nauwlettend in de gaten hield.

Het gezicht van Vince betrok. 'Die vraag heb ik mezelf al elf jaar lang gesteld. Als ik het wist, was ik allang naar de politie gestapt.' Zijn stem haperde. 'Ze was de liefde van mijn leven, weet je? We waren tieners, en mensen zeggen dat je dan te jong bent om het te weten, maar ik wist het. Ik weet het nog steeds.'

Er welden tranen op in zijn ogen en hij deed geen moeite ze te verbergen. 'Zoek alsjeblieft uit wat er werkelijk met haar is gebeurd,' zei hij met een stem die schor was van emotie. 'Alsjeblieft. Ze verdient de waarheid. Haar ouders verdienen het. Ik moet weten wie haar van ons heeft afgenomen. *Waarom* diegene haar heeft vermoord.'

De rauwheid van zijn smeekbede raakte Zara diep. Dit was niet alleen goede inhoud; dit was een mens die nog steeds de last van een onopgelost verlies met zich meedroeg, na meer dan tien jaar nog steeds op zoek naar afsluiting. Ze vroeg niet of Vince inmiddels getrouwd was of een vriendin had. Iets zei haar dat hij ontkennend zou antwoorden. Hij kon Iris niet loslaten.

'Ik zal doen wat ik kan,' beloofde ze, en op dat moment meende ze het meer dan ze in lange tijd iets had gemeend. Dit ging niet meer alleen om het redden van haar carrière. Het ging om gerechtigheid voor het meisje in de beek, en voor de mensen die van haar hadden gehouden.

Misschien kon Vince, als zij de antwoorden vond, eindelijk rust vinden en verdergaan met zijn leven.

De kamer voelde leger aan nadat Vince was vertrokken. Zara zat aan de kleine tafel en staarde naar de onaangeroerde bak nasi van het huis, die inmiddels koud was. Haar maag knorde, maar ze negeerde het en trok haar laptop naar zich toe. Het interview met Vincent Thorne was precies wat ze nodig had. Een ooggetuigenverslag van iemand die Iris door en door had gekend, die kon vertellen wie ze was als persoon, niet alleen als slachtoffer. Iemand die vraagtekens zette bij de officiële uitspraak en zelf een ijzersterk alibi had. Dit materiaal was goud. Puur, onmiskenbaar goud dat een publiek zou weten te boeien. En toch was zijn verdriet zo rauw geweest, zo oprecht, dat het op de een of andere manier verkeerd voelde om het te reduceren tot inhoud.

Ze ademde uit. Vince was naar *haar* gekomen. Hij wilde dit, had erom gevraagd. Hij was ermee akkoord gegaan om voor de camera te verschijnen, wetende wat zij met de beelden zou doen. Hij verdiende het dat zijn kant van het verhaal verteld werd, dat zijn vragen gehoord werden, en hij had haar gekozen als de boodschapper.

Ze sloot haar camera aan op de laptop en begon de bestanden over te zetten, terwijl ze de voortgangsbalk langzaam zag vorderen. In een ander leven had ze hier misschien een onderzoeksassistent voor gehad, iemand die de beelden inventariseerde, transcripties maakte en de beste soundbites selecteerde. Nu was zij het alleen, in een motelkamer in een stadje waar de meeste mensen leken te wensen dat ze zou vertrekken.

De overdracht van de bestanden was voltooid. Zara opende haar montagesoftware en de vertrouwde interface begroette haar als een oude vriend. Ze maakte een nieuw project aan: 'Het Meisje in de beek_EP02'. Deze aflevering zou anders zijn dan de eerste.

Niet alleen haar vragen en theorieën, maar een getuige. Een stem die inging tegen het zwijgen van het stadje.

Ze begon de beelden te bekijken en maakte aantekeningen bij de tijdstempels waar de getuigenis van Vincent bijzonder krachtig was. Zijn beschrijving van het karakter van Iris: principieel, vastberaden, voorzichtig. Zijn zekerheid dat ze niet per ongeluk verdronken kon zijn. De vermelding van spanningen tussen Iris en Kirsty Cannon, een draad waar ze later aan zou moeten trekken. Het meest meeslepend was zijn rauwe emotie, de tranen die in zijn ogen opwelden terwijl hij sprak over het meisje van wie hij had gehouden en dat hij verloren was.

Zara bouwde het narratief zorgvuldig op en stelde de structuur van de aflevering samen terwijl ze clips selecteerde. Beginnen met de context, kort de eerste aflevering samenvatten voor nieuwe luisteraars. Vermelden dat de inwoners van Salt Creek zeer terughoudend waren om over Iris te praten, misschien wel beschermend tegenover een van hun eigen mensen. Introduceer dan Vincent, leg zijn relatie met Iris uit en vertel dat hij Zara had benaderd omdat hij zijn kant van het verhaal wilde doen. Omdat hij misschien wilde praten over Iris terwijl niemand anders dat wilde. Zijn beschrijvingen gebruiken om een beeld te schetsen van wie Iris was, niet alleen het slachtoffer van de foto's van de plaats delict, maar een volwaardige jonge vrouw met dromen, talenten en sterke principes.

Ze werkte gestaag door, waarbij haar journalistieke instincten haar keuzes leidden. Wat zou de luisteraars raken? Wat zou het onderzoek verder helpen? Welke vragen riep zijn getuigenis op die ze in toekomstige afleveringen kon verkennen?

Tijdens het monteren merkte Zara dat ze steeds weer terugkeerde naar één specifieke clip. Vincent die beschreef hoe Iris haar bril boven op haar hoofd schoof als ze hem niet gebruikte, wat afdrukken op haar voorhoofd achterliet die hij dan met zijn vinger volgde. Het detail was intiem, specifiek en onmogelijk te verzinnen. Het maakte Iris echt op een manier die politierapporten en schoolfoto's niet konden. Zara plaatste het vroeg in de aflevering, wetende dat het de luisteraars zou grijpen, hen zou laten meeleven met het meisje in de beek.

Ze greep naar haar waterfles en nam een flinke slok. Ze vond een vork en at wat van de inmiddels koude nasi van het huis, in het besef dat ze iets in haar maag moest hebben. De montage verliep goed, maar het emotionele gewicht van de getuigenis van Vincent was op haar borst gaan liggen. Zijn verdriet was tastbaar, meer dan tien jaar oud maar nog steeds vers genoeg om tranen in zijn ogen te brengen. Terwijl ze het keer op keer bekeek bij het vormgeven van de aflevering, merkte Zara dat ze zelf ook tranen moest wegslikken. Dit was niet zomaar inhoud. Dit was iemands leven, iemands verlies.

Toch kon ze het professionele deel van haar brein niet ontkennen, dat inzag wat dit voor haar podcast zou doen. De getuigenis van Vincent was meeslepend, emotioneel, authentiek. Het soort inhoud dat voor betrokkenheid zorgde, waardoor luisteraars investeerden in een verhaal en terugkwamen voor meer. Het soort dat haar huis kon redden, haar carrière, haar broze gevoel van professionele eigenwaarde.

Ze stelde haar microfoon op om haar voice-over op te nemen. Haar stem moest de luisteraars door de getuigenis van Vincent leiden, context bieden en de vragen stellen die zij ook zouden stellen. Ze schraapte haar keel, nam een slok water en begon:

'Vincent Thorne was zeventien toen zijn vriendin, Iris Zhang, dood werd gevonden in Salt Creek. Meer dan tien jaar later is zijn verdriet nog steeds rauw, zijn vragen nog onbeantwoord. In deze aflevering horen we van iemand die Iris door en door kende, niet alleen als slachtoffer, maar als een briljante jonge vrouw met dromen, principes en een toekomst die haar is ontnomen.'

Ze pauzeerde even en vervolgde dan:

'Wat Vince onthult over het karakter van Iris roept nieuwe vragen op over hoe ze per ongeluk had kunnen verdrinken in vijftien centimeter water. Het voegt ook nieuwe elementen aan ons onderzoek toe, waaronder spanningen tussen Iris en Kirsty Cannon, het huidige gemeenteraadslid dat beweert de beste vriendin van Iris te zijn geweest.'

Nu haar voice-over klaar was, integreerde Zara deze in de aflevering, waarbij ze hem onder de zorgvuldig geselecteerde B-roll van de beek, de stad en de schoolfoto van Iris plaatste. Het resultaat was gepolijst, ondanks haar beperkte middelen. Meeslepend, emotioneel, professioneel.

Voor het einde koos ze de laatste smeekbede van Vince. Zijn gezicht vullend in het kader, zijn ogen vochtig van onvergoten tranen, zijn stem schor van emotie: 'Ze was de liefde van mijn leven. Zoek alsjeblieft uit wat er werkelijk met haar is gebeurd. Alsjeblieft.'

Zara liet de clip doorlopen zonder gesproken tekst, waardoor zijn rauwe smeekbede voor zich sprak voordat de outro-muziek van de podcast inschakelde. De impact was onmiskenbaar. Kijkers zouden zijn verdriet voelen en zijn behoefte aan antwoorden delen. Ze zouden terugkomen voor de volgende aflevering, hongerig naar meer.

Ze exporteerde het bestand en zag de voortgangsbalk zich opnieuw vullen. Drieëntwintig minuten en zevenenveertig seconden aan inhoud die haar onderzoek verder zou helpen en die, als de reactie op de eerste aflevering een indicatie was, haar statistieken aanzienlijk zou stimuleren. De combinatie van emotionele getuigenis en nieuwe onthullingen over de mogelijke betrokkenheid van Kirsty Cannon zou voor betrokkenheid zorgen, theorieën in de reacties genereren en misschien zelfs andere getuigen naar voren laten komen.

Toen de export voltooid was, uploadde Zara de aflevering naar haar hostingplatform. Ze schreef een beschrijving, voegde tags toe en plaatste de thumbnail die ze had gemaakt; een gesplitst scherm met de schoolfoto van Iris naast een stilstaand beeld van Vincent tijdens het interview, zijn gezichtsuitdrukking ernstig en getergd. Daarna plande ze de aflevering in om direct live te gaan.

Ze klikte op 'Publiceren' en zag de bevestiging op het scherm verschijnen. Opluchting mengde zich met iets zwaarders, iets complexers. Schuldgevoel misschien, omdat ze het verdriet van Vincent als inhoud gebruikte, zelfs met zijn uitdrukkelijke toestemming. Of angst voor de verantwoordelijkheid die ze nu droeg, niet alleen tegenover haar publiek of haar bankrekening, maar tegenover Vincent, tegenover de familie Zhang, tegenover Iris zelf.

Zara sloot haar laptop en pakte weer de bak met koude nasi van het huis, terwijl ze mechanisch at en haar telefoon controleerde. De meldingen begonnen al binnen te stromen. De kijkcijfers stegen, de reacties kwamen binnen, de aflevering werd steeds vaker gedeeld. De aflevering vond haar publiek en zou misschien zelfs het bereik van de eerste overtreffen.

Ze legde haar vork neer, plotseling niet meer in staat om haar eten op te maken. De woorden van Vincent echoden in haar hoofd: *'Ze was de liefde van mijn leven. Zoek alsjeblieft uit wat er werkelijk met haar is gebeurd. Alsjeblieft.'* De last van zijn vertrouwen, van zijn verdriet van tien jaar oud, rustte op haar schouders, samen met de druk van haar hypotheek, haar slinkende spaargeld en haar professionele toekomst.

Wat er ook zou gebeuren, Zara wist dat deze zaak meer was geworden dan alleen haar weg terug naar succes. Het was een belofte geworden aan een dood meisje, aan de jongen die van haar had gehouden en aan ouders die nog steeds bevroren waren in hun rouw. Een belofte die ze zich niet kon veroorloven te breken, om redenen die veel verder gingen dan de financiële.

HOOFDSTUK 7

DE HITTE DRUKTE TEGEN haar huid terwijl Zara door de hoofdstraat van Salt Creek liep, en ondanks het vroege uur parelden de zweetdruppels langs haar haargrens. Ze hief haar camera, kaderde het Golden Horse Restaurant in haar zoeker en concentreerde zich op de zichtlijnen tussen de ingang en de route die Iris op haar laatste avond genomen zou hebben om bij de kreek te komen, via de ingang van het park en dan het pad naar beneden naar het ravijn. Weer een puzzelstukje om vast te leggen, weer een invalshoek om te overwegen.

Het huis van de familie Zhang lag in de tegenovergestelde richting, één blok achter de hoofdstraat. Of Iris was niet 'onderweg naar huis', zoals ze tegen haar ouders had gezegd, of ze was onderweg iemand tegengekomen die haar ervan had overtuigd om in plaats daarvan naar de kreek te gaan. Nadat ze zelf het pad naar de kreek was afgelopen, geloofde Zara niet dat iemand Iris naar beneden had kunnen dragen; het was te steil en onhandig. Iris was, om wat voor reden dan ook, op eigen benen gegaan.

Zara liet de camera zakken en maakte een aantekening in haar telefoon: 'Directe zichtlijn van restaurant naar parkuitgang. Iemand die vanuit Golden Horse toekeek, zou hebben gezien dat Iris richting de kreek ging in plaats van naar huis.' Ze veegde haar voorhoofd af met de rug van haar hand en liep verder, haar tas zwaar tegen haar heup tikkend.

Het succes van haar eerste twee afleveringen had haar wat ademruimte gegeven, maar geen reden tot zelfvoldaanheid. Ze moest grondig te werk gaan. Het interview met Vincent was boeiende inhoud, maar ze had meer nodig: concreet bewijs, inconsistenties in de officiële lezing, getuigen die bereid waren officieel hun verhaal te doen. Dat laatste bleek een lastige opgave.

Ze fotografeerde de route van het restaurant naar de voetbrug, nam foto's vanuit meerdere hoeken en noteerde mogelijke dode hoeken, plekken waar iemand Iris ongemerkt had kunnen volgen. De zon klom hoger en de reflectie in de etalages versterkte de hitte. Haar T-shirt plakte aan haar rug en het asfalt leek de hitte via de zolen van haar wandelschoenen naar boven te stralen.

Een belletje rinkelde toen ze de deur van de veevoederwinkel openduwde; de plotselinge schaduw was een kortstondige verlichting. Binnen rook de lucht naar leer, graan en motorolie, een kenmerkend plattelandsparfum dat haar eraan herinnerde hoe ver ze van Brisbane vandaan was. Aan het plafond draaide lui een ventilator die de warme lucht liet circuleren zonder deze af te koelen.

Achter de toonbank keek een man van in de zestig op van een catalogus voor landbouwapparatuur. Zijn verweerde gezicht getuigde van tientallen jaren onder de zon van Queensland, met diepe rimpels rond ogen die haar met openlijke nieuwsgierigheid maar zonder herkenning taxeerden; hij had dus niet naar YouTube gekeken.

'Morgen,' zei hij, terwijl hij de catalogus sloot. 'Kan ik u ergens mee helpen?'

Zara glimlachte en nam de nonchalante houding aan die ze in de loop der jaren tijdens haar onderzoekswerk had geperfectioneerd. 'Ik kijk gewoon wat rond. Ik ben nieuw in de stad.'

'Toerist?' Zijn toon gaf aan hoe onwaarschijnlijk hij die mogelijkheid achtte.

'Ik werk aan een project,' antwoordde ze, terwijl ze langs een schap met werkhandschoenen en hoeden drentelde en haar toon luchtig hield. 'Woont u hier zelf al lang?'

'Volgende maand drieënveertig jaar.' De man ontspande zich iets, altijd bereid om over zichzelf te praten. 'Heb het in '86 van mijn vader overgenomen.'

'Dan moet u iedereen in de stad wel kennen.'

'Min of meer.' Hij knikte, trots zichtbaar in zijn houding. 'Na vier decennia achter deze toonbank zie je generaties komen en gaan.'

Zara kwam wat dichterbij en bekeek een rek met werkhemden terwijl ze het gesprek geleidelijk stuurde. 'U moet in al die jaren veel veranderingen hebben gezien.'

'Sommige. Niet zoveel als u zou denken. Salt Creek houdt nogal vast aan zijn gewoontes.'

Ze knikte alsof ze hierover nadacht. 'Ik las over een tragedie die hier een aantal jaar geleden heeft plaatsgevonden. Een jong meisje? Iris Zhang?'

De verandering was subtiel maar onmiddellijk. Zijn schouders verstrakten, zijn blik schoot naar de deur achter haar. 'Dat was een vreselijke zaak.'

'Kende u haar familie?'

'Ze komen hier soms voor tuinbenodigdheden. Houden zich meestal op de achtergrond.' Zijn vingers trommelden tegen de toonbank, een nerveus gebaar.

'Zoiets moet iedereen wel hebben geraakt,' hield Zara haar toon licht en niet-bedreigend. De opmerking was een uitnodiging om te delen hoe hij zich persoonlijk over de zaak voelde.

'Dat is een gepasseerd station,' zei hij, een ongelukkige woordkeuze gezien de omstandigheden. 'De stad is verdergegaan.'

'Is dat zo? Ik kreeg de indruk...'

'Morgen, Ray.' De diepe stem achter haar stuurde een schok door Zara's ruggengraat.

Ze draaide zich om en zag Garrett Pennell in het gangpad staan, zo dichtbij dat ze zijn aftershave rook; dezelfde als in Childers, dezelfde als in de verhoorkamer op het politiebureau.

'Detective,' begroette ze hem, haar stem zorgvuldig neutraal ondanks de plotselinge versnelling van haar hartslag.

'Mevrouw Langley.' Hij knikte en keek toen langs haar heen naar de winkeleigenaar. 'Zijn die afrasteringspalen al binnen, Ray?'

'Morgen, sergeant. Ik zal er een paar apart zetten.'

Garrett richtte zijn aandacht weer op Zara. 'Ik zag je auto vanmorgen op de parkeerplaats van het motel staan. Die banden zijn praktisch kaal. Dat vraagt om ongelukken.'

Zara was verontwaardigd over de opmerking, over de impliciete kritiek op haar financiële situatie. 'Ik regel het zodra ik het kan betalen.'

Zijn ogen hielden de hare een moment langer vast dan nodig was; er trok iets onleesbaars doorheen. Toen stapte hij dichterbij en zei op zachtere toon, alleen voor haar oren bestemd: 'De garage van Mick, naast het benzinestation. Zeg maar dat ik je stuur. Hij legt er voor de helft van de nieuwprijs een paar fatsoenlijke tweedehands banden op.'

De nabijheid tussen hen laadde de lucht elektrisch op; hun lichamen herinnerden zich Childers, ook al deden hun hersenen alsof dat niet zo was. Zara voelde de hitte die hij uitstraalde en kon op deze afstand de donkerblauwe spikkels in zijn grijsblauwe ogen zien.

'Dank je,' zei ze stijfjes, onzeker waarom zijn hulp haar meer dwarszat dan zijn tegenwerking. Misschien omdat het de lezing die ze had geconstrueerd in de war schopte: Garrett Pennell, het obstakel voor de waarheid.

Ze draaide zich weer naar de winkelier, vastbesloten om haar vragen voort te zetten, maar de man was plotseling druk verdiept in het herschikken van spullen achter de toonbank.

'Nog iets nodig, Ray?' vroeg Garrett, nog steeds zo dichtbij staand dat Zara zijn aanwezigheid kon voelen zonder naar hem te kijken.

'Allemaal goed, Garrett. Ik laat je weten wanneer die palen er zijn.'

Zara voelde dat Garretts aandacht naar haar terugkeerde, zijn blik was bijna tastbaar tegen haar huid. Ze weigerde zich om te draaien, weigerde te erkennen wat er ook mocht gebeuren tussen hen. Na een moment hoorde ze hem naar de deur lopen.

'Fatsoenlijke banden kunnen je leven redden op deze wegen, mevrouw Langley. Het overwegen waard.' Het belletje rinkelde toen hij vertrok, en de hitte van buiten stroomde even naar binnen om de leegte van zijn vertrek op te vullen.

De winkelier, Ray, ging door met zijn overbodige herschikken; zijn eerdere openheid was verdwenen. Welke kleine kans ze ook had gehad om informatie van hem te krijgen, was met de komst van Garrett vervlogen. Of waren het haar vragen over Iris die hem hadden doen dichtklappen? Door de timing was dat onmogelijk met zekerheid te zeggen.

'Bedankt voor uw tijd,' zei ze, terwijl ze naar de deur liep. Ray knikte zonder op te kijken.

Buiten beukte de hitte weer op haar in en het zweet stond onmiddellijk op haar voorhoofd. Zara keek op haar telefoon en maakte een snelle notitie over de interactie: *Eigenaar veevoederwinkel (Ray) onwelwillend om Iris te bespreken. Verschijning van Pennell beëindigde gesprek, toeval of opzettelijke onderbreking?'*

Ze wierp een blik in de straat waar Garrett heen was gegaan, maar hij was al verdwenen. Het advies over de banden bleef in haar hoofd hangen, een gebaar dat niet netjes paste in haar beeld van hem. Behulpzaam, bijna beschermend, wat nergens op sloeg als hij probeerde haar de stad sneller te laten verlaten. Tenzij dit zijn manier was om te zeggen dat hij wist dat haar middelen beperkt waren, dat ze uiteindelijk wel zou moeten opgeven en naar huis gaan. Banden waren duur. Hoe was het hem trouwens opgevallen dat die van haar versleten waren? Had hij specifiek haar auto gecontroleerd, op zoek naar zwakke plekken?

Zara rechtte haar schouders en ging verder met haar documentatie, terwijl ze de ontmoeting uit haar gedachten verbande. Ze had werk te doen. Een stad in kaart brengen. Vragen stellen.

En een detective doorgronden, confrontatie voor confrontatie.

Halverwege de ochtend stond Zara buiten bij de Salt Creek Supermarket; de zon had inmiddels de volledige heerschappij over de dag opgeëist. Ze had haar bezoek zo gepland dat ze de ochtendmanager, Emma Sutton, trof tijdens haar rookpauze. De vrouw, eind twintig, met geblondeerd haar in een slordige knot, was eerst aarzelend geweest en had over haar schouder gekeken alsof er iemand meekeek. Maar Zara's voorzichtige vragen over hun gezamenlijke middelbare schooltijd hadden haar wantrouwen geleidelijk doen afnemen.

'We waren niet echt close of zo,' zei Emma, terwijl ze rook wegblies van Zara. 'Verschillende kringen, weet je wel? Maar iedereen kende Iris. De beste van elke klas, altijd bezig met een of ander project.'

'Zaten jullie in hetzelfde jaar?' hield Zara haar stem nonchalant, haar recorder verborgen in haar zak.

Emma schudde haar hoofd. 'Een jaar boven haar en Kirsty, hetzelfde jaar als Vince. Maar het is een kleine stad, er zaten niet zo heel veel kinderen op school. We kenden elkaar allemaal, en een jaar of twee leeftijdsverschil maakte niet veel uit voor wie er met elkaar omgingen. Ik heb je podcast trouwens gezien. Vince was altijd gek op Iris. Hij keek nooit naar iemand anders, zelfs niet als andere meiden het probeerden.'

Zara maakte een mentale notitie van deze bevestiging van Vince's toewijding. 'Is je iets ongewoons opgevallen aan Iris in de dagen voordat ze stierf?'

Emma nam nog een trekje en dacht na. 'Ze was... gespannen. Alsof haar iets dwarszat.' Haar stem werd zachter. 'Ik werkte toen achter de kassa, zat nog op school. Iris kwam twee dagen voor... voordat het gebeurde binnen. Ze was zichzelf niet.'

'Hoezo niet?'

'Meestal maakte ze een praatje, vroeg ze hoe het met mijn broertje ging, hij had astma en ze vergat nooit daarnaar te vragen. Maar die dag leek ze afgeleid. Ze bleef maar over haar schouder kijken.' Emma fronste bij de herinnering. 'En ze kocht een usb-stick. Zo'n dure met veel opslagruimte. Ze betaalde contant, wat vreemd was omdat de familie Zhang voor zakelijke uitgaven altijd hun kaart gebruikten.'

Zara's hartslag versnelde. Een usb-stick. Vince had gezegd dat Iris aan iets werkte voor haar portfolio, iets waar ze heel beschermend over was. 'Heeft ze gezegd waar het voor was?'

'Nee, maar...' Emma's ogen sperden zich plotseling open en concentreerden zich op iets achter Zara's schouder. Haar houding verstrakte. 'Ik moet weer aan het werk. Neem me niet kwalijk.'

Zara draaide zich om en zag Garrett uit het café ernaast komen met een meeneemkoffie in zijn hand. Hij zag hen onmiddellijk en zijn gezichtsuitdrukking verstrakte terwijl hij dichterbij kwam. Emma drukte haar sigaret uit en mompelde: 'Sorry,' voordat ze zich weer naar binnen haastte, zonder Garrett zelfs maar aan te kijken toen ze hem passeerde.

'Je maakt jezelf populair hier in de stad, zie ik,' zei Garrett, terwijl hij op een paar meter afstand van Zara bleef staan.

Frustratie borrelde in haar op. Alweer een interview dat voortijdig werd afgebroken, alweer een mogelijk spoor dat werd onderbroken door zijn verschijning. 'Maak je er een gewoonte van om getuigen te intimideren, of is dat alleen als ik met ze praat?'

Garrett stapte dichterbij. Zijn stem werd zo zacht dat voorbijgangers het niet konden horen. 'U begrijpt de dynamiek van een kleine stad niet. Mensen leven al meer dan tien jaar met dit verhaal. U rafelt verdriet op voor wat? Podcast-downloads?'

De beschuldiging kwam hard aan, juist omdat een deel van haar er een kern van waarheid in herkende. Maar haar motieven waren inmiddels gegroeid, waren sterker geworden na haar ontmoeting met Vince, na het zien van die flikkering in de ogen van May Zhang.

'Voor gerechtigheid,' antwoordde ze, zonder achteruit te wijken ondanks zijn nabijheid. 'Iets waar je geacht wordt om te geven.'

Zijn kaken klemden op elkaar, een spiertje trilde onder zijn huid. 'Denkt u dat u alles weet na een paar dagen hier?'

De woede in zijn stem leek buitenproportioneel, persoonlijk op een manier die niet logisch was voor een politieagent die simpelweg het werk van zijn korps verdedigde. Tenzij hij een reden had om defensief te zijn. Tenzij hij iets wist.

Hun lichamen stonden naar elkaar toe gedraaid en de ruzie bevatte de energie van iets heel anders, iets wat geen van beiden wilde erkennen. De hitte tussen hen was niet alleen woede; het was de onopgeloste spanning uit Childers, uit de verhoorkamer, uit elke ontmoeting daarna.

'Ik weet genoeg om te zien dat de officiële lezing niet klopt,' zei Zara, zich bewust van de zweetdruppels op haar slapen en de blos in haar nek die niet alleen door de hitte of woede kwam. 'Ik weet dat een meisje van zeventien niet per ongeluk kan verdrinken in enkeldiep water. Ik weet dat mensen in deze stad hun mond houden zodra ik haar naam noem, wat mij vertelt dat ze iets weten wat ze niet zeggen.'

Garretts ogen weken geen moment van de hare; de intensiteit van zijn blik was bijna tastbaar. 'U heeft geen idee wat u overhoop haalt. Dit gaat niet alleen over Iris Zhang.'

'Vertel me dan waar het wel over gaat,' daagde ze hem uit, terwijl ze ondanks zichzelf een halve stap dichterbij deed.

Ze stonden nu zo dicht bij elkaar dat ze de stoppels op zijn kaak kon zien en de koffie in zijn adem kon ruiken. Een groepje oudere vrouwen op een bankje in de buurt wisselde veelzeggende blikken uit; ze zagen de spanning duidelijk aan voor pure vijandigheid tussen een buitenstaander en een lokale wetsdienaar. Was het maar zo simpel.

'U kunt hier niet zomaar komen binnenvallen, antwoorden eisen en verwachten dat iedereen zijn hele leven blootlegt voor uw microfoon,' zei hij, terwijl het spiertje in zijn kaak trilde. 'Deze mensen hebben hun leven opgebouwd rond bepaalde opvattingen, bepaalde... afspraken.'

'Afspraken?' Zara greep het woord direct aan. 'Wat betekent dat precies?'

Er flikkerde iets in zijn ogen. Spijt, misschien, omdat hij te veel had gezegd. Hij deed een stap naar achteren en creëerde afstand tussen hen. Zara voelde het verlies van zijn nabijheid als iets fysieks.

'Het betekent dat u uzelf niet geliefd maakt,' zei hij uiteindelijk, zijn stem nu koeler, meer beheerst. 'Zeg niet dat ik u niet gewaarschuwd heb.'

Hij draaide zich om en liep weg, zijn koffie nog onaangeroerd in zijn hand. Zara keek hem na, haar hart bonzend tegen haar ribben, haar huid rood van woede en van iets anders dat ze weigerde te erkennen.

De oudere vrouwen op het bankje keken nog steeds; een van hen boog zich voorover om iets te fluisteren waar de anderen wijs bij knikten. Zara negeerde hen en concentreerde zich in plaats daarvan op wat Emma had onthuld voordat Garrett hen onderbrak. Een usb-stick. Iris kocht digitale opslag en betaalde contant om geen spoor achter te laten. Iets waar ze aan werkte en dat geheim moest blijven.

En Garretts merkwaardige woordkeuze: *afspraken*. Geen leugens, geen doofpotaffaires, maar afspraken. Alsof de stad collectief akkoord was gegaan met een bepaalde versie van de gebeurtenissen, een structuur gebouwd rond wat er werkelijk met Iris Zhang was gebeurd.

Zara pakte haar telefoon en maakte aantekeningen terwijl het gesprek nog vers in haar geheugen zat. Emma Sutton zou misschien niet meer met haar willen praten nadat ze Garretts reactie had gezien, maar ze had genoeg gezegd om een nieuwe draad te bieden om aan te trekken. En Garrett zelf had onbedoeld meer onthuld dan hij waarschijnlijk van plan was.

Het onderzoek vorderde, ondanks zijn pogingen om het te blokkeren. Of probeerde hij het eigenlijk wel te blokkeren? Zijn waarschuwingen konden op meerdere manieren worden opgevat: oprechte bezorgdheid over de rust in het stadje, of iets persoonlijkers. Iets wat zijn ogen deed verdonkeren wanneer ze hem onder druk zette, iets wat hem dichterbij liet komen in plaats van afstand te laten nemen.

Zara schudde haar hoofd en dwong haar gedachten terug naar de zaak. Ze kon zich geen afleidingen veroorloven, al helemaal geen afleidingen met grijsblauwe ogen en waarschuwingen die bijna klonken als bezorgdheid.

Salties puilde uit van de vrijdagvonddrukte; de plafondventilatoren draaiden vergeefs tegen de gecombineerde hitte van lichamen en de resterende warmte van de dag in. Zara had de laatste vrije hoektafel geclaimd, haar laptop open met beelden van de kreek, terwijl ze met haar koptelefoon op de subtiele geluiden van het stromende water probeerde op te vangen boven het rumoer van de pub uit. Ze had deze openbare plek bewust gekozen, deels vanwege de wifi die beter werkte dan de haperende verbinding van het motel, deels om de lokale bevolking in hun natuurlijke omgeving te observeren. Drie uur en een chicken parmigiana later was ze flink opgeschoten met haar derde aflevering, maar ze merkte dat ze herhaaldelijk werd afgeleid door de veranderende dynamiek in de pub.

Bij de bar stonden de drinkers drie rijen dik: boeren nog in hun werkkleding, ambachtslieden die ontspanden na de werkweek, jongere inwoners die zich hadden opgetuigd voor een avondje uit dat onvermijdelijk hier eindigde, de enige uitgaansgelegenheid in de stad. Gesprekken zwollen aan en stierven weer weg om haar heen; af en toe daalde het volume wanneer iemand Iris of 'dat podcastvrouwtje' noemde, om daarna weer te worden hervat met heimelijke blikken in haar richting.

Zara verzette haar koptelefoon en probeerde zich te concentreren op de montagesoftware in plaats van op de incidentele vijandige blikken. Haar derde aflevering kreeg vorm; ze verwerkte de onthulling van Emma over de usb-stick samen met meer fragmenten uit de getuigenis van Vince en een kort verslag van de geschiedenis van de stad, dat ze toevoegde voor de sfeer. Het verhaal werkte toe naar een dwingende vraag: welke informatie had Iris in haar bezit die een moord waard was?

De sfeer in de pub veranderde subtiel; de toon en het volume van de gesprekken pasten zich aan. Zara keek op en speurde instinctief naar de oorzaak van de verandering. Haar maag trok samen toen Garrett de drempel overstapte, geflankeerd door twee andere mannen. Ze droegen alle drie burgerkleding, maar hun houding verraadde hen onmiskenbaar als politie: dezelfde alerte houding, hetzelfde zorgvuldige scannen van de ruimte.

Zara boog haar hoofd weer over haar scherm, haar hartslag versnelde ondanks haar pogingen om onverschillig te blijven. Ze voelde het gewicht van Garretts aandacht toen hij haar opmerkte, hoewel ze haar ogen resoluut op haar werk hield. Vanuit haar ooghoeken zag ze dat zijn collega's een tafel claimden terwijl Garrett naar de bar liep.

De menigte week een beetje voor hem uiteen, niet dramatisch, maar met het subtiele ontzag dat aan lokaal gezag wordt getoond. Hij stopte direct naast haar tafel bij de bar, met zijn rug naar haar toe terwijl hij wachtte om te bestellen. Geen van beiden erkende de ander, en toch was Zara zich pijnlijk bewust van zijn nabijheid, van de geur van zijn aftershave die zich mengde met de geur van bier en gefrituurd eten in de pub.

De stilte tussen hen stond strak als een snaar terwijl de barman de rij afwerkte. Toen hij Garrett eindelijk bereikte, ging zijn vraag bijna verloren in het kabaal: 'Wat kan ik voor u inschenken, sergeant?'

'Een groot glas Great Northern,' antwoordde Garrett, en voegde daar zonder zich om te draaien aan toe, 'en wat zij ook drinkt.' Hij gebaarde met een klein knikje van zijn hoofd naar Zara.

Ze keek op, verrast door het gebaar na hun confrontatie voor de supermarkt. 'Ik heb uw liefdadigheid niet nodig, detective."

Garrett draaide zich toen om, met één hand rustend op de rand van de bar, en keek haar voor het eerst die avond recht in de ogen. 'Geen liefdadigheid. Professionele beleefdheid.'

De barman wachtte af met opgetrokken wenkbrauwen, gevangen tussen hen beiden. Het lawaai van de pub leek weg te ebben rond hun tafel, hoewel Zara wist dat het slechts haar verhoogde bewustzijn was waardoor het zo voelde. Verschillende stamgasten in de buurt keken met slecht verholen interesse toe.

'Voor mij ook een bier,' zei ze uiteindelijk, waarbij ze meer toegaf uit een verlangen om de publieke aandacht te beëindigen dan uit een daadwerkelijke acceptatie van zijn gebaar.

Garrett knikte naar de barman, die wegliep om hun drankjes te halen. Ze zeiden even niets tegen elkaar; de afwezigheid van woorden werd gevuld door het gewicht van hun eerdere ontmoetingen: Childers, het politiebureau, de supermarkt. Elke interactie stapelde zich op de vorige, waardoor er iets steeds complexers tussen hen ontstond.

'Bent u altijd zo koppig?' vroeg hij zachtjes, waarmee hij de stilte verbrak.

Zara keek hem recht in de ogen, weigerend zich te laten intimideren door zijn nabijheid of de pub vol inwoners die naar hen staarden. 'Ben je altijd zo vastbesloten om de status quo in stand te houden?'

Er flikkerde iets in zijn gezichtsuitdrukking. Frustratie misschien, of onwillige bewondering. Voordat hij kon reageren, kwamen hun drankjes. Garrett betaalde, nam zijn glas bier in de ene hand en haar glas in de andere. Hij zette haar bier op de tafel en schoof het naar haar toe; hun vingers raakten elkaar bijna bij de overdracht.

'Nog een fijne avond, mevrouw Langley,' zei hij, zijn stem met een ondertoon die ze niet helemaal kon ontcijferen.

Hij keerde terug naar zijn collega's en liet Zara achter met een ongewenst biertje en het tintelende bewustzijn dat ze werd gadegeslagen, zowel door de hele zaal als, bij vlagen, door Garrett zelf. Ze zette haar koptelefoon af; ze kon zich niet langer op het monteren concentreren nu ze wist dat zijn blik haar af en toe vanaf de andere kant van de ruimte zocht.

Het bier stond voor haar, de condens parelde op het glas. Ze zou het niet moeten drinken. Gunsten aannemen van de agent die tussen haar en de waarheid over Iris Zhang in stond, voelde verkeerd, op de een of andere manier als een compromis. En toch zou het weigeren ervan op dit moment alleen maar meer aandacht trekken. Zara nam een slok en ging weer aan het werk, waarbij ze zichzelf dwong zich te concentreren ondanks de afleidingen.

Een uur later was ze nauwelijks opgeschoten. Een derde biertje, besteld door een man met zandkleurig haar aan de bar 'voor het podcastvrouwtje', had ze beleefd afgeslagen; haar eerste twee had ze nauwelijks aangeraakt. De sfeer was steeds drukkender geworden: de hitte, het lawaai, de heimelijke blikken, sommige nieuwsgierig, andere vijandig. Toen een groep jonge mannen aan een tafel in de buurt luidruchtig begon te praten over 'aandachttrekkende stadse journalisten die zich met hun eigen zaken moeten bemoeien', besloot Zara dat het tijd was om te gaan.

Ze stopte haar laptop in haar tas, nam een laatste slok bier als versterking en stond op. Terwijl ze naar de deur liep, voelde ze meer dan dat ze zag dat Garretts aandacht naar haar verschoof. De nachtlucht buiten was slechts een fractie koeler dan in de pub, zwaar van een vochtigheid die tegen de ochtend regen beloofde.

Zara had nog geen tien stappen gezet toen de deur van de pub achter haar openging. Ze hoefde zich niet om te draaien om te weten wie haar gevolgd was.

'Ik loop even met u mee naar het motel,' zei Garrett, die haar in een paar stappen inhaalde.

'Ik ben prima in staat om zelf terug te lopen,' antwoordde ze, maar zonder veel overtuiging. De waarheid was dat sommige blikken in de pub haar een ongemakkelijk gevoel hadden gegeven. Kleine steden konden zich snel tegen je keren, en zij was hier overduidelijk een buitenstaander.

'Doe me een plezier,' zei hij, terwijl hij naast haar kwam lopen.

Ze liepen een paar minuten in stilte, de straat was stil, op de verre geluiden van de pub achter hen en het incidentele gezoem van een passerende auto na. De spanning tussen hen was weer verschoven, minder vijandig dan bij de supermarkt, ingewikkelder dan hun professionele ontmoeting op het politiebureau.

'Waarom bent u me nagelopen?' vroeg ze uiteindelijk.

Garrett antwoordde niet meteen. 'Sommige van die jongens daarbinnen hebben een paar glaasjes te veel op. Beter het zekere voor het onzekere.'

'Is dat een professionele inschatting, detective-sergeant?'

'Zegt u maar gewoon Garrett als ik geen dienst heb.' Hij keek haar aan, en toen weer naar de weg voor hen. 'En ja, dat is het. Vrijdagavond, te veel bier, een vrouw van buiten de stad die alleen loopt... geen geweldige combinatie.'

Zara liet dit op zich inwerken. Was hij oprecht bezorgd om haar veiligheid, of was dit de volgende tactiek om haar onzeker te maken, om haar te herinneren aan haar status als buitenstaander? Of was het iets heel anders, iets wat geen van beiden bereid was bij naam te noemen?

Ze bereikten het motel te snel en tegelijkertijd niet snel genoeg. Zara stopte voor haar deur en zocht in haar tas naar de sleutelpas. Garrett stond een stap bij haar vandaan, met zijn handen in zijn zakken, en keek haar aan.

Toen ze de sleutelpas had gevonden, draaide ze zich naar hem toe, plotseling onzeker. De lucht tussen hen voelde geladen, elektrisch door mogelijkheden die geen van beiden had uitgesproken. Zijn ogen hielden de hare vast en dwaalden toen kort naar haar mond voordat ze weer terugkeerden naar haar ogen. Ze voelde zichzelf een klein beetje naar voren neigen, aangetrokken door de stroom die tussen hen liep, ondanks elk rationeel bezwaar dat haar verstand opwierp.

Even dacht Zara dat hij de afstand tussen hen zou overbruggen. Zijn lichaam spande zich aan, zijn gewicht verplaatste zich bijna onmerkbaar naar voren. Ze hield haar adem in, niet wetend of ze wilde dat hij haar zou kussen of dat ze hem weg zou duwen als hij het zou proberen; ze wist alleen zeker dat er iets moest gebeuren om deze onmogelijke spanning te verbreken.

Toen deed Garrett een stap terug, zijn uitdrukking sloot zich als een deur. Zonder een woord te zeggen draaide hij zich om en liep weg. Zijn voetstappen stierven weg in de nacht en lieten Zara alleen achter voor haar motelkamer.

Ze zakte tegen de deur aan en liet haar adem ontsnappen. Frustratie gierde door haar heen, op Garrett, op zichzelf, op deze hele situatie. Wat was er mis met haar? Deze man belemmerde mogelijk haar onderzoek, was misschien zelfs medeplichtig aan het toedekken van wat er met Iris was gebeurd. Het feit dat ze samen één nacht hadden beleefd voordat ze wisten wie de ander was, zou irrelevant moeten zijn.

En toch tintelde haar huid nog steeds, haar hartslag joeg nog steeds door haar aderen. Zara duwde zich weg van de deur en stak haar pasje met meer kracht dan nodig in het slot. Ze moest zich concentreren, onthouden waarom ze hier was. Iris Zhang verdiende gerechtigheid, en romantische verwikkelingen met de lokale detective zouden haar alleen maar afleiden van dat doel.

Hoezeer de herinnering aan Childers ook tussen hen bleef hangen als een onvervulde belofte.

HOOFDSTUK 8

HET BELLETJE VAN DE toegangsdeur van The Golden Horse rinkelde zachtjes toen Zara voor de vierde keer die week naar binnen stapte. De lunchdrukte was voorbij, waardoor er nog maar twee tafeltjes bezet waren: een ouder echtpaar bij het raam en een vrachtwagenchauffeur die voorovergebogen zat over een bord beef ho fun. May Zhang keek op vanachter de toonbank; haar blik was niet meer zo gereserveerd als tijdens Zara's eerste bezoek, maar nog lang niet hartelijk te noemen. Vooruitgang, dacht Zara. Langzame, voorzichtige vooruitgang.

Ze koos hetzelfde tafeltje in de hoek dat ze elke keer had opgeëist, dicht genoeg bij de keuken om het komen en gaan te kunnen observeren, maar ver genoeg van andere gasten vandaan om privacy te hebben. De vertrouwde geuren van gember, steranijs en soja omhulden haar en riepen herinneringen op aan een andere keuken, in een andere tijd.

Zara was na die eerste ongemakkelijke ontmoeting gestopt met afhalen en koos er in plaats daarvan voor om in het restaurant te eten, waar May haar kon zien, zodat haar aanwezigheid een vorm van zachte volharding werd in plaats van een inbreuk. Ze had zich door verschillende delen van de menukaart gewerkt: gestoomde dumplings met een perfecte doorschijnende buitenkant, knapperige inktvis met zout en peper, geurige gestoofde aubergine. Elk gerecht was onberispelijk geweest, de smaken in balans en helder op een manier die restaurantketens nooit voor elkaar kregen. David Zhang was een serieus goede kok; dit restaurant zou in Brisbane bejubeld zijn. In het landelijke Queensland was het een ware schat.

May kwam aanlopen met een bestelblokje, haar bewegingen kordaat en zakelijk. Ze droeg dezelfde praktische zwarte broek en eenvoudige blouse als elke andere dag, haar grijsgestreepte haar naar achteren getrokken in haar gebruikelijke strakke knotje. Alleen haar jade armband bood een vleugje persoonlijke expressie; de groene steen ving het licht terwijl ze bewoog.

'Wat wilt u vandaag gebruiken?' vroeg May, haar toon neutraal maar niet kil.

'De beef ho fun, alstublieft,' antwoordde Zara. 'En jasmijnthee.'

May schreef de bestelling op zonder commentaar, maar aarzelde voordat ze zich omdraaide. Haar donkere ogen bestudeerden Zara even; er vormde zich een vraag. Zara wachtte af en hield haar gezichtsuitdrukking open en geduldig.

'Waarom blijft u terugkomen?' vroeg May uiteindelijk, haar stem zachter, alleen bedoeld voor Zara's oren. 'Is het voor uw... onderzoek?' In het woord klonk een bitter randje door.

Zara overwoog te liegen, dacht na over een strategisch antwoord dat haar onderzoek verder zou kunnen helpen. In plaats daarvan merkte ze dat ze de waarheid sprak.

'Het eten,' zei ze eenvoudigweg. 'Het herinnert me aan de kookkunst van mijn grootmoeder. De moeder van mijn moeder. Ze kwam uit Hanoi.'

Mays wenkbrauwen gingen iets omhoog, de eerste oprechte reactie die Zara bij haar zag.

'Bent u Vietnamees?' De vraag bevatte geen beschuldiging, alleen verbazing.

'Voor een kwart. Mijn grootmoeder kwam in de jaren zeventig naar Australië, als oorlogsbruid.' Zara raakte haar eigen gezicht aan, de heel lichte epicanthus-plooi bij de binnenhoeken van haar ogen. 'Ik weet dat ik er niet echt zo uitzie. Mijn vader is Schots-Australisch. Mensen kunnen het meestal niet zien, tenzij ik mijn volledige naam noem, Zara Ngoc Langley.'

Mays uitdrukking veranderde bijna onmerkbaar. Een heroverweging.

'Mijn grootmoeder woonde bij ons tot ik vijftien was,' vervolgde Zara, onzeker waarom ze dit deelde maar niet in staat om te stoppen. 'Ze leerde me koken, hoewel ik nooit zo goed ben geworden als zij. Toen ze stierf, voelde het alsof ik de verbinding met dat deel van mezelf was kwijtgeraakt.' Ze gebaarde vaag door het restaurant. 'Uw eten, het is niet dezelfde keuken, dat weet ik, maar iets in de zorg die erin zit, de balans van de smaken... het doet me aan haar kookkunst denken.'

Mays handen, die het bestelblokje stevig hadden vastgehouden, ontspanden zich iets.

'Mensen zien wat ze verwachten te zien,' zei May na een stilte, haar stem zachter. 'Toen we hier vijfentwintig jaar geleden voor het eerst openden, vroegen klanten of ik familie was van de eigenaren van het Chinese restaurant in Bundaberg.' Een bekende frustratie flitste over haar gezicht. 'Omdat alle Chinezen elkaar natuurlijk moeten kennen, nietwaar? Mijn familie komt uit Melbourne. Een voorvader kwam hierheen voor de goldrush in de negentiende eeuw!'

Zara knikte, de gedeelde ervaring herkennend. 'Mijn geschiedenisleraar in de vierde klas vroeg of ik een 'persoonlijk perspectief' kon geven op de Vietnamoorlog. Ik ben geboren in Brisbane. Mijn *moeder* is geboren in Brisbane. Mijn grootmoeder sprak nooit over de oorlog.'

Mays mondhoek vertrok naar boven, niet echt een glimlach, maar het kwam in de buurt. 'Mensen bedoelen het meestal goed.'

'Meestal wel,' beaamde Zara.

Er ging een moment van verstandhouding tussen hen door, fragiel maar echt. Toen rinkelde de bel doordat er een andere klant binnenkwam, wat de betovering verbrak. May rechtte haar rug en haar professionele masker gleed weer op zijn plek.

'Ik zal uw thee brengen,' zei ze terwijl ze zich omdraaide.

Zara keek haar na en voelde een kleine vlaag van hoop. Geen doorbraak misschien, maar wel een barst in de muur tussen hen.

De volgende dag keerde Zara terug voor een late lunch, waarbij ze haar aankomst bewust plande tijdens de rustige periode die ze had geobserveerd. Het restaurant was leeg toen ze binnenkwam; May was alleen bij de toonbank bezig met wat facturen leken. May knikte zonder een woord te zeggen naar Zara's gebruikelijke hoektafel.

'Vandaag de vegetarische chow mein, alstublieft,' zei Zara toen May dichterbij kwam. 'En weer jasmijnthee.'

May schreef de bestelling op, maar aarzelde toen. 'Dat Vietnamese restaurant in Brisbane waar u werkte, waar was dat?' vroeg ze.

Zara knipperde verrast met haar ogen. 'West End. Een klein tentje genaamd Mekong River. Hoe wist u dat ik in een Vietnamees restaurant heb gewerkt?'

May haalde haar schouders op, terwijl er een geheimzinnig klein glimlachje om haar lippen speelde. 'Het soort restaurant was een gok, maar... de manier waarop u zich door de zaak beweegt, de manier waarop u borden en bestek hanteert. Als een serveerster.'

Zara glimlachte. 'Drie jaar lang tafels bediend tijdens mijn studie. De eigenaar was een vriend van mijn grootmoeder, via de Vietnamese gemeenschap.'

May knikte en verdween toen in de keuken. Toen ze een paar minuten later terugkwam met de thee, was het restaurant nog steeds leeg. In plaats van terug te keren naar de toonbank, trok May de stoel tegenover Zara uit en ging zitten. De actie was zo onverwacht dat Zara verstijfde, haar theekopje halverwege haar lippen.

'David is voorraden gaan ophalen in Bundaberg,' zei May, alsof ze haar ongebruikelijke gedrag verklaarde. 'Hij is terug voor de avonddienst.' Haar handen vouwden zich samen op de tafel, de jade armband gleed over haar pols naar beneden. 'U wilt meer weten over Iris.'

Het was geen vraag. Zara zette haar theekopje voorzichtig neer; ze voelde het gewicht van dit moment, het wankele vertrouwen dat haar werd geschonken.

'Ja,' zei ze eenvoudigweg. 'Ik wil begrijpen wie ze was. Niet alleen wat er met haar is gebeurd.'

Mays ogen zochten in Zara's gezicht naar iets. Oprechtheid misschien, of respect. Wat ze ook zocht, ze leek genoeg te vinden om door te gaan.

'Ze was briljant,' zei May, en in dat woord klonk zowel trots als pijn door. 'Creatief. Ze maakte altijd dingen: verhalen, kleine kunstprojecten, al vanaf dat ze klein was.' Haar vingers trokken een onzichtbaar patroon op de tafel. 'Toen ze veertien was, filmde ze een documentaire over de geschiedenis van dit stadje. Ze interviewde de oudste bewoners, vond foto's die in geen jaren door iemand waren gezien. De geschiedkundige vereniging laat hem nog steeds aan bezoekers zien, hoewel ze haar naam uit de aftiteling hebben geknipt.' Er verscheen pijn op haar gezicht bij die gedachte; het nonchalant uitwissen van de prestatie van haar dochter was een onnodige wreedheid.

Zara luisterde zonder te onderbreken, zonder aantekeningen te maken, en gaf de herinneringen van May de ruimte die ze verdienden, terwijl ze in zichzelf besloot om die video op te sporen en hem op haar YouTube-kanaal te laten zien, volledig en met de juiste vermelding van Iris.

'Ze wilde aan het Queensland College of Art studeren,' vervolgde May. 'Via een vervroegd toelatingsprogramma, zodat ze aan het eind van de elfde klas kon gaan in plaats van nog een jaar te wachten. Ze was haar portfolio aan het opbouwen toen...' Haar stem haperde even, maar herstelde zich toen. 'Ze zou zijn aangenomen. De professoren die haar werk later zagen, zeiden het allemaal.'

'Was ze hier gelukkig?' vroeg Zara zachtjes. 'In Salt Creek?'

May dacht na over de vraag. 'Ze was gelukkig met wie ze was. Soms gefrustreerd door de beperkingen van het stadje. Ze keek verder dan deze plek, maar ze keek er niet op neer.' Een kleine, droevige glimlach verscheen op haar lippen. 'Ze wilde verhalen vertellen over mensen die door anderen over het hoofd werden gezien. "Iedereen heeft een verhaal dat de moeite waard is om te vertellen, mam," zei ze dan altijd.'

De keukenbel ging, het teken dat Zara's bestelling klaarstond. May stond op; het moment was opgeschort maar niet verbroken. Wanneer ze terugkwam met het dampende bord, zette ze het voor Zara neer.

'Ik moet weer aan de boekhouding,' zei ze, wijzend naar de toonbank. Toen, bijna als een nagedachte: 'Kom morgen anders langs als je wilt. David maakt op zaterdag Pekingeend. Het staat niet op de kaart, maar we hebben altijd wel wat staan.'

Zara knikte; ze begreep de uitnodiging voor wat het was, niet zomaar een maaltijd, maar een deur die openging. 'Dat zou ik heel fijn vinden. Dank u wel.'

May liep terug naar de toonbank en Zara wendde zich tot haar noedels, terwijl haar keel onverwacht dichtgeknepen voelde. De eerste echte stap naar vertrouwen was gezet, en daarmee de eerste aanblik van Iris als meer dan louter een dossier: als een diep geliefde dochter, een briljante geest die veel te vroeg verloren was gegaan. Terwijl ze at, voelde Zara het gewicht van dat vertrouwen, dat zowel een last als een geschenk was.

Het huisje van Jane Goulding lag aan de rand van het ravijn, de gevel met rabatdelen ging bijna schuil achter een weelde aan inheemse bloemen en zorgvuldig onderhouden fruitbomen. Zara volgde het kronkelende stenen pad naar de voordeur en stapte voorzichtig om een slaperige blauwtonghagedis heen die op de warme rotsen lag te zonnen. Na dagen van het geleidelijk winnen van Mays vertrouwen, was dit spoor onverwacht gekomen. De restauranteigenaresse had Iris' 'lievelingslerares' genoemd tijdens de Pekingeend van zaterdag, waarbij een zeldzame glimlach op haar lippen verscheen toen ze sprak over de vrouw die de talenten van haar dochter had gevoed. Eén telefoontje later had Zara een uitnodiging om op zondagmiddag langs te komen.

Ze klopte op de deur van het huisje, die in een vrolijke groenblauwe kleur was geschilderd. Van binnenuit klonken voetstappen en de deur zwaaide open voor een lange, slanke vrouw met opvallend zilveren haar, geknipt in een stijlvolle bob die schuin van haar nek naar haar kaak liep. Ondanks dat ze zeventig was, bewoog Jane Goulding als iemand die half zo oud was; haar ogen stonden helder en alert achter een modieus rechthoekig montuur.

'Zara, wat fijn je te ontmoeten!' zei ze met een helder, duidelijk Brits accent. 'Kom binnen, kom binnen. Ik heb de waterkoker al aangezet.'

De inrichting van het huisje was net zo kleurrijk als de tuin: de muren stonden vol met boekenkasten, er hing kunst in levendige kleuren en er stonden verzamelingen van wat leek op studentenprojecten trots uitgestald. Jane nam Zara mee naar een serre met uitzicht op het ravijn, waar een theeblad klaarstond naast een stapel portfoliomappen. Ze kletsten wat luchtig terwijl Zara de camera en microfoons klaarzetten voor het interview.

'Je doet me een beetje aan Iris denken, dat is wel interessant,' zei Jane terwijl ze thee in delicate porseleinen kopjes schonk. 'Iets in je aanwezigheid. Je houding.'

Zara drukte op de opnameknop en ging zitten, verrast door de vergelijking. 'Ik heb gehoord dat ze heel bijzonder was.'

'Buitengewoon,' corrigeerde Jane, terwijl ze in een rieten stoel tegenover Zara ging zitten. 'In vijfenveertig jaar in het onderwijs heb ik nooit een andere leerling als Iris gehad. Het technische vakmanschap kon natuurlijk worden aangeleerd, maar haar *oog*, dat aangeboren gevoel voor een verhaal, voor wat belangrijk is in een kader, dat was een puur geschenk.' Ze gebaarde naar de mappen op tafel. 'Ik heb kopieën van al haar werk bewaard. Met toestemming van May en David, natuurlijk. Zij konden het na... tja, niet meer verdragen om ernaar te kijken. Maar ik kon het niet verkroppen dat het vergeten zou worden. Ik zal het ooit wel weer eens vragen, of ze het terug willen. Wanneer mijn tijd komt. Ik zou niet willen dat het verloren gaat.'

'Ik zal May en David om toestemming vragen om het op mijn kanalen te delen,' zei Zara onmiddellijk. 'Ik ben het ermee eens; ik vind ook niet dat dit verloren mag gaan.'

'Ik denk dat dat iets prachtigs zou zijn!' zei Jane blij. 'Ik zal ook met May praten, mocht u merken dat ze ook maar enigszins tegenstribbelt.'

Jane opende de eerste map en onthulde netjes geordende usb-sticks, dvd's en gedrukt materiaal, stuk voor stuk voorzien van een label in een keurig handschrift. Ze koos een stick en stak die in een strakke laptop die onnatuurlijk modern oogde in de verder vintage sfeer van het huisje.

'Dit was haar inzending voor de regionale mediawedstrijd toen ze zestien was,' legde Jane uit, terwijl ze het scherm zo draaide dat Zara mee kon kijken.

De video die begon te spelen was een documentaire van vijf minuten over de droogte in de regio, verteld aan de hand van interviews met lokale boeren. Wat Zara direct opviel was de compositie: elk shot was weloverwogen gekaderd, de montage was strak en professioneel, en het verhaal bouwde zich op een manier op die veel verder ging dan wat je van een scholiere zou verwachten.

'Ze heeft gewonnen,' zei Jane zachtjes. 'Ze versloeg studenten van de universiteit die drie of vier jaar ouder waren.'

Jane liet haar meer zien: een fotoreportage die de handen van de inwoners van Salt Creek documenteerde; knokige boerenhanden, met bloem bestuifde bakkersvingers, de met olie bevlekte nagels van een monteur, waarbij elk beeld karakter onthulde door deze eenvoudige details. Een radiostuk dat de relatie van het stadje met de kreek waaraan het zijn naam ontleende onderzocht, waarbij historische verslagen gelaagd werden met hedendaagse stemmen en een subtiel geluidsontwerp. Een korte film over een incident uit het verleden van de stad, toen inwoners een ontsnapte gevangene onderdak hadden geboden tegen de bevelen van de autoriteiten in.

'Alles wat ze maakte had lagen,' zei Jane terwijl Zara gebiologeerd naar het werk keek. 'Een oppervlakkige betekenis voor de incidentele kijker, en diepere thema's voor degenen die bereid waren beter te kijken. Ze begreep nuances op een manier die de meeste volwassenen nooit bereiken.'

Zara voelde een dieper wordende pijn naarmate Iris echter werd door haar werk, ondanks dat ze zelf nooit in beeld kwam; niet zomaar een slachtoffer, niet alleen een dossier, maar een briljante jonge vrouw met een heel eigen stem en visie. Het werk onthulde iemand die scherp observeerde, die schoonheid vond in de vergeten hoekjes, die haar onderwerpen met empathie maar nooit met sentimentaliteit benaderde. Iemand wiens verlies niet alleen een persoonlijk drama voor haar familie betekende, maar het tot zwijgen brengen van een creatieve stem nog voordat deze volledig tot bloei had kunnen komen.

'Het portfolio waar ze aan werkte toen ze stierf,' vervolgde Jane, terwijl ze een andere map opende, 'zou haar gegarandeerd vervroegde toelating tot QCA hebben opgeleverd. De professoren aan wie ik het later liet zien waren… nou ja, een van hen moest daadwerkelijk huilen.' Haar stem haperde. 'Eeuwig zonde. Echt een vreselijk verlies.'

Zara bekeek een prachtig gemonteerd video-essay over de identiteit van tieners op het Australische platteland, met interviews met leeftijdsgenoten van Iris, waaronder korte fragmenten van Vince en verschillende van Kirsty Cannon. Het contrast tussen de zelfverzekerde, welbespraakte jonge vrouw achter de camera en de lege kreek waar haar lichaam was gevonden, veroorzaakte een bijna fysieke pijn in Zara's borst.

'Was ze geliefd op school?' vroeg Zara, toen ze haar stem terugvond. 'May noemde dat ze soms gefrustreerd was door de beperkingen van het stadje.'

Jane glimlachte flauwtjes en roerde in haar thee. 'Eerder gerespecteerd dan geliefd, misschien. Talent kan isolerend werken op die leeftijd. De andere leerlingen bewonderden haar, maar sommigen waren ook geïntimideerd.' Ze nam een slokje en dacht na over haar volgende woorden. 'Er was wat spanning met Kirsty Cannon in die laatste weken. Het viel me op in de klas.'

Zara's interesse was gewekt. 'Wat voor soort spanning?'

'Op het eerste gezicht het gebruikelijke tienerdrama. Beiden geïnteresseerd in dezelfde jongen, Vincent Thorne.' Janes ogen ontmoetten die van Zara rechtstreeks. 'Heeft hij dat niet genoemd?'

'Nee,' zei Zara verbaasd. 'Hij vertelde dat hij met Iris ging, maar hij heeft nooit gezegd dat Kirsty ook in hem geïnteresseerd was.'

Jane lachte zachtjes, al klonk er weinig humor in door. 'Oh, Kirsty was zeker geïnteresseerd. Niet dat ze een poging waagde tot ná de dood van Iris, een paar maanden later, als ik het me goed herinner. Nogal smakeloos, eigenlijk.' Ze schudde haar hoofd. 'Vincent wees haar vrij publiekelijk af. Hij zei iets scherps waarmee hij haar volkomen vernederde. Ik herinner me zijn exacte woorden niet, maar het kwam erop neer dat ze Iris niet was en dat ook nooit zou kunnen zijn. Het soort brute eerlijkheid waar tieners in gespecialiseerd zijn.'

Zara nam deze informatie in zich op en verbond het met Kirsty's huidige machtspositie in het stadje, haar zorgvuldig opgebouwde imago. Een publieke afwijzing en vernedering zouden verwoestend zijn voor iemand die zo op haar imago gesteld was, zeker als die afkomstig was van de jongen die ze wilde, de jongen die van haar rivale had gehouden.

'Het verbaast me dat Vince dit niet heeft genoemd,' zei Zara voorzichtig.

'Ach, jongens van die leeftijd kunnen opmerkelijk blind zijn voor dit soort dynamiek,' antwoordde Jane. 'En het werd allemaal nogal overschaduwd door de dood van Iris. Vince vertrok niet lang daarna naar de universiteit. Misschien heeft hij de betekenis ervan niet ingezien.'

Of hij vond het niet relevant voor de dood van Iris, omdat het daarna gebeurde, dacht Zara. Maar als Kirsty al gevoelens voor Vince had terwijl hij met Iris ging...

'Waren er aanwijzingen dat deze driehoeksverhouding voor problemen zorgde voordat Iris stierf?' vroeg Zara.

Jane dacht na over de vraag. 'Niets meer dan de gebruikelijke ongemakkelijkheden tussen tieners. Kirsty was altijd... beheerst. Voorzichtig met haar imago.' Ze sloot de laptop bedachtzaam.

'De spanning die ik opmerkte ging niet over Vince, althans, dat was niet de indruk die ik had. Iris hield iets voor zichzelf, ze deelde het met niemand, zelfs niet met Kirsty, wat ongebruikelijk was. Ze werkten vaak samen.' Ze fronste licht. 'Ik kreeg de indruk dat Kirsty zich buitengesloten voelde, misschien zelfs bedreigd door waar Iris aan werkte.'

Dit kwam overeen met wat Vince haar had verteld over hoe beschermend Iris was over haar afstudeerproject, en met de informatie van Emma over de usb-stick die met contant geld was gekocht. Weer een puzzelstukje, al wist Zara nog niet precies waar het paste.

'U heeft contact gehouden met uw leerlingen,' merkte Zara op. 'Ziet u Kirsty tegenwoordig nog wel eens?'

'Minder sinds ik met pensioen ben. Ze maakt er een punt van om langs te komen bij schoolfeesten, dus daar zag ik haar vroeger altijd. Steeds de toegewijde oud-leerling.' Janes glimlach bereikte haar ogen niet. 'Ze heeft het goed gedaan, onze Kirsty. Het jongste gemeenteraadslid in de geschiedenis van de stad, op weg naar de regionale politiek, in de voetsporen van haar vader. Misschien op een dag Canberra.' Ze zweeg even en bestudeerde Zara. 'Hoewel ik me soms afvraag wat Iris zou hebben gedacht van de opkomst van haar voormalige hartsvriendin. Ze waren zo verschillend. Iris was puur inhoud, Kirsty puur schone schijn.'

De vergelijking bleef tussen hen in de lucht hangen terwijl Jane de portfolio's begon op te ruimen. 'Ik heb digitale kopieën van alles op deze drive voor je gezet.' Ze bood een slanke draagbare harde schijf aan. 'Het werk van Iris verdient het om gezien te worden, om begrepen te worden. Misschien helpt het je te begrijpen wat er met haar is gebeurd.'

'Heel graag,' zei Zara terwijl ze de schijf aannam, opnieuw getroffen door de kloof tussen de bruisende creatieve kracht die uit het werk van Iris sprak en de officiële lezing van een onoplettende verdrinking. 'Dank u wel dat u dit met me wilde delen.'

Jane liep met haar mee naar de deur en bleef op de drempel staan. 'Zoek de waarheid,' zei ze zacht, waarbij haar Britse gereserveerdheid even barstte. 'Ze verdiende zoveel beter dan dat belachelijke verhaal over verdrinking.'

Zara knikte. 'Ik doe mijn best,' beloofde ze. 'Ze verdient het om herdacht te worden.'

Jane veegde haar vochtige ogen af en knikte. 'Ik geniet van je podcast,' zei ze nog tot besluit. 'Ik kijk uit naar je volgende aflevering.'

Terwijl ze terug naar het stadje liep, tolden er nieuwe vragen door Zara's hoofd. Waarom had Vince de interesse van Kirsty niet genoemd? Was het gewoon onbelangrijk voor hem, of te pijnlijk om aan terug te denken? En prangender nog: zou romantische jaloezie een rol hebben kunnen spelen bij wat er die oktobernacht met Iris Zhang is gebeurd?

Zara zat met gekruiste benen op het motelbed, haar laptop op haar schoot, terwijl ze zorgvuldig een e-mail aan Vince formuleerde. De onthulling over Kirsty's interesse in hem moest bevestigd worden, maar ze twijfelde over de formulering; ze wilde niet beschuldigend overkomen over het feit dat hij dit had weggelaten. Na een paar pogingen koos ze voor een directe benadering: *Ik heb vandaag met Jane Goulding gesproken en zij noemde iets interessants: dat Kirsty romantische belangstelling voor je had, en dat jij haar hebt afgewezen nadat Iris was*

overleden. Ik vraag me af of je dit kunt bevestigen en of je denkt dat het relevant zou kunnen zijn voor wat er met Iris is gebeurd.'

Ze las het twee keer over en voegde er toen aan toe: *'Ik wil even duidelijk maken dat ik niet suggereer dat je informatie hebt achtergehouden. Ik begrijp dat dit misschien niet relevant of te persoonlijk leek om in ons interview te bespreken.'* Na een laatste keer lezen klikte ze op verzenden, terwijl ze in gedachten al bezig was met hoe deze mogelijke driehoeksverhouding haar kijk op de zaak zou kunnen veranderen.

Het antwoord kwam sneller dan verwacht, nog geen twintig minuten later. Zara was net onder de douche vandaan gestapt toen haar laptop een melding gaf. Ze sloeg een handdoek om zich heen en ging zitten om het antwoord van Vince te lezen, waarbij waterdruppels uit haar haar op het toetsenbord vielen.

'Hoi Zara. Ja, dat is gebeurd, al had ik er in jaren niet meer aan gedacht. Het was niet relevant voor de dood van Iris omdat het pas daarna gebeurde, daarom heb ik het niet genoemd. Het moet ongeveer twee maanden na de dood van Iris zijn geweest; ik herinner me dat het kersttijd was. Kirsty klampte me aan op een feestje en zei dat we elkaar moesten "troosten" omdat we Iris allebei misten. Ik was dronken en boos en waarschijnlijk korter door de bocht dan nodig was. Ik weet niet meer precies wat ik zei, maar het kwam erop neer dat ze nog niet voor de helft de persoon was die Iris was, en dat ik liever voor altijd alleen zou blijven dan bij iemand te zijn die me alleen maar herinnerde aan wat ik was kwijtgeraakt. Niet mijn beste moment, maar ik was achttien, in de rouw en eerlijk gezegd nogal ontdaan door haar timing. Ze heeft nooit meer tegen me gesproken. Ik vertrok toch al snel naar Brisbane voor mijn studie, dus het maakte me destijds niet veel uit.

'Achteraf gezien begrijp ik hoe vernederend het voor haar moet zijn geweest, vooral als ze al gevoelens voor me had terwijl ik met

Iris was. Maar ik denk oprecht niet dat dit verband houdt met de dood van Iris. Kirsty en Iris waren vriendinnen, hartsvriendinnen volgens Kirsty, al kan ik me niet herinneren dat Iris die term ooit gebruikte. Er was wel wat spanning tussen hen in die laatste weken, maar ik heb nooit gedacht dat dat over mij zou gaan. Het leek eerder over schoolprojecten en hun aanmeldingen voor de universiteit te gaan.

'Ik praat er graag verder over als je denkt dat dit belangrijk is. Ik ben pas over 8 dagen weer in Salt Creek, maar ik kan morgen na mijn dienst wel bellen als je dat wilt.

'Vince'

Zara las de e-mail twee keer en woog de implicaties af. Door de timing was het onwaarschijnlijk dat afgewezen romantische gevoelens direct tot de dood van Iris hadden geleid, maar het voegde een nieuwe dimensie toe aan Kirsty's karakter en haar relatie met Iris. De spanning waar Vince het over had, kwam overeen met wat Jane had gezegd over Iris die een project geheimhield en het niet met Kirsty deelde.

Ze droogde haar haar af en overdacht haar opties voor de volgende aflevering. De liefdesdriehoek zou zeker de interesse van de luisteraars wekken. Mensen hielden van dat soort drama. Maar zonder concretere verbanden met de dood van Iris, liep ze met het benadrukken ervan het risico dat de podcast precies die sensationele inhoud zou worden waarvan ze bij de zaak Little Girls Lost was beschuldigd... en zou ze de lokale bevolking nog meer tegen zich in het harnas jagen.

'Nee,' zei ze hardop tegen de lege kamer. 'Dat gaan we niet doen. Nu nog niet.'

In plaats daarvan zou ze zich concentreren op het creatieve werk van Iris, om haar als persoon tot leven te wekken in plaats van alleen als slachtoffer. Die aanpak deed recht aan de waarheid en aan het vertrouwen van de familie Zhang. De invalshoek rond Kirsty kon wachten tot ze meer inhoudelijke aanwijzingen had.

Aangekleed en met een duidelijker doel voor ogen, opende Zara haar montagesoftware en begon ze aan de volgende aflevering. Ze knipte fragmenten uit haar gesprek met Jane, waarbij ze de herinneringen van de lerares aan Iris en haar beschrijvingen van het bijzondere talent van de jonge vrouw vastlegde. Ze belde May en voegde met haar toestemming fragmenten van Iris' werk toe: delen van haar documentaires, stukjes audio, beelden van haar fotoreportages, met de mededeling dat de volledige versies van Iris' werk afzonderlijk op haar kanaal beschikbaar zouden worden gesteld.

Tijdens het monteren voelde Zara de vertrouwde voldoening van het creëren van een meeslepend verhaal, maar ook iets diepers: een gevoel van verantwoordelijkheid tegenover het meisje wiens leven ze reconstrueerde via de herinneringen van anderen en haar eigen werk. Dit was niet zomaar inhoud; dit was eerherstel, waarbij Iris scherp in beeld werd gebracht als meer dan alleen het slachtoffer in de kreek.

Ze werkte de hele avond en tot diep in de nacht door. Om twee uur 's nachts had ze een ruwe versie die goed voelde: respectvol, boeiend en inhoudelijk. Ze voegde haar voice-over toe, verbond de elementen met elkaar en benadrukte het contrast tussen de levendige, getalenteerde jonge vrouw in de beelden en de officiële lezing van een onoplettende verdrinking.

De definitieve montage kostte nog eens drie uur. Toen ze het bij het aanbreken van de dag eindelijk uploadde, trok de uitputting aan haar, maar de voldoening won het van de vermoeidheid. Deze aflevering zou de luisteraars verbinden met Iris als persoon en zou ervoor zorgen dat ze om gerechtigheid gaven op een manier die de sensatiezucht rond een tienerliefdesdriehoek nooit zou kunnen bereiken.

Ze viel in bed terwijl de eerste zonnestralen door de dunne motelgordijnen filterden, nadat ze haar wekker op het middaguur had gezet om te zien hoe de aflevering presteerde.

Toen ze wakker werd, met slaperige ogen en nog steeds moe, lichtte haar telefoon op van de meldingen. Ze tastte ernaar en tuurde naar het scherm terwijl de cijfers scherp werden. Al 4 7.000 weergaven en het aantal steeg snel. Duizenden reacties. Gedeelde berichten, likes, nieuwe abonnees; alle statistieken schoten omhoog in een tempo dat ze sinds het hoogtepunt van De Verloren Australiërs niet meer had gezien.

Ze opende het dashboard op haar laptop terwijl de analyses werden geladen. Niet zomaar interactie, maar betekenisvolle interactie. In de reacties werd het talent van Iris besproken, men uitte verontwaardiging over het verlies van zoveel potentieel en eiste gerechtigheid. De kijkers vonden aansluiting bij Iris als persoon, precies zoals Zara had gehoopt.

Het meest schokkend waren de verwachte omzetcijfers voor de maand: $20.000. Ze staarde naar het getal, ervan overtuigd dat ze het verkeerd las door de vermoeidheid. Maar nee, het getal bleef staan, bijna spottend in zijn onwaarschijnlijkheid. Twintig *duizend* dollar. Genoeg om maandenlang haar hypotheek te dekken. Genoeg om haar creditcardschulden af te lossen. Genoeg om weer te kunnen ademen.

Ze lachte, een geluid dat het midden hield tussen ongeloof en opluchting, terwijl ze door reactie na reactie scrollde. De mensen waren nu betrokken, niet alleen bij het mysterie maar bij Iris zelf. De strategie had beter gewerkt dan ze in haar meest optimistische dromen had durven hopen.

Zara besteedde het volgende uur aan het beantwoorden van belangrijke reacties en het maken van aantekeningen voor toekomstige afleveringen. Ze had nu genoeg materiaal van Jane voor zeker nog twee afleveringen, gericht op verschillende aspecten van het creatieve werk van Iris, terwijl ze geleidelijk de stelling onderbouwde dat haar dood onmogelijk een ongeluk kon zijn geweest.

Toen ze haar laptop sloot, kwam er een herinnering boven: Garrett Pennell die haar vertelde over haar gladde banden en de garage van Mick aanraadde. Ze had destijds haar stekels opgezet bij die opmerking, omdat ze het opvatte als kritiek op haar financiële situatie. Nu er twintigduizend dollar in het vooruitzicht lag, riep de herinnering een ander gevoel op: een vreemde mix van genoegdoening en iets wat bijna op dankbaarheid leek.

Ze pakte haar sleutels, plotseling vastberaden. Nieuwe banden. Een kleinigheid misschien, maar symbolisch: het bewijs dat ze Salt Creek voorlopig niet zou verlaten, dat ze zich aan het ingraven was, dat ze de middelen had om te blijven tot ze de waarheid achter de dood van Iris Zhang zou ontrafelen.

En als Garrett Pennell toevallig haar auto met nieuwe banden zou opmerken, tja, dat was dan simpelweg een bijkomstig voordeel.

HOOFDSTUK 9

Zara zat met gekruiste benen op het motelbed, haar laptop balancerend op haar knieën. De goedkope airconditioning pruttelde en steunde, en spuugde af en toe lauwe lucht uit die weinig uithaalde tegen de zomer in Queensland die tegen de ramen drukte. Ze scrolde door de reacties onder haar nieuwste aflevering. Achtenveertigduizend weergaven en de teller liep nog steeds. Het Meisje in de beek was niet langer alleen maar een podcast; het begon een beweging te worden.

De aflevering over het creatieve werk van Iris had veel meer teweeggebracht dan ze had durven hopen. Luisteraars waren niet alleen bezig met het mysterie; ze voelden een band met Iris als persoon. Ze deelden hun verontwaardiging over het verlies van zo'n talent en eisten antwoorden over hoe iemand die zo voorzichtig en bedachtzaam was, per ongeluk had kunnen verdrinken in een laagje water dat tot haar enkels reikte.

'De documentaire van Iris over Salt Creek zou ingezonden moeten worden voor filmfestivals,' schreef iemand. 'Haar oog voor compositie was buitengewoon.'

'Ik kan maar niet stoppen met denken aan haar fotoserie van handen,' voegde een ander eraan toe. 'De manier waarop ze karakter wist te vangen via zulke simpele details. We hebben een groot talent verloren toen ze stierf.'

Zara nam een slok lauw water. Dit was precies waar ze op had gehoopt: Iris laten herrijzen als meer dan alleen een slachtoffer, ervoor zorgen dat mensen om de waarheid achter haar dood gaven omdat ze om háár gaven. De verwachte inkomsten bleven ook stijgen en lagen nu rond de 22.000 dollar voor deze maand. Financiële ademruimte na maanden van verstikkende schulden.

Ze bleef stilstaan bij een reactie die opviel tussen alle emotionele berichten: 'De oude voetbrug lag vijftig meter stroomopwaarts van de plek die je aanwees, niet twintig. Je geografische basiskennis klopt niet.'

Zara fronste en opende snel haar onderzoeksnotities. De opmerking was terecht; ze had de afstand in haar voice-over verkeerd vermeld. Ze maakte een aantekening om in de volgende aflevering een correctie door te geven en scrolde toen verder. Er verschenen meer correcties, die opvallend specifiek waren:

'Iris zat in haar eindexamenjaar niet bij meneer Peterson in de klas voor Engels, ze zat bij mevrouw Hargrove. Check je feiten.'

'Het ravijn eindigt niet 'vlak ten oosten van het stadje', zoals je beweerde. Het is meer dan drie kilometer naar de waterval. Dit soort slordigheden ondermijnt je geloofwaardigheid.'

Zara trok haar wenkbrauwen op terwijl ze las. De aanvankelijke irritatie over haar fouten maakte plaats voor onbehagen. Dit waren geen terloopse observaties van luisteraars; dit was nauwkeurige lokale kennis, details die alleen iemand uit Salt Creek kon weten.

Ze veegde met de rug van haar hand het zweet van haar voorhoofd. De kamer voelde plotseling benauwder aan, hoewel de afmetingen onveranderd waren. Een melding pingelde, weer een reactie:

'Je zou voorzichtiger moeten zijn met wie je beschuldigt. Kleine stadjes hebben een lang geheugen, en journalisten die problemen veroorzaken, houden het hier niet lang vol.'

Haar maag trok samen. Dit was geen correctie meer; het was een waarschuwing. Ze scrolde verder en vond meer berichten met een steeds vijandiger ondertoon:

'Sommige verhalen kunnen beter begraven blijven. Voor ieders bestwil.'

'Zit de deur van je motelkamer 's nachts wel goed op slot? Salt Creek is niet altijd veilig voor buitenstaanders.'

Bij de laatste reactie stokte haar adem. Ze controleerde de gebruikersprofielen: allemaal anoniem, allemaal in de afgelopen week aangemaakt, allemaal zonder enige andere activiteit behalve het reageren op haar video's. Onvindbaar.

Zara sloot haar laptop, stond op en controleerde of de deur van haar motelkamer op slot zat en of de ketting erop zat. Het rationele deel van haar brein hield vol dat dit gewoon de gebruikelijke internettrollen waren, toetsenbordridders die haar probeerden bang te maken met loze dreigementen. Maar de journalist in haar, het deel dat jarenlang een instinct had ontwikkeld voor wanneer een verhaal gevaarlijk werd, fluisterde dat dit anders was. Dit was lokaal, specifiek en werd doelbewust opgevoerd.

Ze ging terug naar haar laptop, maakte screenshots van elke verontrustende reactie en noteerde de tijdstippen en gebruikers-ID's. Daarna opende ze een nieuw document en begon ze patronen te analyseren: schrijfstijlen, de specifieke kennis die werd onthuld, het tijdstip van de berichten. Haar handen bewogen automatisch en vervielen in de onderzoeksroutine die haar altijd kalmeerde als verhalen ingewikkeld werden.

De reacties waren ongeveer drie uur nadat de aflevering online was gegaan verschenen, wat erop wees dat iemand uit de buurt die ochtend vroeg had gekeken en vrijwel direct had gereageerd. De specifieke kennis over het lesrooster van Iris wees op iemand die banden had met de school: een leraar, een beheerder of een oud-leerling. En de dreiging over haar motelkamer betekende dat iemand precies wist waar ze verbleef.

Maar waar waren ze naar op zoek? Wat had deze escalatie teweeggebracht? In de laatste aflevering waren geen mogelijke verdachten genoemd en er waren geen nieuwe theorieën over de dood van Iris geopperd. Het was simpelweg een eerbetoon aan haar creatieve werk, haar talent. Tenzij...

Zara opende de video opnieuw en spoelde door de fragmenten uit de documentaires van Iris die ze had toegevoegd. Had ze onbedoeld iets laten zien wat iemand liever verborgen had gehouden? Een detail in het werk van Iris dat meer onthulde dan de bedoeling was?

De klok op haar laptop gaf 18:42 uur aan. Buiten begon de zon onder te gaan, wat lange schaduwen wierp door de dunne gordijnen. Zara liep naar het raam en tuurde naar de grotendeels lege parkeerplaats. Geen verdachte voertuigen, niemand die vanaf de overkant van de straat de boel in de gaten hield. Alleen de gewone stilte van Salt Creek in de vroege avond.

Ze keerde terug naar haar laptop, kopieerde de screenshots naar een beveiligde cloudmap en stuurde toen een kort bericht naar Dev: 'Ik krijg wat verontrustende reacties op de laatste aflevering. Niets concreets, maar ik hou mijn ogen open. Bel je me morgen?'

Als er iemand was die die anonieme accounts kon traceren, was het Dev wel. Ze wilde hem niet onnodig ongerust maken, maar een waarschuwing geven leek haar wel zo verstandig, en ze wist dat hij er meteen naar zou gaan kijken.

De airco pruttelde weer en blies toen een iets koelere stroom lucht uit. Zara veegde haar nek af, waar zich zweet had verzameld ondanks dat ze nagenoeg stilzat. De reacties mochten haar niet intimideren, dat wist ze. Online intimidatie hoorde er praktisch bij als vrouwelijke journalist, laat staan als je een mogelijke doofpotaffaire rond een moord onderzocht. Maar de specificiteit baarde haar zorgen, de lokale kennis, de duidelijke opzet om haar uit haar evenwicht te brengen.

Ze sloot het document en opende in plaats daarvan haar montagesoftware. De beste reactie was niet terugtrekken, maar doorpakken. Ze begon de volgende aflevering uit te stippelen, waarbij de nadruk lag op de inconsistenties in het officieel onderzoek. Als iemand haar probeerde weg te jagen, hadden ze fundamenteel verkeerd begrepen wat haar dreef. Dreigementen lieten haar niet vluchten; ze zorgden ervoor dat ze nog dieper ging graven.

De specifieke vermelding van haar motelkamer bleef echter aan haar knagen. Ze wierp nog een blik op de deur, de ramen en de badkamer waar het raampje stevig dichtzat. Misschien moest ze overwegen om te verhuizen, een plek te zoeken die minder voor de hand lag. Het huisje van Jane Goulding was groot genoeg voor een logeerkamer; Jane zou het misschien wel een paar weken aan haar willen verhuren. Maar nee; vluchten zou een teken van zwakte zijn, het zou bevestigen dat de gerichte intimidatie werkte.

Zara rechtte haar schouders en ging weer aan het werk. Ze ging nergens heen. Niet voordat ze had ontdekt wat er werkelijk met

Iris Zhang was gebeurd. Niet voordat ze begreep waarom haar dood elf jaar later nog steeds zulke heftige reacties opriep.

En niet voordat ze had vastgesteld wie er zo wanhopig probeerde een waarheid te begraven die weigerde verborgen te blijven.

Zara keerde de volgende middag iets na vijven terug naar het Salt Creek Motel, haar bankrekening bijna duizend dollar lichter, maar haar auto lag eindelijk weer stabiel op de weg. Ze had besloten niet in te gaan op Garretts suggestie voor tweedehands banden nadat Mick haar het verschil in profielkwaliteit had laten zien. 'Deze gaan makkelijk twee jaar mee met de weinige kilometers die u per jaar maakt,' had hij gezegd, terwijl hij een klopje gaf op de nieuwe Michelins die hij voor haar had besteld toen ze de auto voor het eerst bracht. 'Die tweedehands banden hadden het na zes maanden misschien al begeven.' Met meer dan twintigduizend dollar die haar kant op kwam dankzij het succes van de podcast, kon ze het zich veroorloven om de dingen voor één keer goed aan te pakken. Ze parkeerde voor haar kamer. De vertrouwde aanblik van haar sjofele tijdelijke onderkomen werkte vreemd genoeg geruststellend na een dag die ze had doorgebracht in de bibliotheek, verdiept in het creatieve werk van Iris, terwijl Esther als een enigszins vijandige, waakzame aanwezigheid op de achtergrond aanwezig was.

Maar zodra ze haar deur opende, veranderde er iets in haar waarneming. De deur zat op slot. De gordijnen waren precies zo gesloten als ze zich herinnerde. Er was op het eerste gezicht niets mis. Toch voelde er iets niet pluis; een subtiele verstoring in de atmosfeer die haar lichaam registreerde nog voordat haar bewuste geest het kon benoemen.

De kamer zag er normaal uit: het bed was opgemaakt, er lag een schoon shirt over de stoel waar ze het had achtergelaten, haar laptoptas stond op het bureau. Maar toen ze naar binnen stapte, kristaliseerde dat onbehaaglijke gevoel zich in specifieke details.

Haar boeken op het nachtkastje, drie paperbacks en haar leren notitieboek, lagen in een andere volgorde. Ze had uit gewoonte het notitieboek bovenop gelegd; nu lag het als derde in de stapel. De rits van haar koffer, die ze altijd volledig sloot, stond aan één kant een paar centimeter open. Haar toilettas, die ze die ochtend op de wastafel in de badkamer had gezet, stond aan de andere kant van de wasbak.

Er was iemand in haar kamer geweest. Iemand had aan haar spullen gezeten.

Zara liep eerst naar het bureau, haar hart bonzend in haar keel terwijl ze haar apparatuurkoffer controleerde. Het slot was intact. Ze opende de koffer en zag dat haar computer en de harde schijf van Jane met de media van Iris er nog lagen, onaangeroerd. Haar opnameapparatuur, de dure Sony-camera en de microfoons die ze al achttien maanden aan het afbetalen was, waren ook niet aangeraakt.

Ze hadden niets gestolen. Ze waren ergens naar op zoek geweest.

Haar maag draaide om bij de gedachte aan onbekende handen die in haar privédomein waren geweest, haar bezittingen hadden onderzocht, haar koffer hadden geopend waar haar kleding opgevouwen lag, intieme spullen blootgesteld aan de ogen van een vreemde. Ze liep naar de badkamer en bekeek die grondiger. De tandenborstel stond precies in de houder, maar haar vocht-inbrengende crème was verplaatst en de dop zat niet helemaal goed vast.

'Shit,' fluisterde ze, de woorden trillend in de stille kamer.

Zara pakte haar telefoon en keek naar de tijd: 17:23 uur. Het schoonmaakpersoneel zou hun ronde uren geleden al hebben afgerond, en bovendien hing ze altijd het bordje 'Niet storen' op als ze wegging. Dit was geen schoonmaakservice. Dit was opzet.

Ze liep naar de ramen, controleerde de sloten en bekeek de kozijnen op sporen van braak. Niets. Ze keek weer naar haar apparatuurkoffer, boog voorover om het slot op ooghoogte te bekijken en nu zag ze ze: fijne krasjes rond het slot, alsof iemand onhandig had geprobeerd het te forceren.

Degene die dit gedaan had, was dus niet bepaald een professional. Hadden ze de receptionist omgekocht of overtuigd om toegang tot haar kamer te verlenen? De loper gepakt die de schoonmaker moet hebben om toegang te krijgen tot alle kamers? Zara wist vrij zeker dat ze van niemand die in het motel werkte een eerlijk antwoord zou krijgen.

De anonieme reacties van gisteravond schoten door haar hoofd: 'Zit de deur van je motelkamer 's nachts wel goed op slot? Salt Creek is niet altijd veilig voor buitenstaanders.' Geen willekeurig dreigement, maar een bewuste waarschuwing van iemand die al wist dat hij toegang had tot haar ruimte.

Ze ijsbeerde door de kleine kamer, zes stappen van muur tot muur, en probeerde haar ademhaling onder controle te krijgen. Waar waren ze naar op zoek geweest? De harde schijf van Jane met het werk van Iris? Haar onderzoeksnotities? Of was dit simpelweg intimidatie, een boodschap dat niets echt privé was, dat ze in de gaten werd gehouden?

Hoe dan ook was de bedoeling duidelijk: haar bang maken, haar een kwetsbaar gevoel geven, haar laten vertrekken.

Zara dwong zichzelf om stil te blijven staan en na te denken. Ze kon niets zeggen en doen alsof ze niets gemerkt had, maar dan zou degene die dit gedaan had denken dat de boodschap niet was overgekomen.

Of ze kon de politie bellen. De inbraak melden, een officieel verslag laten opmaken. Degene die hierachter zat dwingen te erkennen dat ze zich niet tot zwijgen liet intimideren.

Ze staarde naar haar telefoon; het nummer van het politiebureau van Salt Creek had ze al opgeslagen in haar contacten. Als ze belde, was de kans groot dat Garrett zou komen. Garrett met zijn grijsblauwe ogen die te veel zagen, met zijn waarschuwingen die nu minder als dreigementen en meer als oprechte bezorgdheid klonken.

De herinnering aan zijn fysieke aanwezigheid in Childers, aan zijn nabijheid in de verhoorkamer van de politie, die avond dat hij haar naar huis had begeleid vanaf de kroeg, veroorzaakte een onwelkome fladdering in haar maag. Ingewikkeld. Te ingewikkeld.

Maar haar journalistieke instincten overwonnen haar persoonlijke aarzeling. Alles documenteren. Een papieren spoor aanleggen. De procedure volgen. Ze hoefde Garrett Pennell niet aardig te vinden om gebruik te maken van het systeem waar hij voor stond.

Zara maakte foto's van de verplaatste spullen met haar telefoon, voorzichtig om niets verder aan te raken. Daarna zette ze haar trots opzij en belde het bureau. Terwijl de telefoon overging, staarde ze naar haar geschonden leefruimte en voelde hoe boosheid geleidelijk de plaats innam van de aanvankelijke schok.

Iemand dacht haar te kunnen intimideren met deze kleinzielige inbreuken op haar privacy. Iemand geloofde dat ze bij het eerste teken van verzet op de vlucht zou slaan. Ze begrepen duidelijk niet wat haar in de eerste plaats naar Salt Creek had gebracht;

niet alleen professionele wanhoop, maar een oprecht geloof in gerechtigheid, een toewijding aan de waarheid die haar staande had gehouden tijdens ergere dreigementen dan dit.

'Politiebureau Salt Creek,' klonk de stem van de receptionist.

'Met Zara Langley,' zei ze, haar stem gestaag ondanks het resterende onbehagen. 'Ik wil graag een inbraak melden bij het Salt Creek Motel.'

Ze zou zich niet laten wegjagen. Niet door anonieme reacties, niet door geschonden privacy, niet door subtiele dreigementen. Wie haar kamer ook had doorzocht, was er alleen maar in geslaagd te bevestigen wat ze al vermoedde: ze kwam dichter bij iets wat iemand wanhopig verborgen wilde houden.

Garrett arriveerde binnen zeventien minuten na haar oproep. Zara had de tijd bijgehouden, gezeten op de rand van de bureaustoel, onwillig om op het bed te gaan zitten waar onbekende handen aan hadden gezeten. Ze herkende het geluid van zijn voertuig voordat ze hem zag, het kenmerkende geronk van de politie-LandCruiser die de parkeerplaats buiten haar raam opreed. Toen er op de deur werd geklopt, drie scherpe tikken, stond ze snel op, streek haar shirt glad en opende de deur. Hij vulde de deuropening, zijn gezicht in een professionele plooi die de bezorgdheid in zijn ogen niet helemaal kon verbergen.

'Mevrouw Langley,' zei hij formeel, hoewel iets in zijn stem de professionele afstand verzachtte. 'Je meldde een inbraak?'

Ze stapte opzij om hem binnen te laten, zich pijnlijk bewust van hoe zijn aanwezigheid de kleine kamer direct nog kleiner deed lijken. Hij droeg vandaag zijn uniform: een lichtblauw overhemd met de insignes van de politie van Salt Creek, een donkere broek en een koppelriem. Officieel, gezaghebbend. Toch kon ze het niet helpen dat ze hem herinnerde in Childers, in burgerkleding, zijn lichaam tegen het hare.

'Er ontbreekt niets,' legde ze uit, wijzend naar de subtiele tekenen van braak. 'Maar iemand heeft in mijn spullen zitten wroeten. Op zoek naar iets.'

Garrett knikte en haalde een kleine digitale camera en een notitieblok tevoorschijn.

'Zou u me willen laten zien wat u hebt aangetroffen?' vroeg hij, terwijl hij zo dichtbij stond dat ze zijn aftershave kon ruiken, vermengd met de geur van koffie en een zweem wasmiddel. Te dichtbij voor een professionele interactie, maar geen van beiden zette een stap terug.

Ze beschreef elk verplaatst item, waar het had gelegen en hoe ze wist dat het was verzet. Terwijl ze sprak, schoten zijn ogen herhaaldelijk naar haar gezicht en bestudeerden ze haar uitdrukking op een manier die verder ging dan de politieprocedure. Hij liep met haar mee door de kamer en fotografeerde de verschoven boeken en de gedeeltelijk geopende rits van de koffer. Zijn bewegingen waren beheerst en professioneel, maar Zara merkte hoe hij zichzelf opstelde, steeds tussen haar en de deur in, alsof hij verwachtte dat de indringer elk moment kon terugkeren.

'Zit u al in deze kamer sinds u bent ingecheckt?' vroeg hij, terwijl hij in zijn notitieblok schreef.

'Ja, nu tien dagen.'

'Heeft er buiten de schoonmaakploeg nog iemand toegang? Vrienden die op bezoek kwamen? Collega's?'

'Nee. Ik heb wel met mensen uit het stadje afgesproken, Jane Goulding, May Zhang, maar nooit hier. Oh, behalve Vince Thorne, maar die zit voor zijn werk op de mijnbouwlocatie.' Ze zweeg even. 'Ik hang altijd het bordje "Niet storen" op. De schoonmaakploeg is hier al drie dagen niet binnen geweest.'

Hij schreef dit op en keek toen op, zijn grijsblauwe ogen de hare vasthoudend. 'Heeft u gemerkt dat u werd gevolgd? Heeft iemand ongewone belangstelling getoond voor wat u doet?'

De vragen gingen verder dan de standaardprocedure voor een simpele inbraak waarbij niets gestolen was. Dit was persoonlijke bezorgdheid, slecht vermomd als professionele grondigheid.

'Niet specifiek. Maar er zijn wel...' Ze aarzelde en pakte toen haar telefoon om hem de screenshots van de anonieme reacties te laten zien. 'Deze begonnen gisteren te verschijnen. Nadat mijn laatste aflevering online was gegaan.'

Garrett nam de telefoon over en scrolde door de berichten. Een spiertje in zijn kaak vertrok terwijl hij las en zijn blik verstrakte. Toen hij bij de reactie over het slot van haar motelkamer kwam, klemden zijn vingers zich steviger om de telefoon.

'Waarom heeft u dit niet gemeld?' Zijn stem was laag, gespannen door wat klonk als oprechte woede. Niet tegen haar, besefte ze, maar tegen degene die achter de dreigementen zat.

'Het leek op de gebruikelijke internettrolerij. Tot nu.'

Hij gaf de telefoon terug en zijn vingers raakten de hare aan. 'Dit is geen getrol. Dit is gerichte intimidatie.' Hij kwam dichterbij en verlaagde zijn stem. 'U maakt uzelf tot doelwit, Zara. Dit is niet langer alleen maar kleinstedelijk verzet.'

'Ik wijk niet,' zei ze met opgeheven kin. 'Als iemand zo vastberaden is om me weg te jagen, moet ik wel ergens bij in de buurt komen wat belangrijk is.'

'Of iemand die gevaarlijk is.' Zijn hand ging omhoog, raakte bijna haar gezicht aan, maar zakte toen weer weg. 'U begrijpt niet waarin u verzeild bent geraakt.'

'Vertel het me dan,' daagde ze hem uit, terwijl ze onbedoeld een stap dichterbij zette. 'Wat mis ik, Garrett? Wat zeg je me niet?'

De lucht tussen hen leek samen te persen, zwaar van onuitgesproken woorden, van de herinnering aan die nacht in Childers, van de spanning die bij elke ontmoeting sindsdien was opgelopen. Zijn ogen gleden naar haar mond, bleven daar even rusten en zochten toen weer haar blik. De professionele afstand verdween volledig.

Ze wist niet wie de eerste beweging maakte. Misschien wel allebei, aangetrokken door de onzichtbare kracht die er sinds hun eerste ontmoeting tussen hen bestond. Zijn mond vond de hare, vurig en wanhopig, terwijl zijn hand omhoog kwam om haar achterhoofd te ondersteunen. Ze reageerde onmiddellijk; het verlangen gierde door haar heen terwijl ze zich tegen hem aan drukte en haar vingers in zijn overhemd klemde.

De kus was totaal anders dan in Childers, niet speels, niet verkennend, maar zwaar van behoefte, angst, woede en iets diepers wat ze niet kon benoemen. Zijn arm sloeg om haar middel en trok haar dichterbij, alsof hij haar fysiek kon beschermen tegen de dreigingen die buiten op de loer lagen. Haar lichaam herkende het zijne en haar instinct nam het over terwijl ze haar rug hol trok tegen hem aan.

Het was Garrett die zich als eerste terugtrok, hoewel hij haar niet losliet. Zijn voorhoofd rustte tegen het hare terwijl ze allebei op adem probeerden te komen.

'Ik maak me zorgen om u,' zei hij met schorre stem. 'Dit is geen spelletje. Salt Creek heeft geheimen die mensen ten koste van alles zullen beschermen.'

De hitte van zijn lichaam tegen het hare maakte het moeilijk om zich te concentreren, maar Zara dwong zichzelf een stap terug te doen, om ruimte te creëren om helder te kunnen denken. 'Ik kan mezelf wel redden. Ik laat me niet wegjagen door bangmakerij.'

'Dit is niet zomaar bangmakerij.' Zijn handen gleden onwillig van haar middel. 'Er was iemand in uw kamer, Zara. Iemand die weet waar u slaapt, waar u aan werkt. Dit is aan het escaleren.'

'Des te meer reden om door te blijven graven.' Ze streek haar shirt glad en probeerde haar kalmte te herwinnen. 'Ik ga niet weg voordat ik weet wat er met Iris is gebeurd.'

Zijn gezichtsuitdrukking flikkerde: frustratie, bezorgdheid en misschien een tikkeltje bewondering. Hij haalde een hand door zijn haar en keek door de kamer waar aan haar spullen was gezeten. 'Laat me in ieder geval met de manager van het motel praten over nieuwe sloten. Misschien kunnen we er een bijplaatsen waar alleen u de sleutel van heeft. En wees voorzichtig met wie u vertrouwt.'

De ironie ontging haar niet. Hier stond ze, terwijl ze de man vertrouwde die haar vanaf het begin had gewaarschuwd voor dit onderzoek. Ze vertrouwde hem haar veiligheid toe, haar mond, de instincten van haar lichaam.

Garrett pakte zijn notitieblok en camera en liep naar de deur. Hij aarzelde op de drempel en keek achterom alsof hij nog iets wilde zeggen. Hun ogen ontmoetten elkaar voordat hij simpelweg knikte en vertrok.

De deur sloot achter hem. Zara bleef bewegingloos staan luisteren naar zijn wegstervende voetstappen, haar lippen tintelden nog van zijn kus. De kamer voelde zowel leger als drukker door zijn vertrek; leger zonder zijn fysieke aanwezigheid, drukker met vragen over wat er zojuist was gebeurd, wat het betekende en waar het toe zou leiden.

Ze liet zich op de rand van het bed zakken, niet langer bezorgd over wie het had aangeraakt. Haar hartslag werd langzaam weer normaal, maar de herinnering aan Garretts lichaam tegen het hare, zijn beschermende houding en de manier waarop zijn geur — zeep, koffie en iets wat onmiskenbaar hij was — in de kamer bleef hangen, zorgde ervoor dat ze nog een blos op haar wangen had en haar huid gevoelig bleef.

Hij was oprecht bezorgd geweest om haar veiligheid. Dat was niet gespeeld, dat was geen act. Maar betekende dat dat hij niet betrokken was bij wat er ook met Iris mocht zijn gebeurd? Of was zijn bezorgdheid persoonlijk, losstaand van professionele loyaliteit en verplichtingen?

Zara drukte haar vingers tegen haar slapen en probeerde haar gedachten te ordenen. De inbraak, de dreigende berichten, de kus; het wervelde allemaal door elkaar in een verwarrende kluwen van gevaar en verlangen. Het ergste was nog niet eens dat er iemand in haar kamer was geweest of dat anonieme gebruikers haar online bedreigden.

Het ergste was dat toen Garrett in haar deuropening stond om weg te gaan, ze hem had willen vragen om te blijven.

HOOFDSTUK 10

Geklop haalde Zara uit onrustige dromen; volhardend maar aarzelend. Ze knipperde naar de wekker op het nachtkastje: 6:17 uur. Te vroeg voor de schoonmaakploeg. Na de inbraak van gisteren versnelde haar hartslag terwijl ze uit bed gleed en een vest over haar slaapshirt aantrok voordat ze voorzichtig de deur naderde. Ze tuurde door het kijkgat en ontspande pas toen ze de kleine gedaante aan de andere kant herkende: May Zhang, die daar stond met haar handen voor zich gevouwen, tegelijk vastberaden en onzeker ogend in het felle ochtendlicht.

Zara ontgrendelde de deur en schoof de ketting eraf. 'May? Is alles in orde?'

May stond daar in een gestreken zwarte broek en een eenvoudige blauwe blouse, haar met grijs doorschoten haar naar achteren getrokken in haar gebruikelijke knot, hoewel die losser zat dan normaal, alsof ze zich gehaast had aangekleed. In haar handen klemde ze een bosje inheemse bloemen, waarvan de levendige kleuren schril afstaken tegen haar sombere gezichtsuitdrukking.

'Ik wil u graag iets laten zien,' zei May, haar stem vastberaden ondanks een lichte trilling in haar vingers. 'Als u tijd hebt. Nu.'

'Natuurlijk,' zei Zara, terwijl haar verbazing plaatsmaakte voor nieuwsgierigheid. 'Geef me vijf minuten om me aan te kleden.'

May knikte en deed een stap achteruit. 'Ik wacht wel.'

Zara kleedde zich snel aan, trok een korte broek en een licht, katoenen shirt aan, en haalde een borstel door haar haar voordat ze het in een paardenstaart bond. Uit instinct greep ze haar recorder en telefoon, maar aarzelde toen; ze wist niet zeker of dit wel zo'n uitnodiging was. De recorder bleef op tafel liggen, maar ze stak haar telefoon in haar zak.

Buiten hing de lucht zwaar van het vocht, terwijl de zon nog moeite had om door de waas te breken die boven de horizon bleef hangen. May stond met rechte schouders, haar blik gericht op een punt in de verte. Toen Zara naar buiten kwam, knikte May simpelweg en begon te lopen, in de verwachting dat Zara zou volgen.

Ze liepen in stilte door het ontwakende stadje. De café-eigenaar die zijn zaak van het slot haalde, knikte naar May, waarbij zijn uitdrukking veranderde in verbazing bij het zien van Zara aan haar zijde. Nieuwsgierigheid van een klein stadje, dacht Zara, of iets specifiekers: het besef van de betekenis van May Zhang die daar liep met de podcastvrouw.

May leidde hen door de hoofdstraat, langs het hotel, en sloeg toen af naar het kleine openbare park met de verweerde picknicktafels en speeltoestellen. De ochtenddauw trok in Zara's sportschoenen terwijl ze het gras overstaken, niet in de richting van het pad dat naar de beek kronkelde waar het lichaam van Iris was gevonden, maar naar de oude houten voetbrug over het ravijn.

'Dit is waar ik naartoe ga,' zei May, haar eerste woorden sinds ze het motel hadden verlaten. 'Elke week. Al elf jaar lang.'

Ze wees naar de brug, waarvan het hout grijs was verweerd door zon en regen; de planken waren stevig maar de ouderdom was zichtbaar aan de gespleten nerven en donkere noesten. Langs de oevers van het ravijn bloeiden gele acacia's, hun zoete geur vermengd met de aardse lucht van de beek beneden. Het water stroomde helder en ondiep over gladde stenen, nauwelijks enkelhoog.

May stapte de brug op, haar bewegingen geoefend en vertrouwd. Ongeveer halverwege stopte ze en knielde neer. Ze stak de inheemse bloemen die ze had meegebracht door een opening in de leuning en legde ze op een klein metalen plaatje dat aan de zijbalk was bevestigd. Zara kwam dichterbij om de eenvoudige inscriptie te lezen: Iris Zhang, geliefde dochter, 1997-2014.

'De gemeente stond een echt gedenkteken niet toe,' legde May uit op zakelijke toon, hoewel haar vingers op de metalen plaat bleven rusten en de naam van haar dochter volgden. 'Ze zeiden dat het morbide toerisme in de hand zou werken. Richard Cannon heeft dit compromis geregeld. Klein genoeg om onopgemerkt te blijven, tenzij je weet waar je moet kijken.'

Ze bleef geknield zitten en schikte de bloemen, ervoor zorgend dat ze niet zomaar in de beek beneden zouden vallen. 'Ik kom hier om met haar te praten,' vervolgde May, nu zachter. 'Ik vertel haar over het restaurant, over de nieuwe recepten van haar vader. Ik stel haar vragen die ze niet kan beantwoorden.'

May keek op naar Zara; haar donkere ogen glansden van onvergoten tranen die ze niet wilde laten vloeien. 'Komt u bij me zitten,' zei ze, het was geen vraag maar ook niet echt een bevel. Ze klopte op het verweerde hout naast zich.

Zara liet zich op de brug zakken en voelde het ruwe hout tegen haar handpalmen en dijbenen terwijl ze haar voeten door de leuning stak om ze naast die van May te laten bungelen. Vanuit deze hoek kon ze de beek duidelijker zien, de gladde stenen onder water, de schaduw van de brug die een koelere plek creëerde waar kleine vissen zich verzamelden. Vijftien centimeter water. Niet genoeg om per ongeluk in te verdrinken.

'Ze zeiden dat ze was gevallen,' zei May, die Zara's blik volgde. 'Dat ze haar hoofd had gestoten, het bewustzijn had verloren en was verdronken ondanks het ondiepe water.' Haar stem bleef vastberaden. 'Maar Iris kende de beek. Ze speelde er al in sinds ze een kind was. Ze was vastberaden, voorzichtig.'

Zara knikte; de onmogelijkheid van de officiële lezing was vanaf dit punt nog duidelijker. 'Had ze een reden om hier die avond te zijn?' vroeg ze zachtjes.

Mays vingers bleven onbewust over de gedenkplaat bewegen. 'Geen waar ze ons over heeft verteld. Ze had vanuit het restaurant rechtstreeks naar huis moeten gaan. De andere kant op. Geen enkele reden om een omweg naar de beek te maken, te nzij...' Ze liet de zin onafgemaakt.

'Tenzij iemand haar had gevraagd hem hier te ontmoeten, of haar onderweg tegenkwam en haar overtuigde om mee te gaan,' vulde Zara zachtjes aan.

May knikte, haar blik nog steeds op het water beneden gericht. 'Iemand die ze genoeg vertrouwde om hier 's avonds mee naartoe te gaan.'

Ze zaten in stilte. Een briesje bewoog de bladeren van de eucalyptusbomen langs het ravijn, waardoor gevlekte schaduwen over het water dansten. Zara verzette zich om haar houding op het harde hout aan te passen, en terwijl ze haar handpalm neerzette om zichzelf in evenwicht te houden, viel haar oog op iets ongebruikelijks tussen de verweerde planken.

Iets zwarts, diep klemgezet in de spleet tussen twee planken, rustend op een van de steunbalken onder het loopvlak van de brug. Het was geen blad of vuil; de vorm was te regelmatig, het materiaal te stevig. Zara boog zich dichterbij en kneep haar ogen samen.

'May,' zei ze zachtjes, 'er ligt daar iets beneden, tussen de planken.'

May keek op, verwarring trok over haar gezicht. 'Waar?'

Zara wees naar de smalle spleet. 'Daar. Iets zwarts, met wat lijkt op... een sticker? Op een metalen of plastic oppervlak.'

May boog naar voren en tuurde in de schaduw onder de brugplanken. 'Ik zie niet... wacht.' Ze hield haar adem in. 'Ik zie het.'

'Het zit daar al heel lang klem,' zei Zara, bestuderend hoe het object was komen te liggen en hoe het hout eromheen was verweerd, waardoor wat eronder gevangen zat bijna was ingesloten. 'Jaren, misschien wel. Het lijkt op een telefoon.'

Mays hand greep Zara's pols stevig vast. 'Ze hebben de telefoon van Iris nooit gevonden! Zou het...?' Ze kon de vraag niet afmaken; hoop en angst streden om voorrang op haar gezicht.

Zara's onderzoekersinstinct begon te tintelen; haar brein berekende mogelijkheden en verbanden. Iets wat verloren of verborgen was op de brug waar Iris Zhang voor het laatst levend was gezien, elf jaar lang onontdekt. Iets kleins, zwarts, met wat een decoratieve sticker leek te zijn.

'We moeten het eruit zien te krijgen,' zei ze, terwijl ze al inschatte hoe ze tussen de smalle spleten kon reiken. 'Kunt u zien of er beweging in zit?'

May knikte, haar onzekerheid maakte plaats voor vastberadenheid. Ze boog zich voorover en tuurde in de spleet, haar vingers te dik om door de verweerde opening te passen.

'Ik kan er bijna...' begon May, en trok zich toen gefrustreerd terug. 'Er zit geen beweging in. En als we er zomaar tegenaan duwen, valt het misschien in het water.'

'Dan moeten we het ook van onderaf proberen,' zei Zara, terwijl ze al opstond en haar ogen liet gaan tussen het klemzittende voorwerp en de ondiepe beek. 'Ik ga naar beneden, naar het water. Als het valt, vang ik het op.'

Mays ogen werden groot. 'Denkt u dat het...?'

Zara gaf geen direct antwoord, omdat ze geen valse hoop wilde wekken, maar de mogelijkheden flitsten door haar hoofd. 'Laten we het uitzoeken,' zei ze in plaats daarvan, terwijl ze al naar het einde van de brug liep, naar het pad dat haar naar de beek zou leiden.

Het pad naar de beek was net zo steil als ze zich van de eerste keer herinnerde, waardoor Zara zich aan blootliggende wortels en jonge boompjes moest vasthouden om haar afdaling te stabiliseren. De ochtendvochtigheid drukte tegen haar huid en haar shirt plakte al aan haar rug voordat ze de waterkant bereikte. Boven haar had May een afgevallen tak gevonden en positioneerde ze zich voorzichtig op de brug, precies boven het klemzittende voorwerp; haar bewegingen waren traag en beheerst, alsof één verkeerde stap hun ontdekking in het water beneden kon doen storten.

'Ik ben hier beneden,' riep Zara naar boven, terwijl ze haar sportschoenen uittrok en de beek in stapte.

De koude schok van het water tegen haar enkels deed haar naar adem happen. Ondanks de drukkende hitte die in de lucht hing, stroomde de beek koel, gevoed door ondergrondse bronnen die een kleine stroom op gang hielden, hoewel de dam stroomopwaarts de meeste watertoevoer afkneep. Gladde stenen verschoven onder haar voeten terwijl ze naar het midden waadde en zich precies onder de spleet opstelde waar het voorwerp klem zat.

'Kunt u het vanaf daar zien?' vroeg May, over de leuning leunend met een gespannen stem.

Zara kantelde haar hoofd achterover en tuurde tegen het felle zonlicht in dat door de planken filterde. 'Nee, niets. Maar ik sta recht onder u. Als u het los kunt wiebelen, probeer ik het op te vangen.'

May knielde op de brug, de dunne tak door de spleet tussen de planken gestoken, haar gezicht een toonbeeld van concentratie. 'Ik zal proberen het voorzichtig los te maken,' zei ze. 'Houd u gereed.'

De tak schraapte tegen het hout, zoekend naar grip. Het zweet parelde op Zara's voorhoofd terwijl ze wachtte; haar nek deed pijn van het omhoogkijken en het water verdoofde haar voeten ondanks de stijgende temperatuur van de dag.

'Ik denk...' May duwde nog een keer, harder. 'Ik denk dat er beweging in...'

Een hard gekraak onderbrak haar toen het uiteinde van de tak afbrak, waardoor May even haar evenwicht verloor. Het restant van de tak stootte krachtig tegen het voorwerp, en Zara zag de hoek van het object over de rand van de steunbalk verschijnen, wankelend op zijn hachelijke plek.

'Het komt los!' riep ze, terwijl ze steviger in het water ging staan met haar handen omhoog en klaar om te vangen.

May herstelde zich en greep de korter geworden tak steviger vast. 'Nog één duwtje,' zei ze, meer tegen zichzelf dan tegen Zara.

De tak raakte de rand van het voorwerp en wipte het net genoeg omhoog. Een kort moment leek het in de spleet te blijven hangen, onbeslist. Toen kantelde het, gleed weg uit zijn jarenlange gevangenis en tuimelde door de lucht.

Zara deed een uitval, water spatte om haar kuiten terwijl haar handen omhoog schoten. Het voorwerp raakte haar handpalmen en glipte bijna door haar vingers voordat ze ze er stevig omheen sloot. Door de vaart wankelde ze een stap achteruit, maar ze bleef overeind staan, de buit veilig tegen haar borst geklemd.

'Ik heb hem!' riep ze, terwijl ze neerkeek op wat ze nu in haar handen had.

Het was onmiskenbaar een mobiele telefoon, een ouder model smartphone; het zwarte hoesje was langs één rand gebarsten en het scherm was een web van barsten. Er zaten stickers op de achterkant, maar wat er ook op had gestaan, was allang vervaagd.

Boven haar was May al in beweging; ze liet de tak liggen en haastte zich de brug over, waarbij haar normaal zo afgemeten pas plaatsmaakte voor een nauwelijks beheerste urgentie. Zara waadde terug naar de kant, voorzichtig om niet uit te glijden over de gladde stenen, met de telefoon hoog boven het water.

Tegen de tijd dat ze weer op het droge stond, was May daar al; haar afdaling was op de een of andere manier sneller gegaan dan die van Zara, ondanks haar leeftijd. Haar blik was op de telefoon gefixeerd.

'Laat me zien,' zei ze, haar stem nauwelijks boven een fluistering.

Zara overhandigde het toestel voorzichtig en zag hoe Mays vingers trilden aan de randen van het apparaat terwijl ze het omdraaide om de stickers op de achterkant te bestuderen.

'Dit is de hare,' zei May, haar stem brak bij het tweede woord. 'Dit is de telefoon van Iris. Deze stickers heeft ze erop geplakt op de dag dat ze de telefoon kreeg. Ze noemde het haar mediakit in het klein.' Haar duim streek over één sticker, een teder gebaar. 'Deze heeft de vorm van een microfoon, zie je? Dat was de afbeelding die erop stond. Ze had dezelfde op haar laptop.'

May keek op, haar ogen glanzend van onvergoten tranen. 'De politie zei dat ze haar telefoon niet konden vinden. Dat hij in het water gevallen moest zijn en door de stroom was meegesleurd.' Haar stem werd harder. 'Maar hij was hier. Al die tijd. Precies waar ze... precies waar ze gevonden is.'

Zara zag hoe het besef doordrong tot May, de implicaties van een telefoon die in de brug vastgeklemd zat in plaats van door de stroming te zijn meegevoerd. Bewijsmateriaal dat had kunnen onthullen wat er die nacht werkelijk was gebeurd, wie Iris had ontmoet, wat ze had gezien of geweten.

'Haar laptop is ook verdwenen,' vervolgde May, terwijl woede zich nu door haar verdriet heen vlocht. 'Detective Finch kwam de dag na... nadat ze haar hadden gevonden bij ons langs. Hij zei dat ze haar laptop nodig hadden voor het onderzoek. We hebben hem meegegeven, natuurlijk.' Haar vingers klemden zich steviger om de telefoon. 'Drie weken later, toen we hem terugvroegen, zei hij dat hij was verwerkt en teruggebracht naar de bewijslast. Maar toen David hem op kwam halen, kon niemand hem vinden. Gewoon weg. Alsof hij nooit had bestaan.'

May kwam dichterbij, haar grip op de telefoon liet haar knokkels nu wit uitslaan. 'U mag dit niet aan hen geven,' zei ze, plotseling fel, terwijl haar andere hand zich om Zara's pols klemde. 'Belooft u het me. De politie hier... zij maken deel uit van wat er ook gebeurd is. Ze hebben haar laptop meegenomen, ze negeerden de blauwe plekken op haar armen, ze deden het af als een ongeluk terwijl iedereen kon zien...' Ze hield abrupt op, zwaar ademend.

Zara aarzelde, de ethiek van een journalist in strijd met menselijke empathie. Bewijsmateriaal achterhouden voor een politieonderzoek overschreed een grens waar ze nog niet eerder bij had stilgestaan, een grens die haar professioneel in de problemen zou kunnen brengen als het ontdekt werd. Maar de wanhoop in Mays ogen, de trillende vingers die zowel de telefoon als haar pols omklemden, spraken van een diepere waarheid: dit ging niet alleen over journalistieke integriteit, maar over rechtvaardigheid die al veel te lang was uitgebleven.

En er liep helemaal geen politieonderzoek. Dit was geen cold case; de zaak was al lang gesloten. Tenzij Zara met nieuw, onomstotelijk bewijs kon komen, bewijs dat ze mogelijk op deze telefoon zouden kunnen vinden.

'Ik beloof het,' zei Zara uiteindelijk. 'Maar May, we moeten proberen te herstellen wat er ook op staat. Er zou bewijs kunnen zijn, sms'jes, foto's, oproeplijsten, die ons kunnen vertellen wat er die nacht is gebeurd.'

Door opluchting verslapten Mays gelaatstrekken; haar grip op Zara's pols werd minder strak, maar ze liet nog niet helemaal los. 'Denkt u dat dat mogelijk is? Na al die tijd in weer en wind?'

'Moderne telefoons zijn verrassend veerkrachtig,' zei Zara, hoewel ze het niet helemaal zeker wist. 'De behuizing lijkt intact, wat voor enige bescherming heeft gezorgd. En hij heeft niet onder water gelegen, hij is alleen blootgesteld aan de elementen.' Ze knikte naar het toestel. 'Er zijn specialisten die de gegevens misschien kunnen terughalen.'

May knikte en gaf de telefoon voorzichtig terug aan Zara. De overdracht was weloverwogen, betekenisvol; het doorgeven van een blijk van vertrouwen, net zozeer als van een voorwerp. 'Het laatste wat ze heeft aangeraakt,' zei ze zacht, terwijl de gedachte haar schijnbaar nu pas te binnen schoot.

Zara nam de telefoon teder aan en begreep wat ze nu in handen had: niet alleen potentieel bewijs, maar een directe verbinding met Iris, misschien haar laatste berichten, haar laatste momenten. Mays vingers bleven nog even op het hoesje rusten, onwillig om het contact te verbreken met deze onverwachte link naar haar dochter.

'Ik zal er voorzichtig mee zijn,' beloofde Zara, terwijl ze May recht in de ogen keek. 'En ik zal u op de hoogte houden van alles wat we vinden, en ik zorg dat u hem terugkrijgt, wat er ook gebeurt.'

Mays vingers lieten eindelijk los en haar schouders rechtte zich terwijl ze zichzelf zichtbaar herpakte. 'Ze zou u aardig hebben gevonden,' zei ze plotseling, woorden die Zara overrompelden. 'Iris. Ze moest niets hebben van domoren of aanstellerij. Ze zou je vastberadenheid hebben gewaardeerd.' Een zweem van een glimlach verscheen op haar lippen. 'En uw koppigheid.'

Het onverwachte compliment raakte iets in Zara, waardoor haar keel werd dichtgesnoerd. Ze knikte, niet in staat om een passend antwoord te vinden, en stopte de telefoon voorzichtig in haar zak.

'We moeten gaan,' zei May, terwijl ze opkeek naar de brug waar de herdenkingsbloemen voor Iris nog steeds tegen de plaquette rustten. 'Voordat iemand ons ziet.'

Zwijgend liepen ze terug over het pad door het ravijn, waarbij Zara zich terdege bewust was van wat er in haar zak zat.

De telefoon voelde zwaarder aan dan zijn fysieke massa rechtvaardigde. Ze onderdrukte de neiging om hem door de stof van haar korte broek aan te raken, alsof het contact op de een of andere manier de fragiele data binnenin zou kunnen verstoren. In plaats daarvan concentreerde ze zich op het praktische probleem waar ze voor stond: wie kon er informatie uit een toestel halen dat na zoveel jaren blootstelling aan de elementen zo beschadigd was? En belangrijker nog, wie kon er met de inhoud worden vertrouwd?

Toen ze op gelijk niveau kwamen, keek May voorzichtig om zich heen voordat ze sprak, haar stem gedempt. 'Zult u in staat zijn om te... zien wat erop staat?'

Zara dacht zorgvuldig na over de vraag. 'Zelf niet, nee. De schade is groot en het herstellen van gegevens van een telefoon die zo is aangetast, vereist gespecialiseerde apparatuur. Zelfs als hij op de een of andere manier nog zou opstarten, wat ik betwijfel, zijn de interne componenten waarschijnlijk gecorrodeerd.'

Mays schouders zakten iets weg en de kortstondige hoop vervaagde uit haar ogen.

'Maar,' vervolgde Zara, terwijl ze Mays uitdrukking nauwlettend observeerde, 'ik ken misschien iemand die zou kunnen helpen.'

De politie was uitgesloten na Mays onthulling over de verdwenen laptop. Lokale tech-experts zouden hun mond voorbijpraten in een stad van deze omvang. Een commerciële dienst voor dataherstel zou papierwerk, dossiers en mogelijke lekken met zich meebrengen. En hoewel Garrett misschien te vertrouwen was, maakte zijn positie het onmogelijk om hem te overwegen, ongeacht de gecompliceerde gevoelens die er tussen hen bestonden.

Maar er was één persoon die ze kende met zowel de technische vaardigheden als de absolute discretie die hiervoor vereist was. Iemand wiens ethische grenzen duidelijk waren en aan wiens loyaliteit ze niet twijfelde. Iemand die dit zou zien als een onweerstaanbare technische puzzel in plaats van een mogelijke juridische complicatie.

'Mijn huisgenoot in Brisbane,' zei Zara, terwijl haar besluit vast kwam te staan terwijl ze sprak. 'Dev. Hij doet een PhD in elektrotechniek, gespecialiseerd in gegevensherstel en digitaal forensisch onderzoek. Hij heeft apparatuur die niet onderdoet voor universiteitslabs, waarvan hij het meeste zelf heeft gebouwd.' Een zweem van trots klonk door in haar stem. 'Hij heeft data hersteld van apparaten die door professionals als hopeloos waren opgegeven. En hij is volkomen betrouwbaar.'

May bestudeerde haar gezicht, op zoek naar zekerheid. 'Zou u helemaal terugrijden naar Brisbane?'

Zara knikte. 'Vandaag nog. Als ik snel vertrek, ben ik er tegen het einde van de middag; dan geef ik hem de telefoon en ben ik morgen weer terug.' Ze hield Mays blik standvastig vast. 'Hij zou nooit de autoriteiten inschakelen zonder onze uitdrukkelijke toestemming en hij begrijpt wat discretie is. Dit soort technische uitdagingen is precies waar hij voor leeft.'

'En vertrouwt u hem volledig?' vroeg May, de vraag beladen met al haar jaren van wantrouwen jegens officiële kanalen en gebroken beloftes.

'Op dit moment vertrouw ik hem letterlijk mijn huis toe. En ik zou hem mijn leven toevertrouwen,' zei Zara simpelweg. 'Dev is... hij is briljant maar door en door integer.' Ze glimlachte lichtjes. 'Hij is waarschijnlijk de enige persoon die ik ken die nog koppiger is dan ik als het gaat om het oplossen van problemen.'

May leek deze woorden af te wegen tegen haar wanhopige behoefte om deze laatste verbinding met haar dochter te beschermen. Uiteindelijk knikte ze, en haar opluchting was zichtbaar doordat de spanning rond haar mond wegtrok.

'Hoe lang zou het hem kosten om… om te zien of er iets hersteld kan worden?'

'Dat hangt af van de omvang van de schade,' gaf Zara toe. 'Het kunnen dagen zijn, of weken. De telefoon heeft elf jaar buiten gelegen. De batterij is zeker achteruitgegaan en er zijn mogelijk bijtende stoffen in andere onderdelen gelekt. De geheugenchips zouden onherstelbaar beschadigd kunnen zijn.' Ze wilde geen valse hoop bieden. 'Dev zal eerlijk zijn over de mogelijkheden.'

Ze hadden inmiddels de rand van het park bereikt en de stad om hen heen ontwaakte. Een oudere man die zijn hond uitliet knikte naar May, terwijl zijn blik nieuwsgierig op Zara bleef rusten. Een koeriersbusje rammelde voorbij, waarbij de chauffeur vaart minderde om naar hen te staren voordat hij weer gas gaf.

'De mensen zullen praten,' mompelde May, terwijl ze de aandacht opmerkte. 'Dat doen ze altijd.'

'Laat ze maar,' antwoordde Zara, die erop lette een ongedwongen houding aan te nemen ondanks de kostbare vracht in haar zak. 'We zijn gewoon twee mensen die samen een wandeling hebben gemaakt.'

Mays lippen krulden in de zweem van een glimlach. 'En wat voor wandeling.' Ze schudde langzaam haar hoofd. 'Ik ben zo blij dat ik geluisterd heb naar het stemmetje dat me zei je uit te nodigen om vanochtend met me mee te lopen. Zou het Iris zijn geweest, denk je, die me de goede kant op duwde?'

'Ik weet het niet,' zei Zara naar waarheid. 'Misschien. Ik heb vreemde dingen gezien tijdens het onderzoeken van cold cases.

Mensen die vreemde beslissingen namen die tot doorbraken leidden, en achteraf konden ze niet uitleggen waarom ze het deden. Ik sta er open voor.'

Terwijl ze liepen, dacht Zara al vooruit aan de logistiek. Ze moest Dev bellen en hem voorbereiden op wat ze zou meebrengen. Haar spullen inpakken om mee te nemen; ze wilde ze niet vannacht in de motelkamer achterlaten, niet na de inbraak.

'Als er berichten zijn,' zei May plotseling, waarbij ze Zara's gedachten onderbrak, 'sms'jes of oproepen van die nacht...' Ze aarzelde en vervolgde toen: 'Dan wil ik het weten. Zelfs als ze moeilijk te horen zijn. Zelfs als het de manier waarop ik haar herinner verandert.' Haar stem werd krachtiger. 'Ik heb elf jaar lang met halve waarheden geleefd. Ik kan de hele waarheid nu wel aan, wat die ook is.'

Zara knikte, begrijpend hoeveel moed een dergelijke openheid vereiste na jaren van beschermend isolement.

'Ik zal alles delen wat we vinden,' beloofde ze. 'Niets achterhouden.'

Ze sloegen de hoofdstraat in, waar the Golden Horse voor hen zichtbaar was; het rood-gouden bord ving het ochtendzonlicht op. David zou binnen zijn, bezig met de voorbereidingen voor de dag, onwetend van wat ze hadden ontdekt. Onwetend dat zijn vrouw deze enorme stap had gezet naar het onthullen van de waarheid over de dood van hun dochter.

'U moet gaan,' zei May toen ze het restaurant naderden. 'Pakt u wat u nodig heeft voor Brisbane. Hoe eerder u vertrekt, hoe eerder u terug bent.' Ze zweeg even en voegde er toen zachtjes aan toe: 'Ik zal David vertellen wat we hebben gevonden. Wat we aan het doen zijn.'

Zara knikte, zich bewust van de ogen die toekeken vanuit winkeletalages en voorbijrijdende auto's. In kleine steden bestond geen privacy, zeker niet voor buitenstaanders. 'Ik bel u zodra ik in Brisbane ben,' zei ze. 'En nogmaals wanneer ik morgen weer terugkom.'

May stak plotseling haar hand uit en pakte die van Zara vast. De aanraking was kort maar stevig, waarbij dankbaarheid en vertrouwen werden overgebracht via het eenvoudige contact. Daarna draaide ze zich om en liep naar het restaurant; met elke stap rechtte ze haar rug en gleed haar vertrouwde harnas van waardigheid weer op zijn plek.

Zara keek haar na en voelde de verantwoordelijkheid zwaarder op haar schouders drukken dan de telefoon in haar zak. Dit ging niet meer alleen over het redden van haar carrière, of zelfs over het onthullen van de waarheid omwille van de waarheid zelf. Het ging over een moeder die elf jaar lang met een ondragelijke onzekerheid had geleefd, over een vader die zich in zijn werk begroef in plaats van zijn verdriet te confronteren, over een getalenteerde jonge vrouw wiens leven was gestolen door geweld vermomd als een ongeluk.

Ze draaide zich om en liep met versnelde pas terug naar haar motel om in te pakken. Op de hoek bleef ze even staan en keek terug naar het ravijn, waar de beek kalm tussen de oevers stroomde. Vanaf deze afstand zag het er vredig uit, alledaags, onmogelijk voor te stellen als de plaats van het geweld dat een leven had beëindigd en andere had verwoest.

Zara dacht aan Iris die op haar laatste avond over die voetbrug liep, misschien om iemand te ontmoeten die ze vertrouwde, iemand die dat vertrouwen op de ergst mogelijke manier beschaamde. Had ze de telefoon per ongeluk laten vallen tijdens een worsteling? Was hij daarna opzettelijk verborgen? De vragen stapelden zich op, maar voor het eerst sinds haar aankomst in

Salt Creek had Zara het gevoel dat er eindelijk een weg naar antwoorden zou kunnen zijn.

'Ik zal je niet teleurstellen,' fluisterde ze, een belofte bedoeld voor zowel Iris als May, hoewel geen van beiden het kon horen. 'Wat er die nacht ook met u gebeurd is, we gaan erachter komen. En iemand zal er eindelijk voor boeten.'

Met die gedachte draaide ze zich om en liep weg, terwijl ze zich mentaal al voorbereidde op de rit naar Brisbane, de gesprekken met Dev en de zorgvuldige omgang met wat wel eens hun belangrijkste bewijsstuk tot nu toe kon zijn. De telefoon in haar zak was meer dan alleen een apparaat; het was de sleutel die eindelijk de waarheid over het meisje in de beek zou kunnen ontsluiten.

HOOFDSTUK 11

De Bruce Highway strekte zich voor Zara uit, terwijl de hitte van het wegdek omhoog zinderde en de middagzon op haar voorruit brandde. Zes uur rijden met alleen haar gedachten en de radio als gezelschap. Zes uur om elk moment bij de beek met May Zhang te herbeleven, om Iris' telefoon door de stof van haar broekzak tegen haar dij te voelen, om het groeiende web van connecties in Salt Creek te berekenen en te herberekenen — connecties die op de een of andere manier leidden naar het lichaam van een zeventienjarig meisje in vijftien centimeter water.

Suikerrietvelden maakten plaats voor schraal struikgewas en veranderden daarna weer in boerenland; het landschap drong nauwelijks tot haar door terwijl haar gedachten overuren maakten. Elf jaar. De telefoon had al die tijd klem gezeten in die brug, terwijl May en David Zhang leefden met de officiële leugen over de dood van hun dochter. Ondertussen liep de verantwoordelijke nog altijd vrij rond en had een leven opgebouwd op het fundament van die leugen.

'Als er berichten zijn,' had May gezegd, 'dan wil ik het weten. Zelfs als ze pijnlijk zijn om te horen.'

Zara klemde haar handen om het stuur tot haar knokkels wit wegtrokken. De inbraak in haar motelkamer kreeg nu een nieuwe betekenis. Iemand dacht dat ze te dichtbij kwam. Iemand was bang voor wat ze zou kunnen vinden. En als iemand er nu achter kwam dat ze bewijsmateriaal had meegenomen van de plek van een sterfgeval, ongeluk of moord, zou haar geloofwaardigheid worden vernietigd, samen met elke kans op gerechtigheid voor Iris.

Haar telefoon trilde met de melding van een bericht. Dev bevestigde dat hij thuis zou zijn als ze aankwam. Ze had vooruitgebeld, maar was vaag gebleven over de reden van haar terugkeer; ze wilde niet over de telefoon uitleggen wat ze bij zich had. Ze kon het hem beter in het echt laten zien. Dev begreep discretie beter dan de meesten; door zijn nevenactiviteit waarbij hij mensen hielp verloren data te herstellen, wist hij wanneer hij beter geen vragen kon stellen.

Toen de noordelijke buitenwijken van Brisbane de snelweg begonnen te verdringen, ontspanden Zara's schouders zich een fractie. Ze had de spiedende ogen van Salt Creek achter zich gelaten, althans voor één nacht. Geen kleinschalige surveillance, geen Garrett met zijn grijsblauwe ogen die te veel zagen, geen indringende vragen van de lokale bevolking die zich afvroeg waarom ze de boel niet gewoon met rust liet. Alleen haar houten woning in Aspley met de doorzakkende dakgoten en de huisgenoot die waarschijnlijk nog het meest in de buurt kwam van een beste vriend.

Het licht van de late middag hulde de straat in gouden tinten toen ze de oprit opreed; het vertrouwde geknars van grind onder de banden bood meer troost dan ze had verwacht. Het huis zag er precies zo uit als toen ze vertrok: de witte verf bladderde af bij de hoeken, de hordeur hing een beetje scheef en de kruiden in potten op de stoep bevonden zich in verschillende stadia van verwaarlozing, ondanks Devs beloofde zorg.

Nog voordat ze naar haar sleutels kon grabbelen, zwaaide de deur open en verscheen Dev. Zijn slungelige gestalte vulde de deuropening en zijn bril gleed zoals altijd halverwege zijn neus.

'De verloren podcaster keert terug!' riep hij uit. Hij zette een stap naar voren, aarzelde toen, en zijn natuurlijke sociale onhandigheid nam de overhand. 'Is dit een moment voor een knuffel? Je laatste aflevering was briljant, dus ik denk dat het wel mag.'

Ondanks alles verscheen er een glimlach op Zara's gezicht. 'Absoluut een moment voor een knuffel,' zei ze, terwijl ze haar rugzak liet vallen om zijn korte, ietwat stijve omhelzing te beantwoorden.

'Je ziet er vreselijk uit,' merkte hij op toen hij zich losmaakte, eerlijk als altijd. 'Slaap je niet goed op het platteland van Queensland?'

'Ik slaap bijna helemaal niet.' Ze pakte haar tas en volgde hem naar binnen, waar de vertrouwde geur van elektronica, koffie en de vage chemische lucht van Devs apparatuur haar tegemoet kwam. 'Het zal fijn zijn om een nacht in mijn eigen bed te liggen. Maar dat is niet de reden dat ik hier ben; ik heb iets meegenomen waar ik je hulp bij nodig heb.'

Devs leefruimte had sinds haar vertrek meer van de gemeenschappelijke ruimtes opgeëist: printplaten en soldeerbouten lagen verspreid over de eettafel en op het bureau in de hoek stonden nu drie monitors in plaats van twee. Maar haar favoriete fauteuil had hij vrijgehouden; de versleten blauwe stof lonkte als een oude vriend.

'Eerst thee? Of meteen ter zake?' vroeg hij, terwijl hij al naar de waterkoker liep; hij las aan haar houding af dat ze behoefte had aan cafeïne.

'Ter zake,' zei Zara, terwijl ze voorzichtig in haar zak tastte. 'Dit is... gevoelig, Dev. Gevoeliger dan je gebruikelijke herstelklussen.'

Zijn wenkbrauwen schoten omhoog boven zijn bril; zijn nieuwsgierigheid was gewekt. 'Intrigerend. Je weet dat ik leef voor een uitdaging.'

In de woonkamer wikkelde Zara de telefoon uit de lagen stof — een sjaal en daarna een T-shirt — die ze had gebruikt als stootkussen tijdens de rit. Ze legde het toestel voorzichtig op de salontafel tussen hen in, haar bewegingen eerbiedig, zich bewust van wat dit apparaat mogelijk had gezien.

'Ik heb reden om aan te nemen dat dit de telefoon van Iris Zhang is,' zei ze zacht.

Devs ogen sperden zich open en zijn blik schoot heen en weer tussen de telefoon en Zara's gezicht. 'Het meisje in de beek? Haar échte telefoon?' Zijn handen bleven langs zijn zij, hij raakte het toestel nog niet aan, want hij besefte de ernst van wat daar voor hen lag. 'Waar heb je... nee, weet je wat, vertel me de details maar niet. Ik neem aan dat dit je niet officieel is overhandigd door de politie.'

'Dat klopt,' bevestigde Zara. 'En ik heb hier volledige vertrouwelijkheid bij nodig. Geen vragen over de keten van bewijs, geen gesprekken met wie dan ook.'

Hij knikte eenmaal, beslist. 'Begrepen.' Daarna nam zijn professionele nieuwsgierigheid het over en boog hij zich naar voren om de telefoon te bestuderen zonder hem aan te raken. 'Samsung Galaxy S3, uitgebracht in 2012, dus hij was nog vrij nieuw toen ze in 2014 stierf.' Zijn ogen volgden de barsten in het scherm en de corrosie die zichtbaar was langs de randen. 'Aanzienlijke schade, maar misschien niet zo erg als ik zou verwachten na elf jaar blootstelling?' Hij keek Zara vragend aan.

'Het lag op een plek die deels beschut was,' zei ze ontwijkend.

Hij haalde een klein koffertje uit zijn kamer en ritste het open. Er kwam gereedschap tevoorschijn: pincetten, kleine schroevendraaiers, een vergrootglas met ingebouwde verlichting. 'Laat me dit eens goed bekijken.'

Zara keek toe hoe Dev de telefoon uiterst omzichtig uit elkaar haalde. Hij legde elke stap vast met de camera van zijn eigen telefoon, mompelde technische observaties in zichzelf en legde elk onderdeel in een keurige rij neer terwijl hij ze losmaakte. Ondanks zijn eerdere sociale onhandigheid bewoog Dev met technologie in zijn handen als een chirurg.

'De batterij is volledig vergaan, zoals verwacht,' zei hij terwijl hij de componenten zorgvuldig scheidde. 'De interne bedrading vertoont uitgebreide corrosie. De processor is waarschijnlijk onherstelbaar beschadigd.' Hij keek op en keek Zara recht aan. 'Maar er is goed nieuws. Er zit een microSD-kaart in.'

Hij hield een klein plastic vierkantje omhoog met metalen contactpunten die er wonderbaarlijk intact uitzagen. 'Deze dingen zijn verrassend veerkrachtig. De behuizing heeft het beschermd tegen directe blootstelling. Er is een redelijke kans — geen garantie, maar een kans — dat ik hier data vanaf kan halen.'

'Hoe lang gaat dat duren?' vroeg Zara.

Devs blik werd ernstig. 'Minimaal een week. Misschien langer. Ik moet de contactpunten schoonmaken, een aangepaste herstelomgeving opzetten en misschien zelfs de kaart zelf repareren.' Hij legde het onderdeel voorzichtig neer. 'En Zara, ik moet duidelijk zijn: dit werkt misschien niet. Na elf jaar in die omstandigheden kan de data onherstelbaar corrupt zijn.'

Ze knikte, terwijl de uitputting haar plotseling overmande. De adrenaline van de ontdekking, de lange rit, de last van Mays vertrouwen; het kwam allemaal tegelijk binnen. Ze zakte weg in de fauteuil, terwijl haar lichaam eindelijk de tol van de afgelopen weken erkende.

'Ik begrijp het,' zei ze. 'Maar we moeten het proberen. Het is het enige spoor dat niet besmet is door elf jaar stilzwijgen in dat dorp.'

Dev keek op van de gedemonteerde telefoon. 'Wil je me vertellen wat je tot nu toe hebt ontdekt? De podcast vertelt me een deel, maar ik vermoed dat er meer is dat je nog niet openbaar hebt gemaakt.'

Zara gaf hem de gekuiste versie: de onmogelijke verdrinking, de weerstand van het dorp tegen vragen, de inbraak in haar motelkamer, het langzaam groeiende vertrouwen van May Zhang. Ze beschreef hoe ze die ochtend de telefoon had gevonden, de betekenis van de vindplaats en de verdwenen laptop die uit het politiebewijs was gesecureerd. Maar ze zweeg wijselijk over Garrett, hun nacht in Childers voordat ze wist wie hij was, de gecompliceerde spanning tussen hen sindsdien en de kus in haar motelkamer die haar in verwarring had achtergelaten.

Sommige geheimen waren niet aan haar om te delen, en sommige complicaties konden maar beter gescheiden blijven van het onderzoek zelf. Dat was tenminste wat ze zichzelf wijsmaakte terwijl ze toekeek hoe Dev elk onderdeel catalogiseerde van wat weleens hun beste hoop op gerechtigheid kon zijn.

Dev keek op van de gedemonteerde telefoon, zijn vingers nog steeds bezig met het rangschikken van de onderdelen. 'Zara,' zei hij, terwijl zijn toon verschoof van technisch naar persoonlijk, 'ben je daar wel veilig? Die inbraken, anonieme dreigementen... het klinkt alsof je in een wespennest hebt geroerd.'

De vraag bleef tussen hen in hangen, direct en onvermijdelijk. Zara greep naar haar flesje water en nam een slok om tijd te winnen. De waarheid was ingewikkeld: onbekende dreigementen, een detective die ze niet goed kon peilen, een dorp met begraven geheimen waarvoor men bereid was te doden. Maar ze had de kunst van de nonchalante misleiding in haar jaren als onderzoeksjournalist tot in de puntjes geperfectioneerd.

'Natuurlijk ben ik dat,' antwoordde ze op lichte, afwijzende toon. 'Kleine stadjes schreeuwen altijd harder dan ze bijten. Ze willen me bang maken, maar ze zijn niet echt gevaarlijk.'

Dev spiedde met samengeknepen ogen boven zijn bril uit. Hij kende haar inmiddels lang genoeg — een jaar lang rekeningen delen, afhaalmaaltijden eten en af en toe een nachtelijk gesprek gevoerd — om de specifieke toonval in haar stem te herkennen wanneer ze niet de volledige waarheid sprak. Zijn vingers hielden op met bewegen bij de microSD-kaart, maar hij drong niet verder aan. Dat was hun onuitgesproken afspraak: elkaars grenzen respecteren, zelfs als ze vermoedden dat die grenzen problemen verborgen.

'Nou, je carrière als podcaster loopt in elk geval geen gevaar,' zei hij in plaats daarvan, over een andere boeg gooiend. 'Je aantal abonnees is verdrievoudigd sinds de eerste aflevering. De statistieken die ik heb bijgehouden tonen een betrokkenheid waar zakelijke sponsors jaloers op zouden zijn.'

Opluchting spoelde door Zara heen door de verandering van onderwerp. 'Het is bizar,' gaf ze toe. 'Na het fiasco van Little Girls Lost dacht ik dat het voorbij was.' Ze haalde een hand door haar haar, nog steeds verbaasd over haar eigen succes. 'Ik heb de hypotheek van deze maand betaald en de creditcardschuld met mijn spaargeld afgelost. De grote betaling, bijna dertigduizend dollar, moet volgende maand binnenkomen.'

'Dertigduizend?' Dev vloot zachtjes tussen zijn tanden. 'Met slechts vier afleveringen?'

'Het algoritme houdt weer van me,' zei ze met een schouderophalen, hoewel er ondanks haar poging tot nonchalance trots in haar stem doorklonk. 'Mensen geven nu om Iris. Ze willen gerechtigheid voor haar.'

'Ze willen de volgende aflevering,' corrigeerde Dev haar, hoewel zonder kwade bedoelingen. 'Je hebt ze aan de haak geslagen met een mysterie dat meer dan tien jaar is genegeerd. En de productiekwaliteit is uitzonderlijk, zeker als je bedenkt dat je het allemaal alleen doet.'

Zara glimlachte en stond zichzelf toe van het moment te genieten. Na maanden van professionele vrije val had ze haar basis weer gevonden. 'Ik dacht dat we het moesten vieren met Thais van dat belachelijk dure tentje in Chermside,' stelde ze voor. 'Ik trakteer.'

'Een gedurfde financiële zet,' zei Dev droogjes, maar zijn ogen lichtten op bij het vooruitzicht.

Terwijl Dev de bestelling plaatste — groene curry voor haar, massaman voor hem en miniloempia's om te delen — liep Zara naar de keuken om thee te zetten. De vertrouwde routine van de waterkoker vullen, mokken uitzoeken en thee afwegen in de filter bracht haar tot rust. Vanaf deze plek kon ze Dev observeren terwijl hij werkte; hij zat diep geconcentreerd voorovergebogen over de telefoon van Iris, volledig geabsorbeerd door zijn taak.

Ze had geluk gehad met hem als huisgenoot. Hij begreep haar onregelmatige werktijden en haar incidentele behoefte aan absolute stilte tijdens het werk. Hun vriendschap was geleidelijk gegroeid, gebouwd op wederzijds respect voor grenzen en een gedeelde waardering voor technische vaardigheid.

'Wat die anonieme reacties betreft,' zei Dev toen ze terugkwam met de thee en hij zijn mok aanpakte. 'Ik heb wat onderzoek gedaan.'

'Natuurlijk heb je dat,' antwoordde Zara, terwijl ze weer in de fauteuil ging zitten. Devs idee van ontspanning bestond vaak uit het volgen van digitale broodkruimels om te zien waar ze uitkwamen. 'Iets interessants gevonden?'

'Interessant is niet het juiste woord.' Hij zette zijn mok neer en zijn blik werd ernstig. 'Ik stuitte op een beveiligingsmuur die niet zou mogen bestaan voor willekeurige internettrollen. Wie die reacties ook heeft achtergelaten, weet heel goed wat hij doet: goede encryptie, geavanceerd gebruik van VPN's, misschien zelfs beveiligingsprotocollen van overheidsniveau.'

Een koude rilling liep over Zara's rug, ondanks de warme mok in haar handen. 'Overheidsniveau? Bedoel je zoals politiesystemen?'

Dev haalde zijn schouders op, maar zijn nonchalante gebaar kwam niet overeen met de bezorgdheid in zijn ogen. 'Zou kunnen. Of militair. Of iemand die die technieken via officiële kanalen heeft geleerd. Het punt is: dit zijn niet zomaar boze dorpelingen die wat op hun telefoon zitten te tikken. Dit is iemand met een opleiding.'

De implicatie bleef zwaar tussen hen in hangen. Zara dacht aan Garrett, zijn grijsblauwe ogen en zijn voorzichtige waarschuwingen. Aan Kirsty Cannon en haar politieke connecties. Hoe ver strekte het web van bescherming rond de dood van Iris zich uit?

'Er is nog iets,' vervolgde Dev, terwijl hij zijn bril weer op zijn neus duwde. 'Het patroon in de timing suggereert dat iemand je uploads in realtime in de gaten houdt. De reacties verschijnen binnen enkele minuten nadat de nieuwe inhoud online is gegaan: dat is consistent genoeg om te wijzen op geautomatiseerde meldingen.'

Zara klemde haar vingers steviger om haar mok. 'Dus iemand houdt alles wat ik post in de gaten. Onmiddellijk.'

'En reageert met steeds vijandigere berichten.' Dev keek haar recht aan. 'Zara, ik ken je goed genoeg om te weten dat je dit verhaal niet zult laten rusten. Maar wees voorzichtig. Wat je ook op het spoor bent gekomen, maken mensen zich zorgen.'

'Dat zal ik doen,' beloofde ze; de woorden klonken automatisch en hol.

Dev zuchtte, omdat hij de leegte van haar belofte herkende. 'Houd in elk geval je deuren op slot en laat regelmatig iets van je horen, oké? Ik maak me zorgen.'

De deurbel onderbrak hen; het eten werd bezorgd. Terwijl ze de bakjes over de salontafel verspreidden — de gedemonteerde telefoon was zorgvuldig opzij gelegd — voelde Zara zich dankbaar voor Devs begrip. Hij zou niet aandringen op details die ze nog niet wilde delen, zou niet eisen dat ze het onderzoek staakte en zou haar niet de les lezen over de risico's. In plaats daarvan hielp hij haar op de manieren die hij kende: data herstellen uit onmogelijke bronnen, digitale voetafdrukken traceren en een veilige haven bieden wanneer ze even op adem moest komen.

'Op Het Meisje in de beek,' zei Dev, terwijl hij een loempia omhoog hield in een spottende toost. 'Moge ze je naar de waarheid en een gezonde bankrekening leiden.'

Zara tikte haar eigen loempia tegen die van hem, zijn poging waarderend om de sfeer wat te verlichten. 'Op de waarheid,' herhaalde ze. 'En op vrienden die niet te veel vragen stellen.'

Hij glimlachte, maar zijn ogen bleven ernstig achter zijn bril. Ze wisten allebei dat ze morgen zou terugkeren naar Salt Creek, naar gevaren die geen van beiden volledig begreep. Maar voor vanavond konden ze doen alsof de grootste dreiging bestond uit het kiezen tussen nog wat groene curry of ruimte overhouden voor de sticky rice met mango die ze als luxe toetje hadden besteld.

De suikerrietvelden rolden in eindeloze rijen aan de autoruiten voorbij, af en toe onderbroken door kleine stadjes die als een bijzaak verschenen en weer verdwenen. Zara was bij het eerste daglicht uit Brisbane vertrokken, gebrand om in Salt Creek terug te zijn voordat iemand haar afwezigheid opmerkte, hoewel die kans waarschijnlijk al verkeken was als Devs onderzoek naar de anonieme reacties klopte. Iemand hield haar inhoud nauwgezet in de gaten. Zouden ze ook weten dat ze de stad uit was geweest voor één nacht? Zouden ze vermoeden waarom?

De koffer met schone kleren op de achterbank voelde als een kleine overwinning. Schone shirts, ondergoed dat niet in de wasbak van het motel was gewassen, en haar favoriete korte broek die ze aanvankelijk had achtergelaten omdat ze dacht dat dit onderzoek dagen in plaats van weken zou duren. Kleine gemakken voor wat beloofde een steeds ongemakkelijkere situatie te worden.

De herinnering aan de telefoon van Iris, nu zorgvuldig uit elkaar gehaald in Devs werkruimte, drukte zwaar op haar gemoed. Ze had May een belofte gedaan: de politie buiten deze ontdekking houden, het bewijs volgen waar het ook heen leidde zonder officiële inmenging. Maar na Devs onthullingen over de geavanceerde beveiliging achter die anonieme dreigementen kon ze niet anders dan zich afvragen of ze de juiste keuze had gemaakt. Als Garrett betrokken was bij de doofpotaffaire, was het achterhouden van bewijsmateriaal gerechtvaardigd. Als hij dat niet was, belemmerde ze potentieel de rechtgang voor Iris.

Ze had Dev achtergelaten boven zijn werkbank, terwijl hij al bezig was met het voorbereiden van gespecialiseerde reinigingsoplossingen voor de microSD-kaart. 'Verwacht geen snelle resultaten,' had hij gewaarschuwd. 'Dit soort herstelwerk is monnikenwerk. En Zara,' zijn blik was ongewoon ernstig geweest, 'pas op aan wie je dit vertelt. Als iemand zo ver is gegaan om je te intimideren, zullen ze niet stoppen bij inbraken en online dreigementen.'

Het vertrouwde welkomstbord van Salt Creek dook op, de vervaagde letters scherp afgetekend tegen de afgebladderde verf. Zara minderde vaart toen ze de stadsgrenzen binnenreed en passeerde The Golden Horse met zijn rood-gouden uithangbord. Er viel haar binnen een beweging op: May nam de tafels af voor de lunchdrukte. Ze moest contact opnemen met de Zhangs om hen op de hoogte te brengen van Devs analyse, zonder valse hoop te wekken. Maar dat gesprek moest wachten. Eerst moest ze zich weer installeren in haar kamer, haar volgende stap plannen en controleren of er tijdens haar afwezigheid nog iets anders was doorzocht.

De parkeerplaats van het Salt Creek Motel was bijna leeg; de meeste gasten waren die ochtend uitgecheckt en nieuwe gasten waren nog niet gearriveerd. Zara parkeerde op haar gebruikelijke plek, pakte haar koffer en schoudertas en liep naar haar kamer. Het nieuwe slot dat Garrett had geregeld glinsterde in het zonlicht, een kleine tegemoetkoming aan de veiligheid in een plek waar geheimen door de muren leken te sijpelen.

De kamer leek onaangeroerd, precies zoals ze die had achtergelaten. Zara liet haar koffer op het bed vallen en de vertrouwde veren kraakten onder het gewicht. Ze had hem nog maar nauwelijks openritst toen ze werd opgeschrikt door een hard geklop op de deur; drie resolute slagen die ze onmiddellijk herkende. Haar hartslag versnelde op een manier die ze weigerde nader te analyseren.

Garrett stond in de deuropening toen ze opende; zijn houding was stijf en zijn grijsblauwe ogen scanden haar gezicht alsof hij zocht naar verwondingen. Hij droeg vandaag zijn uniform; door het lichtblauwe overhemd leken zijn ogen meer grijs dan blauw, en zijn donkere broek was volgens de voorschriften gestreken. Hij was de professionaliteit zelve, op de flits van iets beslist onprofessioneels in zijn blik na.

'Waar was je?' eiste hij, zijn stem strak van wat zowel woede als bezorgdheid kon zijn. 'Je bent vannacht niet teruggekomen naar het motel.'

Zara trok een wenkbrauw op en leunde demonstratief tegen de deurpost. 'Ik wist niet dat ik me bij je moest afmelden als ik een nachtje naar huis ging.'

Zijn professionele masker viel af en er kwam frustratie naar boven. 'Ik maakte me zorgen om je.' De bekentenis leek met tegenzin over zijn lippen te komen. 'Met die inbraak, de dreigementen... Ik kwam gisteravond langs om te kijken hoe het met je ging en je was weg. Je auto was weg. Geen briefje, geen bericht.'

'Zorgen in jouw professionele rol als de toegewijde detective-sergeant van Salt Creek?' daagde ze hem uit, terwijl ze de warmte negeerde die door haar heen trok bij zijn bezorgdheid.

'Zara.' Alleen al haar naam, op die manier uitgesproken, bracht iets in haar aan het wankelen.

Ze wist niet wie de eerste stap zette. Misschien wel allebei, aangetrokken door de onderstroom die sinds Childers tussen hen vloeide. Zijn mond vond de hare, vurig en veeleisend, terwijl zijn hand tegen haar onderrug drukte en haar lichaam tegen het zijne trok. Ze beantwoordde de kus onmiddellijk, haar vingers grepen de stof van zijn uniformoverhemd vast en de kus verdiepte zich.

Toen sloeg de realiteit weer in. De telefoon. Mays vertrouwen. Het bewijsmateriaal dat ze uit Salt Creek had weggehaald — bewijs dat deze man, deze politieagent, de professionele plicht had om te verzamelen. Bewijs dat ze willens en wetens voor hem verborgen hield.

Zara verstijfde en trok zich terug om fysieke afstand te creëren. Garretts blik verduisterde toen hij de verandering opmerkte en zijn handen vielen langs zijn zij.

'Wat is er?' vroeg hij met een rauwe stem.

'Niets,' loog ze, en het woord smaakte bitter. 'Ik... dit is ingewikkeld. Jij bent een politieagent. Ik onderzoek een zaak die jouw afdeling jaren geleden heeft gesloten.'

Het was niet onwaar, alleen onvolledig. Ze kon hem niet over de telefoon vertellen zonder May te verraden. Ze kon hem niet blijven kussen zonder het gevoel te hebben dat ze haar eigen beroepsethiek verraadde. De strijdige loyaliteiten wrongen in haar binnenste.

'Dat is het niet,' zei Garrett, terwijl zijn ogen zich een beetje vernauwden terwijl hij haar gezicht bestudeerde. 'Er is iets anders. Iets wat je me niet vertelt.'

Ondanks haar verwoede pogingen het te verbergen, flitste er schuld over haar gezicht. Ze was nooit goed geweest in het verbergen van haar emoties; dat was ook de reden waarom ze liever achter de microfoon zat dan voor een camera. Ze zette nog een stap terug de kamer in; ze had ruimte nodig om helder na te kunnen denken. 'Er zijn heel veel dingen die ik je niet vertel. Net zoals ik er zeker van ben dat er dingen zijn die jij mij niet vertelt.'

Garrett observeerde haar, de rechercheur in hem was zichtbaar bezig haar reacties te catalogiseren en de subtiele signalen te lezen die ze niet onder controle had. Zijn houding veranderde bijna onmerkbaar van de man die haar had gekust in de agent die haar had gewaarschuwd weg te blijven van dit onderzoek.

'Je hebt iets gevonden,' zei hij, en het was geen vraag maar een vaststelling. 'Toen je weg was.'

Zara hield haar gezichtsuitdrukking neutraal, dankzij jarenlange journalistieke training. 'Ik ben naar huis gegaan om schone kleren te halen en mijn huis te controleren. Niet alles draait om het onderzoek.'

Zijn blik week niet van de hare, zoekend naar de waarheid die ze achterhield. 'Is dat zo? Voor jou?' Een stilte volgde, zwaar van onuitgesproken vragen. 'Wees voorzichtig, Zara. Wat je ook aan het doen bent, wie je ook beschermt... je hebt het volledige plaatje nog niet."

De waarschuwing bleef tussen hen in hangen, zo dubbelzinnig dat ze niet kon zeggen of hij haar bedreigde of oprecht bezorgd was om haar veiligheid. Misschien wel allebei. De complexiteit van hun relatie — professionele tegenstanders, onwillige bondgenoten en wat die fysieke aantrekkingskracht ook mocht zijn — maakte elke interactie tot een mijnenveld.

'Ik moet uitpakken,' zei ze uiteindelijk, terwijl ze naar haar open koffer gebaarde.

Garrett knikte eenmaal en accepteerde de wegsturing, hoewel zijn ogen lieten zien dat dit gesprek nog niet ten einde was. 'Doe je deur op slot,' zei hij terwijl hij zich omdraaide om te vertrekken. 'En Zara? De volgende keer dat je besluit een nacht te verdwijnen, zou een seintje vooraf gewaardeerd worden.'

De deur sloot achter hem. Zara bleef roerloos staan en luisterde naar hoe zijn voetstappen wegstierven. Haar lippen tintelden nog van zijn kus en de last van haar geheim drukte zwaar op haar geweten. Een week, had Dev gezegd. Eén week voordat ze misschien zouden weten wat er op Iris' telefoon stond. Eén week om de steeds gevaarlijkere wateren van Salt Creek te bevaren zonder te verdrinken in de geheimen, of in de grijsblauwe diepten van de ogen van Garrett Pennell.

HOOFDSTUK 12

ZARA KEEK VOOR DE derde keer in evenveel minuten op haar horloge en tuurde toen weer naar de ingang van Salt Creek High School. Volgens de schoolsecretaresse was directrice Eleanor Hargrove meestal rond vieren klaar met haar administratieve werk, wat Zara ongeveer een kwartier de tijd gaf om haar te onderscheppen. Dezelfde Eleanor Hargrove die hier Engels had gegeven toen Iris nog op school zat, de lerares bij wie Iris daadwerkelijk in de klas had gezeten, in tegenstelling tot wat Zara per ongeluk in haar podcast had gezegd. Een klein foutje, maar wel een waar die anonieme reageerders meteen bovenop waren gedoken. Luisteraars die de school te goed kenden om willekeurige internettrollen te zijn.

Ze verplaatste zich tegen de eucalyptusboom, op zoek naar wat schaduw op de parkeerplaats van de school. De laatste bel was drie kwartier geleden gegaan, om drie uur, en de meeste ouders hadden hun kinderen al opgehaald. Een paar achterblijvers kwamen nog uit het gebouw druppelen en riepen afscheid naar vrienden.

Een groepje oudere leerlingen liep langs en keek Zara nieuwsgierig aan. Een meisje fluisterde iets tegen een ander, en Zara ving de woorden 'podcastvrouwtje' op voordat ze in lachen uitbarstten. Nieuws verspreidde zich snel in Salt Creek; ze was een kleine beroemdheid aan het worden, al viel nog te bezien of dat haar onderzoek zou helpen of juist dwarsbomen.

Ze verlegde haar gewicht; door de vochtigheid plakte haar shirt onaangenaam tegen haar rug. Een ander gesprek met Jane Goulding had duidelijk gemaakt dat Eleanor Hargrove wellicht waardevolle inzichten had over de laatste weken van Iris. Jane had laten vallen dat de spanning tussen Iris en Kirsty merkbaar was geweest in de klas. Eleanor Hargrove was voor beide meisjes de lerares Engels geweest.

Een beweging op de parkeerplaats trok haar aandacht. Een glimmende zilveren SUV draaide een parkeervak in en Kirsty Cannon stapte uit, haar zonnebril boven op haar honingblonde haar, gekleed in een getailleerde blauwe jurk die er zowel professioneel als toegankelijk uitzag. Ze keek over het schoolterrein tot haar blik op Zara bleef rusten.

Zelfs vanaf deze afstand kon Zara zien dat Kirsty's ogen roodomrand waren. Terwijl ze dichterbij kwam, kwam haar loopje op Zara nogal doelbewust over, een zorgvuldig publiek optreden in plaats van een toevallige ontmoeting. Ze stelde zich precies op het voetpad op, zodat ze optimaal zichtbaar was vanaf zowel de weg als voor iedereen die de school zou verlaten.

'Zara,' riep Kirsty, haar stem hard genoeg om de aandacht te trekken zonder dat het leek alsof ze die opzocht. 'Ik ben zo blij dat ik je tref.'

Zara rechtte haar rug, terwijl haar journalistieke instincten opspeelden. 'Gemeenteraadslid Cannon. Dit is onverwacht.'

'Alsjeblieft, noem me gewoon Kirsty.' Ze stopte op een behoedzame armlengte afstand, dichtbij genoeg voor intimiteit maar ver genoeg voor de fatsoensnormen. Haar stem trilde lichtjes, een trilling die eerder gecalculeerd dan onbeheersbaar leek. 'Ik wilde met u praten over uw podcast.'

'Ik luister,' antwoordde Zara neutraal.

'Het veroorzaakt zoveel pijn,' zei Kirsty, terwijl haar ogen volliepen met tranen die net niet naar beneden rolden. 'Voor ons allemaal. Het stadje begon net te helen, en nu...' Ze maakte een hulpeloos gebaar, een elegante beweging ondanks haar schijnbare ontreddering. 'U opent wonden die nooit helemaal zijn geheeld.'

Zara bestudeerde Kirsty's gezicht, de perfecte mascara die niet was uitgelopen ondanks haar tranen, de zorgvuldig gecontroleerde trilling van haar onderlip. 'Ik begrijp dat dit moeilijk moet zijn,' zei ze. 'Zeker voor iemand die dicht bij Iris stond.'

'We waren beste vriendinnen,' zei Kirsty met een pijnlijke fluisterstem. Er rolde eindelijk een traan over haar wang, in wat wel een slowmotionbeweging leek. 'Vanaf de basisschool. Ik kende haar beter dan wie dan ook.' Ze veegde de traan weg. 'Daarom doet dit zoveel pijn. Om te zien dat zij wordt gereduceerd tot... inhoud.'

De woordkeuze kwam op Zara over als opzettelijk provocerend, bedoeld om haar in de verdediging te dringen. Ze bleef kalm en observeerde hoe Kirsty's ogen af en toe opzij schoten om te zien of hun publiek nog wel geboeid was.

'Ik probeer Iris niet te reduceren tot inhoud,' antwoordde Zara kalm. 'Ik probeer te begrijpen wat er met haar is gebeurd. De officiële verklaring komt niet overeen met de feiten.'

'Feiten?' Kirsty's stem sloeg precies op het juiste moment over. 'En het feit dat haar ouders hun ergste nachtmerrie opnieuw moeten beleven dan? En het feit dat onze gemeenschap wordt afgeschilderd als... als wat? Samenzweerders? Moordenaars?'

Nog een traan, nog een elegante veeg. 'Het gaat niet alleen om Iris. Het gaat om ons allemaal die van haar hielden.'

Zara merkte op hoe Kirsty de nadruk legde op de pijn van de gemeenschap in plaats van op haar persoonlijke rouw, hoe elke verwijzing naar Iris weer terugkeerde naar de collectieve ervaring van het stadje. 'Als u zo close was met Iris als u zegt, zou u dan niet willen weten wat de waarheid is over wat er met haar is gebeurd?'

Kirsty's uitdrukking veranderde, een flits die zo kort duurde dat Zara hem bijna had gemist als ze niet zo goed had opgelet. Achter de tranen flitste er kilte in haar ogen voordat het masker van bezorgdheid weer terugkeerde.

'De waarheid?' zei Kirsty. 'De waarheid is dat ongelukken gebeuren, zelfs bij voorzichtige mensen. De waarheid is dat er soms geen daders zijn, maar alleen een tragedie.' Ze raakte Zara's arm aan, haar vingers koel ondanks de hitte. 'Alsjeblieft. Omwille van iedereen die haar kende en van haar hield. Laat Iris rusten.'

'Dat kan ik niet doen,' zei Zara resoluut, terwijl ze een stap terug deed om aan Kirsty's aanraking te ontsnappen. 'Niet wanneer het bewijs erop wijst dat Iris niet per ongeluk is verdronken.'

De berekende ontreddering op Kirsty's gezicht wankelde een fractie van een seconde. 'Bewijs?' herhaalde ze, haar stem opeens scherper voordat deze weer zachter werd. 'Wat voor bewijs zou er na elf jaar in hemelsnaam nog kunnen zijn?'

'Dat ben ik hier aan het uitzoeken,' antwoordde Zara, terwijl ze Kirsty's blik strak vasthield. 'En ik stop niet voordat ik begrijp wat er die nacht werkelijk is gebeurd.'

Kirsty's beheersing gleed weer weg; een hartslag lang maakte de rouw in haar ogen plaats voor kilte voordat ze de controle herwon. De transformatie was onheilspellend, alsof er heel even een ander persoon tevoorschijn kwam voordat die weer werd weggestopt.

'U maakt mensen ongemakkelijk,' zei Kirsty, waarbij haar stem harder werd ondanks de tranen die nog aan haar wimpers hingen. 'Iris zou dit vreselijk vinden.'

De bewering klonk vals vergeleken met alles wat Zara over Iris te weten was gekomen: een getalenteerde filmmaker die de geschiedenis van het stadje vastlegde, die kunst maakte die bedoeld was om gezien te worden, die een vervroegde toelating tot de universiteit had aangevraagd om haar creatieve ambities na te jagen.

'Ik denk dat Iris de waarheid zou willen,' wierp Zara stilletjes tegen. 'Op basis van alles wat ik over haar heb geleerd, hechtte ze boven alles waarde aan eerlijkheid.'

Kirsty's glimlach verstrakte en bereikte haar ogen niet meer. 'U kende haar niet,' zei ze, elk woord even nauwkeurig ondanks haar schijnbaar geëmotioneerde toestand. 'Ik wel.' Ze keek op haar horloge, een gebaar dat de intensiteit van het moment verbrak. 'Ik moet gaan. Ik heb een raadsvergadering.'

Ze draaide zich om, beheerst en elegant ondanks de emotionele vertoning van zojuist, en liep terug naar haar SUV. De zon weerkaatste op haar haar terwijl ze wegliep; haar houding was perfect, haar passen afgemeten, geen enkel teken dat ze zojuist nog had gehuild om haar zogenaamde beste vriendin.

Zara keek haar na, er nu van overtuigd dat de act van de bezorgde beste vriendin precies dat was: een act. Onder Kirsty's gepolijste uiterlijk school iets meedogenloos. De vraag was of haar handen bevlekt waren met de dood van Iris, en welk bewijs haar aan die nacht bij de kreek zou kunnen linken.

Ze draaide zich weer naar de schoolingang, vastberadener dan ooit om met Eleanor Hargrove te spreken. Als Kirsty er zoveel aan gelegen was om het onderzoek te stoppen, moest Zara wel dichter bij de waarheid komen. En Kirsty zou het niet laten bij publiekelijke tranen en verkapte waarschuwingen. De inzet was zojuist verhoogd, en Zara moest snel handelen voordat het weinige bewijs dat nog resteerde volledig verdween, net zoals de laptop van Iris al die jaren geleden was verdwenen.

Teleurstelling drukte zwaar op Zara toen ze terugliep naar het motel, terwijl de middagzon nog steeds ongenadig brandde. Directrice Hargrove was tijdsverspilling geweest: hartelijk maar afstandelijk, en ze beweerde zich Iris Zhang nauwelijks te herinneren. 'Zoveel leerlingen door de jaren heen,' had ze gezegd met een glimlach die haar ogen niet bereikte. 'En ik werd kort daarna directrice. Administratieve taken hebben de neiging je herinneringen aan het klaslokaal te vertroebelen.' Een handig geheugenverlies waar de invloed van Kirsty Cannon vanaf droop.

Zara speelde Kirsty's optreden bij de school in gedachten af terwijl ze liep. De zorgvuldig afgemeten tranen, de strategische positionering in het zicht van het publiek, de momenten waarop haar masker was afgegleden en er iets kouds en berekenends onder het verdriet tevoorschijn kwam. Dat was niet het gedrag van iemand die rouwde om een oude vriendin; het was de wanhoop van iemand die iets te verbergen had.

Met een zucht zocht ze in haar zak naar haar sleutelkaart. Ze zou wat eten halen bij the Golden Horse en dat opeten terwijl ze wat documenten zou doornemen die eerder die dag in haar e-mail waren binnengekomen; nog een paar van de oorspronkelijke politierapporten, die al een paar dagen mondjesmaat binnenkwamen maar niets onthulden wat ze nog niet wist.

Ze was bijna bij haar deur en hield haar sleutelkaart al klaar om in het slot te steken, toen ze merkte dat er iets mis was. Haar auto lag te laag en hing vreemd naar één kant over.

Haar auto, die vlak voor haar deur geparkeerd stond in het volle zicht van de straat, was bruut toegetakeld. Alle vier haar gloednieuwe banden waren doorgesneden, niet alleen lek gestoken maar woest opengetrokken, waarbij rubberen draden over het grind verspreid lagen als uit de kom getrokken ingewanden. De kerven deden een scherp mes en doelbewuste kracht vermoeden; dit was geen willekeurige daad van vandalisme.

Haar hart hamerde tegen haar ribben terwijl ze naar het voertuig liep en de lege parkeerplaats afspeurde naar getuigen, naar de dader, naar wie dan ook. De deur van het motelkantoor was dicht, het bordje 'VRIJ' flikkerde in de middagzon. Haar auto was de enige op de parkeerplaats; het was een doordeweekse dag en het zou rustig zijn in het motel, op misschien een paar late reizigers na die later zouden inchecken.

Geen getuigen. Ze wist al dat er geen camera's waren; Garrett was daar na de inbraak in haar kamer behoorlijk geërgerd over geweest.

Toen ze om de motorkap liep, viel haar iets wits op, een opgevouwen papiertje dat onder de ruitenwisser zat geklemd. Met trillende vingers haalde ze het weg; het papier voelde warm aan omdat het tegen de ruit in de zon had liggen bakken. Het briefje was met de hand geschreven met een zwarte viltstift, de letters blokkerig en doelbewust, duidelijk vermomd:

STOP MET GRAVEN OF VOLG HAAR

Vijf woorden. Vierentwintig letters. Een levenslange dreiging samengeperst in één enkele regel.

Gal steeg op in haar keel, zuur en heet. Haar nieuwe banden, een aanzienlijke uitgave, een bewijs van haar voornemen om in Salt Creek te blijven tot ze de waarheid had onthuld, waren opzettelijk vernield om een boodschap af te geven. De progressie was duidelijk: online intimidatie, de inbraak, en nu deze fysieke dreiging gekoppeld aan materiële schade. Een escalatie die de voortgang van haar onderzoek weerspiegelde.

En 'volg haar', er bestond geen onduidelijkheid over wie er met 'haar' werd bedoeld. Iris Zhang, gevonden met haar gezicht naar beneden in vijftien centimeter water.

Zara's hand trilde toen ze naar haar telefoon greep. Ze moest dit eerst documenteren, foto's maken van de schade, het briefje bewaren als bewijs. De journalist in haar kwam ondanks haar angst automatisch in actie; ze maakte foto's van elke doorgesneden band, het briefje in haar handpalm, de lege omgeving die het iemand mogelijk had gemaakt haar auto onbemerkt te benaderen.

Pas daarna belde ze het politiebureau. Haar duim zweefde even boven het directe nummer van Garrett voordat ze toch voor de algemene lijn koos. Professionele afstand. Bewijs van een misdrijf. Geen persoonlijke roep om hulp.

'Politiebureau Salt Creek,' klonk de stem van de receptioniste.

'Dit is Zara Langley van het Salt Creek Motel,' zei ze, trots op hoe stabiel ze haar stem hield ondanks het trillen van haar handen. 'Ik wil aangifte doen van vandalisme en een dreigbriefje dat op mijn voertuig is achtergelaten.'

'Ik stuur meteen iemand langs, mevrouw Langley,' antwoordde de receptioniste, met een zweem van herkenning in haar stem. Natuurlijk, inmiddels wist iedereen in het stadje wie ze was.

'Dank je wel,' zei Zara, terwijl ze het gesprek beëindigde voordat haar zelfbeheersing het begaf.

Ze leunde tegen de muur van het motel; de ruwe bakstenen schuurden door haar dunne shirt en gaven haar een fysiek houvast terwijl haar gedachten alle kanten op vlogen. Wie had dit gedaan? De timing wees op iemand die wist dat ze naar de school was gegaan, die haar misschien had zien praten met Kirsty. Iemand die wist van haar nieuwe banden en waar die voor stonden: haar voornemen om in Salt Creek te blijven. Iemand die haar zo graag weg wilde hebben dat hij haar met de dood bedreigde.

Het geluid van een naderend voertuig trok haar terug naar het heden. Een LandCruiser van de politie draaide de parkeerplaats op, sneller dan strikt noodzakelijk. Garrett.

Hij parkeerde één vak naast haar vernielde auto en was het voertuig al uit voordat het stof was neergedaald. Zijn uniformhemd was donker van het zweet tussen zijn schouderbladen, alsof hij in de zon had gestaan. Zijn uitdrukking was professioneel neutraal, maar zijn ogen scanden haar snel van top tot teen, alsof hij controleerde of ze gewond was.

'Mevrouw Langley,' zei hij, formeel ondanks hun gecompliceerde verleden. 'Je kwam melding maken van vandalisme?'

Ze gebaarde naar haar auto en hield zijn gezicht in de gaten terwijl hij de lekgestoken banden en de methodische vernieling in zich opnam.

'Is dit gebeurd terwijl je weg was?' vroeg hij, terwijl hij om de wagen heen liep en door zijn knieën ging om de sneden in het rubber te onderzoeken.

'Ja. Ik was op de school en ben daarna direct hiernaartoe teruggekomen.' Ze aarzelde en stak toen haar hand uit met het briefje, dat nog steeds opgevouwen was. 'Dit zat onder de ruitenwisser.'

Garrett nam het papier aan en vouwde het voorzichtig bij de randjes open alsof hij vingerafdrukken probeerde te sparen, hoewel ze allebei wisten dat de dader daarvoor te voorzichtig zou zijn geweest. Zijn ogen scanden de zes woorden, en op dat moment gleed zijn professionele masker af.

Angst, rauw en oprecht, schoot over zijn gezicht voordat hij het kon beheersen. Geen ongerustheid, geen bezorgdheid, maar pure angst. Zijn kaken spanden zich aan en het spiertje onder zijn huid trilde terwijl hij zijn tanden op elkaar klemde. Zijn vingers werden wit rond de randen van het papier. Een ademloos moment lang was Garrett geen detective die bewijsmateriaal onderzocht, maar een man geconfronteerd met een dreigement tegen iemand om wie hij gaf.

De transformatie duurde slechts enkele seconden voordat hij zijn gelaatstrekken weer in de professionele plooi dwong, maar Zara had het gezien. Wat er ook speelde tussen hen, wat zijn rol in het onderzoek ook was, zijn angst voor haar veiligheid was echt. En die realiteit maakte alles ingewikkelder.

'Wanneer heb je je auto voor het laatst onbeschadigd gezien?' vroeg hij met een stem die hij weer onder controle had, terwijl hij het briefje in een bewijszakje stopte.

Zara antwoordde automatisch en noemde tijden, details en haar vermoedens over wie haar bij de school gezien zou kunnen hebben. Maar haar gedachten bleven maar terugkeren naar die flits van angst in zijn ogen, wat het betekende, wat het onthulde. Als Garrett Pennell, de detective-sergeant van Salt Creek, oprecht bang was voor haar veiligheid, dan was het gevaar reëel.

Garrett pakte zijn telefoon. Hij pleegde kort na elkaar twee telefoontjes: eerst naar een sleepdienst, op een kortaffe toon terwijl hij om onmiddellijke assistentie vroeg; daarna naar de garage van Mick, waarbij hij de situatie uitlegde met een ingehouden woede waardoor zijn stem lager en rauwer klonk. 'Houd de zaak open, Mick. Het maakt me niet uit hoe laat het is. Zorg dat er vier nieuwe banden klaarliggen, dezelfde Michelins die ze net gekocht heeft.' Hij luisterde en voegde eraan toe: 'Beschouw het als een politieprioriteit.' Nadat de gesprekken beëindigd waren, draaide hij zich weer naar Zara met een felle beschermingsdrang in zijn blik die niets te maken had met professionele plicht.

'De sleepwagen is er over vijf minuten,' zei hij, terwijl hij de telefoon in zijn zak stak. 'Ik rijd je zelf naar Mick.'

Het was geen vraag of een aanbod, maar een vaststelling. Zara knikte, nog steeds van haar stuk gebracht door de naakte emotie die ze op zijn gezicht had gezien toen hij het briefje las. Zijn kaken bleven strak op elkaar, een spiertje trilde onder de gebruinde huid terwijl hij de omliggende motelunits, de lege parkeerplaats en de weg daarachter scande. Hij was iets voor haar gaan staan, alsof hij haar fysiek afschermde voor mogelijke dreigingen.

'Ik moet wat spullen uit mijn kamer halen,' zei ze, terwijl ze naar haar deur liep.

Garrett volgde haar, zo dichtbij dat ze zijn aanwezigheid in haar rug kon voelen. 'Ik wacht hier wel,' zei hij, en hij nam buiten positie in terwijl zij naar binnen ging.

Binnen pakte Zara een fles koud water en nam een flinke slok. Ze had eigenlijk niets uit de kamer nodig, maar ze had even een moment voor zichzelf nodig om weer rustig te worden, want Garretts reactie ging verder dan professionele bezorgdheid en ze wist niet goed hoe ze daarmee om moest gaan. De snelheid waarmee hij er was, de intensiteit van zijn woede, zijn beschermende houding; niets daarvan paste in de rol van een afstandelijke lokale wetshandhaving. Toch was dit dezelfde man die haar had gewaarschuwd zich niet met het onderzoek naar de dood van Iris te bemoeien, die het systeem vertegenwoordigde dat de familie Zhang in de steek had gelaten, en die misschien zelfs betrokken was bij wat er elf jaar geleden was gebeurd.

Toen ze naar buiten kwam, stond Garrett te praten met een sleepwagenchauffeur die zijn hoofd schudde en met zijn tong klakte terwijl hij Zara's auto aankoppelde om hem de laadbak op te trekken. Garretts hand vond haar onderrug toen ze naar zijn LandCruiser liepen, de aanraking licht maar doelbewust, sturend en beschermend.

Het interieur van de wagen was onberispelijk, in tegenstelling tot haar eigen rommelige auto. Terwijl ze op de passagiersstoel ging zitten, werd de deur naast haar gesloten. Garrett gleed achter het stuur; zijn brede schouders en de console tussen hen in zorgden ervoor dat de ruimte plotseling kleiner en intiemer aanvoelde dan ze had verwacht.

Hij startte de motor maar reed niet direct weg; hij keek toe hoe de chauffeur van de sleepwagen klaar was met het laden van haar beschadigde auto. Zijn knokkels waren wit op het stuur en in haar ooghoeken zag ze dat zijn profiel gespannen stond.

'Ze regelen het wel,' zei hij, terwijl hij haar stilte verkeerd interpreteerde als bezorgdheid om de auto.

'Het is niet de auto waar ik me zorgen over maak,' antwoordde Zara, terwijl ze zich rechtstreeks naar hem toe draaide. 'Het is de escalatie. Bedreigingen online, dan een inbraak en nu dit. Wat is het volgende?'

Garretts kaken spanden zich nog verder aan, voor zover dat mogelijk was. 'Daarom gaan we extra beveiligingsmaatregelen bespreken terwijl je banden worden gewisseld.'

De felle beschermingsdrang in zijn stem deed een warmte door haar borstkas trekken, een gevaarlijke warmte die haar objectiviteit en haar doel in Salt Creek bedreigde. Ze keek uit het raam en verzamelde haar gedachten terwijl ze door het stadje reden, langs de Golden Horse met zijn rood-gouden uithangbord, langs de fouragehandel waar Ray was dichtgeklapt zodra Garrett verscheen.

'Waarom kan het je zoveel schelen of mij iets overkomt?' vroeg ze uiteindelijk, en de vraag bleef in de besloten ruimte tussen hen hangen.

Zijn ogen bleven op de weg gericht. 'Het is mijn werk.'

'Is dat zo?' hield Zara vol, terwijl ze op haar stoel draaide om zijn profiel te bestuderen. 'Jouw werk is het beschermen van de mensen in Salt Creek. Ik ben niet een van hen. Ik ben een buitenstaander die onderzoek doet naar een zaak die jouw afdeling elf jaar geleden als een ongeluk heeft afgedaan.' Ze zweeg even en wachtte op zijn reactie. 'Sommigen zouden zeggen dat het makkelijker zou zijn om de andere kant op te kijken wanneer iemand me probeert weg te jagen.'

Zijn knokkels werden witter op het stuur, het enige uiterlijke teken dat haar woorden hem raakten. 'Zo werk ik niet,' zei hij met een strakke stem.

'Het voelt persoonlijk,' zei ze zachtjes.

De woorden bleven tussen hen in hangen, beladen met betekenis: Childers, de kus in haar motelkamer, de onderstroom van wederzijdse aantrekkingskracht die er was ondanks alle professionele barrières.

Garrett gaf geen antwoord. De stilte hield aan, alleen gevuld door het gezoem van de motor en het incidentele gekraak van de politieradio. Buurtbewoners keken nieuwsgierig naar de politiewagen met Zara op de passagiersstoel; er zouden in hun kielzog ongetwijfeld weer nieuwe roddels ontstaan.

Toen ze de garage van Mick opreden, nam Garrett direct zijn beschermende houding weer aan. Hij liep vlak naast haar, zijn lichaam lichtjes naar haar toe gedraaid, terwijl zijn ogen de werkplaats scanden alsof hij op zoek was naar mogelijke dreigingen. Mick kwam uit het kantoor tevoorschijn terwijl hij zijn handen afveegde aan een doek; zijn uitdrukking veranderde van een professionele groet in een nieuwsgierige blik toen hij zag hoe dicht ze bij elkaar stonden en de spanning tussen hen voelde.

'Heb je die Michelins klaarstaan, Mick?' vroeg Garrett, zijn stem nonchalant maar zijn houding allesbehalve.

'Liggen al voor je klaar,' bevestigde Mick. Hij wierp een blik op Zara. 'Nare zaak, dat bandenprikken. Kan haast niet geloven dat iemand in Salt Creek zoiets zou doen.'

'Iemand wilde een boodschap overbrengen,' zei Zara kalm. 'Niet een erg subtiele boodschap.'

Mick schudde zijn hoofd. 'Kleine stadjes, hè? Je kunt geen scheet laten of iedereen weet wat je als ontbijt hebt gehad.' Hij verdween naar achteren en liet hen alleen in het voorste gedeelte van de werkplaats.

Zara draaide zich rechtstreeks naar Garrett. 'Dit gaat niet over politieprotocol,' daagde ze hem uit, waarbij ze haar stem laag hield zodat Mick haar vanuit het magazijn niet kon horen. 'Zoals jij je gedraagt, dat is niet alleen professionele bezorgdheid.'

Garretts ogen ontmoetten de hare, grijsblauw en vastberaden. Even dacht ze dat hij het weer zou ontwijken, dat hij zich weer zou verschuilen achter zijn badge en zijn rang. In plaats daarvan veranderde zijn blik.

'Iemand bedreigt je,' zei hij, elk woord zorgvuldig en weloverwogen. 'Dat is niet iets waar ik luchtig over kan doen.'

De bekentenis bleef in de lucht hangen; wat onuitgesproken bleef was net zo veelzeggend als wat er wel werd gezegd. *Jij bent niet iemand over wie ik luchtig kan doen.*

'De grens tussen persoonlijk en professioneel vervaagt soms,' vervolgde hij, terwijl zijn stem nog lager werd. 'Zeker in een stadje van deze omvang.'

Zara was zich er pijnlijk van bewust hoe dicht ze bij elkaar stonden, nauwelijks een armlengte van elkaar verwijderd. De tl-buizen in de garage wierpen schaduwen over zijn gezicht en accentueerden de spanning in zijn kaak en de intensiteit in zijn ogen. Hun lichamen waren naar elkaar toe gericht als magneten die elkaar opzochten; de aantrekkingskracht tussen hen was fysiek en onloochenbaar.

'En aan welke kant van die grens staan wij op dit moment?' vroeg ze, de vraag was zowel een uitdaging als een uitnodiging.

Voordat hij kon antwoorden, werd het moment onderbroken door het geronk van de sleepwagen die de garage binnenreed. Garrett deed een stap achteruit en zijn professionele masker gleed weer op zijn plek terwijl hij zich omdraaide om de chauffeur te begroeten, maar zijn ogen vertelden Zara dat dit gesprek nog niet voorbij was.

Ze keek hoe hij met de chauffeur sprak en aanwijzingen gaf waar haar auto moest worden neergezet. Wat er ook tussen hen gebeurde, het maakte een toch al complex onderzoek nog ingewikkelder. Garrett Pennell, de detective die haar had gewaarschuwd niet in de dood van Iris te wroeten, was nu fel beschermend over haar veiligheid. De tegenstrijdigheid was onverklaarbaar, tenzij er lagen in deze zaak zaten – en in Garrett zelf – die ze nog niet had blootgelegd.

Mick kwam met de eerste band uit het magazijn gerold. 'Dit gaat ongeveer een uurtje duren,' zei hij. 'Er is daar een wachtruimte als je koffie wilt. Of je komt over een tijdje terug.'

Garretts hand rustte kort op haar onderrug terwijl ze naar het kleine zitje liepen; de aanraking was warm door haar shirt heen. 'We moeten bespreken wat er nu gaat gebeuren,' zei hij zachtjes. 'Degene die dit gedaan heeft, zal hier niet stoppen.'

De stelligheid in zijn stem bezorgde haar een rilling, ondanks de warmte van zijn nabijheid. Wat hij niet hardop zei, was dat het gevaar reëel was, dat degene die haar banden had doorgesneden en dat briefje had achtergelaten heel goed in staat was zijn belofte na te komen om haar Iris Zhang te laten 'volgen'. De vraag was of Garretts vastberadenheid om haar te beschermen betekende dat hij wist wie er achter de dreigementen zat… of dat hij net zo in het duister tastte als zij.

Hoe dan ook, de verhouding tussen hen was weer verschoven; het persoonlijke en het professionele vervloeiden tot iets wat geen van beiden gemakkelijk kon definiëren of ontkennen. En terwijl ze in de kleine wachtkamer gingen zitten, hun knieën elkaar bijna rakend in de krappe ruimte, vroeg Zara zich af of die band haar uiteindelijk naar de waarheid over Iris zou leiden, of dat het de volgende complicatie zou worden in een onderzoek dat al vol zat met verborgen motieven en begraven geheimen.

HOOFDSTUK 13

DE GARAGE VAN MICK verdween langzaam in de achteruitkijkspiegel terwijl Garrett Zara terugreed naar het motel; geen van beiden sprak een woord. De nieuwe banden waren er snel onder gezet, maar het briefje, *STOP MET GRAVEN OF VOLG HAAR*, lag tussen hen in als een derde aanwezigheid in het doorzichtige plastic bewijszakje. Buiten trok de storm die de hele middag al had gedreigd eindelijk het land op; de lucht was zo dik van de vochtigheid dat het voelde alsof ze door nat katoen ademhaalden. Zara staarde uit het raam naar de bliksem die aan de horizon flikkerde; haar reflectie was spookachtig tegen de donker wordende lucht.

Toen ze het parkeerterrein van het motel opreden, zette Garrett de motor af, maar maakte geen aanstalten om uit te stappen. Zijn vingers trommelden op het stuur, een nerveus ritme dat in schril contrast stond met zijn gebruikelijke beheersing.

'Je zou je spullen moeten pakken,' zei hij eindelijk met een schorre stem. 'Ik kan elders onderdak voor je regelen. Ergens waar het veiliger is.'

Zara draaide zich naar hem toe. 'Ik ga niet vluchten.'

Hun ogen ontmoetten elkaar in het flauwe licht van de auto en zijn uitdrukking veranderde; de professionele afstand vertoonde barstjes. Hij keek als eerste weg en knikte een keer kort, alsof hij geen ander antwoord had verwacht. Daarna greep hij naar de deurklink, duidelijk van plan haar veilig naar binnen te begeleiden.

Buiten de motelkamer trilde Zara's hand lichtjes terwijl ze de sleutelkaart in het slot stak. De straatlantaarn wierp lange schaduwen over het beton en de lucht was drukkend door de naderende regen. Ze duwde de deur open en aarzelde op de drempel, plotseling beseffend wat de implicaties waren van wat ze op het punt stond te doen.

'Kom binnen,' zei ze, en de woorden droegen meer gewicht dan hun eenvoud deed vermoeden.

Garrett volgde haar naar binnen; zijn brede schouders vulden de deuropening kortstondig voordat hij langs haar heen stapte. Hij stond onhandig in het midden van de kleine kamer, veel te groot voor de ruimte. Hoewel de airconditioning de hele middag had aangestaan, voelde de kamer nog steeds te warm aan.

Zara zette haar tas op het bureau en draaide zich naar hem toe, waarbij ze haar lichaamstaal liet spreken voor wat ze nog niet hardop wilde zeggen. De spanning tussen hen was sinds Childers alleen maar toegenomen, een stroomversnelling die geen van beiden kon ontkennen, ondanks professionele grenzen en wederzijds wantrouwen. En plotseling was ze het zat om ertegen te vechten. Misschien was het de opkomende storm die haar herinnerde aan die nacht in Childers, de hevige passie die tussen hen was opgebloeid.

Ze wilde dat weer voelen. Nu.

Maar in plaats van naar haar toe te stappen, begon Garrett te ijsberen; drie stappen de ene kant op voordat hij weer omkeerde. Hij haalde zijn handen door zijn haar, waardoor het nog meer in de war raakte, een gebaar dat zo onkarakteristiek geagiteerd was dat Zara een vlaag van onrust voelde.

'Garrett?'

Hij stopte met ijsberen, met zijn rug naar haar toe, zijn schouders strak onder het lichtblauwe uniformhemd. Toen hij sprak, klonk zijn stem gespannen, alsof de woorden met tegenzin ergens diep vanbinnen vandaan werden getrokken.

'Ik moet je iets vertellen.'

Zara ging op de rand van het bed zitten, aanvoelend dat wat er ook komen ging ruimte vereiste, haar stilte tegenover zijn onrust.

'Ik was daar,' zei hij terwijl hij zich naar haar omdraaide; zijn ogen stonden gekweld. 'In 2014. Ik was de aankomend agent die als eerste reageerde op de melding over Iris Zhang.'

De bekentenis viel tussen hen in, de eerste draad die losraakte. Ze bleef stil en liet hem begaan, maar haar ogen werden groot. Ze had zijn naam nergens gezien in de dossiers die ze tot nu toe had ontvangen. Omdat ze wist dat de Queensland Police Service agenten bij voorkeur regelmatig overplaatste – ze hielden er vooral niet van dat agenten te lang op een rurale post bleven waar ze te hecht met de gemeenschap konden worden om effectief neutraal te blijven – was ze ervan uitgegaan dat het onmogelijk was dat Garrett hier destijds was geweest.

'Ik was degene die haar in de beek vond.' Zijn stem sloeg over bij het woord 'vond' en zijn professionele kalmte brokkelde af. 'Ze lag met haar gezicht naar beneden in water dat nauwelijks tot aan mijn laarzen reikte. Hooguit vijftien centimeter. En er waren vlekken, verse blauwe plekken op de achterkant van haar armen. Vingerafdrukken. Het soort dat je alleen krijgt als iemand je tegen de grond houdt.'

Hij begon weer te ijsberen en de woorden kwamen nu sneller, alsof er een dam was doorgebroken. 'Ik heb alles gedocumenteerd. De blauwe plekken, de waterdiepte, de vermiste telefoon, het feit dat ze daar helemaal niet had moeten zijn als ze vanaf het restaurant op weg naar huis was. Niets ervan was logisch. Niets wees op een onopzettelijke verdrinking.'

Zara sloeg hem gade en zag niet de beheerste detective-sergeant die haar had gewaarschuwd weg te blijven van dit onderzoek, maar een man die een decennium aan schuldgevoel op zijn schouders droeg.

'Ik legde het voor aan Finch. Hoofdinspecteur Malcolm Finch.' Garretts mond vertrok bij het horen van de naam. 'Hij was destijds de hoogste officier hier, de hoofdonderzoeker natuurlijk. Ik liet hem mijn aantekeningen en de foto's zien, en legde uit waarom het geen ongeluk kon zijn geweest. En hij... hij keek me alleen maar aan met een blik die ik nooit zal vergeten, alsof ik een kind was dat zich in een gesprek tussen volwassenen had gemengd.'

Garretts schouders zakten in terwijl hij sprak, zijn stem werd lager. 'Hij zei dat ik nieuw was, onervaren, dat ik dingen zag die er niet waren. Hij zei dat het meisje duidelijk was uitgegleden, haar hoofd had gestoten en was verdronken door een bizar ongeluk. Toen ik aandrong op die blauwe plekken, zei hij dat ze waarschijnlijk het ravijn in was gevallen voordat ze bij de beek kwam, en zich onderweg naar beneden had bezeerd.'

'Maar jij geloofde hem niet,' zei Zara zacht.

'Nee.' Het woord was kort en krachtig. 'Maar ik was vijfentwintig en werkte pas een paar jaar bij de politie. En Finch was... tja, hij was Finch. Gerespecteerd. Goede connecties. Het soort officier aan wie jongere agenten geacht worden ondergeschikt te zijn.'

Buiten flitste de bliksem, waardoor zijn gezicht even scherp werd verlicht en de rimpel tussen zijn wenkbrauwen en de strakke lijn van zijn mond zichtbaar werden.

'Twee maanden later werd ik overgeplaatst naar Cairns. Officieel een "promotiekans". Onofficieel werd ik weggehaald uit een situatie waarin ik te veel vragen stelde.' Hij stopte met ijsberen en bleef voor haar staan. 'Ik probeerde het los te laten. Probeerde mezelf ervan te overtuigen dat Finch misschien gelijk had, dat ik te ijverig was geweest en patronen zag waar ze niet waren.'

'Maar dat lukte je niet,' zei Zara, die in hem dezelfde koppige zoektocht naar de waarheid herkende die haar dreef.

'Nee. Het bleef me achtervolgen. Bij elke verdrinkingszaak die ik behandelde, bij elke melding over een jong slachtoffer, dacht ik terug aan Iris Zhang. Aan wat ik zag. Aan wat ik wist.' Hij haalde diep en onregelmatig adem. 'Ik heb de afgelopen acht jaar een solide reputatie opgebouwd, eerst in Cairns en daarna in Brisbane, en ik klom op in de rangen. En al die tijd was ik ook informatie aan het verzamelen over Finch, over wat hier gebeurd is.'

De puzzelstukjes vielen op hun plek voor Zara; de mysterieuze motivatie van de detective was eindelijk duidelijk. 'Daarom ben je drie jaar geleden teruggekomen naar Salt Creek.'

Garrett knikte, een kleine, grimmige beweging. 'Ik heb specifiek om de overplaatsing gevraagd. De rang van detective-sergeant was een promotie, en Salt Creek zou een rustige post zijn om aan mijn nieuwe functie te wennen. De perfecte dekmantel voor wat ik werkelijk aan het doen was: een zaak opbouwen voor de Crime and Corruption Commission tegen Finch en wie er nog meer betrokken was bij de doofpotaffaire rondom Iris.'

Buiten brak de regen eindelijk los; dikke druppels kletterden tegen het raam, de plotselinge hoosbui paste bij de intensiteit van zijn bekentenis. Garrett kwam dichterbij en verlaagde zijn stem, alsof hij bang was gehoord te worden ondanks de lege kamer.

'Ik heb langzaam bewijsmateriaal verzameld. De oude dossiers waren... opvallend incompleet. Mijn oorspronkelijke rapporten waren gewoon verdwenen, en dat was niet alles. Er ontbraken foto's. Getuigenverklaringen waren gewijzigd. Het heeft drie jaar gekost om te reconstrueren wat er echt is gebeurd, en ik mis nog steeds cruciale elementen.' Zijn stem werd rauwer. 'En toen kwam jij.'

Zara's hartslag versnelde toen ze terugdacht aan hun nacht in Childers: zijn handen op haar huid, zijn mond op de hare, terwijl geen van beiden wist wie de ander was of wat er zou volgen.

'Childers was...' Hij zweeg even, zoekend naar woorden. 'Gedurende een paar uur vergat ik Iris Zhang. Vergat ik de zaak die een derde van mijn leven in beslag heeft genomen. Ik was gewoon een man die een vrouw ontmoette in een kroeg, en het voelde...' Hij liet de zin onvoltooid.

'Ik weet het,' zei Zara simpelweg.

Hij kwam nog dichterbij, zo dichtbij dat ze de lichte stoppels op zijn kaak kon zien en de geur van koffie, zweet en iets wat onmiskenbaar bij hem hoorde, kon ruiken. 'Toen ik je die eerste dag op het bureau zag en je jezelf voorstelde als journalist die de dood van Iris onderzocht, dacht ik dat het een flauwe grap was. Dat degene die hierachter zat me aan het treiteren was.'

Zijn hand kwam omhoog en raakte bijna haar gezicht aan voordat hij hem weer liet zakken. 'En nu word je bedreigd. Door dezelfde mensen die deze zaak elf jaar lang met succes in de doofpot hebben gestopt. Ik ben doodsbang, Zara.' Zijn stem brak bij haar naam, de bekentenis was rauw en onbeschermd. 'Doodsbang dat je gewond raakt of wordt vermoord voordat ik je kan beschermen, voordat we de waarheid kunnen achterhalen. Voordat we Iris en haar ouders eindelijk het recht kunnen geven dat ze verdienen.'

Het gebruik van 'we' ontging Zara niet. In zijn bekentenis had hij niet alleen de waarheid over zijn betrokkenheid onthuld, maar ook laten zien dat hij erkende dat ze, ondanks alles, aan dezelfde kant stonden.

De regen kletterde tegen de ramen en de kleine kamer voelde plotseling als het oog van een storm, een fragiele kalmte omringd door opzwellende woede. En in die stilte stonden een rechercheur en een journalist tegenover elkaar; geheimen waren onthuld en de weg voorwaarts was plotseling glashelder.

Zara zat roerloos op de rand van het bed; haar flesje water trilde lichtjes in haar handen. Het plastic kraakte toen ze haar grip verstevigde, een scherp geluid tegen het gestage getrommel van de regen. Garretts bekentenis had iets fundamenteels tussen hen veranderd en de stukken van dit onderzoek herschikt als een puzzel die eindelijk vorm kreeg. De plafondventilator boven hen haperde; het ritme was onregelmatig en bracht de vochtige lucht nauwelijks in beweging.

'Je onderzoekt deze zaak dus al elf jaar,' zei ze eindelijk, haar woorden afgewogen en tastend. 'Alleen.'

Garrett knikte, zonder zijn blik van de hare af te wenden. De onthulling had iets uit hem weggezogen; hij zag er tegelijkertijd uitgeput en opgelucht uit. Hij leunde tegen de muur, alsof hij steun nodig had nu zijn geheim niet langer alleen van hem was.

Zara haalde diep adem en woog haar opties af. Vertrouwen was niet iets wat ze gemakkelijk gaf, zeker niet aan de politie, en al helemaal niet na het debacle van Little Girls Lost. Maar Garrett had haar zojuist zijn carrière, zijn levensdoel en zijn missie van tien jaar toevertrouwd. De balans was doorgeslagen.

'Ik moet jou ook iets vertellen,' zei ze, terwijl ze het flesje water voorzichtig op het nachtkastje zette. 'Iets wat ik niet van plan was met welke politieagent dan ook te delen.'

Zijn blik werd scherper; de rechercheur kwam weer naar boven onder de kwetsbaarheid van zojuist.

'De ochtend voordat ik naar Brisbane reed,' begon ze, terwijl ze zijn reactie nauwgezet observeerde, 'vroeg May Zhang me om met haar naar de beek te wandelen. Naar de voetbrug waar Iris gevonden is.'

Buiten flitste de bliksem, waardoor de kamer een fractie van een seconde helwit oplichtte voordat het donker weer terugkeerde. De donder volgde vrijwel onmiddellijk en was zo dichtbij dat de ramen ervan rammelden.

'We hebben iets gevonden,' vervolgde Zara, haar stem kalm ondanks het geweld van de storm. 'Iets wat tussen de planken van de brug geklemd zat, vastgehaakt aan een steunbalk eronder. Iets wat daar al elf jaar lag.'

In Garretts ogen was het besef al te zien voordat ze de woorden uitsprak, maar ze zei het toch.

'We hebben de telefoon van Iris gevonden.'

Garrett kwam direct overeind van de muur; zijn houding was plotseling alert, zijn professionele instincten streden met de man die zojuist zijn ziel had blootgegeven.

'May liet me beloven dat ik hem niet aan de politie zou geven,' vervolgde Zara snel, voordat hij iets kon zeggen. 'Ze vertelde me over de laptop van Iris, hoe Finch die als bewijsmateriaal had meegenomen en hoe die prompt verdwenen was. Ze was bang dat hetzelfde met de telefoon zou gebeuren.'

Garretts kaken spanden zich aan bij het horen van Finchs naam, maar hij bleef stil en liet haar uitspreken.

'De telefoon was beschadigd: een gebarsten scherm, water-schade en elf jaar aan het weer in Queensland blootgesteld. Maar ik heb een huisgenoot in Brisbane, Dev. Hij werkt aan zijn pro-motie in de elektrotechniek en is gespecialiseerd in dataherstel en digitaal forensisch onderzoek.' Er klonk een spoortje trots door in haar stem. 'Hij is briljant. Als iemand gegevens van die telefoon kan terughalen, dan is hij het.'

'Daarom ging je naar Brisbane,' zei Garrett. 'Niet voor kleren.'

'Niet alleen voor kleren,' corrigeerde Zara hem. 'Ik heb wel schone shirts meegebracht.'

De flauwe poging tot humor sloeg niet aan in de geladen atmos-feer, maar zijn gezichtsuitdrukking ontspande iets.

'Dev denkt dat hij misschien gegevens van de microSD-kaart kan herstellen,' ging ze verder. 'Hij is er nu mee bezig. Hij zei dat het minstens een week zou duren, misschien langer.'

Garrett wreef over zijn gezicht; zijn emoties waren zichtbaar in strijd: de politieagent die zou moeten eisen dat bewijsmateriaal onmiddellijk werd overhandigd, en de man die al tien jaar vocht tegen het systeem dat hij zelf vertegenwoordigde.

'Als er iets op die telefoon staat,' zei hij eindelijk, 'wat dan ook dat aantoont met wie Iris die avond was...'

'Ik weet het,' onderbrak Zara hem. 'Het zou de hele zaak kunnen openbreken. May weet dat ook, en daarom heeft ze me ermee vertrouwd.' Ze keek hem recht in de ogen aan. 'En nu vertrouw ik je.'

Ze bestudeerden elkaar in de kleine kamer; de rechercheur en de journalist, tegenstanders van beroep maar verenigd in hun doel.

'We hebben tegen elkaar in gewerkt,' zei Garrett met gedempte stem. 'We vochten dezelfde strijd vanaf verschillende kanten.'

'En we kwamen nergens,' erkende Zara.

Het neonbordje 'VRIJ' buiten flikkerde en wierp afwisselend rood licht en schaduw over zijn gezicht, wat de vastberadenheid in zijn ogen en de koppige stand van zijn kaken benadrukte. Ze herkende die trekken bij zichzelf.

'Maar samen,' zei hij, en het woord klonk als een plechtige belofte, 'maken we misschien echt een kans.'

Geen handdruk verzegelde hun overeenkomst, er werd geen contract getekend. Alleen een blik, geladen en zeker, veranderde hun relatie van onwillige tegenstanders in partners.

'Iemand weet dat je dichtbij komt,' zei Garrett, terwijl hij naar het raam en haar auto gebaarde. 'De dreigementen zullen alleen maar erger worden voordat dit over is.'

'Dat weet ik,' antwoordde Zara simpelweg.

Buiten rolde de donder, dit keer langer, een aanhoudend gegrom dat een echo leek van haar eigen vastberadenheid. De regen was in intensiteit toegenomen; gordijnen van water stroomden langs het raam en vervaagden de wereld buiten.

'We moeten voorzichtig zijn,' zei Garrett. 'Wie Iris ook gedood heeft, diegene heeft elf jaar de tijd gehad om sporen uit te wissen en een leven op die leugen te bouwen. Dat zullen ze niet zomaar opgeven.'

'Kirsty Cannon,' zei Zara, de naam flapte eruit voordat ze er nog eens over na kon denken. 'Ze sprak me vandaag aan op school. Ze was... aan het acteren. Verdriet, bezorgdheid, oprechte verontwaardiging. Maar daaronder zat kou. Berekening.'

Garrett knikte; het verraste hem niet. 'Gemeenteraadslid Cannon staat absoluut op mijn lijst van mensen die iets verbergen. Samen met haar vader, Richard, hoewel hij een paar jaar geleden is overleden. En natuurlijk Finch, al is hij nu met pensioen aan de Gold Coast.'

'May zei dat Finch degene was die de laptop van Iris had meegenomen,' herinnerde Zara hem. 'Dat is geen toeval.'

'Nee,' beaamde Garrett. 'Dat is het niet.'

Hij liep naar het raam en tuurde naar de door de storm geteisterde parkeerplaats. Zijn reflectie lag over de duisternis buiten heen en zijn uitdrukking stond op grimmige vastberadenheid, net als de hare.

'Dus wat gebeurt er nu?' vroeg Zara, hoewel ze het antwoord al wist.

'Nu,' zei Garrett terwijl hij zich weer naar haar omdraaide, 'doen we wat we vanaf het begin hadden moeten doen. We bundelen onze kennis. En we zorgen voor gerechtigheid voor Iris Zhang.'

De bliksem flitste opnieuw, onmiddellijk gevolgd door een donderslag die het gebouw deed schudden. In dat moment van verlichting stonden ze tegenover elkaar in de kamer, niet langer gescheiden in hun zoektocht naar de waarheid, maar zij aan zij, vastbesloten en verenigd tegen de krachten die de waarheid over de dood van Iris elf jaar lang verborgen hadden gehouden.

De storm raasde voort, maar in die kleine motelkamer was een partnerschap ontstaan, gesmeed uit een gezamenlijk doel en nieuwgevonden vertrouwen, sterk genoeg om misschien eindelijk te onthullen wat er met het meisje in de beek was gebeurd.

HOOFDSTUK 14

De regen kletterde op het dak van de LandCruiser terwijl Garrett door de verlaten straten manoeuvreerde. Bliksemschichten doorkliefden de lucht en verlichtten Salt Creek in korte flitsen. Er was in een uur tijd zoveel veranderd: Garretts bekentenis over het vinden van het lichaam van Iris, haar eigen onthulling over de telefoon. Ze waren nu geen tegenstanders meer, maar bondgenoten.

'Ik heb alles op het bureau liggen,' zei Garrett, zijn stem nauwelijks hoorbaar boven de storm uit. 'Elf jaar onderzoek. Zaken die nooit in het officiële dossier terecht zijn gekomen.'

Zara probeerde deze nieuwe versie van hem te rijmen met de man die haar aanvankelijk had gewaarschuwd weg te blijven. 'Heb je hier al die tijd alleen aan gewerkt?'

'Dat moest wel,' antwoordde hij. Zijn handen klemden zich steviger om het stuur terwijl ze door een plas reden. 'Ik wist nooit wie ik kon vertrouwen.'

Ze begreep die isolatie door en door. De eenzaamheid van het najagen van de waarheid wanneer anderen de voorkeur gaven aan troostende leugens.

Ze draaiden de kleine parkeerplaats achter het politiebureau op. Het gebouw was donker, op een enkel lichtje bij de receptie na. Garrett zette de motor af.

'Klaar voor?' vroeg hij, en er klonk iets in zijn stem waardoor ze dacht dat hij naar meer vroeg dan alleen het doornemen van bewijsmateriaal.

Een dienstdoende brigadier knikte naar Garrett toen ze binnenkwamen en gunde Zara nauwelijks een blik waardig. De achteloze acceptatie suggereerde dat dit niet ongebruikelijk was.

Hij ging haar voor door een smalle gang naar een kantoor aan het uiteinde. Op het naambordje stond 'detective-sergeant G. Pennell'. Hij ontsloot de deur, liet haar binnen en deed hem achter hen weer op slot.

Spartaans maar functioneel: een bureau, een computer, twee stoelen, een ventilator aan het plafond. Een groot kurkbord bedekte een wand, grotendeels leeg op wat officiële mededelingen en een paar kaarten na.

Garrett liep naar een archiefkast in de hoek. Hij haalde een sleutel tevoorschijn. De kast zag er gewoontjes uit, grijs metaal, met gedeukte hoeken. Maar toen hij de onderste lade van het slot haalde en opentrok, besefte Zara dat dit anders was.

De lade zat vol met mappen, notitieboekjes en bewijszakken. Elk zorgvuldig gelabeld. Garrett begon ze eruit te halen en op zijn bureau te stapelen.

'Mijn originele veldaantekeningen uit 2014,' zei hij, terwijl hij een in leer gebonden notitieboekje neerlegde. 'En getuigenverklaringen die nooit officieel zijn gearchiveerd. Mensen die dingen hebben gezien die in strijd waren met het verdrinkingsscenario.'

Hij ging verder met uitladen. Foto's van de plaats delict, krantenknipsels, kaarten met gebieden die in verschillende kleuren inkt waren gemarkeerd, vellen met tijdlijnen en aantekeningen.

'Je hebt alles gedocumenteerd,' zei ze.

'Dat moest wel. Als ik ooit een zaak wilde opbouwen die sterk genoeg was voor de Crime and Corruption Commission.'

Ze spreidden het materiaal uit over het bureau en een kleine vergadertafel. Garrett ordende ze chronologisch, waardoor er een tijdlijn ontstond van de laatste dag van Iris en het daaropvolgende onderzoek.

'Dit is alles wat het publiek nooit te zien heeft gekregen,' zei hij zachtjes. 'Alles wat uit de officiële rapporten is weggelaten.'

Zara's oog viel op de foto's van de plaats delict. Ze toonden Iris, met haar gezicht naar beneden in de ondiepe kreek. Terwijl hij naar de volgende foto bladerde, stokte Zara's adem.

Iris in het mortuarium, op haar zij gelegd. Donkere blauwe plekken ontsierden de achterkant van haar bovenarmen. Duidelijke, vingervormige afdrukken. Bewijs van geweld dat volledig ontbrak op de foto's en in het sectierapport dat zij in handen had gekregen.

'Die blauwe plekken worden nergens in de officiële autopsie vermeld.'

'Handig, nietwaar?' De stem van Garrett klonk gespannen. 'De voorlopige aantekeningen van Dr. Robinson documenteerden ze in detail. Toen had Finch een gesprek met hem, en in het eindrapport is elk spoor van blauwe plekken die niet passen bij een onopzettelijke verdrinking weggelaten. Deze foto heeft de officiële autopsie nooit gehaald.'

Ze reikten op hetzelfde moment naar de foto. Hun vingers raakten elkaar. Geen van beiden trok zich direct terug; hun vingers bleven even rusten voor ze langzaam werden teruggetrokken.

Garrett schraapte zijn keel. 'Er is meer. Getuigenverklaringen van een backpacker die destijds bij Salties werkte. Hij was naar buiten gegaan voor een rookpauze en naar de ingang van het park gelopen. Hij zei dat hij Iris rond 22:15 uur ruzie zag maken met iemand bij de voetbrug, wat overeenkomt met haar vertrek bij the Golden Horse om 22:00 uur. Zijn verklaring is opgenomen maar nooit geregistreerd. Ik heb er bij Finch naar gevraagd, maar hij hield vol dat die backpacker Iris niet eens kende en er onmogelijk zeker van kon zijn dat zij het was.' Hij trok een grimas. 'Hoeveel Chinese meisjes denk je dat er destijds in Salt Creek waren? Hij kende de naam van Iris misschien niet, maar ik weet vrij zeker dat hij haar van gezicht zou herkennen.'

'Heb je die backpacker kunnen opsporen om hem meer vragen te stellen?'

'Helaas niet. Hij was Duits, maar gaf daar geen adres op... en zijn naam was Hans Braun. Het Duitse equivalent van Jan Jansen.'

'Misschien kan ik een oproep doen in de podcast,' overpeinsde Zara. 'Ik heb veel abonnees uit Duitsland. Ik kan zeggen dat ik weet dat het een schot in de roos moet zijn, maar... weten we hoe oud hij destijds was?'

Garrett bladerde in de papieren. 'Ja... 22.'

'Dat maakt hem nu 33 of 34 jaar. Dus ik zou een oproep kunnen plaatsen: als iemand een Hans Braun van die leeftijd kent, vraag hem dan of hij in 2014 door Australië aan het backpacken was?'

'Het proberen waard,' stemde Garrett in. Hij gaf haar een klein lachje van opzij. 'Ik denk dat een wereldwijd publiek toch nog ergens goed voor is.'

'Reken maar,' zei ze, waarna ze haar aandacht weer richtte op de stapels papier op tafel.

Zara liep methodisch door het materiaal en bekeek elk stuk. De hoeveelheid bewijs was overweldigend, en er ontstonden patronen wanneer je het als één geheel bekeek.

'Je hebt hierop gewacht,' zei ze, terwijl ze naar hem opkeek. 'Op iemand om dit mee te delen. Iemand die je zou geloven.'

Zijn ogen ontmoetten de hare, grijsblauw in het schaarse licht. 'Niet zomaar iemand. Iemand die kon helpen er wijs uit te worden. Iemand die niet zou wijken.'

Zara richtte zich weer tot het bewijsmateriaal. Naar de foto van de gehavende huid van Iris, de achtergehouden getuigenverklaring. Wat er ook tussen haar en Garrett aan het ontstaan was, het was nu ondergeschikt aan dit: de waarheid die ze aan het reconstrueren waren.

Maar ze kon het niet helpen dat ze zich bewust was van zijn aanwezigheid naast haar. Hoe hun lichamen in een onbewuste synchroniciteit bewogen. De manier waarop zijn hand vlak bij de hare bleef rusten.

De uren gleden voorbij. Middernacht kwam en ging, gemarkeerd door het horloge van Garrett. Lege koffiekopjes stapelden zich op terwijl ze zich door het bewijsmateriaal werkten. Zara's ogen brandden, maar haar geest bleef scherp.

'Kijk hier eens naar,' zei ze, terwijl ze met haar vinger op een ander paar getuigenverklaringen tikte. 'De eigenaar van de viskraam zei aanvankelijk dat hij Kirsty Cannon rond tien uur langs zijn zaak richting de kreek zag lopen. Maar nadat hij was verhoord door Richard Cannon, veranderde hij zijn verhaal en zei hij dat hij zich had vergist; het was Kirsty helemaal niet.'

Garrett boog naar voren, zijn schouder raakte de hare. 'Handig.' Hij reikte naar een ander dossier. 'Richard Cannon was voorzitter van de commissie voor gemeenschapsveiligheid die toezicht hield op de financiering van de politie. Macht en invloed.'

'En nu bekleedt zijn dochter diezelfde functie, toch?' Ze was voorzichtig geweest met haar vragen over Kirsty Cannon, maar dat was niet moeilijk te achterhalen geweest.

Garrett bladerde door meer documenten. 'Zelfs als we beïnvloeding van getuigen bewijzen, is dat procedureel, geen direct bewijs voor moord. We hebben een motief nodig, een gelegenheid en fysiek bewijs dat iemand linkt aan de dood van Iris. De juridische drempel voor het heropenen van een zaak die zo oud is, is aanzienlijk.'

Ze waardeerde zijn openhartigheid. Zoveel agenten die ze was tegengekomen, schoten in de verdediging vanwege gebrekkige procedures. Door de openheid van Garrett vertrouwde ze hem volledig.

Ze werkten verder terwijl de nacht steeds dieper werd. Op een gegeven moment legde Garrett zijn hand op de hare op een document waar ze beiden naar reikten. Dit keer trok geen van beiden zich terug.

'Zara,' zei hij, en de manier waarop hij haar naam uitsprak zorgde ervoor dat ze opkeek.

Zijn ogen hielden de hare vast, zoekend. 'Dit is ingewikkeld.'

'Ik weet het.'

'Je onderzoekt een zaak waar ik deel van uitmaak. Ik ben technisch gezien een bron. Dit overschrijdt ongeveer een dozijn professionele grenzen.'

'Dat weet ik ook.' Ze draaide haar hand om, haar handpalm tegen de zijne. 'Maar ik weet niet of het me op dit moment wat kan schelen.'

'Mij ook niet.' Hij stond op en trok haar met zich mee omhoog. 'Ga met me mee naar huis. We kunnen hier morgen mee verdergaan, maar vannacht...'

'Vannacht,' stemde ze in.

Ze verzamelden de meest gevoelige documenten en sloten ze op in de archiefkast. De brigadier keek nauwelijks op toen ze vertrokken. Garrett hield zijn hand op Zara's onderrug, een gebaar dat zowel beschermend als bezitterig aanvoelde.

De rit naar het huis van Garrett was kort, maar elke seconde voelde geladen. De regen zette zijn gestage aanval voort, maar binnen in de LandCruiser groeide de warmte tussen hen.

Zijn huis was een bescheiden woning van planken in een rustige straat. Het soort plek dat sprak van iemand die functie boven vorm stelde. Binnen was het netjes zonder steriel te zijn. Er werd in geleefd, maar er werd goed voor gezorgd.

'Bier? Wijn?' vroeg hij, terwijl hij naar de keuken liep.

'Water, eigenlijk.' Haar keel was droog.

Hij schonk twee glazen in en gaf er een aan haar. Ze stonden in zijn woonkamer. De ongemakkelijkheid van het moment overviel hen beiden plotseling. Op kantoor, omringd door bewijsmateriaal en onderzoek, had de klik tussen hen natuurlijk aangevoeld. Hier, in deze huiselijke sfeer, kwam de realiteit van wat ze op het punt stonden te doen anders binnen.

'Zara.' Hij zette zijn glas neer, pakte dat van haar aan en zette het naast het zijne. 'Ik ben normaal gesproken niet de rechercheur die alle regels in het boekje overtreedt.' Een zweem van een glimlach verscheen op zijn lippen. 'Maar hier staan we dan.'

'Hier staan we dan.'

Toen hun lippen elkaar ontmoetten, was het niet met branddende passie maar met iets behoedzamers. Zijn handen omlijstten haar gezicht en hielden haar vast als iets dat zou kunnen verdwijnen als hij te snel bewoog. Zara's vingers vonden de knopen van zijn uniformoverhemd en maakten ze één voor één los. Ze nam haar tijd, op een manier die ze in Childers niet had gedaan.

Ze kleedden elkaar langzaam uit. Elk kledingstuk dat werd uitgetrokken was eerder een onthulling dan een obstakel. Zijn vingers trilden lichtjes tegen de sluiting van haar beha, en die kleine kwetsbaarheid deed iets in haar borst samentrekken.

Toen ze eindelijk voor elkaar stonden, reikte Garrett weer naar haar hand. Hij bracht die naar zijn lippen en drukte een kus in haar handpalm, op haar pols, aan de zachte binnenkant van haar elleboog.

De lakens voelden koel aan tegen haar rug toen Garrett haar op het bed liet zakken. Zijn gewicht volgde en drukte haar in de matras op een manier die aanvoelde als verankering in plaats van bedwang. Hun lichamen vonden elkaar, vertrouwd en toch volledig nieuw.

Zijn lippen trokken een spoor van haar mond naar haar hals, haar sleutelbeen. Ze boog zich naar zijn aanraking toe, haar handen verkenden de brede vlakken van zijn rug. De lichte ruwheid van stoppels tegen haar handpalm terwijl ze zijn kaak vasthield. De bewegingen tussen hen bouwden zich langzaam op.

Toen hij zich eindelijk over haar heen bewoog en hun lichamen zich verenigden, keek Zara hem recht in de ogen. In Childers hadden ze hun ogen gesloten, verloren in sensatie. Nu keken ze naar elkaar. Ze hielden elkaars blik vast terwijl ze samen bewogen en een ritme vonden dat sprak van wederzijds begrip.

Er zat een kwetsbaarheid in die ze niet had verwacht. Dit vermogen om gezien te worden, echt gezien te worden, in een moment van zon grote openheid. De uitdrukking van Garrett straalde bewondering uit, tederheid en iets diepers waar ze nog geen naam aan durfde te geven. Haar handen volgden de contouren van zijn gezicht. Ze prentte zich de lijntjes bij zijn ooghoeken in en de koppige stand van zijn kaak die nu was verzacht.

Ze bewogen samen. De verbondenheid werd nooit opgeofferd voor de ontlading. Toen de verlossing voor hen beiden eindelijk kwam, gebeurde dat in golven in plaats van scherpe pieken.

Nadien trok hij haar tegen zijn borst aan. Een arm lag om haar middel gekromd, hun benen verstrengeld onder de verfomfaaide lakens. Zijn vingers trokken dromerige patronen over haar ruggengraat terwijl hun ademhaling vertraagde. Hun hartslag keerde geleidelijk terug naar een normaal ritme. Buiten tikte de regen zachtjes tegen de ramen.

'Blijf,' mompelde Garrett tegen haar haar.

Zara knikte. Ze voelde de slaap al aan haar trekken. 'Ik ga nergens heen.'

Zijn arm trok steviger om haar middel en trok haar dichterbij. Ze voelde zijn lippen tegen haar slaap drukken. Terwijl de slaap haar overmande, was Zara's laatste bewuste gedachte hoe anders dit voelde dan elke andere intimiteit die ze had gekend. Geen ontsnapping of afleiding, maar een punt van verbinding te midden van de chaos.

Zara knipperde langzaam haar ogen open. Even was ze gedesoriënteerd voordat de herinneringen terugstroomden.

Garretts slaapkamer. Garretts bed. De lakens naast haar waren verkreukeld maar leeg, en hielden nog een spoor van warmte vast. Haar hand gleed over de lege plek terwijl het rijke aroma van zettende koffie haar bereikte.

De slaapkamer zag er bij daglicht anders uit. Een ingelijst certificaat van de politieacademie hing discreet aan een muur. De boekenplank bevatte een eclectische mix van misdaadromans, hengelsporttijdschriften en verschillende delen over de lokale geschiedenis van Queensland. Er was zorg besteed aan de inrichting, maar niets was overdreven of gekunsteld.

Haar kleren lagen netjes opgevouwen op een stoel in de hoek. Garretts werk, besefte ze. In plaats van daarnaar te grijpen, zag ze zijn lichtblauwe uniformhemd op de vloer liggen, waar het van de stoel gegleden moest zijn. Zara raapte het op en hield het even bij haar neus. Het rook naar hem: schoon zweet, subtiele eau de cologne, de vage metaalachtige geur van zijn penning. Ze trok het aan. De stof viel tot halverwege haar dijen, de mouwen bungelden ver voorbij haar vingertoppen. Ze sloeg ze twee keer om en liep toen op blote voeten de slaapkamer uit.

De gang kwam uit op een bescheiden woonkamer. Eenvoudig meubilair, een televisie die zelden gebruikt leek te worden, een hengel die in een hoek leunde. Door een toog zag ze de keuken en Garrett die bij het aanrecht stond, met zijn rug naar haar toe. Hij droeg alleen een korte broek. Het ochtendlicht verguldde de spieren van zijn schouders en rug. Hij was koffie aan het zetten.

De huiselijkheid van de scène trof haar als zowel comfortabel als enigszins onwerkelijk.

Hij moet haar gehoord hebben, want hij draaide zich om. De uitdrukking die over zijn gezicht trok toen hij haar in zijn hemd zag, zorgde voor vlinders in haar buik.

'Goedemorgen,' zei ze.

'Goedemorgen.' Zijn stem was rauwer dan normaal, schor van de slaap. Zijn ogen gleden over haar heen en bleven rusten op de manier waarop zijn hemd om haar lichaam hing. 'Koffie?'

'Graag.'

Hij schonk twee mokken in en bracht ze naar de kleine tafel. Ze ging zitten en klemde haar handen om het warme aardewerk. Hij nam plaats tegenover haar. Even keken ze elkaar alleen maar aan. Dit nieuwe tussen hen was nog te kwetsbaar om te benoemen.

'We moeten het hier waarschijnlijk over hebben,' zei Garrett eindelijk.

'Waarschijnlijk wel.' Zara nam een slok koffie. 'Het is ingewikkeld.'

'Dat is nog zacht uitgedrukt.' Hij haalde een hand door zijn haar. 'Je onderzoekt een zaak waar ik bij betrokken ben. Technisch gezien ben ik een bron. Als dit uitkomt...'

'Dan zou het onze beide geloofwaardigheid in gevaar brengen,' maakte ze zijn zin af. 'Ik weet het.'

'En toch.' Hij reikte over de tafel en zocht haar vingers met de zijne. 'Ik heb er geen spijt van. Gisteravond. Vanmorgen. Van niets.'

'Ik ook niet.' Ze kneep in zijn hand. 'Maar we moeten voorzichtig zijn. Voor ons beider bestwil.'

'Eens.' Hij bestudeerde haar gezicht. 'Dus wat doen we?'

'We blijven aan de zaak werken. We blijven professioneel. We laten ons hierdoor niet afleiden van wat belangrijk is.' Ze aarzelde even. 'Maar als we alleen zijn...'

'Als we alleen zijn,' herhaalde hij, met begrip in zijn ogen.

In een vriendschappelijke stilte dronken ze hun koffie op. Uiteindelijk stond Zara op, met tegenzin, maar wetend dat ze allebei werk te doen hadden.

'Ik moet terug naar het motel. Douchen, omkleden. Dev zal zich afvragen waar ik uithang.'

Garrett stond ook op. 'Neem een dagje vrij. Van de zaak, bedoel ik. Gun jezelf rust.'

'Een dagje vrij?' Het concept voelde vreemd aan.

'Ja. Heb je ook maar één dag vrij genomen sinds je hier bent?' Toen ze niet antwoordde, ging hij verder. 'Ga met me mee op de boot. Gewoon een paar uurtjes. We vangen wat vis, falen waarschijnlijk jammerlijk, en je krijgt wat zon en frisse lucht. Geen gepraat over de zaak. Gewoon... een dag.'

Zara merkte dat ze glimlachte. 'Dat klinkt eigenlijk perfect.'

'Mooi.' Hij trok haar dichterbij en kuste haar voorhoofd. 'Ik haal je om negen uur op. Trek iets aan waarvan je het niet erg vindt als het nat en zout wordt.'

De rit van een kwartier naar Salt Creek Heads voerde hen over een onlangs geasfalteerde weg die door ruig struikgewas slingerde voordat de weg licht begon te stijgen. Naarmate ze hoger kwamen, verschenen er tussen de bomen door glimpen van de blauwe oceaan. Die werden steeds groter tot het uitzicht na een bocht volledig openbrak. Zara hield haar adem in bij het zien van het uitzicht. Azuurblauw water dat zich uitstrekte tot aan de horizon, landtongen die in de zee uitstaken, de verre silhouetten van eilanden die glinsterden in de ochtendhitte.

'Eerste keer bij de Heads?' vroeg Garrett, terwijl hij haar reactie opmerkte.

'Ja.' Ze staarde voor zich uit. 'Ik had niet echt een reden om hierheen te komen. Nu wou ik dat ik het eerder had gedaan.'

'Dit is het mooiste van hier wonen,' zei hij, terwijl hij de Land-Cruiser door een volgende bocht stuurde. 'Op slechte dagen kom ik hierheen om gewoon een tijdje naar het water te zitten kijken.'

Zara kon begrijpen waarom. Het uitzicht had iets weidser. Een herinnering aan ruimte en mogelijkheden buiten de grenzen van een klein stadje met zijn begraven geheimen.

Terwijl ze afdaalden naar de kleine nederzetting bij Salt Creek Heads, zag Zara aanzienlijke bouwactiviteiten op de heuvels. Verschillende grote huizen in diverse stadia van voltooiing stonden op toplocaties met uitzicht over de oceaan. Architectonische statements van glas en hout die vloekten bij de bescheiden woningen van planken die de oorspronkelijke nederzetting vormden.

'Cannon Developments,' zei Garrett, haar blik volgend. Zijn toon bleef neutraal, maar Zara merkte het lichte aanspannen van zijn kaken op. 'Richard Cannon is ongeveer vijftien jaar geleden een bouwbedrijf begonnen. Kirsty heeft het geërfd toen hij stierf.'

'Ze zien er duur uit.'

'Dat zijn ze ook. Er zullen hier geen lokale mensen wonen. Het zijn allemaal luxe vakantiehuizen of AirBnB's, ver boven het budget van wie dan ook uit Salt Creek.' Hij nam een bocht en reed in de richting van een kleine parkeerplaats bij een betonnen trailerhelling. 'Kirsty dringt enorm aan op meer bebouwing sinds ze de leiding heeft over de planologische commissie van de raad. Meer toeristen, meer geld dat binnenstroomt.'

'En meer macht voor haar,' mompelde Zara, terwijl ze zag hoe de nieuwste huizen de beste posities langs de landtong leken op te eisen. De mooiste uitzichten. Lokale politiek, persoonlijk gewin en misschien iets duisterders. Het was allemaal met elkaar verbonden op manieren die ze nog steeds aan het ontrafelen was.

Ze parkeerden op de parkeerplaats naast de trailerhelling. Een paar andere voertuigen met lege aanhangers gaven aan dat ze niet de enigen waren die profiteerden van het perfecte weer, hoewel de helling zelf momenteel vrij was. Garrett reed de aanhanger zelfverzekerd achteruit de helling af tot de achtersteven van de boot in het water gleed.

'Wil je helpen met tewaterlaten?' vroeg hij, terwijl hij de motor afzette.

Het proces was ingewikkelder dan Zara had verwacht. Spanbanden losmaken, de lierkabel bedienen, zorgen dat alles in de boot vastzat voordat deze het water raakte. Garrett loodste haar door elke stap. Zijn handen bedekten de hare af en toe om de juiste techniek voor te doen. Deze terloopse aanrakingen voelden nu anders aan. Beladen met bewustzijn na hun nacht samen, maar toch op een manier comfortabel die ze niet had voorzien.

Zodra de boot dreef, bracht Garrett hem naar de kleine steiger die aan de helling grensde en riep Zara om het touw vast te houden terwijl hij de LandCruiser en de aanhanger naar de parkeerplaats bracht. De zon verwarmde haar schouders door haar T-shirt. De lucht was vol van de geur van zout water en mangroven. Om haar heen zaten pelikanen op verweerde palen. Af en toe doorbrak een vis met een kleine plons het wateroppervlak. Een zeearend cirkelde lui boven haar hoofd.

Garrett kwam terug en sprong in de boot. Atletisch en gracieus. Daarna stak hij zijn hand uit om Zara aan boord te helpen. Het vaartuig schommelde licht onder haar voeten terwijl ze haar evenwicht zocht. Zijn hand steunde haar in haar middel.

'Welkom aan boord,' zei hij, terwijl hij haar naar een bankje leidde voordat hij het touw oprolde en naar de kleine console liep. De motor sloeg aan met een geruststellend gesnor. 'Klaar voor?'

Zara knikte. Een gevoel van opwinding borrelde in haar op terwijl ze wegvoeren van de steiger. Het water was kalm, slechts onderbroken door zachte deining die de Quintrex gemakkelijk de baas kon. Garrett navigeerde met rustig zelfvertrouwen. Eén hand aan het stuur, zijn ogen de vaargeulboeien scannend terwijl ze naar dieper water voeren.

'Het is hier prachtig,' zei Zara, terwijl ze haar vingers door het kielzog naast de boot liet glijden. Het water was uitnodigend helder en onthulde een zandbodem en af en toe wegschietende vissen.

'Haal je maar geen gekke dingen in je hoofd over zwemmen zo dicht bij de kust,' waarschuwde Garrett, die haar blik las. 'De krokodillen zijn dol op dit water. Vorige week is er nog een zoutwaterkrokodil van vier meter gespot.'

Zara trok snel haar hand terug. Dat leverde haar een lachje van Garrett op. 'Stadsmeisje,' plaagde hij haar, maar de woorden bevatten geen kwaadwilligheid, enkel warme geamuseerdheid.

Ze rondden een kleine landtong met een vuurtoren die er trots bovenop stond. Een opvallend huis kwam in zicht, dramatisch gelegen tegen de rotswand. Modern en hoekig, met glazen wanden die de ochtendzon als een baken weerkaatsten. Meerdere balkons staken boven het water uit. Een eigen aanlegsteiger reikte tot in een kleine beschutte inham beneden. Zelfs van deze afstand straalde het rijkdom en privilege uit.

'Kirsty's stulpje,' zei Garrett.

Zara bestudeerde het. Ze nam de schaal, de toplocatie en de pracht en praal in zich op. 'Dat moet miljoenen waard zijn. Ze heeft veel meer te verliezen dan ik me had gerealiseerd.'

Garrett knikte. Zijn uitdrukking was even ernstig. 'Het is allemaal gebouwd op het bedrijf van haar vader, zijn politieke connecties. Haar hele identiteit is verweven met het feit dat ze de lieveling van Salt Creek is. De erfgename van zijn imperium.' Hij keek nog even naar het huis en schudde toen zichtbaar de gedachte van zich af. 'Maar we hadden een afspraak, toch? Vandaag geen gepraat over de zaak.'

'Klopt,' stemde Zara toe, hoewel haar journalistenbrein deze observaties al aan het opslaan was. Ze waren verbonden met het grotere plaatje dat ze aan het vormen waren.

Garrett stuurde de boot weg van de kustlijn, richting het open water. Het gestage gebrom van de motor en het zachte kletsen van de golven tegen de romp creëerden een rustgevend ritme. Hoe verder ze van het land wegvoeren, hoe meer Zara voelde dat de last van het onderzoek tijdelijk van haar schouders gleed.

'Zeg,' vroeg Garrett, terwijl zijn serieuze blik plaatsmaakte voor een glimlach die zijn ooghoeken deed rimpelen, 'hoeveel ervaring heb je met vissen?'

Zara lachte. Het geluid droeg ver over het water. 'Geen enkele. Ik ben opgegroeid in de westelijke buitenwijken van Brisbane. Het dichtst dat ik bij vissen ben gekomen, was kijken hoe mijn neef zoetwaterkreeftjes ving in de kreek achter het huis van mijn tante.'

'Zoetwaterkreeftjes tellen ook,' antwoordde hij plechtig, hoewel zijn ogen glinsterden van pret. 'Het zijn gewoon heel kleine vissen met een hoop poten.'

'Ik weet vrij zeker dat dat wetenschappelijk niet klopt.'

'Trek je mijn visexpertise in twijfel, Ms. Langley?'

'Nooit, detective-sergeant. Ik ben volledig aan je genade overgeleverd als het gaat om alles wat met varen te maken heeft.'

Hun gelach vermengde zich en werd door de bries meegevoerd terwijl Garrett hen naar een verafgelegen punt stuurde waar de vissen volgens hem goed zouden bijten. Terwijl ze zijn profiel gadesloeg terwijl hij de horizon scande, ontspannen en gefocust op een manier die ze in Salt Creek zelf nog nooit had gezien, voelde Zara iets onverwachts in haar borst neerdalen. Niet alleen aantrekkingskracht of de gloed na hun fysieke intimiteit, maar de erkenning van iets zeldzamers. De mogelijkheid van een verbinding met iemand die haar gedrevenheid begreep. Haar toewijding. Haar onwil om de ogen te sluiten voor ongemakkelijke waarheden.

Morgen zouden ze terugkeren naar het onderzoek. Naar de telefoongegevens die ze hoopten dat Dev zou herstellen. Naar de gevaarlijke geheimen van Salt Creek. Maar vandaag, vandaag was van hen. Gestolen uren op blauw water onder een grenzeloze hemel. Een kort moment van rust voor de storm die ongetwijfeld op komst was.

Hoofdstuk 15

De schaduwen van de middag werden langer over het beton terwijl de LandCruiser het parkeerterrein van het motel opdraaide. Zara's huid tintelde nog aangenaam van de uren in de zon, en op de rimpels van haar handen droogden zoutkristallen op. De dag op het water met Garrett was een onverwachte verademing geweest, een gestolen moment van normaliteit midden in het steeds gevaarlijker wordende onderzoek. Ze voelde spieren waarvan ze het bestaan was vergeten; ze deden aangenaam pijn van het binnenhalen van de vissen, hoewel ze alles wat ze hadden gevangen weer hadden teruggegooid, terwijl ze lachend hadden afgesproken om vanavond in plaats daarvan fish-and-chips te halen voor het avondeten. Toen Garrett de motor uitzette, begon de betovering van hun dagje uit te verbreken en sijpelde de realiteit weer binnen met de vage geur van uitlaatgassen.

'Ik breng de boot even naar huis en tref je dan bij mij,' zei Garrett, terwijl zijn blik verzachtte toen hij naar haar keek. De lijnen in zijn gezicht waren tijdens hun dag op het water vervaagd; hij zag er ontspannener uit dan ze hem tot nu toe had gezien.

'Ik ga even douchen en inpakken, haal wat fish-and-chips en kom dan naar je toe,' antwoordde Zara, terwijl ze haar gordel losmaakte. De beslissing om bij Garrett te blijven was na gisteravond, na de dreigementen, na alles, vanzelf gekomen. Logica en verlangen lagen voor één keer op één lijn. 'Ik hoef alleen nog maar alles in de auto te gooien en uit te checken. Over een uurtje ben ik er wel, denk ik.'

Hij knikte en trommelde een keer met zijn vingers op het stuur. 'Doe de deur achter je op slot.'

'Doe ik altijd.' Ze schonk hem een geruststellende glimlach. 'Al denk ik niet dat ze inbreken terwijl ik er ben.'

'Ik hoop het niet.'

Hun afscheid was kort: een aanraking van hun vingers, een gedeelde blik. Geen van beiden benoemde hoe huiselijk het voelde, deze nonchalante afspraak om elkaar bij hem thuis te treffen en een ruimte te delen. Zara stapte uit het voertuig en keek toe hoe Garrett wegreed, waarbij de boottrailer lichtjes achter de LandCruiser wiegde.

Met de sleutelkaart in haar hand liep ze naar de deur van haar motelkamer, terwijl ze in gedachten al aan het inventariseren was waar ze moest beginnen met inpakken zodra ze het zout van haar huid had gespoeld. Ze had om te beginnen al niet veel meegenomen; leven uit een koffer was haar tweede natuur geworden gedurende haar jaren van veldonderzoek.

De sleutelkaart klikte in de gleuf, het slot ontgrendelde en Zara duwde de deur open.

Iets voelde onmiddellijk niet pluis.

De lucht binnen hing anders. Verstoord, subtiel hersteld. Haar journalistieke instinct, aangescherpt door jaren in gevaarlijke omgevingen en riskante reportages, sloeg alarm nog voordat haar bewuste geest kon verwerken waarom.

Ze aarzelde op de drempel, met één hand nog aan de deurklink. De gordijnen waren gesloten, waardoor de kamer in een kunstmatig schemerduister was gehuld, ondanks de middagzon buiten. Op het eerste gezicht leek er niets mis. Haar apparatuurkoffer stond op het bureau waar ze hem die ochtend had achtergelaten, het deksel nog gesloten. De badkamerdeur stond op een kier, in precies dezelfde hoek.

Maar de geur was anders. Iets chemisch onder de gebruikelijke motelgeuren van industrieel schoonmaakmiddel en kunstmatige luchtverfrisser. Een zweem van viltstift, bijtend en scherp.

En het bed. De lakens lagen in een kreukelpatroon dat zij niet zo had achtergelaten.

Zara hield haar adem in terwijl haar ogen gewend raakten aan het weinige licht. Over het onopgemaakte bed lagen foto's verspreid. Tientallen stuks.

Van haar.

Terwijl ze door de hoofdstraat van Salt Creek liep.

Terwijl ze buiten voor de Golden Horse stond.

Terwijl ze met Jane Goulding op een parkbankje zat te praten.

Terwijl ze in haar auto zat voor het huis van een van Iris' oude schoolvriendinnen.

Elk beeld was van een afstand vastgelegd, maar met een verontrustende scherpte; sommige waren duidelijk met een telelens genomen. De observatie was professioneel en methodisch aangepakt, en het was al weken aan de gang, te oordelen naar haar wisselende kleding op de foto's.

Maar het was de verminking waardoor haar maag zich omdraaide. Op verschillende foto's was haar gezicht met dikke zwarte viltstift doorgestreept, met gewelddadige halen die hier en daar door het papier waren gescheurd. En en in het midden van de uitstalling was een keukenmes door een bijzonder nabije opname van haar gezicht in de matras gestoken. Geen stilettomes of zakmes, maar een echt koksmes, het soort dat bedoeld is voor het serieuze snijwerk.

De gal steeg haar naar de keel. De boodschap had niet duidelijker kunnen zijn als ze hem met haar eigen bloed hadden geschreven.

Haar handen trilden, maar ze hield ze met pure wilskracht onder controle. Ze dwong zichzelf om adem te halen, drie tellen in, drie tellen uit, zoals ze dat jaren geleden tijdens haar eerste veiligheidstraining voor risicogebieden had geleerd.

De apparatuurkoffer. Ze liep er snel naartoe. De deksel was dicht, maar de sloten... nee, die zaten nog vast. Ze had veel geld neergeteld voor deze koffer, omdat ze er zeker van wilde zijn dat haar apparatuur veilig was als ze die niet bij zich had, en ze liet er ook altijd een gps-tracker in achter. Goed besteed geld, dacht ze, terwijl de koffer met een bevredigende klik opensprong en haar dure microfoons, recorder en back-upschijven onthulde, allemaal onaangeroerd.

Dat was in elk geval een klein lichtpuntje. Haar werk was nog veilig, ook al gold dat niet voor haarzelf.

Zara sloot en vergrendelde de koffer weer, kwam overeind en haalde haar telefoon uit haar zak. De kamer voelde opeens kleiner aan, de muren leken op haar af te komen, maar ze weigerde te vluchten zonder haar spullen. Hard wegrennen zou alleen maar zwakte tonen, en degene die haar in de gaten hield, teerde daar duidelijk op.

Ze toetste Garretts nummer in en probeerde haar ademhaling rustig te houden terwijl de verbinding tot stand kwam. Haar knokkels zagen wit rond de telefoon, het enige zichtbare teken van spanning dat ze zichzelf toestond.

'Mis je me nu al?' Zijn stem klonk met de nog nagalmende warmte van hun dag samen.

'Er is hier weer iemand binnen geweest.' Zara hield haar toon bewust gelijkmatig en professioneel. De vastberadenheid in haar stem verraste haar zelfs.

De stilte die volgde duurde amper een seconde, maar voelde veel langer. Toen Garrett weer sprak, was alle warmte verdwenen, vervangen door de scherpe toon van de rechercheur. 'Verdomme, ik had met je mee naar binnen moeten gaan! Ben je veilig? Zijn ze er nog?'

'Geen spoor van iemand. Maar er liggen foto's.' Ze slikte. 'Van mij. Met een mes. Niet ik met een mes, het mes is door de foto heen gestoken...' Ze merkte vaag dat ze niet erg samenhangend was. Shock? Gelukkig nam Garrett haar serieus.

'Raak niets aan. Ik draai nu om.' Je hoorde de motor luid loeien. 'Blijf aan de lijn. Houd de deur op slot.'

'Het gaat wel,' hield ze vol, hoewel ze allebei wisten dat het een leugen was. 'Schiet alsjeblieft... gewoon op.'

Zara liep naar de deur, draaide het nachtslot erop en schoof de veiligheidsketting vast, wetende dat het vooral symbolische bescherming was. Ze stelde zich zo op dat ze zowel de deur als het geschonden bed kon zien, en weigerde beide uit het oog te verliezen.

De kamer voelde nu geladen aan, alsof de lucht zelf boosaardigheid uitstraalde. Ze inventariseerde mogelijke wapens. De bureaulamp, zwaar genoeg om iemand te verdoven. De pen in haar zak die ze, indien nodig, in zacht weefsel kon steken. Zelfs het mes, hoewel ze dat niet wilde aanraken in verband met mogelijke vingerafdrukken; als het erop aankwam, zou ze dat mes absoluut uit de matras trekken en zichzelf ermee verdedigen. De journaliste in haar observeerde deze gedachten met afstandelijke interesse en merkte op hoe snel haar geest was overgeschakeld op overlevingsstrategieën.

Door de telefoon hoorde ze Garretts beheerste ademhaling en een enkele vloek terwijl hij zich door het verkeer manoeuvreerde. Zijn aanwezigheid, zelfs alleen via audio, gaf haar steun.

'Drie minuten,' zei hij.

Zara knikte, ook al kon hij haar niet zien. 'Ik ben er.'

Terwijl ze wachtte en de schaduwen afspeurde op beweging, dacht ze aan de donkere blauwe plekken op de armen van Iris Zhang, aan de vingervormige afdrukken die achterbleven toen ze onder water werd gehouden. Aan iemand die elf jaar lang zijn geheim had beschermd en er duidelijk alles aan zou doen om het voor eeuwig begraven te houden.

Het geluid van piepende banden op het parkeerterrein kondigde Garretts komst aan voordat hij nog iets kon zeggen.

Zware voetstappen denderden over het beton buiten, gevolgd door drie harde klappen op de deur. Ze liep naar de deur en keek door het kijkgat voordat ze het nachtslot en de ketting losmaakte. Garrett stormde binnen. Zijn ogen zochten eerst de hare, een snelle, inschattende blik die heel even verzachtte van opluchting voordat hij weer verhardde terwijl hij de kamer rondkeek. De boottrailer zat nog steeds achter zijn LandCruiser; ze wierp een blik door de openstaande deur en zag dat hij haastig over meerdere parkeervakken van het motelterrein heen geparkeerd stond.

'Ben je gewond?' vroeg hij, terwijl hij de deur achter zich sloot.

Zara schudde haar hoofd. 'Nee. Alleen...' Ze gebaarde naar het bed.

Garrett benaderde het bed voorzichtig, met zijn handen achter zijn rug om te voorkomen dat hij bewijsmateriaal zou besmetten, en boog voorover om de foto's te bestuderen zonder ze aan te raken. Zijn ogen registreerden elk beeld methodisch en volgden het spoor van de stalker die Zara wekenlang was gevolgd.

'Deze zijn met een echt fototoestel gemaakt,' zei hij met klinische afstandelijkheid. 'Telelens. Professionele kwaliteit.' Hij liep om het bed heen en bestudeerde de uitstalling vanuit verschillende hoeken. 'Het mes komt uit een standaard keukenset. Goedkoop spul; ik heb ze bij KMart te koop gezien. Waarschijnlijk per post besteld. Of iemand is naar Bundaberg gereden om het daar te kopen en heeft meteen de foto's laten afdrukken.'

Zara keek toe hoe hij te werk ging, dankbaar voor zijn professionele focus. Het creëerde een buffer tussen haar en de geschonden ruimte, de dreiging die in glanzende afdrukken van tien bij vijftien voor haar lag.

'Deze hier,' ging Garrett verder, wijzend naar een foto waarop Zara het restaurant van de Zhangs binnenging, 'is gisterochtend pas genomen, voordat we gingen vissen. En deze,' zijn vinger zweefde boven een andere foto waarop te zien was hoe ze in de vroege uren van die ochtend uit zijn auto stapte voor zijn huis, 'is van vannacht.'

De implicatie daalde tussen hen in. Degene die haar in de gaten hield, wist van hen, wist van hun groeiende persoonlijke band. Wist dat ze de nacht bij hem thuis had doorgebracht.

'Ze zijn dus niet naar Bundaberg gereden om de foto's af te drukken,' mompelde hij. 'Interessant. Er zijn niet veel mensen in het dorp die een printer hebben die deze kwaliteit kan leveren.'

Garretts blik landde uiteindelijk op de centrale afbeelding. Zara's gezicht in close-up, met het mes erdoorheen in de matras gestoken. Heel even viel zijn professionele masker af en werd er iets rauws en woedends zichtbaar. Zijn kaken waren zo stevig op elkaar geklemd dat er een spier zichtbaar trilde onder de huid.

'Ze hebben je constant gevolgd,' zei hij met gedempte stem. 'Je bewegingen vastgelegd. Een dossier opgebouwd. Dit is geen willekeurige intimidatie. Dit is...' Hij zweeg even, vechtend voor zelfbeheersing. 'Dit is pre-operationele observatie.'

De term bleef in de lucht hangen, klinisch en angstaanjagend. *Pre-operationeel*. De fase vóór de actie. Vóór het geweld.

Garrett richtte zich op en draaide zich weer volledig naar haar toe. De professionele afstandelijkheid die hij had bewaard, brak plotseling en volledig, als ijs onder een onverwacht gewicht. In drie grote passen was hij bij haar en trok haar in een omhelzing, met één hand de achterkant van haar hoofd ondersteunend en zijn andere arm stevig om haar middel.

'Ik werd gek van het proberen je te beschermen terwijl ik afstand hield,' bekende hij, terwijl zijn stem brak tegen haar haar. 'Ik probeerde een soort professionele grens te bewaren terwijl ik je alleen maar veilig wil houden.'

De woorden trilden via zijn borstkast tegen haar wang. Zara voelde dat er iets in haar bezweek, een muur waarvan ze niet eens wist dat ze die nog steeds overeind hield. Ze trilde tegen hem aan, door de eindelijk erkende angst, door de opluchting dat ze dit niet alleen hoefde te doorstaan, en door de intensiteit van zijn omhelzing na hun dag vol voorzichtige, vriendschappelijke afstand op het water.

Ze sloeg haar armen om zijn middel en balde haar vuisten in de achterkant van zijn shirt. Ze voelde zijn hart hameren tegen haar wang en rook de vage sporen van zout water op zijn huid, vermengd met de scherpere geur van angstzweet. Zijn lichaam voelde stevig en warm aan, een anker op de wankele grond van dit onderzoek.

'Ik moet steeds aan Iris denken,' fluisterde ze tegen zijn borst. 'Aan de blauwe plekken op haar armen. Aan iemand die haar onder water houdt.' Ze trok zich net ver genoeg terug om naar hem op te kijken en hield haar stem met pure wilskracht onder controle. 'Dit escaleert, hè?'

Garrett knikte en deed geen poging om de waarheid voor haar te verhullen. Zijn ogen, gewoonlijk koel en beheerst, brandden met iets waardoor haar borstkas zich samentrok. Hij legde een hand tegen haar gezicht en streek met zijn duim over haar jukbeen met een tederheid die verrassend was, gezien de spanning in de rest van zijn lichaam.

'Ja,' zei hij simpelweg. 'Dat doet het.'

Op dat moment, terwijl ze naar hem opkeek, besefte Zara dat elke schijn van professionaliteit of fatsoen was verdwenen. Wat overbleef was iets wat teruggebracht was tot de essentie: een man en een vrouw die samen tegenover het gevaar stonden, verbonden door een gezamenlijk doel en een groeiend gevoel dat geen van beiden nog een naam wilde geven.

Zijn hand trilde lichtjes tegen haar gezicht. 'Ik had je niet alleen moeten laten,' zei hij, waarbij de zelfverwijt duidelijk in zijn stem doorklonk. 'Zelfs geen twintig minuten. Niet na alles wat er is gebeurd.'

'Dat kon je ook niet weten,' antwoordde Zara, terwijl ze haar hand op de zijne legde. 'En ik ben in orde. Wel van slag, maar ik ben in orde.'

Garretts blik dwaalde weer naar het bed, naar het mes dat bedoeld was geweest om haar angst aan te jagen, om haar te intimideren. Zijn uitdrukking verhardde weer, maar anders dan voorheen: niet met professionele distantie, maar met persoonlijke vastberadenheid.

'Je blijft hier geen minuut langer,' zei hij, en zijn woorden lieten geen ruimte voor discussie. 'Niets hier is het waard om je veiligheid op het spel te zetten.'

'Daar ga ik niet tegenin.' Zara probeerde een glimlach, maar die bereikte haar ogen niet. 'Ik heb nu wel genoeg beeldmateriaal van de charme van een plattelandsmotel.'

Hij glimlachte niet terug; zijn blik zocht haar gezicht weer met een intensiteit waardoor haar adem even stokte. 'Ik moet dit documenteren,' zei hij. 'Foto's maken, het bewijsmateriaal veiligstellen. Maar ik laat je niet meer alleen.'

De professionele rechercheur kwam weer even boven drijven, maar nu op een andere manier: zijn toewijding aan de procedure was niet langer in strijd met zijn persoonlijke gevoelens, maar werd er juist door gevoed, geslepen tot een gevaarlijk scherpe rand.

'Ik help je wel,' zei Zara. Ze deed met tegenzin een stap uit zijn omhelzing, maar hield één hand op zijn arm; ze leken beiden niet bereid het contact volledig te verbreken. 'Zeg maar wat ik moet doen.'

Zijn vingers verstrengelden zich heel even met de hare, een kneepje van erkenning dat aanvoelde als een belofte. 'Eerst leggen we alles vast. Daarna zorgen we dat je hier wegkomt.'

Zijn ogen hielden de hare vast, vastberaden en zeker. 'En daarna vinden we degene die dit heeft gedaan.'

Garrett fotografeerde methodisch de uitgestalde foto's, het mes en de compositie op het bed. Zijn bewegingen waren beheerst en professioneel, hoewel Zara de spanning in zijn schouders kon zien en de ingehouden woede in de manier waarop hij zich bewoog. Ze stond bij het bureau, met haar laptop al ingepakt, en keek toe hoe hij de situatie met dezelfde grondigheid vastlegde die hij al elf jaar aan de dag legde bij het onderzoek naar de dood van Iris Zhang. Toen hij eindelijk opkeek en zijn telefoon weer in zijn zak stak, zei de blik die ze deelden alles wat er gezegd moest worden. Tijd om te gaan.

'Ik handel het bewijs later wel af,' zei hij, terwijl hij een groot bewijzakje uit de EHBO-set van zijn voertuig tevoorschijn haalde. Met gehandschoende handen schoof hij het mes en de foto's voorzichtig in de zak en verzegelde deze. 'Wat heb je hier nog nodig?'

Ze bewogen zich met een verrassende coördinatie door de kleine kamer, alsof ze al tientallen keren eerder samen hadden ingepakt. Zara haalde haar koffer uit de kast terwijl Garrett de badkamer controleerde op haar toiletspullen. Hun bewegingen waren efficiënt op een manier die de prilheid van hun band loochende.

'Opladers?' vroeg Garrett, terwijl hij de stopcontacten al scande.

'Die heb ik.' Zara vouwde kleding in haar rugzak, waarbij ze praktische zaken voorrang gaf boven netheid. Haar vingers trilden lichtjes terwijl ze inpakte en het adrenalinegehalte begon te dalen, maar ze zette door met dezelfde vastberadenheid die haar door oorlogsgebieden en rampgebieden had geloodst.

Garrett hielp haar met het opvouwen van een overhemd, waarbij zijn handen die van haar raakten. De aanraking hield net iets langer aan dan nodig was, zijn vingers voelden warm aan op haar nog door de zon gekuste huid. Hun ogen ontmoetten elkaar boven de half opgevouwen stof, en er ging een schok door hen heen. Het ging niet alleen om de dreiging of de zaak, maar om hen, deze ongeplande, onverwachte afstemming van doel en verlangen.

'Je opnameapparatuur,' herinnerde hij haar zachtjes, waarmee hij het moment doorbrak maar niet de verbinding.

Zara knikte en liep naar het bureau om de Pelican case te pakken. Garrett nam hem van haar over en woog hem in zijn hand. 'Zwaar,' merkte hij op. 'Goede uitrusting?'

'Het beste wat ik me kon veroorloven,' antwoordde ze, terwijl ze toekeek hoe hij hem voorzichtig naast haar rugzak bij de deur zette. Er was iets in dat gebaar, de zorg waarmee hij haar professionele gereedschap behandelde, dat haar onverwacht raakte. Een erkenning van wat belangrijk voor haar was, wat haar definieerde buiten deze zaak om.

Ze gingen verder door de kamer in deze dans van efficiëntie en intimiteit. Garrett pakte haar aantekeningen van het bureau, terwijl Zara de weinige persoonlijke spullen van het nachtkastje verzamelde: een beduimelde pocket, de zilveren armband van haar moeder, een klein blikje pepermuntjes. Zijn hand rustte op haar onderrug terwijl ze onder het bed controleerden of er niets was gevallen.

Al die tijd bleef Zara zich pijnlijk bewust van het verzegelde bewijzakje op het bureau en van wat dat vertegenwoordigde. Iemand had al haar bewegingen gadegeslagen, haar routine vastgelegd, wachtend op het juiste moment. En nu hadden ze besloten om van observatie over te gaan op een directe bedreiging.

'Nog iets anders?' vroeg Garrett, terwijl hij de nu lege kamer rondkeek. Hij was grondig en professioneel geweest, maar de spanning verliet zijn lichaam niet. Zijn kaken bleven op elkaar geklemd en zijn ogen schoten voortdurend heen en weer tussen Zara en de deur, als een alert roofdier.

Ze schudde haar hoofd en trok de rits van de koffer dicht met een definitieve klik die belangrijker aanvoelde dan de simpele handeling zelf. 'Dat is alles.'

Garrett wierp nog een laatste blik door de kamer, bekeek de kast nog eens en keek onder het bed. Toen hij weer rechtop ging staan, was zijn gezichtsuitdrukking verhard; zijn ogen stonden koud van de nauwelijks beheerste woede terwijl hij naar het verfrommelde bed keek waar het mes had gezeten. Op dat moment zag ze de geduchte onderzoeker die elf jaar lang gerechtigheid had gezocht voor een meisje dat hij nauwelijks kende.

'Laten we gaan,' zei hij met een lage, gespannen stem. Hij pakte de Pelican case en het bewijzakje in de ene hand, en haar laptoptas in de andere.

Zara pakte haar koffer en rolde hem naar de deur. Terwijl Garrett de deur voor haar openhield, hield ze even in op de drempel en keek achterom naar de kamer die wekenlang haar uitvalsbasis was geweest. De ruimte voelde nu kleiner aan, besmet door de inbreuk, door de dreiging. Elke veiligheid die het ooit had geboden, was verdwenen.

'Zara?' De stem van Garrett trok haar terug in het heden.

'Ik kom eraan.' Ze draaide zich om en stapte naar buiten in de late middagzon. De normaliteit van de buitenkant van het motel, het verbleekte bord, het lege zwembad en de verspreid staande auto's voelden surrealistisch na de schending binnen.

Garrett laadde haar spullen in zijn LandCruiser, met de boot-trailer er nog steeds achter, een herinnering aan hun dag op het water die nu onmogelijk ver weg leek. Zijn bewegingen waren voortvarend, maar zijn ogen scanden voortdurend het parkeer-terrein, het motelkantoor en de weg daarachter. Hij zocht naar dreiging, naar spiedende ogen, naar iedereen die te veel aandacht schonk.

Terwijl ze naar hem keek, voelde Zara de uitputting over zich heen komen. De combinatie van zon, vissen en de door angst aangewakkerde adrenaline had haar uitgeput. Ze leunde tegen de gesloten deur van haar nu lege motelkamer en sloot heel even haar ogen.

'Gaat het?' vroeg Garrett zachtjes.

Ze deed haar ogen open en zag dat hij haar aankeek, met be-zorgdheid in de lijntjes rond zijn ogen. 'Ik ben het nog even aan het verwerken,' antwoordde ze eerlijk. 'Het was een dag van extremen.'

Zijn hand zocht de hare en hun vingers verstrengelden zich. 'Ik weet het. Die ochtend voelt alsof het andere mensen is overkomen.'

De eenvoudige waarheid ervan bleef tussen hen in hangen. Ze waren andere mensen geweest op die boot. Onbezorgder, niet belast door de zaak of het gevaar. Nu had de realiteit zich weer met brute duidelijkheid aangediend.

'Ik weet dat je je auto naar mijn huis wilde brengen. Maar ik denk niet dat je erin moet gaan rijden.'

Ze knipperde naar hem, terwijl ze probeerde te begrijpen wat hij bedoelde. 'Ik ben niet zó uitgeput hoor. Je huis is niet ver.'

'Dat bedoelde ik niet.' Voorzichtig liet hij haar hand los, om die vervolgens onder haar elleboog te leggen en haar naar de passagierskant van de LandCruiser te leiden. 'Ik bedoel dat ik wil dat Mick hem grondig nakijkt voordat je er weer in gaat rijden.'

'Oh.' Ze keek naar haar auto, die daar onschuldig stond op de parkeerplaats voor de motelkamer waar ze hem had achtergelaten. 'Je bedoelt...'

'Er kan sprake zijn van minder opvallende sabotage dan lekgestoken banden.'

Zara had nooit veel interesse in auto's gehad. O, ze wist wel hoe ze een band moest verwisselen en de olie moest peilen, maar bij het minste spatje van een probleem bracht ze de auto direct naar de dichtstbijzijnde monteur. Ze had geen flauw idee wat iemand precies aan haar auto zou kunnen doen om hem ongemerkt onklaar te maken, maar ze geloofde direct dat het mogelijk was. Gedachten aan doorgesneden remleidingen flitsten door haar hoofd, en ze opende het passagiersportier van de LandCruiser en stapte in.

'Laten we Mick morgenochtend als eerste bellen.'

'Komt voor elkaar.' Garrett kneep een keer in haar hand voordat hij hem losliet en om de auto heen liep om op de bestuurdersstoel te gaan zitten. Terwijl ze bij het motel wegreden, zag Zara het in de zijspiegel steeds kleiner worden. Het gewicht van wat er vandaag was gebeurd, zowel de vreugde van hun tijd samen als de dreiging die daarop volgde, hing tussen hen in als iets tastbaars.

'Je weet dat dit alles verandert,' zei ze uiteindelijk, terwijl ze het motel in de verte nog steeds zag wegkrimpen. 'Er is nu geen sprake meer van het bewaren van professionele grenzen.'

Garrett hield zijn ogen op de weg gericht, maar zijn uitdrukking verzachtte iets. 'Ik denk dat die ergens tussen het politiebureau en mijn slaapkamer zijn verdwenen,' antwoordde hij, met een vleugje droge humor die de spanning even verbrak. 'Maar ja. Dit is... anders.'

'Iemand weet het,' ging Zara verder, benoemend wat ze allebei al hadden ingezien. 'Over ons. Ze hielden me gisteravond in de gaten, ze zagen me bij jouw huis.'

Zijn handen omklemden het stuur steviger. 'Ik weet het.'

'Ze proberen me van de zaak weg te jagen. Ons allebei bang te maken.'

'Ja.'

'Het gaat niet werken.' Ze draaide zich om naar zijn profiel te kijken, naar de vastberadenheid die op zijn gezicht te lezen stond.

Garrett wierp haar een korte blik toe en er trok iets over zijn gezicht waardoor haar borstkas zich samentrok. 'Nee,' beaamde hij. 'Dat gaat het niet.'

Hij gaf richting aan en verliet de snelweg, waarna hij afsloeg naar wat in Salt Creek doorging voor een buitenwijk, op weg naar zijn huis met zijn serene ruimtes en zorgvuldige orde, en de belofte van veiligheid. Achter hen, ergens in dit dorp, keek een moordenaar toe en wachtte af, net zoals hij dat al elf jaar lang had gedaan.

Het enige verschil was dat nu noch Zara, noch Garrett die dreiging alleen het hoofd hoefde te bieden.

HOOFDSTUK 16

Ze aten vis en friet op Garretts achterdek, met vetvrij papier tussen hen in gespreid en koude biertjes die besloegen in de avondlucht. Geen van beiden zei veel. De dag was zo extreem van het ene naar het andere uiterste geslingerd dat een gesprek ontoereikend voelde. Zara peuzelde aan haar gefrituurde vis en keek hoe vliegende honden door de donker wordende lucht scheerden; haar lichaam voelde zwaar van de zon en was beurs, haar geest maalde nog steeds over de foto's, het mes en de schending van haar privacy.

Garrett at gestaag en mechanisch, zoals ze hem vaker had zien doen wanneer zijn gedachten ergens anders waren. Toen hij klaar was, verfrommelde hij het papier tot een prop, nam een flinke slok van zijn bier en zei: 'We moeten ophouden met alleen in de marge te wroeten.'

Zara keek hem aan.

'We moeten iemand rechtstreeks confronteren. Iemand die de waarheid kent en misschien doorslaat.'

Zij had de hele middag hetzelfde gedacht, zelfs op het water, terwijl de vraag onder het kalme oppervlak van hun vistripje was blijven cirkelen. Verslagen uit de tweede hand en voorzichtige navraag zouden de zaak niet openbreken. Iemand was vandaag overgegaan van observatie naar een directe bedreiging. Het onderzoek moest die escalatie evenaren.

'Finch,' zei ze.

Garrett knikte. Hij leunde achterover in zijn stoel en staarde naar de tuin, waar de boottrailer losgekoppeld in het gras stond, een overblijfsel van de weinige uren waarin ze deden alsof hun leven normaal was. 'Kirsty gaat nooit uit eigen vrije wil praten, en ik weet niet zeker of iemand anders echt iets weet, behalve Finch; hij weet wél iets. Ik denk niet dat hij direct betrokken was bij de moord op Iris; dat heb ik nooit gedacht. Maar ik denk wel dat hij medeplichtig was aan de doofpotaffaire. Dat maakt hem de zwakste schakel.'

'Hij weigerde met me te praten toen ik contact met hem opnam,' herinnerde Zara hem eraan. 'Hij beweerde dat hij zich niets meer herinnerde van de details van een onopzettelijke verdrinking van elf jaar geleden.'

'Toen was je nog maar een journalist die hij kon afwimpelen.' Garretts mond vertrok grimmig. 'Maar ik ben een detective-sergeant die een beroep doet op collegialiteit van een gepensioneerde collega. Dat is een andere dynamiek.'

'Denk je dat hij ermee instemt je te spreken?'

'Ons,' corrigeerde Garrett, terwijl hij naar zijn mobiel greep. 'Hij zal ermee instemmen ons te spreken. Finch is een lafaard, maar wel een pragmaticus. Hij gaat akkoord met de afspraak, al is het maar om erachter te komen hoeveel wij weten.'

Ze keek toe hoe hij door zijn contacten scrollde en het nummer opzocht dat hij al die jaren had bewaard. Zijn duim zweefde even boven het scherm, waarna hij op bellen drukte en de telefoon tussen hen in op de luidspreker zette.

De telefoon ging drie keer over voordat een norse stem opnam. 'Garrett Pennell. Beetje laat voor een sociaal praatje, niet?'

'Goedenavond, Finch.' Garretts stem veranderde en kreeg een nonchalante autoriteit die ze hem ook tegenover andere agenten had horen gebruiken. 'Ik wilde al een tijdje met u bijpraten. Ik dacht dat ik morgen misschien naar de Gold Coast zou rijden; heeft u tijd voor een gesprek?'

Er viel een beladen stilte. 'Een specifieke reden voor deze plotselinge belangstelling om een oud-collega te zien?' De toon van Finch was beheerst, maar Zara hoorde de spanning eronder.

'Ik dacht dat we oude tijden konden bespreken. In het bijzonder een onderzoek in Salt Creek uit 2014. Iris Zhang. Zegt u dat iets?'

De stilte duurde zo lang dat Zara zich afvroeg of Finch had opgehangen. Toen volgde een zachte uitademing, die eerder klonk als berusting dan als verrassing.

'U bent ook altijd een koppige klootzak geweest,' zei Finch. 'Na al die jaren zit het u blijkbaar nog steeds dwars.'

'Het zit me niet dwars. Er is nieuw bewijs aan het licht gekomen. Zaken die u volgens mij liever onder vier ogen bespreekt dan dat ze via andere kanalen naar buiten komen.'

Opnieuw een stilte. Zara kon bijna voor zich zien hoe Finch zijn opties afwoog, terwijl zijn brein als een ervaren agent berekeningen maakte.

'Vooruit dan maar,' zei Finch. 'Morgenmiddag. Bij mij in Broadbeach. Om drie uur.' Hij dreunde een adres op, dat Garrett op een bloknoot noteerde. 'Bent u alleen, of komt die journalist ook mee? Degene die de boel aan het opstoken is.'

Garretts ogen ontmoetten die van Zara aan de andere kant van de tafel. 'Mevrouw Langley vergezelt me.'

'Dat dacht ik al.' Finch zuchtte. 'Jullie vormen een heel team, naar ik hoor. Tot morgen.' De verbinding werd verbroken.

Zara trok een wenkbrauw op. *'Naar ik hoor.'* Hij houdt ons in de gaten.'

'Iemand in Salt Creek voert hem nog steeds informatie.' Garrett legde zijn telefoon neer. 'Hoe dan ook, we zijn binnen.'

Ze ruimden de wikkels van de vis en friet op, en de eettafel werd hun commandocentrum: bewijsmateriaal in nette stapels, foto's van Iris, Malcolm Finch en Kirsty Cannon op een kurkbord geprikt dat Garrett uit de logeerkamer had gehaald. Zara stond ervoor en bestudeerde de gezichten, terwijl haar vingers even afdwaalden naar de foto van het mes dat slechts enkele uren geleden door haar eigen beeltenis was gestoken.

De uren daarna werkten ze zich door het bewijsmateriaal heen; ze selecteerden wat ze mee zouden nemen en welke invalshoeken ze zouden gebruiken. Garrett ordende zijn originele veldaantekeningen, de foto's van de blauwe plekken die de officiële rapporten nooit hadden gehaald, en getuigenverklaringen die waren aangepast tussen de eerste verhoren en de definitieve documentatie.

'We moeten zorgen dat hij zich in het nauw gedreven voelt, maar niet bedreigd,' zei Garrett. 'Finch reageert op berekende druk, niet op agressie.'

Zara voegde haar eigen aantekeningen aan het dossier toe: het terugvinden van de telefoon, de inconsistenties in de tijdlijn en de toenemende dreigementen tegen haar. 'Hoe zit het met de gegevens op de telefoon? Dev is nog niet klaar met het herstel;

ik heb hem eerder ge-sms't en hij zei dat hij nog steeds niet zeker wist of hij er überhaupt iets uit kon krijgen.'

Garrett keek op. Het lamplicht scheen op het grijs bij zijn slapen. 'Finch weet dat niet.'

Ze keek hem begrijpend aan. 'We bluffen.'

'We vertellen hem dat we de telefoon hebben teruggevonden. We vertellen hem dat we gegevens hebben van de microSD-kaart die momenteel bij een forensisch team ligt voor onderzoek. We laten zijn verbeelding de gaten maar invullen.' Hij tikte met een vinger op de tafel. 'Een schuldige man zal er altijd vanuit gaan dat je meer weet dan je in werkelijkheid doet.'

'En als hij onze bluf doorziet?'

'Dat doet hij niet. Niet als we specifiek genoeg zijn over wat we wel weten en vaag genoeg over wat we niet weten.' Garretts blik was hard en vastberaden. 'Finch wacht al elf jaar tot er iemand aanklopt. Hij zal precies datgene horen waar hij al die tijd al bang voor was.'

Zara knikte langzaam. Het was een gok, maar een redelijke. 'We moeten het oefenen. Zorgen dat de details kloppen.'

'Eens.'

Ze besteedden er nog een uur aan en gaven de bluf de vorm van een script: wat ze als vaststaand feit zouden presenteren, waar ze de stiltes het werk lieten doen, en wanneer ze het over de telefoongegevens zouden hebben. Hun handen raakten elkaar af en toe aan terwijl ze documenten over en weer gaven, elk contact een klein moment van warmte te midden van het serieuze werk.

'Wat als hij niet doorslaat?' vroeg ze.

Garretts gezichtsuitdrukking verzachtte even. 'Dat doet hij wel. Finch draagt dit al elf jaar met zich mee, en hij is een man die hecht aan zijn comfort. De gedachte dat hij zijn pensioen, zijn reputatie en zijn lidmaatschap van de golfclub verliest...' Hij schudde zijn hoofd. 'Hij gaat praten.'

Pas na middernacht kropen ze in bed. Zara luisterde hoe de ademhaling van Garrett rustiger werd, terwijl haar eigen geest nog steeds alle mogelijkheden overwoog en dacht aan wat de volgende dag zou brengen.

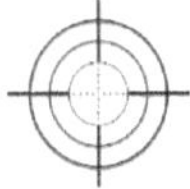

De ochtend brak snel aan. Garrett was nog voor haar op en was in de keuken al aan het bellen. Ze ving het staartje van zijn gesprek op toen ze op blote voeten naar buiten liep: '... een paar dagen verlof; ik ga vandaag naar de Gold Coast, morgen terug. Drinan heeft het rooster geregeld. Ja. Bedankt.' Hij hing op en keek haar aan. 'Geregeld op het bureau. De koffie is klaar.'

Ze kleedden zich in bijna volledige stilte aan; beiden trokken kleding aan die als harnas fungeerde: Zara een zwarte koker-rok tot op de knie, een gesteven blouse en enkellaarsjes met een beschaafde hak; Garrett een nette chino en een blauwe poloshirt. Ze zag hun spiegelbeeld in de gangspiegel terwijl ze de bewijsdossiers bij elkaar pakten en de aanblik trof haar. Ze zagen eruit als partners. In elk opzicht.

Garrett reed op weg de stad uit langs de garage van Mick. De monteur zat al tot zijn ellebogen in de motor van een Hilux toen ze kwamen aanrijden, terwijl hij zijn handen afveegde aan een lap die ze alleen maar vuiler maakte.

'Zara's auto staat nog bij het motel,' zei Garrett, terwijl hij de sleutels overhandigde. 'Er is iemand in haar kamer geweest. Ik wil dat de auto grondig wordt nagekeken voordat ze er weer in rijdt. Remmen, besturing, brandstofleidingen, alles.'

Micks wenkbrauwen gingen omhoog, maar hij stelde geen vragen en stak de sleutels in zijn zak. 'Ik sleep hem vanochtend hierheen. Ik zal er vanmiddag naar kijken als het lukt, uiterlijk morgen."

'Waardeer ik. We zijn morgen terug. Houd hem hier tot we hem ophalen.'

Mick knikte en zijn blik gleed even over Zara met iets wat bezorgdheid had kunnen zijn. 'Pas goed op jezelf, hè?'

'Altijd,' zei Garrett met een strakke glimlach die zijn ogen niet bereikte.

De rit naar de Gold Coast nam het grootste deel van de dag in beslag, bijna zeven uur aan één stuk over de M1. Ze spraken weinig, beiden verdiept in hun gedachten. Ze stopten bij een benzinestation bij het vliegveld om te eten, waar ze zij aan zij fastfood aten dat geen van beiden echt proefde, voordat ze hun weg vervolgden.

'Hij heeft een goede tijd gehad,' zei Garrett toen ze het gebied van de Gold Coast binnenreden, met de wolkenkrabbers glinsterend in de verte. 'Alle extraatjes, een volledig pensioen. Een mooi huis in een beveiligde wijk met uitzicht op het water. Drie keer per week golfen. En dat terwijl de ouders van Iris nog elke ochtend wakker worden in de wetenschap dat de moordenaar van hun dochter nooit is gepakt.'

'Hoe ken je zijn routine?'

'Ik heb hem in de gaten gehouden,' gaf Garrett toe. 'Ik moest begrijpen waar hij waarde aan hecht. Wat hij te verliezen heeft.'

Ze sloegen af naar de seniorenwijk, waarvan de ingang werd geflankeerd door verzorgde palmen en bloeiende hibiscus. Groene gazons strekten zich uit tussen de villa's in mediterrane stijl, met golfkarretjes die naast luxe auto's geparkeerd stonden. Welverdiend comfort, of in het geval van Finch, gekocht met een verborgen waarheid.

De villa van Finch lag vlak aan het water, met een terracotta dak en witgekalkte muren die fel afstaken in de middagzon. In een privédok achter het huis dobberde een bootje. Garrett parkeerde op de oprit, maar maakte geen aanstalten om uit te stappen.

'Klaar voor?' Zijn hand zocht de hare boven het middenconsole.

Zara kneek even in zijn vingers voordat ze hem losliet om haar tas te pakken. 'Laten we zorgen dat hij het zich weer herinnert.'

Ze bleven allebei even staan om hun spieren te strekken, die stijf waren van het de hele dag in de auto zitten. Daarna liepen ze samen over het tuinpad, hun schouders bijna tegen elkaar aan. Finch deed na de tweede klop open en vulde de deuropening. Hij zag er kleiner uit dan op zijn foto's; het gepensioneerde leven had zijn eens zo imponerende postuur wat zachter gemaakt. Maar zijn ogen waren scherp en namen Garrett en Zara op met de inschattende blik van een ervaren agent.

'Nou,' zei Finch, terwijl hij opzijstapte om hen binnen te laten. 'Ik denk dat we dit maar beter achter de rug kunnen hebben.'

Finch' woonkamer bestond volledig uit leren meubels die zo waren geplaatst dat ze het uitzicht op het water accentueerden, met een vitrinekast vol politie-onderscheidingen en foto's van lachende kleinkinderen. De plafondventilator bracht beweging in de gekoelde lucht van de airconditioning. Zara ging naast

Garrett op een crèmekleurige leren bank zitten en keek hoe Finch de gastheer speelde. Hij bood drankjes aan: 'Bier? Wijn? Beetje vroeg, maar ik zeg niets als jullie niets zeggen.' Zijn joviale toon suggereerde dat dit niets meer was dan een sociaal bezoekje. Garrett bedankte. Zara vroeg om water.

Ze bestudeerde de man die de moord op een tiener in de doofpot had gestopt. De pensionering mocht zijn politieconditie dan hebben vervangen door de comfortabele rondingen van golf en uitgebreide lunches, maar die ogen bleven scherp en berekenend onder de grootvaderlijke warmte.

Finch kwam terug met een dienblad met glazen water waarin het ijs rammelde. 'Dus,' zei hij, terwijl hij in een luie stoel ging zitten die zo was opgesteld dat hij zowel op de kamer als op het uitzicht toezicht had, 'u hebt zeven uur gereden om te praten over een verdrinking van elf jaar geleden. Het moet wel een heel bijzondere podcast zijn, mevrouw Langley.'

'Het gaat niet alleen om de podcast,' antwoordde Zara.

'Nee?' Hij trok zijn wenkbrauwen op. 'Waarom dan wel? Gerechtigheid?' Hij sprak het woord uit met de vage spot van een man die decennia lang zelf had besloten welke versie hij toepaste.

Garrett ritste de tas open, zonder haast. 'Het is nooit te laat voor de waarheid, Malcolm.'

Bij het horen van zijn voornaam flitste er iets over het gezicht van Finch, de subtiele verschuiving van voormalig superieur naar potentieel verdachte. Hij verhulde het met een wegwerpend gebaar. 'De waarheid is dat het meisje is verdronken. Een tragisch ongeluk. Niets meer.'

Zonder te reageren legde Garrett een beige map op de salontafel. 'Mijn originele veldaantekeningen van 15 oktober 2014. Degene die op mysterieuze wijze uit het dossier zijn verdwenen.'

Hij opende de map en er kwamen gefotokopieerde pagina's met een net handschrift tevoorschijn. Zara herkende ze van hun avond op het bureau. Het waren Garretts originele aantekeningen van de plaats delict, waarin alles wat hij had waargenomen tot in detail beschreven stond. Waterdiepte. Positie van het lichaam. Temperatuur. En de vingervormige blauwe plekken op Iris' armen.

Finch wierp nauwelijks een blik op de aantekeningen. 'Observaties van een groentje. Je was onervaren, overijverig.'

'Was de lijkschouwer ook een groentje?' Garrett legde een tweede map naast de eerste. 'In het voorlopige rapport van Dr. Robinson stond dat de blauwe plekken consistent waren met iemand die Iris van achteren onder water hield. Die bevindingen hebben de definitieve autopsie nooit gehaald. Robinson is een paar jaar geleden overleden, helaas. Hartstilstand. Dus we kunnen het hem niet vragen.'

'En daarom vragen we het aan u,' zei Zara. Ze hield Finch scherp in de gaten. Een spiertje trilde in zijn kaak, nauwelijks waarneembaar, maar ze had jarenlang gezichten bestudeerd tijdens verhoren. Hij was aangeslagen, ondanks zijn toneelstukje.

'Je loopt hier al heel lang mee rond,' zei Finch, terwijl hij naar zijn glas water reikte. 'Misschien moet u overwegen het te laten rusten voordat het uw carrière ruïneert.'

'Is dat een dreigement?' Garretts stem veranderde niet.

'Advies. Van iemand die heeft gestaan waar u nu staat.' Finch dronk, de ijsblokjes kletterden tegen het glas. 'Soms lopen zaken niet af zoals we willen. Een goede agent zijn betekent ook weten wanneer je iets achter je moet laten.'

Garrett ging door alsof Finch niet gesproken had en haalde een derde map tevoorschijn. Foto's van de plaats delict in het ondiepe water waar Iris was gevonden. De ingetrokken verklaring van de eigenaar van de viskraam nadat Richard Cannon met hem had gesproken. De discrepanties tussen de oorspronkelijke verklaringen en het eindrapport. Bij elk nieuw stukje zag Zara Finch verder afbrokkelen: een spanning rond zijn ogen, een dun laagje zweet op zijn slapen ondanks de ventilator, de manier waarop zijn blik steeds naar het water afdwaalde in plaats van naar het bewijsmateriaal.

'U bent een aardige complottheorie aan het opbouwen,' zei Finch eindelijk. 'Maar het blijft precies dat. Een theorie. Niets concreets.'

'Eigenlijk,' zei Garrett, terwijl hij achterover leunde en een strakke glimlach toonde, 'hebben we wel iets concreets. De telefoon van Iris Zhang is vorige week teruggevonden onder de voetbrug waar ze stierf.'

Finch verstijfde, zijn glas halverwege zijn lippen. 'Welke telefoon?'

'Haar telefoon,' zei Zara, die zag hoe de kleur onder zijn zongebruinde huid wegrok. 'De telefoon die nooit gevonden is, ondanks dat haar ouders bevestigden dat ze hem altijd bij zich had. May Zhang vond hem, toen we samen bij de voetbrug waren. Klemgezet boven op een steunpilaar, onder het niveau van het wegdek.'

'Hij was gedeeltelijk beschermd tegen de weersinvloeden,' zei Garrett met een gestage stem, gerepeteerd maar niet zo klinkend, 'en hij was in verrassend goede staat. Het forensisch onderzoek heeft al gedeeltelijke gegevens van de microSD-kaart kunnen herstellen. Ze werken nu aan een volledig herstel; over een paar dagen zouden we alles moeten hebben.'

De bluf kwam aan. Zara zag hoe het hem raakte, zag het bloed volledig uit Finch' gezicht wegtrekken. Hij zette zijn glas hard neer op de salontafel, zijn handen trilden zichtbaar.

De stilte hield aan, alleen gevuld door de plafondventilator en de verre schreeuw van meeuwen boven het water.

'U begrijpt niet in wat voor positie ik zat,' zei hij eindelijk, zijn stem was nauwelijks hoorbaar.

Zara reikte langzaam in haar zak en schakelde de opname-app op haar telefoon in. Jarenlange interviews hadden haar geleerd het moment te herkennen waarop de verdediging bezweek, waarop een bekentenis onvermijdelijk werd. Dit was het moment.

'Waarom legt u het ons dan niet uit?' zei ze zachtjes.

Finch' blik dwaalde weer af naar het water, zoekend naar iets aan de horizon. Toen hij weer sprak, was zijn stem veranderd. Niet langer de zelfverzekerde gepensioneerde detective, maar een oude man gebukt onder geheimen die te zwaar waren om alleen te dragen.

'Richard belde me die avond,' begon hij. 'Niet de meldkamer, niet het bureau. Mijn persoonlijke mobiel. Hij zei dat er een ongeluk was gebeurd bij de kreek waarbij zijn dochter betrokken was.' Hij haalde trillend adem. 'Ik wist dat er iets mis was op het moment dat hij "ongeluk" zei. Na dertig jaar in het vak ontwikkel je een zintuig voor dat soort dingen.'

'Wat trof u aan toen u daar aankwam?' Garretts toon was neutraal, maar Zara zag de spanning in zijn handen, de knokkels wit tegen zijn knie.

'Het meisje was al dood.' Finch sprak tegen de vloer. 'Met haar gezicht omlaag in water dat nauwelijks mijn laarzen bedekte. Richard was daar, kletsnat, en Kirsty zat op de oever, alleen maar... te staren. Duidelijk in shock. Er was geen detective voor nodig om te begrijpen dat het geen ongeluk was.'

'En wat hebt u toen gedaan?' vroeg Zara met lage, aanmoedigende stem.

Finch keek haar voor het eerst recht aan, zijn blik was gekweld. 'Wat Richard Cannon me opdroeg te doen.' Zijn handen balden zich in zijn schoot tot vuisten. 'En God helpe me, ik heb het gedaan.'

'Ik wist waar ik naar keek,' vervolgde Finch toen geen van beiden iets zei, nu rustiger, alsof het doorbreken van de dam wat druk had weggenomen. 'Een meisje van zeventien, met haar gezicht omlaag in vijftien centimeter water, blauwe plekken op haar armen. Geen hogere wiskunde.' Hij leunde naar voren, de ellebogen op zijn knieën, pratend tegen het tapijt. 'Richard beweerde dat Kirsty en Iris ruzie hadden gehad over een jongen, dat het fysiek werd, dat Iris viel, haar hoofd stootte en verdronk.' Hij slaakte een zucht. 'Maar de blauwe plekken vertelden een ander verhaal. Iemand hield dat meisje onder water tot ze stopte met ademen.'

Zara hield zich stil. Haar telefoon nam geruisloos op in haar zak. Naast haar zat Garrett stokstijf, zijn ademhaling beheerst; alleen de greep op zijn knie verraadde hem.

'Hebt u gevraagd wie haar vermoord had?' Garretts stem was gevaarlijk zacht.

Finch schudde zijn hoofd. 'Dat hoefde niet. Richard was doornat, maar het was Kirsty die niet naar het lichaam kon kijken. Ze zat daar op de oever met haar knieeën opgetrokken, wiegend.'

Zijn ogen gingen naar de familiefoto's op de schoorsteenmantel. 'Dezelfde leeftijd als mijn jongste kleindochter nu.'

'Dus u nam aan dat Kirsty het gedaan had,' zei Zara. 'Waarom? Die jongen?'

'Ja.' Finch knikte. 'Richard zei dat er problemen waren tussen de meiden over dat Thorne-kind. Kirsty had gevoelens voor hem, maar hij was met Iris.' Zijn lippen vertrokken. 'Tienerdrama dat dodelijk afliep. Richard wilde koste wat kost dat het verdween. Hij zei dat de hele toekomst van zijn dochter op het spel stond.'

'Dus u hebt hem geholpen een onopzettelijke verdrinking te ensceneren,' zei Garrett. Vlak. Het was geen vraag.

'Ik heb een afweging gemaakt,' zei Finch, alsof dat onderscheid er toe deed. 'Eén dood meisje tegenover een heel gezin dat geruïneerd zou worden, plus de bijkomende schade in de halve stad. Richard gaf werk aan tientallen mensen, zat in elk gemeenschapsbestuur, doneerde aan het politiefonds. Zijn bereik was. ..'

'Bespaar ons de rechtvaardiging,' onderbrak Garrett hem. 'Wat is er gebeurd met de laptop van Iris?'

Finch sloot kort zijn ogen. 'Richard zei dat er misschien bewijs op stond van nare dingen die Kirsty naar Iris had gestuurd... cyberpesten, vermoed ik. Hij wilde niet dat dat naar buiten kwam. Ik heb hem van de familie Zhang meegenomen, en vertelde hun dat het de standaardprocedure was, dat we hem nodig hadden om haar bewegingen die dag te verifiëren.' Zijn stem werd zachter. 'Heb hem diezelfde avond aan Richard gegeven. Nooit gevraagd wat hij ermee gedaan heeft.'

'En mijn rapporten?' drong Garrett aan. 'De foto's van de blauwe plekken? De getuigenverklaringen?'

'Begraven. Of aangepast. Richard had vrienden bij de gemeente, het kantoor van de lijkschouwer. Mensen die hem gunsten verschuldigd waren of zijn steun nodig hadden.' Hij gebaarde vaag naar het bewijsmateriaal op tafel. 'Ik heb niet alles persoonlijk afgehandeld. Sommige dingen verdwenen gewoon via de juiste kanalen.'

'En toen ik niet stopte met vragen stellen?' Het spiertje in Garretts kaak trilde.

'Ik heb je overplaatsing naar Cairns geregeld.' Finch keek hem aan. 'Voor je eigen bestwil, geloof het of niet. Je maakte kabaal over knoeien met bewijsmateriaal, inconsistente verklaringen. Nog een week en u was in serieuze problemen gekomen. Of erger.'

'Erger?' zei Zara. Een koude rilling trok door haar heen.

Finch keek haar aan. 'Richard Cannon was geen man die losse eindjes achterliet. De overplaatsing was een gunst.'

Er viel een stilte in de kamer. Buiten schitterde het water, bootjes dreven voorbij. De afstand tussen het idyllische uitzicht en de waarheid die zich in de woonkamer van Finch ontvouwde, maakte Zara duizelig.

'Wat had ik dan moeten doen?' Finch' stem sloeg over. De vraag was niet zozeer aan hen gericht, maar aan een onzichtbare rechter. 'Richard bezat de halve stad. Hij had vuiligheid over iedereen, ook over mij. Ik had gokschulden; hij betaalde ze af, vroeg nooit om terugbetaling. Eén woord van hem en mijn pensioen, mijn reputatie...' Hij keek rond in de villa. 'Eén dood meisje tegenover het ruïneren van tientallen levens. Ik heb de rekensom gemaakt.'

De schaamteloosheid ervan. Het gemak waarmee hij het leven van Iris Zhang reduceerde tot een wiskundig probleem, een offer op het altaar van zijn eigen comfort. Zara voelde zich fysiek onwel.

Garrett zat volkomen stil. Toen hij sprak, was zijn stem als ijs. 'U hebt zojuist bekend dat u zich schuldig hebt gemaakt aan knoeien met bewijsmateriaal, belemmering van de rechtsgang en medeplichtigheid aan moord. Dat beseft u?'

Finch knikte langzaam. 'Ik dacht al dat het die kant op zou gaan toen je hier met de journaliste verscheen.' Hij keek naar Zara. 'U neemt dit gesprek op, neem ik aan?'

Ze ontkende het niet. Ze hield alleen zijn blik vast.

'De opname gaat naar de Crime and Corruption Commission,' zei Garrett. 'U krijgt ongetwijfeld binnenkort bezoek.'

Zara verwachtte protest, misschien een intrekking. In plaats daarvan zakten Finch' schouders naar beneden met iets wat op opluchting leek. 'Ik wacht al elf jaar op deze dag,' zei hij zachtjes. 'Ik denk dat ik altijd al wist dat deze dag zou komen.'

Het gebrek aan weerstand voelde hol aan. Zara zag in dat het met de dood van Iris rondlopen voor Finch een eigen straf was geweest. Niet genoeg, nooit genoeg, maar een gewicht dat hij nu klaar leek te zijn om neer te leggen.

'We zijn hier klaar,' zei Garrett, terwijl hij de mappen verzamelde en ze terug in de tas stopte. Hij stond op. Zara stond met hem op.

Finch bleef in zijn luie stoel zitten en zag eruit als de volledige zesenzestig jaar die hij was. 'Kirsty geeft zich niet zomaar gewonnen,' waarschuwde hij. 'Ze heeft haar hele leven opgebouwd op de bescherming van haar vader. Zonder dat...' Hij schudde zijn hoofd. 'Wees voorzichtig. Ze is niet stabiel.'

'Dat weten we,' zei Zara.

Ze lieten hem daar achter, starend naar het uitzicht op het water dat hij gekocht had met elf jaar zwijgen. Geen van beiden sprak terwijl ze over het tuinpad liepen. Pas toen ze bij de LandCruiser aankwamen, greep Zara Garretts hand en verstrengelde haar vingers met de zijne.

'Dat is er één,' zei ze zachtjes.

Hij neep in haar hand en liet toen los om de auto te ontgrendelen. 'Maar de moeilijkste moet nog komen.'

Terwijl ze wegreden, keek Zara in de zijspiegel. Finch stond op zijn veranda, een kleine gedaante die bij elke omwenteling van de wielen kleiner werd. Ze stopte de opname en controleerde of deze goed was opgeslagen, waarna ze back-ups naar haar cloudaccount uploadde.

'Elf jaar,' zei Garrett, terwijl hij de hoofdweg opdraaide. 'Precies weten wat er is gebeurd, en hij koos elke dag weer voor zijn eigen comfort boven gerechtigheid.'

'Mensen praten het onvergeeflijke recht voor zichzelf,' antwoordde Zara. 'Ze vinden manieren om met zichzelf te leven.'

'Kirsty heeft elf jaar de tijd gehad om dat van haar te perfectioneren. Om zichzelf ervan te overtuigen dat ze in haar recht stond, of dat zij het echte slachtoffer was.'

Ze voegden in op de snelweg naar het noorden. Hun volgende confrontatie zou niet het relatieve gemak hebben van het breken van een man die al bezweek onder schuldgevoel. Kirsty Cannon had haar identiteit gebouwd op het fundament van haar geheim: gemeenteraadslid, gemeenschapsleider, filantroop. Het gepolijste leven dat was opgebouwd om het meisje te verbergen dat haar vriendin onder water had gehouden tot de bellen stopten.

'Ze houdt ons in de gaten,' zei Zara, denkend aan de foto's op haar bed in het motel. 'Ze weet dat we haar op het spoor zijn.'

'Mooi,' antwoordde Garrett. 'Laat haar zich maar voorbereiden. Laat haar zich maar zorgen maken. Dieren in het nauw maken fouten.'

Zara leunde met haar hoofd tegen de stoel en keek naar de kustlijn die voorbijgleed. Ze hadden de bekentenis van Finch, bewijs van de doofpotaffaire, en binnenkort, als Dev zijn woord hield, echte gegevens van de telefoon van Iris om de bluf te vervangen. De puzzelstukjes vielen op hun plek.

Maar de waarschuwing van Finch bleef haar bij. Kirsty had één keer gedood om haar toekomst te beschermen. Wat zou ze nu doen, nu alles wat ze had opgebouwd in gevaar was?

Het antwoord wachtte op hen in Salt Creek.

HOOFDSTUK 17

De kroeg in Nambour rook naar gefrituurde patat en oud tapijt, het soort plek dat zich richtte op bouwvakkers op weg naar huis en vrachtwagenchauffeurs die een lange rit onderbraken. Zara schoof een stuk biefstuk over haar bord; haar eetlust was verdwenen door de rit en door de bekentenis van Finch, die nog steeds zwaar op haar maag lag. Tegenover haar werkte Garrett gestaag een kipschnitzel naar binnen, terwijl zijn ogen af en toe afdwaalden naar de cricketwedstrijd op de televisie boven de bar. Geen van beiden gaf iets om de uitslag.

Ze waren gestopt omdat ze geen van beiden de energie hadden om de resterende vier uur naar Salt Creek te rijden. Het motel ernaast was goedkoop en schoon genoeg; een bed en een douche, meer hadden ze niet nodig. Morgen zouden ze de rit afmaken, bedenken hoe ze Kirsty moesten benaderen met de bekentenis van Finch in handen, en beslissen wanneer ze de Crime and Corruption Commission zouden inschakelen.

'Je moet wat eten', zei Garrett, terwijl hij naar haar bord knikte.

'Geen honger.' Zara nipte van haar citroenlimonade. Te zoet. 'Ik moet steeds denken aan wat Finch zei. Dat hij al elf jaar wachtte tot er iemand zou komen.'

'Schuldgevoel vreet aan mensen. Zelfs aan degenen die denken dat ze er vrede mee hebben gesloten.'

'Hij heeft bewijsmateriaal vernietigd. Getuigenverklaringen begraven. Jou weggestuurd toen je te dichtbij kwam.' Ze zette haar glas neer. 'Allemaal om de dochter van Richard Cannon en zijn eigen pensioen te beschermen.'

'En nu zal hij het kwijtraken.' Garretts blik stond grimmig. 'De CCC grapt niet met corruptiezaken.'

Een groep mannen aan de bar barstte in gejuich uit toen er een wicket viel. Zara deinsde terug van het lawaai, en ze haatte het dat ze dat deed. Garretts hand bewoog zich over de tafel om de hare even te bedekken.

'We hebben wat we nodig hadden', zei hij. 'Zijn bekentenis geeft ons macht over Kirsty. Zelfs zonder de telefoongegevens kunnen we...'

Zara's telefoon trilde op tafel. Devs naam verscheen op het scherm. Ze griste hem weg. 'Dev?'

'Zara! Mens, ik probeer dat ding al dagen te kraken en eindelijk...' Zijn opwinding klonk door de lijn, de woorden struikelden over elkaar heen. 'De microSD-kaart. Ik ben erin. Het is me echt gelukt.'

Ze keek naar Garrett. Hij was verstijfd, zijn vork halverwege zijn mond. Hij legde hem neer.

'Wat heb je teruggevonden?' vroeg ze.

'Spraakmemo's. Hele stapels. En foto's, reservekopieën van sms-berichten, zelfs wat videobestanden.' Op de achtergrond klikte Devs toetsenbord. 'Ik ben nu alles naar je beveiligde cloud-account aan het uploaden. Over een minuut of twintig moet het klaar zijn.'

'Spraakmemo's? Van Iris?'

'Ja, het lijkt erop dat ze haar telefoon als dagboek gebruikte. Sommige zijn gelabeld met datums, andere hebben alleen tijdstempels.' Meer getyp. 'Ik heb ze niet beluisterd, ik dacht dat jij de eerste wilde zijn. Maar er staat absoluut audio op, en de kwaliteit is nog best goed, alleszins.'

Garretts ogen waren op de hare gefixeerd vanaf de andere kant van de tafel. Zara voelde de haren op haar armen overeind staan. Ze hadden Finch hiermee gebluft, met de belofte van herstelde data van de microSD-kaart. En nu was het echt.

'Dank je wel', zei ze. 'Dev, dit is... je hebt geen idee wat dit betekent.'

'Ik kan het wel raden.' Zijn toon werd ernstiger. 'Beloof me alleen dat je voorzichtig bent. Wat er ook op die telefoon staat, het heeft iemand de kop gekost.'

'Dat beloof ik.' De leugen kwam er gemakkelijk uit. Veiligheid was geen prioriteit meer vanaf het moment dat er iemand een mes door haar foto had gestoken.

Ze hing op. Een moment lang zei geen van beiden iets. Het leven in de kroeg ging gewoon door om hen heen.

'We moeten gaan', zei Garrett. 'Nu.'

Ze hadden bij het bestellen al betaald. Zara pakte haar tas en volgde hem naar buiten, de vochtige nacht in. Het motel lag ernaast, een gebouw van twee verdiepingen met buitentrappen en deuren in een vaalblauwgroene kleur. Hun kamer was op de begane grond, nummer zeven; de sleutel zat nog in Garretts zak van toen ze een uur geleden hadden ingecheckt.

Binnen liep Zara direct naar het bureau en klapte haar laptop open. Haar vingers vlogen over de inloggegevens terwijl Garrett de deur op slot deed en een stoel naast haar trok.

De upload liep nog steeds. Ze keken in stilte naar de voortgangsbalk. Garretts hand rustte op haar schouder, warm en stevig. Toen de map eindelijk in haar directory verscheen, met het label 'Iris Zhang telefoonherstel', zweefde Zara's cursor eroverheen.

'Wat er ook in staat', zei Garrett zacht, 'we zijn er klaar voor.'

Ze wist niet zeker of dat waar was. Ze dubbelklikte.

De map ging open. Audiobestanden gemarkeerd met datums uit september en oktober 2014. Foto's van Iris met vrienden, met haar ouders, alleen in haar slaapkamer terwijl ze gekke bekken trok naar de camera. Sms-logbestanden. En drie videobestanden, waarvan de grootste het label 'UQ_Final.mp4' had.

Haar hand bewoog naar het laatste videobestand, gedateerd 15 oktober 2014. De dag dat Iris stierf. De cursor zweefde boven de afspeelknop.

Garrett trok zijn stoel dichterbij. Ze zaten schouder aan schouder; het laptopscherm was het felste lichtpunt in de kamer. Buiten denderde een vrachtwagen voorbij op de snelweg.

Zara klikte op afspelen.

Ruis, dan een ademteugen. Daarna verscheen er een jong gezicht op het scherm: Iris Zhang, met haar rechthoekige bril, terwijl ze recht in de camera keek. Ze was kalm. Haar stem was helder.

'Mijn naam is Iris Zhang. Het is vijftien oktober 2014, en ik moet vastleggen wat ik heb ontdekt, want als er iets gebeurt, moeten mensen de waarheid weten.'

Zara's keel snoerde dicht. Dit was haar. Dit was het meisje in de beek, levend en ernstig en zeventien jaar oud, terwijl ze rechtstreeks sprak tot degene die deze opname ooit zou vinden. Naast haar was Garrett gestopt met ademen.

'Ik ben bevriend met Kirsty Cannon sinds we samen in de kleuterklas zaten. Ik vertrouwde haar volledig. Dus toen ik merkte dat sommige van mijn projectbestanden geopend waren terwijl ik niet thuis was, en dat mijn USB-stick op een andere plek lag dan ik hem had achtergelaten, hield ik mezelf voor dat ik paranoïde was.' Een pauze, een trillende ademhaling. 'Maar ik was niet paranoïde. Ik heb mijn toegangslogbestanden gecontroleerd, degene die pap me heeft leren lezen. Kirsty heeft mijn hele creatief portfolio gekopieerd. Alles waar ik aan heb gewerkt voor mijn QCA-aanmelding.'

Zara zocht Garretts hand op het bureau. Hij pakte de hare vast. Iris' stem was jong maar behoedzaam, elk woord gewogen. Dit was geen paniek. Dit was een meisje dat wist dat ze bewijs nodig had.

'Eerst dacht ik dat ze misschien mijn aanpak wilde bestuderen, wilde zien hoe ik dingen structureerde. We hielpen elkaar altijd met projecten.' Weer een pauze. 'Maar drie dagen geleden was ik bij haar thuis, we waren aan het studeren aan haar eettafel en ze ging naar de wc. Haar laptop stond open. Ik had niet mogen kijken, dat weet ik, maar iets dreef me ertoe om het te controleren.'

Zelfs terwijl ze het verraad ontdekte, trok Iris haar eigen daden in twijfel.

'Ze had een map met de naam "UQ Portfolio - Final". Daarin stonden mijn bestanden. Mijn videoproject over culturele identiteit en verbondenheid. Mijn fotoserie over de ervaringen van migranten in Queensland. Mijn essay over visuele storytelling.'

Iris' stem werd harder. 'Maar ze had de namen veranderd en details aangepast. Haar eigen voice-over onder de video gezet. Het was geen onderzoek of inspiratie. Ze heeft mijn werk gestolen en beweerd dat het van haar was.' Ze keek naar beneden en daarna weer in de camera. Er trok verdriet over haar gezicht. 'Toen ik Kirsty ermee confronteerde, huilde ze. Ze zei dat ze wanhopig was, dat haar vader haar zou vermoorden als ze niet op een goede universiteit werd toegelaten, dat ze paniekaanvallen had gehad over de aanmelding. Ze smeekte me om het aan niemand te vertellen. Ze zei dat het maar een concept was, dat ze uiteindelijk haar eigen werk zou maken.'

Een bittere lach.

'Maar de deadline voor de aanmelding was al verstreken. Ze had mijn werk al als het hare ingediend. Toen ik haar vertelde dat ik dit niet kon laten passeren, dat ik haar zou aangeven, keek ze me aan alsof ik haar verraadde. Alsof ík degene was die iets verkeerds deed.'

Iris praatte verder en zette alle details uiteen. Ze had haar huiswerk gedaan en ontdekt dat Kirsty zich aanmeldde voor de rechtenstudie aan de UQ, terwijl zij zich aanmeldde voor de kunstopleiding aan het QCA. Verschillende faculteiten, verschillende beoordelingscommissies. Het plagiaat zou misschien nooit zijn ontdekt als Iris het niet zelf had gevonden.

Garrett nam als eerste het woord. Zijn stem klonk rauw. 'Het ging niet om Vince Thorne.'

Zara tikte op de pauzeknop en staarde naar het stilstaande beeld van Iris' gezicht op het scherm. Weken van onderzoek; jaren in het geval van Garrett. Elke theorie die ze hadden opgebouwd, elke aanname over tienerjaloezie en een liefdesdriehoek. Het klopte van geen kanten. 'We dachten... iedereen dacht...'

'Richard vertelde Finch dat het om een jongen ging. Dat is wat Finch ons gisteren vertelde. En wij geloofden het omdat het logisch klonk.' Garrett trok zijn hand los en drukte beide palmen plat op het bureau. 'Mijn god. We hebben het de hele tijd verkeerd gezien.'

Ze lieten het even bezinken. Het gewicht van hun foutieve aanname, en het besef dat Richard Cannon dat verhaal aan Finch had verkocht omdat het geloofwaardig was. Een tragisch ongeluk veroorzaakt door een tienerruzie over een geliefde was rommelig maar begrijpelijk, het soort tragedie waar mensen hun hoofd over konden schudden. De waarheid, dat Kirsty haar beste vriendin in koelen bloede had vermoord om een gestolen universitaire aanmelding te beschermen, was iets veel lelijker en moeilijker te verklaren.

'Zet hem nog niet aan', zei Garrett. 'Laten we de sms-berichten bekijken. Ik wil het bewijs zien van wat Iris beschreef.'

Zara navigeerde naar de sms-logs. De gesprekswisseling tussen Iris en Kirsty was niet moeilijk te vinden, maar wel moeilijk om te lezen. Een vriendschap die ontaardde in wanhopig smeken en daarna in iets veel grilligers.

30 september, 22:43 uur

Kirsty: *Alsjeblieft. Ik smeek het je. Doe me dit niet aan.*

Iris: *Ik doe jou niets aan. Dit heb je jezelf aangedaan.*

Kirsty: *Je verpest mijn leven om een of andere stomme video.*

Iris: *Voor mij is hij niet stom. Het is mijn werk. Mijn ideeën. Mijn stem.*

Kirsty: *Niemand zal het ooit weten. De aanmeldingen gaan naar verschillende scholen.*

Iris: *Ik zal het weten. En jij zult het weten. Dat telt.*

2 oktober, 02:15 uur

Kirsty: *Ik kan niet slapen. Niet eten. Je maakt me kapot.*

Iris: *Je kunt dit rechtzetten. Trek je aanmelding in. Maak je eigen werk. Ik help je wel.*

Kirsty: *Dat kan niet! De deadline is al voorbij!*

Iris: *Dan had je daarover na moeten denken voordat je van me stal.*

Kirsty: *IK HEB NIET GESTOLEN. IK HEB JE IDEEËN GELEEND.*

Iris: *Je hebt mijn videobeelden gepikt. Dat is diefstal, ook al heb je er je eigen tekst overheen gezet.*

4 oktober, 18:47 uur

Kirsty: *Mijn vader weet dat er iets mis is. Hij blijft maar vragen stellen.*

Iris: *Vertel hem de waarheid.*

Kirsty: *Dat kan ik niet. Hij zal zo teleurgesteld zijn. Hij zal denken dat ik een mislukkeling ben.*

Iris: *Je bent ook een mislukkeling als je je toekomst op leugens bouwt.*

Kirsty: *Krijg de tering, Iris. Serieus. Zak in de stront.*

De berichten gingen maar door, waarbij de toon van Kirsty omsloeg van smekend naar woest en bedreigend. Iris bleef beheerst, principieel, onverzettelijk. Nu ze dit las, begreep Zara precies waarom Iris de behoefte had gevoeld om die video op te nemen. Ze wist dat dit verkeerd zou aflopen.

'Open de portfoliovideo', zei Garrett. Zijn stem klonk gespannen.

Zara klikte op 'QCA_Final.mp4' en de mediaspeler vulde het scherm. De beelden kwamen haar direct bekend voor; ze had ze gezien op de harde schijf die Jane Goulding haar had gegeven.

Maar de voice-over klopte niet.

In plaats van Iris' stem die thema's als identiteit en culturele verbondenheid verkende, sprak Kirsty over de beelden heen. Haar toonval was anders, haar interpretatie was gericht op assimilatie en erbij horen op een manier die hol aanvoelde, losgekoppeld van de beelden zelf.

'Dat is wat Kirsty heeft ingediend', zei Zara. 'Ze gebruikte de beelden van Iris, maar nam haar eigen voice-over op.'

'Mijn hemel.' Garrett wreef over zijn gezicht. 'Ze stal niet alleen ideeën. Ze nam het eigenlijke creatieve werk en veranderde net genoeg om het voor het hare te laten doorgaan.'

Ze keken de volledige zes minuten af. Prachtig camerawerk dat werd ondermijnd door een voice-over die de plank volledig missloeg. Kirsty sprak over integratie waar Iris de dualiteit had verkend, over aanpassing waar het werk juist het verschil vierde. De kloof tussen de beelden en de woorden was stuitend.

Toen de video eindigde, ging Zara terug naar de video van Iris.

'Ik heb mijn besluit genomen. Ik ga het plagiaat van Kirsty melden bij beide universiteiten. Ik heb al het andere geprobeerd. Ik heb aangeboden haar te helpen origineel werk te maken. Ik heb haar meerdere kansen gegeven om zelf de aanmelding in te trekken. Ze weigert.' Iris duwde haar bril omhoog op haar neus. 'Ik weet dat dit het einde van onze vriendschap betekent. Ik weet dat het problemen zal veroorzaken. Kirsty's vader zit in de gemeenteraad, en ons restaurant is afhankelijk van de steun van de lokale bevolking. Maar ik kan dit niet laten varen. Het gaat niet alleen om mijn werk. Het gaat om wat juist is.'

Ze zag er jong en bang uit, maar ook volkomen vastberaden.

'Ik zie Kirsty vanavond bij de voetbrug nadat ik klaar ben met werken. Ze vroeg om nog één kans om me op andere gedachten te brengen. Die ga ik haar geven. Eén laatste kans om zelf het juiste te doen.' Een pauze. 'Maar als ze dat niet doet, dien ik maandag de rapporten in. En als er iets met me gebeurt, als deze video wordt bekeken omdat ik er niet meer ben om het zelf te melden, dan moeten jullie weten: het was geen ongeluk. Er staan kopieën van al deze bestanden op mijn laptop. Alles is gedocumenteerd. Kirsty Cannon heeft mijn werk gestolen, en toen ik haar er niet mee weg liet komen, heeft ze...'

Iris zweeg even. Schudde haar hoofd.

'Nee. Ik ben paranoïde. Kirsty zou me nooit echt iets aandoen. We zijn al vriendinnen sinds we klein waren. Ze is gewoon bang en wanhopig. We zullen praten en ze zal het begrijpen. Ze zal inzien dat het juiste doen belangrijker is dan...'

De video eindigde halverwege de zin.

Het tijdstip gaf 15 oktober 2014, 17:17 uur aan. Slechts enkele uren voordat haar lichaam in de beek werd gevonden.

Geen van beiden bewoog. Op het scherm was Iris' gezicht halverwege een woord bevroren, jong en hoopvol, en had ze volkomen verkeerd ingeschat wat haar te wachten stond.

Zara klikte op de laatste sms-wisseling.

15 oktober, 16:32 uur

Kirsty: *Kunnen we elkaar vanavond zien?*

Iris: *Ik denk niet dat nog meer praten iets zal veranderen. En ik moet vanavond werken. Er is een verjaardagsfeestje gereserveerd; mam heeft me nodig voor de bediening.*

Kirsty: *Alsjeblieft. Ik wil dat je het begrijpt. Oog in oog. Zie ik je bij de voetbrug als je klaar bent met je werk?*

Iris: *Vooruit dan. 22:00 uur.*

Kirsty: *Dank je. Ik beloof je, je zult hier geen spijt van krijgen.*

De chatsessie eindigde daar. Iris had haar laatste video slechts enkele minuten later opgenomen, en tegen elf uur die avond lag Iris Zhang met haar gezicht naar beneden in Salt Creek, onder water gehouden tot ze stopte met ademen, vermoord door de vriendin die ze genoeg vertrouwde om haar alleen in het donker te ontmoeten.

Zara sloot de laptop. Het scherm werd zwart en de kamer leek om hen heen te krimpen. Er was alleen het schijnsel van de bedlamp, de brom van de airconditioning en zij tweeën die aan het bureau zaten en niets zeiden.

Ze werd zich bewust van Garretts ademhaling. Ruw. Onregelmatig. Ze draaide zich om en zag zijn gezicht en keek snel weer weg, want Garrett Pennell huilde en het voelde als iets waar ze geen getuige van mocht zijn. Niet de stille, stoïcijnse tranen van een man die rouw veinst, maar de lelijke, onvrijwillige soort; zijn kaken bewogen, zijn ogen waren rood, één hand hard over zijn mond gedrukt.

Ze had hem nog nooit zo gezien. Ze vermoedde dat niemand dat ooit had.

Toen kwamen haar eigen tranen. Niet sierlijk. Dat deden ze nooit. Heet en wazig, haar neus liep vol, het soort huilen waardoor ze zich weer twaalf jaar oud voelde. Ze huilde voor Iris, die zo hard haar best had gedaan om het juiste te doen en daarom was vermoord. Voor May en David Zhang, die elf jaar lang in onwetendheid hadden geleefd. Voor het meisje op die video, die er zo zeker van was dat haar vriendin haar nooit echt pijn zou doen, en voor de zekerheid bewijs opnam terwijl ze nog steeds het beste geloofde van iemand die dat niet verdiende.

Garrett maakte een rauw geluid naast haar. Ze reikte naar hem en hij reikte op hetzelfde moment naar haar, en toen lag ze tegen zijn borst en hielden zijn armen haar stevig vast. Geen van beiden zei lange tijd iets. Er viel niets te zeggen. Ze hadden net gezien hoe een zeventienjarig meisje zichzelf aanpraatte niet bang te zijn, en ze wisten hoe het verhaal afliep.

Toen Zara zich uiteindelijk terugtrok, was haar gezicht opgezwollen en was Garretts shirt nat op de plek waar ze tegen hem aan had gelegen. Hij zag er kapot uit. Zij waarschijnlijk nog erger.

'Het ging niet om Vince Thorne', zei ze onnozel, omdat haar brein cirkelde rond het enige wat het kon verwerken. 'Het ging nooit over die jongen.'

'Nee.' Garretts stem was schor. Hij schraapte zijn keel. 'Het ging om een universitaire aanmelding. Een verrekte portfolio. Kirsty heeft haar vermoord vanwege *plagiaat*.'

De alledaagsheid ervan. De kleinzieligheid. Geen hartstocht, geen woede voortgekomen uit een gebroken hart, maar de wanhopige berekening van een meisje dat had valsgespeeld, was betrapt en de consequenties niet onder ogen kon zien. Zara dacht dat ze de liefdesdriehoek liever had gehad. Dat had tenminste nog de waardigheid van een sterk gevoel. Dit was gewoon lafheid.

'Iris vertelde haar dat ze haar zou helpen origineel werk te maken', zei Zara. 'Ze heeft haar alle kansen gegeven.'

Garrett stond op en liep naar het raam. Hij stond daar met zijn rug naar haar toe, één hand op het kozijn, en staarde naar de parkeerplaats. Ze liet hem de stilte. Na een minuut zei hij, zonder zich om te draaien: 'Ik heb haar lichaam gevonden. Ik was vijfentwintig jaar oud en ik trok haar uit vijftien centimeter water en ik wist dat iemand haar naar beneden had gehouden. En elf jaar lang heb ik dat met me mee gedragen, en nu weet ik dat het om een godvergeten uni-aanmelding ging.'

Hij draaide zich om. Zijn gezicht was nu hard; het verdriet was er nog steeds, maar samengeperst tot iets bruikbaarders. 'We hebben alles. De spraakmemo's. De sms'jes. De video. De bekentenis van Finch. Het is genoeg.'

'Meer dan genoeg.' Zara veegde haar gezicht af met de rug van haar hand. 'Iris heeft alles gedocumenteerd. Ze heeft de zaak zelf opgebouwd. Wij hoefden het alleen maar te vinden.'

'Op de laptop had dit alles ook gestaan. Richard heeft die vernietigd, neem ik aan, nadat Finch hem aan hem had gegeven. Ze dachten dat ze haar hadden uitgewist.' Er veranderde iets in Garretts uitdrukking, een flits van felle voldoening. 'Maar haar telefoon hebben ze nooit gevonden.'

Zara dacht aan de telefoon die elf jaar lang onder de voetbrug klem had gezeten, wachtend. Aan May Zhang die elke week over die brug liep om bloemen neer te leggen, zonder te weten dat het bewijs recht onder haar voeten lag.

'Wat doen we morgen?' vroeg ze, hoewel ze het antwoord al wist.

'Terugrijden. Dit alles naar de CCC sturen. Alles; de bekentenis van Finch, de telefoondata, mijn oorspronkelijke rapporten.

Laat hen de zaak officieel rondmaken.' Hij zweeg even. 'En daarna praten we met Kirsty.'

'Voor of na de CCC?'

'Erna. Ik wil dat dit officieel vastligt voordat ze de kans krijgt om te vluchten of iets te vernietigen.' Hij ging op de rand van het bed zitten en zag er plotseling uitgeput uit. 'Maar ze moet het weten. Ze moet de stem van Iris horen en weten dat het voorbij is.'

Zara ging naast hem zitten. Hun schouders raakten elkaar. Door de dunne muren van het motel hoorde ze een televisie in de kamer ernaast; iemand lachte om iets. Het normale leven, dat doorging aan de andere kant van de muur terwijl zij hier zaten met het gewicht van de laatste woorden van een dood meisje.

'We moeten proberen te slapen', zei ze, wetende dat geen van beiden goed zou slapen.

Garrett knikte. Hij pakte haar hand en hield die vast, en zo bleven ze nog een tijdje zitten, zonder te praten, alleen maar ademhalend, terwijl ze de enorme omvang van wat ze hadden gevonden lieten bezinken tot iets wat ze konden dragen.

Morgen zouden ze naar het noorden rijden met de stem van Iris op een laptop tussen hen in, en de waarheid die elf jaar lang begraven was geweest, zou eindelijk, eindelijk het daglicht zien.

HOOFDSTUK 18

DE LANDCRUISER REED NET na het middaguur de garage van Mick binnen. Zara stapte uit in de vertrouwde geur van motorolie en metaal, haar lichaam stijf van de zoveelste lange rit. Ze waren vroeg uit Nambour vertrokken, waren in Bundaberg gestopt voor slechte koffie bij een benzinestation en de rest van de weg in bijna volledige stilte hadden afgelegd.

Mick kwam uit de werkplaats tevoorschijn. Zijn blik ging heen en weer tussen hen en nam de overduidelijke tekenen van een zware nacht in zich op waarvan Zara vermoedde dat ze overduidelijk waren; gezwollen ogen, getekende gezichten en de specifieke uitputting die volgt nadat je jezelf helemaal hebt leeggehuild.

'De auto is schoon,' zei hij, terwijl hij knikte naar de plek waar Zara's sedan op het terrein stond. 'Ik heb alles twee keer nagelopen. Remmen, besturing, brandstofleidingen, elektronica. Er is nergens mee geknoeid.'

Opluchting maakte iets los in Zara's borst. 'Dank je wel. Echt.'

Mick overhandigde haar de sleutels, maar zijn blik bleef ernstig. 'Waar jullie twee ook mee bezig zijn, het heeft iemand genoeg van zijn stuk gebracht om in te breken in motelkamers en banden door te snijden. Dat is niet zomaar wat.' Zijn blik rustte op Garrett. 'Pas je goed op haar?'

'Zo goed als ik kan,' antwoordde Garrett.

'Pas dan nog maar beter op.' Micks toon was niet onaardig, alleen bot. 'Salt Creek is een klein dorp. Praatjes gaan snel. Het valt mensen op dat jullie twee veel tijd samen doorbrengen. Het lijkt erop dat niet iedereen daar blij mee is.'

Zara dacht aan de foto's die over haar motelbed verspreid lagen, het mes dat door haar gezicht was gestoken. 'We zijn voorzichtig.'

Mick knikte, niet overtuigd. 'Juist. Nou ja. De auto is klaar voor vertrek. Geen kosten. Zorg er alleen voor dat ik er geen spijt van krijg.'

Ze reden in afzonderlijke voertuigen naar het huis van Garrett. Het dorp zag er alledaags uit in de middagzon: mensen die hun gang gingen, de bouwmarkt was druk, kinderen op fietsen voor de viswinkel. Bij de rotonde bij de school stond een witte Cannon Developments-ute stationair te draaien, met een grote man in een reflecterend vest achter het stuur. Hij keek hen na terwijl ze passeerden. Zara merkte het op en reed door.

Binnen in Garretts huis was de lucht muf doordat alles dicht had gezeten. Garrett liep rond om ramen te openen terwijl Zara de eettafel leegmaakte en haar laptop en tas neerzette.

Ze besteedden de middag aan het opstellen van de CCC-indiening. Eerst de chronologie: september tot oktober 2014, elke datum gekoppeld aan een specifiek bewijsstuk. Daarna de doofpotaffaire: de acties van Finch, de aangepaste rapporten, de achtergehouden getuigenverklaringen, de overplaatsing van Garrett. Tot slot de herstelde telefoongegevens, met Devs documentatie van het herstelproces. Elk onderdeel was geannoteerd, voorzien van kruisverwijzingen en gelabeld.

Het was methodisch, weinig glamoureus werk, en ze spraken bijna niet gedurende het grootste deel ervan. Af en toe las een van hen iets hardop voor of hield een document omhoog zodat de ander het kon controleren. Zara schreef de bekentenis van Finch uit terwijl Garrett de fysieke bewijsstukken in mappen ordende. Mokken met koude koffie stapelden zich op de tafel op.

Tegen het einde van de middag hadden ze een samenhangend pakket. Solide genoeg dat de CCC geen andere keuze zou hebben dan een onderzoek in te stellen.

Garrett staarde naar de spullen op tafel, zijn kaken op elkaar geklemd. 'Ik had dit elf jaar geleden al moeten doen.'

'Je hebt het geprobeerd. Finch hield je tegen en liet je overplaatsen. En je had de telefoon niet.'

'Ik had harder moeten proberen.'

Zara ging daar niet tegenin. Het was geen discussie met een zinvol antwoord, en Garrett was niet op zoek naar geruststelling. Ze liet hem er even mee zitten.

Na een moment ademde hij uit en pakte zijn telefoon. 'Ik bel de contactpersoon bij de CCC. Laat ze weten dat we klaar zijn om het in te dienen.'

Terwijl hij zijn telefoontje pleegde in de keuken, nam Zara haar camera en statief mee naar het achterterras. Het licht was hier goed. Ze stelde alles snel op, controleerde haar geluidsniveaus, ging in een van de plastic stoelen zitten en drukte op opnemen.

Ze hield het kort. Een belangrijke ontwikkeling. Bewijsmateriaal overgedragen aan de QPS en de CCC. Een lopend onderzoek waarover ze niet publiekelijk kon praten. Ze vroeg om geduld, erkende dat dit niet het soort update was dat haar publiek verwachtte, en vertelde hen dat wanneer het verhaal in het nieuws zou komen, ze zouden begrijpen waarom ze stil was gebleven.

Ze stopte daar bijna. Toen voegde ze eraan toe: 'Ik heb ernstige fouten gemaakt in mijn laatste onderzoek. Sommigen van jullie weten wat er gebeurd is. Ik ga die fouten niet nog een keer maken, zelfs als dat betekent dat ik abonnees verlies. De familie van Iris Zhang en het rechtsproces gaan voor. De inhoud komt op de tweede plaats. Ik kan gerechtigheid niet in gevaar brengen voor entertainment.'

Ze stopte de opname, speelde het één keer af en uploadde het zonder bewerkingen. Geen clickbait-titel, geen dramatische omlijsting. Gewoon een feitelijke mededeling.

Garrett stond in de deuropening te kijken toen ze zich omdraaide. 'Dat was goed,' zei hij.

'Het was noodzakelijk.' Ze haalde de camera van het statief. 'De helft van mijn publiek zal denken dat ik mezelf heb verkocht.'

'De andere helft zal wachten.'

'Laten we het hopen. Hoe ging het met de CCC?'

'Het indieningsportaal staat open. Ik upload vanavond alles. Ze zullen binnen achtenveertig uur een onderzoeker toewijzen.' Hij leunde tegen de deurpost, zijn armen over elkaar. 'Wat betekent dat we een klein tijdvenster hebben voordat dit officieel wordt en alles via hen moet verlopen.'

'Kirsty.'

'Kirsty,' beaamde hij. 'Morgenochtend. Voordat de CCC het overneemt.'

Zara knikte. Daarna zei ze datgene waar ze de hele middag al mee rondliep. 'Ik moet het de familie Zhang vertellen.'

Garretts uitdrukking veranderde. Geen verrassing; hij had waarschijnlijk al geraden dat dit zou komen. 'Zara. Nee.'

'Ik heb het May beloofd. Ik heb haar beloofd dat ik haar zou vertellen wat er op die telefoon stond.'

'En dat ga je ook doen. Maar het is bewijsmateriaal in wat op het punt staat een moordonderzoek te worden. Je kunt ze de inhoud niet laten zien voordat de CCC het heeft.'

'Ik heb het er niet over om ze alles te laten zien. Ik heb het erover om ze te vertellen dat er gegevens hersteld zijn en dat hun dochter gerechtigheid zal krijgen.'

'En als May vraagt om de video te zien? De smsjes? Ga je dan nee zeggen?'

Zara aarzelde, want hij had gelijk. May zou het vragen. May zou aandringen. En Zara wist niet zeker of ze de moeder van Iris recht in de ogen kon kijken en haar dat kon weigeren.

'De keten van bewijs is al fragiel,' vervolgde Garrett, zijn stem bedachtzaam, zoals die werd wanneer hij probeerde niet als een agent te klinken. 'Je hebt de telefoon gevonden en hem aan Dev gegeven in plaats van aan de politie. Ik begrijp waarom. Devs documentatie zal helpen. Maar elke advocaat van de verdediging gaat daarop hameren. Als we daar "bewijsmateriaal getoond aan de familie van het slachtoffer vóór de officiële indiening" aan toevoegen, geven we de advocaat van Kirsty munitie.'

'Ik ga ze het bewijs niet laten zien.'

'Je kunt het misschien niet helpen. Niet als je eenmaal tegenover May Zhang zit en zij vraagt wat haar dochter precies heeft gezegd.'

'Ik heb twaalf jaar lang interviews afgenomen met families in rouw. Ik weet hoe ik grenzen moet stellen.'

'Dit is geen interview. Je geeft om deze mensen. Dat is anders.'

Het stak omdat het waar was. Ze had aan hun tafel gegeten, hun thee gedronken, hun vertrouwen aanvaard. Ze had gevonden waar ze al elf jaar op wachtten om te horen.

'Dat is precies waarom ik ze niet in het ongewisse kan laten,' zei ze. 'Ze zijn belogen door de politie, door de lijkschouwer, door hun eigen gemeenschap. Als ik hierop blijf zitten tot de bureaucratische mallemolen op gang komt, ben ik geen haar beter dan Finch.'

'Dat is niet eerlijk.'

'Nee, maar zo zal May het wel zien.'

De stilte tussen hen voelde zwaar. Buiten begon een kookaburra in een van de gomboomen, zijn manische lach vulde de tuin voordat hij plotseling weer ophield.

'In hoeverre is het feit dat ik informatie achterhoud waar de familie Zhang recht op heeft anders dan Finch die elf jaar geleden informatie achterhield?' Ze hield haar stem rustig. 'Je wilt dat ik wacht, dat ik vertrouw op het systeem. Maar het systeem heeft Iris in de steek gelaten. Het systeem heeft toegestaan dat Richard Cannon dit in de doofpot stopte.'

Er schoot iets scherps over Garretts gezicht. Hij liep naar de keuken, vulde een glas bij de kraan en dronk het halfleeg voordat hij sprak. 'Je hebt gelijk. Het systeem heeft hen in de steek gelaten.' Zijn stem was zacht. 'En ik maakte deel uit van dat systeem.'

Zara voelde de boosheid uit zich wegvloeien. 'Zo bedoelde ik het niet.'

'Maar het is wel waar.' Hij zette het glas neer. 'Ik heb haar lichaam gevonden. Ik heb de blauwe plekken gedocumenteerd. Ik heb mijn zorgen geuit, werd de mond gesnoerd en liet me vervolgens overplaatsen. Dus misschien heb ik niet het recht om van je te vragen op het systeem te vertrouwen.'

Ze liep naar hem toe. 'Je hebt geprobeerd het recht te zetten. Dat is niet hetzelfde en dat weet je.'

Hij keek haar aan. 'Wat als je ze vertelt dat de telefoon is teruggevonden en dat er gegevens zijn gevonden, maar zegt dat je de daadwerkelijke inhoud *niet* kunt delen totdat we alles hebben ingediend? Geef mij de schuld, geef de politieprocedures de schuld. Dat zou May wel begrijpen, denk ik.'

'Algemene openheid van zaken zonder details, bedoel je?'

'Ze zouden weten dat hun dochter vermoord is. Ze zouden weten dat er gerechtigheid komt. Maar we zouden niet riskeren dat ze iets doen wat de zaak in gevaar brengt.'

Het was het compromis waar ze naartoe had gewerkt zonder het te beseffen. 'Dat kan ik doen. Niets over het plagiaat, niets over Kirsty specifiek, niets over Finch.'

'Alleen dat de telefoon is teruggevonden. Dat er bewijsmateriaal op stond. Dat we het indienen bij de CCC en dat de zaak wordt heropend.' Hij pauzeerde even. 'En als May aandringt op meer?'

'Dan vertel ik haar dat het delen van meer de vervolging in gevaar kan brengen. Dat ik haar vraag me nog één keer te vertrouwen.' Zara hoorde zichzelf onderhandelen, de middenweg zoeken zoals ze al deden sinds Childers. 'May wacht al elf jaar. Ze zal nog wel even iets langer wachten als dat betekent dat er gerechtigheid komt.'

Garrett knikte langzaam. Hij legde zijn hand op haar schouder, warm en stevig. 'Het spijt me dat ik het liet klinken alsof je niet begrijpt wat er op het spel staat.'

'En het spijt me dat ik je met Finch heb vergeleken.'

Ze stonden zo een moment stil, terwijl de spanning uit de kamer wegtrok. Het bewijsmateriaal lag achter hen nog steeds verspreid over de eettafel, wachtend om ingediend te worden.

'Ik zou vanavond nog moeten gaan,' zei Zara. 'The Golden Horse zal nog wel open zijn. Ik ga alleen; voor May is het makkelijker als ik alleen ben.'

'En ik moet naar het bureau. Drinan heeft mijn diensten overgenomen; ik moet me even laten zien.' Hij pakte zijn sleutels van het aanrecht. 'Ik zet je af en ga dan door naar het bureau. Je kunt je eigen auto hier ophalen als je klaar bent.'

'Ik rijd zelf wel. Mick heeft de auto goedgekeurd.'

Er flitste iets over zijn gezicht, misschien een tegenzin om haar uit het oog te verliezen, maar hij knikte. 'Sms me als je terug bent.'

'Zal ik doen. Ik neem Chinees mee voor het avondeten.'

Hij kuste haar in de gang, kort en krachtig, met zijn hand in haar nek. Toen was hij de deur uit, zijn badge aan zijn riem geklemd, en glee hij met het gemak van jarenlange ervaring terug in de rol van detective-sergeant Pennell. Ze luisterde hoe de LandCruiser wegreed en stond even in het stille huis, kijkend naar de tafel vol bewijsmateriaal, naar elf jaar begraven waarheid geordend in nette mappen, klaar voor de mensen die er eindelijk iets mee konden doen.

Toen pakte ze haar sleutels en ging op weg om May Zhang te vertellen dat de stem van haar dochter was gevonden.

De rit naar The Golden Horse duurde acht minuten. Zara besteedde die tijd aan het oefenen van woorden die maar niet goed wilden klinken, haar handen stevig om het stuur geklemd, terwijl ze door de laagstaande middagzon die door de voorruit scheen met haar ogen moest knijpen. Ze had eerder al zware waarheden verteld aan families in rouw, ze had tegenover ouders gezeten wiens kinderen vermoord waren, ze had informatie gebracht die alles veranderde terwijl de camera's draaiden. Maar dit voelde anders. May en David Zhang hadden haar de nagedachtenis van hun dochter toevertrouwd, ze hadden haar toegelaten in hun verdriet terwijl de rest van het dorp allang weer verder was gegaan. Wat ze hen nu ging vertellen, zou elf jaar van niet weten openbreken, en ze moest het precies goed verwoorden.

De parkeerplaats van het restaurant was halfvol, de dinerploeg begon net. Door de ramen aan de voorkant kon ze de vertrouwde rood-gouden inrichting zien, de nette tafels met hun witte kleden, en een jonge backpacker die met menukaarten tussen de tafels door liep.

Zara duwde de voordeur open. May stond achter de balie een telefonische bestelling op te nemen, maar haar hoofd ging onmiddellijk omhoog. Hun blikken ontmoetten elkaar en er ging iets tussen hen over, herkenning misschien, of de manier waarop May had geleerd om slecht nieuws af te lezen aan de houding van iemands schouders. Ze rondde het gesprek af en legde de hoorn neer.

'Zara.' Geen vraag, gewoon een vaststelling. Mays handen lagen heel stil op de toonbank.

'Is er een plek waar we kunnen praten? Met u en David samen.'

May knikte eenmaal en liep naar de keukendeur. 'David. Zou je even hier willen komen?'

Hij verscheen in de deuropening, terwijl hij zijn handen afveegde aan zijn schort, zijn blik al op hoede. Hij keek naar Zara, toen naar zijn vrouw, en zijn kaken spanden zich aan.

'Het kantoor,' zei May zachtjes.

Het kantoor was een klein kamertje achter in het restaurant, nauwelijks groot genoeg voor het bureau, de archiefkast en drie stoelen die tegen de muren gepropt stonden. Het rook er naar sojasaus en papier, het tl-licht was schel vergeleken met de zachtere warmte van de eetzaal. May sloot de deur achter hen. De geluiden van het restaurant — de gesprekken, het bestek, het gesis van de wok — werden gedempt.

Zara wachtte tot ze allebei zaten voordat ze zelf ging zitten. Davids handen waren tussen zijn knieën gevouwen, zijn lichaam lichtjes naar May toe gebogen. Zij zat kaarsrecht, haar gezicht beheerst, maar haar ogen liepen al vol.

'Een vriend van mij is erin geslaagd de gegevens van de telefoon van Iris te halen,' zei Zara. Zonder inleiding. Ze hadden al te lang gewacht om tijd te verspillen aan een aanloopje. 'Er stond veel informatie op. Sms-berichten. Geluidsopnamen. Video. Bewijs van wat er gebeurd is op de avond dat ze stierf.'

May hapte naar adem. David verstijfde volledig.

'Bewijs,' herhaalde David. Zijn stem was vlak, maar zijn handen waren begonnen te trillen. 'Bedoelt u bewijs? Dat iemand haar vermoord heeft.'

'Dat iemand een heel sterk motief had om dat te doen. Ja.'

Het woord hinkte in het kleine kamertje als iets tastbaars. May maakte een geluid, half snik, half snak naar adem, en bedekte haar mond met beide handen. David reikte automatisch naar haar, legde zijn arm om haar schouders, maar zijn ogen lieten Zara's gezicht niet los.

'Wie,' zei hij. Geen vraag. Een eis.

'Dat kan ik u nog niet vertellen. Het bewijs wordt vanavond ingediend bij de Crime and Corruption Commission. Er komt een officieel onderzoek. Zodra dat onderweg is...'

'Wie heeft *mijn dochter* vermoord?' Davids stem sloeg over. 'Zit u hier in mijn kantoor te vertellen dat u weet wie Iris vermoord heeft en noemt u de naam niet?'

Zara hield zijn blik vast, liet hem zien dat ze zijn boosheid begreep, dat ze die zou incasseren. 'Ik vertel het u omdat ik dat beloofd heb. Maar als ik u nu een naam geef, voordat de juridische procedure begint, zou ik de hele zaak in gevaar kunnen brengen. Ik moet u vragen op me te vertrouwen. Nog heel even.'

'Hoeveel langer?' Mays stem klonk gedempt achter haar handen.

'Hooguit enkele dagen. Het is een moordonderzoek, en de CCC werkt snel zodra ze dit soort bewijs hebben.'

David stond op, zijn stoel schraapte over de vloer. Hij liep naar de archiefkast, drukte beide handpalmen er plat tegenaan, met zijn rug naar hen toe.

'David,' zei May zachtjes.

'Ik kan het niet.' Hij draaide zich niet om. 'Ik kan dit niet horen. Nog niet. Niet op deze manier.'

May keek naar Zara, haar ogen waren nat maar haar blik was standvastig. 'Hij heeft tijd nodig. Om zichzelf voor te bereiden.'

'Ik begrijp het.'

'Maar ik heb geen tijd nodig.' Mays handen zakten van haar gezicht naar haar schoot. 'Wat er ook op die telefoon staat, ik wil het weten. Ik wil het zien.'

Zara had geweten dat dit zou komen. Ze had zich erop voorbereid, had de grens geoefend met Garrett. Maar terwijl ze naar Mays gezicht keek, naar elf jaar aan verdriet dat vroeg om dat ene ding dat er misschien betekenis aan kon geven, bleven de woorden in haar keel steken.

'Dat gaat u ook,' zei ze uiteindelijk. 'Ik beloof dat u dat zult doen. Maar nu nog niet. Het bewijs moet correct verwerkt worden. De keten van bewijs, forensische verificatie, alle procedurele zaken die ervoor zorgen dat het standhoudt in de rechtszaal. Als ik het u nu laat zien...'

'Zou u de zaak in gevaar kunnen brengen.' May maakte de zin af, haar stem klonk vermoeid. 'Ik weet het. Ik begrijp juridische procedures, Zara. Ik heb elf jaar de tijd gehad om dat te leren.'

'Het spijt me.'

'Niet doen.' May veegde met de rug van haar hand langs haar ogen. 'U heeft gedaan wat niemand anders wilde doen. U geloofde ons toen iedereen zei dat we het moesten laten rusten.' Ze reikte over het bureau en pakte de hand van Zara in die van haar beide. Haar handpalmen waren warm, eeltig door de jarenlange arbeid in de keuken. 'Dank u wel. Dat u zich aan uw belofte houdt.'

David was nog steeds niet weggegaan bij de archiefkast. Zara kon zijn spiegelbeeld zien in het kleine raampje, zijn gezicht naar het glas gekeerd.

'Ik moet morgen iets afhandelen,' zei Zara voorzichtig, terwijl ze Mays handen nog steeds vasthield. 'Daarna kom ik terug. Dan vertel ik alles wat ik kan. En zodra de CCC toestemming geeft, zult u de stem van Iris horen en zult u haar gezicht zien. Ze heeft opnames achtergelaten, audio en video. Ze heeft gedocumenteerd wat haar overkwam.'

Mays greep werd steviger, haar ogen sloten zich kort. Toen ze ze weer opende, stonden ze helder. 'Ze wist dat ze in gevaar was.'

'Ja.'

'En ze probeerde zichzelf te beschermen.'

'Ze heeft alles goed gedaan,' zei Zara, en ze meende het. 'Ze was dapper en slim en ze probeerde het juiste te doen. Wat haar is overkomen, was niet haar schuld.'

Iets in Mays gezicht brak en herstelde zich weer. Ze knikte eenmaal, liet de handen van Zara los en stond op. 'Ik zal je bestelling klaarmaken. Wat wilt u hebben?'

De overgang was abrupt, Mays terugtrekking in het vertrouwde terrein van gastvrijheid, maar Zara begreep het. Sommige vormen van verdriet waren te groot om lang bij stil te staan.

"Wat u maar lekker vindt,' zei Zara. 'Genoeg voor twee.'

'Voor u en de detective.' Mays mondhoeken krulden lichtjes, niet echt een glimlach maar het kwam in de buurt. 'Hij is een goede man. Koppig, maar goed.'

'Dat is hij.'

'En u komt morgen terug. Nadat u heeft afgehandeld wat er afgehandeld moet worden.'

Er lag een gewicht in de formulering, een erkenning van wat Zara niet had gezegd. May wist het. Natuurlijk wist ze het. Ze had elf jaar lang toegezien hoe het dorp zichzelf beschermde.

'Ja,' bevestigde Zara. 'Dat beloof ik.'

May liep naar de deur en aarzelde met haar hand op de klink. 'Wie het ook is,' zei ze zachtjes, zonder om te kijken, 'ik hoop dat ze bang zijn.'

Toen was ze weg en viel de deur zachtjes achter haar dicht. David bleef bij de archiefkast staan, nog steeds met zijn rug naar haar toe. Zara bleef op haar stoel zitten om hem de ruimte te geven.

Na een lang moment sprak hij zonder zich om te draaien. 'Is het iemand die we kennen?'

Zara aarzelde en besloot toen dat hij dat tenminste verdiende te weten. 'Ja.'

Zijn schouders zakten naar beneden, het laatste restje hoop verdween dat het een vreemde was geweest, iemand die op doorreis was, iedereen behalve iemand die hen al elf jaar lang in hun gezicht had toegelachen. 'Juist,' zei hij. Alleen dat. Toen: 'U moet maar gaan. May maakt uw eten klaar.'

Zara stond op en liep naar de deur. Bij de drempel keek ze om. David had zich eindelijk weggedraaid van de archiefkast. Zijn gezicht zag grauw, in vijftien minuten tijd was hij tien jaar ouder geworden.

'Dank u wel,' zei hij. 'Dat u niet heeft opgegeven. Dat u niet heeft toegelaten dat onze dochter vergeten wordt.'

'Ze is nooit vergeten,' antwoordde Zara. 'Niet door u, niet door May. En niet door Garrett. Hij draagt haar al elf jaar met zich mee.'

Er veranderde iets in Davids blik. Niet echt een verzachting, maar een erkenning. Hij knikte eenmaal.

Zara liet hem daar achter en liep terug door het restaurant. May stond bij de balie bakjes in een plastic tas te laden. Ze overhandigde die zonder Zara in de ogen te kijken.

'Morgen,' zei May nogmaals.

'Morgen,' beloofde Zara.

HOOFDSTUK 19

DE AVONDLUCHT WAS KOELER, de zon was bijna onder en de hemel was doorstreept met roze en oranje. Zara legde de tas met afhaaleten op de passagiersstoel, startte de auto en bleef even zitten terwijl ze naar de gloeiende ramen van the Golden Horse keek. Binnen was May weer aan het werk gegaan, en David waarschijnlijk ook. Ze zouden maaltijden serveren, een praatje maken met klanten, het restaurant afsluiten en naar het huis gaan waar de kamer van hun dochter waarschijnlijk nog steeds sporen bevatte van het meisje dat Iris was geweest. En morgen, nadat Zara en Garrett Kirsty hadden geconfronteerd, zouden ze eindelijk te horen krijgen wie die elf jaar van hen had gestolen.

Het gesprek met May en David drukte zwaar op haar borst. Davids toegekeerde rug, de stille kracht van May, de elf jaar van onwetendheid die eindelijk werd opengebroken.

Regendruppels raakten de voorruit toen ze de parkeerplaats afreed, wat haar verraste. Ze draaide haar hoofd en zag in het westen wolken opbouwen, in die specifieke kleur van een blauwe plek die een flinke storm beloofde. De tas met eten stond op de passagiersstoel; de geur van gebakken knoflook steeg eruit op, waardoor Zara voor het eerst in dagen honger kreeg.

Morgen zouden ze Kirsty confronteren. Morgen zou alles losbarsten. Vanavond moest ze alleen maar terug naar het huis van Garrett, eten en slapen, voor zover dat lukte.

Haar telefoon lichtte op de middenconsole op, het trillen klonk luid in de stille auto. Ze wierp een blik omlaag bij het volgende stopbord, zag de naam van Jane Goulding en parkeerde langs de stoep voor de bouwmarkt. Met stationair draaiende motor pakte ze de telefoon op.

Zara, ik heb iets gevonden in mijn oude onderwijsdossiers dat je volgens mij moet zien. Het gaat over Iris en een andere leerling. Kun je me bij de voetbrug ontmoeten? Ik ben er nu. Het is dringend.

Zara las het twee keer. Jane was de hele tijd betrouwbaar geweest, ze had herinneringen en inzichten gedeeld die niemand anders zou delen, evenals de video uit het portfolio van Iris waarover Kirsty plagiaat had gepleegd, wat cruciaal bewijs was. Als zij zei dat iets dringend was, dan meende ze dat. Maar de voetbrug. 's Nachts. Met een storm op komst.

Ze typte terug: *Kan het wachten tot morgen? Of kan ik naar je huis komen?*

Het antwoord kwam onmiddellijk. *Ik ben hier al. Kom alsjeblieft nu, ik weet niet of ik morgen nog dapper genoeg ben om het te delen.*

Zara fronste naar het scherm. Die laatste zin voelde vreemd. Jane Goulding was veel, maar timide was ze niet. Aan de andere kant, ze was zeventig, en dit ging over een oud-leerling die vermoord was. Misschien had ze schuldgevoelens met zich meegedragen omdat ze niet eerder aan de bel had getrokken.

Ze smste Garrett: *Ik maak een korte tussenstop om Jane Goulding te ontmoeten. Ze heeft iets over Iris gevonden. Ik ga er nu naartoe.*

Ze wachtte even. Geen antwoord. Hij was waarschijnlijk nog op het bureau.

Ze reed de weg weer op en sloeg af richting het park. De afhaaltas schoof over de passagiersstoel toen ze de bocht nam. Het laatste daglicht vloeide weg uit de lucht, de regen viel inmiddels gestaag en de stormwolken pakten zich in het westen dikker samen, terwijl de bliksem af en toe flitste.

De parkeerplaats bij de ingang van het park was leeg. Er stonden helemaal geen andere voertuigen. Alleen de donkere vormen van speeltoestellen achter het hek, het wandelpad dat naar de beek leidde en de voetbrug over het ravijn. Zara zette de auto in een vak vlak bij het begin van het pad en zette de motor uit.

Dat de parkeerplaats leeg was, verontrustte haar niet. Het huisje van Jane stond aan de rand van het ravijn; ze zou niet met de auto zijn gekomen. Ze zou vanaf de andere kant van het park zijn komen lopen.

Regen kletterde op het dak. Door de voorruit zag ze het pad verdwijnen in diepere schaduwen onder de bomen. De parkverlichting hoorde bij het vallen van de avond aan te gaan, maar de helft leek kapot, waardoor er poelen van duisternis ontstonden tussen de werkende lantaarns.

Haar telefoon trilde. Garrett: *Waar precies? Ik kom eraan.*

Bij de voetbrug, smste ze terug. *Waarschijnlijk niets bijzonders. Ben over twintig minuten terug.*

Nog een trilling, onmiddellijk daarna.

Jane: *Ik ben bij de brug. Zie je me?*

Zara tuurde door de regen. Het pad boog heuvelafwaarts naar het ravijn, de eucalyptusbomen stonden aan weerszijden dicht op elkaar. Ze kon de voetbrug vanaf hier niet zien, ze zag niets anders dan de eerste paar meter van het pad. Ze smste terug: *Net aangekomen. Ik kom eraan.*

Ze greep haar telefoon en sleutels en liet de afhaaltas staan. Wat Jane ook gevonden had, het was belangrijker dan het avondeten.

De regen raakte haar op het moment dat ze het autoportier opende, kouder dan ze had verwacht en opgejaagd door een wind die aanwakkerde. Ze deed de auto op slot en liep snel naar het pad, waarbij ze haar schouders ophaalde tegen het weer. Haar laarzen vonden het beton, het oppervlak was al glad door de regen en de afgevallen bladeren.

Het pad daalde af in een dikkere duisternis; de werkende lampen stonden te ver uit elkaar om veel meer te doen dan de weg te markeren in poelen van natriumoranje. De regen viel nu harder, zijwaarts gedreven door de wind die bladeren van de eucalyptusbomen rukte en ze over het beton liet glijden. Zara hield haar hoofd gebogen, terwijl haar laarzen grip zochten op het gladde oppervlak, met één hand in haar zak om haar telefoon geklemd en de andere om nat haar uit haar gezicht te vegen. De speeltoestellen vervaagden achter haar, opgeslokt door bomen, weer en het laatste restje schemering.

De temperatuur was flink gedaald. Haar adem vormde mistwolken die zich mengden met de regen. Ze had haar jas in de auto laten liggen; ze had niet gedacht dat ze hier zo lang zou zijn dat ze hem nodig zou hebben. Twaalf jaar veldwerk en ze maakte nog steeds amateurfouten als ze afgeleid was.

Het pad boog naar links en volgde de contouren van het land omlaag naar de beek. Ze passeerde de ingang van het steile pad dat ze op de eerste dag naar de beek had genomen. Door de bomen aan haar rechterkant kon ze de vage vormen van huizen onderscheiden, waar de ramen warm gloeiden. Aan haar linkerkant viel de grond steiler naar beneden, met dicht en donker inheems struikgewas. Het ravijn lag daar ergens beneden, met de voetbrug die het overspande. Ze kon hem nog niet zien.

Haar telefoon trilde. Ze stopte onder een van de werkende lampen om hem te controleren, terwijl de regen op haar schouders trommelde.

Garrett: *Vertrek net van het bureau. Waar bij de voetbrug precies?*

Ze typte met koude vingers: *Loop nu over het pad vanaf de hoofdparkeerplaats. Ben er waarschijnlijk over vijf minuten. Jane is er al.*

Ze drukte op verzenden en voegde eraan toe: *Ik ontmoet haar op de brug, denk ik. Ik sms je als we klaar zijn.*

Het antwoord kwam snel: *Wees voorzichtig. De storm wordt erger.*

Zara stak de telefoon in haar zak en liep verder. Voorzichtig. Ze was voorzichtig. Dit was Jane Goulding, een gepensioneerde lerares van zeventig die in een huisje met uitzicht op de beek woonde en prijswinnende rozen kweekte. Niet bepaald een bedreiging.

Alleen was het park leeg, brandden de lichten slechts voor de helft, en had Jane gezegd dat ze misschien niet dapper genoeg zou zijn om te delen wat ze had gevonden als ze tot morgen wachtten. Die formulering zat haar niet lekker. Jane was niet het type dat haar zenuwen zou verliezen.

Zara's journalistieke instincten begonnen te prikkelen, dezelfde instincten die haar veilig hadden gehouden in vijandige omgevingen, die haar hadden geleerd wanneer ze moest doorzetten en wanneer ze zich moest terugtrekken. Ze negeerde ze. Ze dacht er te veel bij na. Paranoia veroorzaakt door inbraken en doorgesneden banden en messen die door foto's waren gestoken. Met Jane was alles goed. Dit was oké.

Haar telefoon trilde opnieuw. Ze haalde hem tevoorschijn, in de verwachting dat het Garrett was. Het was een YouTube-melding: *Nieuwe reactie op je laatste video.*

Ze tikte er instinctief op. Het analysedashboard laadde op: 847 nieuwe abonnees sinds de upload van vanmiddag. Het aantal weergaven steeg gestaag. De retentiegraph liet zien dat de meeste kijkers tot het einde bleven kijken.

De bovenste reacties waren een mix:

Eindelijk toon je wat integriteit na het Little Girls Lost-debacle.

Abonnement opgezegd. Je melkt dit alleen maar uit voor de aandacht.

Bedankt dat je gerechtigheid belangrijker vindt dan entertainment.

Het klinkt alsof je eigenlijk niets hebt en alleen maar tijd aan het rekken bent.

Ze scrollde er doorheen met koude, natte vingers, zonder echt te lezen, alleen om de algemene sfeer te peilen. Wisselend, maar neigend naar positief. Het kon erger. De 'Go Live'-knop stond bovenaan het scherm en pulseerde zachtjes, zoals altijd. Ze struikelde over een oneffenheid in het pad en duwde de telefoon terug in haar zak. YouTube kon wachten.

Door de bomen door ving ze een glimp op van de voetbrug. Donker hout tegen een nog donkerder lucht, nauwelijks zichtbaar in het vervagende licht. Nog geen spoor van Jane, maar de hoek was verkeerd. Ze zou het beter zien als ze dichterbij was.

Bliksem flitste in het westen en verlichtte de wolken van binnenuit. De donder volgde een paar seconden later, laag en rommelend. De storm zette nu echt door. Ze moesten dit snel afhandelen.

Zara versnelde haar pas, haar laarzen ploensden door de plassen die zich op de lage plekken van het pad vormden. Haar shirt was doorweekt en plakte aan haar rug. Koud water liep haar nek in. Ze zou eruitzien als een verzopen kat als ze weer bij Garretts huis kwam. Hij zou haar waarschijnlijk dwingen zich uit te kleden in de bijkeuken voordat ze natte sporen door de rest van het huis mocht trekken.

De gedachte bracht onverwachte warmte met zich mee. Huiselijke bezorgdheid. Het soort kleine intimiteit dat tussen hen was ontstaan zonder dat een van beiden het echt had gemerkt. Drie dagen geleden verbleef ze nog in een motel; nu had ze lades in zijn commode en haar shampoo in zijn douche.

Het pad werd breder. De voetbrug lag voor haar, op zo'n twintig meter afstand, over de donkere kloof van het ravijn. De beek raasde eronderdoor, gezwollen door de regen, hoewel ze wist dat het waterpeil snel weer zou dalen zodra de storm voorbij was. Aan de overkant liep het pad verder omhoog naar de woonstraten, waar het huisje van Jane stond met uitzicht op dit alles.

Een figuur stond bij de reling, afgetekend als een silhouet tegen het weinige licht dat nog in de lucht hing. Een jas met capuchon; het was onmogelijk om op deze afstand gelaatstrekken te onderscheiden.

Zara's hand klemde zich steviger om haar telefoon in haar zak. Iets voelde niet goed. De manier waarop de figuur daar stond, te roerloos. De volledige afwezigheid van iemand anders in het park.

Ze was weer paranoïde aan het worden. Dat moest het zijn. Jane had haar gesmst en wachtte op de brug zoals ze had gezegd. En waarom zou iemand anders hier buiten zijn in deze storm?

Zara stapte op de natte houten planken, de constructie voelde ondanks de ouderdom stevig aan onder haar voeten. Haar laarzen maakten een hol geluid op de verweerde planken.

'Jane?' Haar stem droeg over de kloof heen.

De figuur draaide zich om.

Niet Jane. Het gezicht dat zich in het wegstervende licht naar haar toe draaide, was dat van Kirsty Cannon. Haar blonde haar was donker geworden door de regen en haar gezicht stond op iets wat voor sympathie had kunnen doorgaan als haar ogen niet zo emotieloos waren geweest. Zara's lichaam reageerde nog voordat haar verstand het kon bijbenen: de adrenaline schoot omhoog, haar spieren spanden zich aan en haar gewicht verschoof terug naar het pad waar ze vandaan was gekomen.

'Zara.' Kirsty's stem was zacht, bijna warm, de geoefende toon van een politica. 'Bedankt dat je bent gekomen. Ik weet dat dit niet is wat je had verwacht.'

De woorden klopten niet, de uitspraak was te glad, ingestudeerd.

'Waar is Jane?' Haar eigen stem klonk vaster dan ze zich voelde.

'Ik heb Jane gevraagd me hier een uur geleden te ontmoeten. Ik zei haar dat ik over Iris wilde praten, van lerares tot oud-leerling, om mijn geweten te sussen.' Kirsty's mond krulde omhoog. 'Ze kwam meteen. Ze is altijd zo goedgelovig geweest. Ik heb haar telefoon afgepakt terwijl ze aan het praten was. Brody heeft de rest afgehandeld.'

'Afgehandeld.' Het woord voelde verkeerd in Zara's mond. 'Waar is ze?'

'Dichtbij.' Kirsty hield haar hoofd schuin terwijl het regenwater van haar capuchon liep. 'Daar komen we zo op.'

Zara's hand zat al in haar zak, haar vingers klemden zich om haar telefoon. 'Ik ga weg.'

Ze draaide zich om naar het pad waar ze vandaan was gekomen.

Er stond een man aan het einde van de brug, die de weg terug naar de parkeerplaats blokkeerde. Groot, lang en fors gebouwd, in een donker jack en met werklaarzen aan, zijn handen hingen losjes langs zijn zij. Hij was er niet toen ze de brug op was gelopen. Hij moest in de bomen verborgen hebben gezeten, wachtend tot ze voorbij was.

Zara stopte. De brug strekte zich tussen hen uit, met Kirsty achter haar en de man voor haar. Aan weerszijden gaapte het ravijn, een val van zeven meter naar de rotsen en het raseende water.

'Dat is Brody.' Kirsty's stem kwam van achter haar, nog steeds zacht, nog steeds verkeerd. 'Mijn voorman. De voorman van mijn vader, eigenlijk, maar nu de mijne. Hij werkt al twintig jaar voor de familie. Zeer loyaal. Zeer bekwaam.'

Brody zei niets. Hij bewoog niet. Hij stond daar alleen maar in de regen, met een onbewogen gezicht, en observeerde haar met de geduldige aandacht van iemand die wist hoe hij moest wachten.

'Hij heeft zoveel talenten. Sloten openbreken. Mechanica. En hij is best getalenteerd met een camera,' ging Kirsty verder. Zara hoorde voetstappen, het holle geluid van laarzen op hout; Kirsty kwam dichterbij. 'Die foto's in je motelkamer? Zijn werk. De bewakingsfoto's? Allemaal Brody. Hij is erg grondig.'

Zara draaide zich langzaam om en hield hen allebei in haar ooghoeken in de gaten. Kirsty was naar het midden van de brug gelopen, een paar meter bij haar vandaan, met haar handen in haar jaszakken en nog steeds die sympathieke uitdrukking op haar gezicht.

'De doorgesneden banden waren ook van hem,' zei Kirsty. 'Ik heb hem gevraagd om het je ongemakkelijk te maken. Om je aan te moedigen Salt Creek te verlaten. Om dit onderzoek op te geven waar zoveel mensen onder lijden.' Haar stem haperde even bij het woord 'onderzoek', de eerste barst in haar toneelspel. 'Maar je ging niet weg. Je bleef aandringen. Je bleef graven.'

'Omdat Iris vermoord is.' Zara's stem klonk rustig, ondanks de adrenaline die door haar lijf gierde. Houd haar aan de praat. Win tijd. Garrett wist waar ze was. Hij zou komen. 'Omdat je je beste vriendin hebt vermoord en je vader het in de doofpot heeft gestopt.'

Er schoot iets over het gezicht van Kirsty. 'Dat is niet wat er is gebeurd.' Haar stem klonk nu mat, beheerst.

Ingestudeerd, dacht Zara. De versie die ze zichzelf al elf jaar wijsmaakte.

'Mijn vader heeft Iris vermoord. Hij was daar die avond omdat ik hem in paniek had gebeld, en toen hij aankwam kregen ze ruzie en greep hij haar vast en hield haar tegen de grond.' Haar gezicht vertrok. 'Ik probeerde hem te stoppen. Ik schreeuwde dat hij ermee op moest houden. Maar hij was zo kwaad op Iris omdat ze ermee dreigde het plagiaat te onthullen, zo kwaad op mij omdat ik zo dom was geweest om me te laten betrappen. Hij hield haar gezicht in het water tot ze niet meer bewoog. Ik heb haar alleen een klap gegeven. Dat is het enige wat ik heb gedaan. Eén klap.'

De leugen was gepolijst, geoefend. Maar Zara had in de woonkamer van Finch gezeten en een andere versie gehoord.

'Dat is niet wat Finch ons heeft verteld,' zei Zara.

Kirsty's zelfbeheersing gleed even weg. 'Finch is een zuiplap en een leugenaar.'

'Finch beschreef hoe hij op de plek van het misdrijf aankwam. Uw vader was nat, ja. Maar u was degene die Iris daarna niet kon aankijken. U was degene die op de oever zat te wiegen als een kind.'

'Finch weet niet wat hij gezien heeft. Hij was aangetast vanaf het moment dat hij daar aankwam. Mijn vader had hem in zijn zak.'

'Waarom was uw vader dan nat, Kirsty? Vijftien centimeter water. Hij hoefde niet kletsnat te worden om iemand in vijftien centimeter water tegen de grond te houden.' Zara hoorde haar eigen stem, kalm en klinisch; het instinct van de interviewer nam het over van de angst. 'Hij werd nat omdat hij probeerde u van haar af te trekken.'

'Je weet niet waar je het over hebt.' Kirsty's stem was luider geworden, het zorgvuldige toneelstukje vertoonde barsten. 'Je weet niet hoe het was. Ze stond op het punt alles te ruïneren. Mijn hele toekomst. Vanwege een universitaire aanmelding. Vanwege werk waar we allebei aan hadden bijgedragen, dat een samenwerking was, waar zij alleen maar de eer voor wilde strijken omdat ze egoïstisch en moralistisch was en...' Ze stopte. Ze haalde adem. Toen ze weer sprak, was de stem van de politica terug, maar dunner. 'Het maakt nu niet meer uit. Niets hiervan maakt nog uit.'

'Het maakt wel uit voor May en David Zhang.'

Kirsty deinsde terug bij het horen van de namen.

Zara maakte gebruik van haar voordeel. 'Wat is er werkelijk gebeurd, Kirsty? U kunt het me vertellen.' Haar vingers vonden haar telefoon in haar zak. Ze stopte met nadenken. Spiergeheugen. Het ontgrendelingspatroon, haar duim die de vertrouwde vorm trok. Het scherm dat ze niet kon zien, waar ze niet naar kon kijken. Ze had de YouTube-app laten openstaan toen ze de telefoon op het pad in haar zak had gestopt.

De 'Go Live'-knop. Bovenaan het scherm, precies in het midden. Ze had hem al tientallen keren gebruikt en wist precies waar hij zat. Maar in haar zak, in de regen, met vingers die trilden van de kou en de adrenaline, voelde alles onzeker. Ze drukte op wat ze hoopte dat de juiste plek was, en drukte toen nogmaals om te bevestigen.

De telefoon trilde twee keer kort achter elkaar. Of ze was zojuist begonnen met streamen naar haar abonnees, of ze had per ongeluk iemands video geopend. Geen schijn van kans om dat te weten zonder hem tevoorschijn te halen.

'Iris had moeten begrijpen dat je elkaar soms moet beschermen. Dat je elkaar niet kapotmaakt.' Kirsty's stem was vlak. 'Ik zou haar hebben geholpen. Ik zou haar carrière hebben ondersteund. Maar ze wilde niet luisteren. Ze was zo koppig, zo zeker van haar gelijk...'

'Je hebt haar werk gestolen,' zei Zara, terwijl ze haar stem kalm hield. 'We hebben de telefoon van Iris gevonden. We hebben het bewijs waarom je het hebt gedaan, Kirsty, dus waarom vertel je me niet wat er die avond echt is gebeurd?'

Boven hen barstte de donder los, hard genoeg om hen beiden te laten schrikken. De regen werd heviger en kwam in gordijnen naar beneden. Bliksem flitste en verlichtte het gezicht van Kirsty in een hard wit licht, waarna ze weer in duisternis werden gehuld.

'Ongelukken gebeuren nu eenmaal in stormen,' zei Kirsty, en haar stem was weer zacht en rustig geworden, zoals je praat tegen iemand die je probeert te kalmeren. 'Natte planken. Slecht zicht. Een journalist komt naar een brug in een storm, glijdt uit en valt.' Ze kwam dichterbij. 'Net als die arme Jane.'

Het bloed in Zara's aderen bevroor. 'Wat hebt u met haar gedaan?'

'Kijk omlaag.'

Zara greep de reling vast en keek over de zijkant van de brug. De bliksem flitste opnieuw en in het korte witte licht zag ze de beekbedding beneden, water dat over rotsen raasde, en een vorm die daar niet hoorde. Een lichaam, in elkaar gezakt tegen de voet van de ravijnwand waar de helling de waterlijn raakte. Zilverkleurig haar.

Jane Goulding.

'Brody was voorzichtig,' zei Kirsty achter haar. 'Ze gaf nauwelijks een geluid toen ze eroverheen ging.'

Zara's handen trilden. Jane lag daar beneden in het donker, in de regen, terwijl de beek om haar heen omhoogkwam. Misschien leefde ze nog, maar er was vanaf hier niets wat Zara kon doen zonder langs Kirsty en Brody te komen.

'Ik had haar telefoon nodig, zie je.' Kirsty glimlachte. 'Ik wist dat jullie aan het praten waren. Ze heeft me er alles over verteld. Ze was nogal onder de indruk van je, en ik denk dat je haar ook mocht, nietwaar? Genoeg om haar te vertrouwen toen ze zei dat je haar hier moest ontmoeten.'

Kirsty glimlachte nog steeds. Dezelfde glimlach die ze droeg op de publiciteitsfoto's van de gemeenteraad, in haar campagnemateriaal, bij benefietavonden. Ook bij die gelegenheden had de glimlach haar ogen nooit bereikt.

'Brody is erg goed in het laten lijken alsof dingen ongelukken zijn. Journalisten vallen van bruggen. Ze stoten hun hoofd. Ze verdrinken in overstroomde beken tijdens stormen.' Kirsty deed nog een stap dichterbij. 'Het is tragisch. Maar het gebeurt.'

De donder rolde door de lucht, langgerekt en diep. De brug trilde onder hun voeten. Zara had haar hand nog steeds in haar zak en hield de telefoon stevig vast, in de hoop dat er ergens, op de een of andere manier, mensen toekeken. Dat haar abonnees de woorden van Kirsty hoorden. Dat als dit misging, er in ieder geval ergens een verslag van zou zijn.

Brody bewoog zich achter haar. Eén enkele stap vooruit, geduldig en onvermijdelijk, de afstand verkleinend. Hij klemde Zara in tussen hem en Kirsty.

Zara's ademhaling versnelde. Ze overwoog razendsnel haar opties, dacht terug aan elke vijandige situatie waar ze zich uit had weten te praten. Maar er was geen uitgang, geen extractieplan. Alleen een houten brug in een klein Australisch stadje, en de vrouw die elf jaar geleden al eens had gedood en die duidelijk bereid was het opnieuw te doen.

De telefoon in haar zak was misschien aan het streamen. Of hij deed helemaal niets.

'Probeerde u Iris van de brug te duwen?' zei Zara. 'Haar verwondingen kwamen echter niet overeen met een val. Is ze aan u ontsnapt?'

Kirsty's gezicht vertoonde opnieuw een vlaag van woede. 'Ze was sneller dan ik,' zei ze, op een nukkige toon als die van een mokkende tiener. 'Ik zei haar dat ze moest ophouden. Dat we haar ouders kapot zouden maken. Papa kon The Golden Horse laten zakken voor een hygiëne-inspectie en dan zouden ze worden gesloten, voorgoed. Iris... ze was zo stom!' Haar stem sloeg over in een schreeuw. 'Ze zei dat dat me niet zou redden! Dat ik nooit op een rechtenstudie zou worden toegelaten zodra ze me als plagiater zou ontmaskeren!'

'Toen probeerde je haar eraf te duwen,' zei Zara. Ze kon het voor zich zien: de twee meisjes die op de brug ruzieden. Misschien worstelden ze wel toen Kirsty haar beheersing verloor. De telefoon van Iris die uit haar zak viel en klem kwam te zitten onder de brugbalken terwijl Iris zich losrukte en zich omdraaide om te vluchten.

'Papa wachtte op me op de parkeerplaats.' Kirsty's stem was nu zachter. 'Hij zou haar geen pijn hebben gedaan, maar ze zag hem en draaide zich om en rende in plaats daarvan over het pad het ravijn in. Ik ging achter haar aan. Ze had misschien kunnen ontkomen, maar ze struikelde over een steen in het water en ik kreeg haar te pakken...' Ze viel even stil, hief toen haar kin en keek Zara recht in de ogen. 'Ze was mijn beste vriendin, en ik heb haar gezicht onder water gehouden tot ze niet meer bewoog. Dus als je ook maar één seconde denkt dat ik er spijt van zal hebben jou ook te vermoorden, dan heb je het mis.'

Hoofdstuk 20

Het geluid van rennende voetstappen op nat hout sneed door de regen heen, en Zara's hoofd schoot in de richting van de parkeerplaats aan het einde van de brug. Toen klonk de stem van Garrett, scherp en gebiedend: 'Politie! Handen waar ik ze kan zien!' Hij stond aan het einde van de brug, zijn dienstwapen getrokken en gericht op Brody, de regen stromend over zijn gezicht, zijn houding onverzettelijk ondanks de gladde planken onder zijn laarzen.

Een halve seconde lang stroomde er reliëf door Zara heen, voordat er koud metaal tegen haar slaap werd gedrukt. Ze verstijfde.

'Laat vallen, rechercheur.' De stem van Kirsty kwam van vlak achter haar linkeroor, kalm en beheerst. De loop van het pistool werd harder tegen Zara's schedel geduwd. 'Laat uw wapen vallen of ik jaag een kogel door haar hersens.'

Zara's ademhaling stokte. Ze voelde de hand van Kirsty, vastberaden ondanks de regen, en de lichte druk van een vinger op de trekker. Twaalf jaar in vijandige omgevingen en gevaarlijke interviews, en nog nooit had ze een vuurwapen tegen haar hoofd gehad. Het metaal was kouder dan ze had verwacht.

Garretts wapen wankelde niet. Zijn ogen ontmoetten die van Zara over de brug, en ze zag hem de situatie berekenen. Afstand. Hoeken. Risico.

'Dit wilt u niet doen, Kirsty,' zei Garrett. Zijn stem was veranderd, nog steeds gezaghebbend maar lager, de toon van iemand die probeert te de-escaleren. 'U kijkt al aan tegen aanklachten voor de moord op Iris.'

'Ik kijk sowieso aan tegen levenslang.' Kirsty's adem was warm in Zara's nek, haar stem griezelig stabiel. 'Wat maken twee lijken extra dan nog uit?'

De donder barstte boven hun hoofd los, zo hard dat Zara het in haar borstkas voelde. Direct daarna volgde de bliksem, die de brug in een fel wit licht zette. In die flits zag ze het gezicht van Brody, gevoelloos als altijd, met één hand in zijn jasje. Ze zag Garrett, met water dat van zijn neus liep en zijn vinger op de trekkerbeugel. Ze zag het ravijn aan weerszijden, de duistere diepte waar Jane beneden gebroken lag.

'Ik zei: laat vallen!' Kirsty's stem sloeg over. Het pistool drukte harder, pijnlijk nu. 'Ik vermoord haar, Garrett. Denk maar niet dat ik het niet doe.'

'Ik weet dat u het zult doen.' Garretts toon veranderde niet. 'U heeft eerder gedood. U bent er goed in. Maar het gaat u nu niet meer helpen.'

Brody sprak voor het eerst, zijn stem vlak en zakelijk. 'We kunnen het laten lijken alsof de rechercheur haar heeft neergeschoten. Uit de hand gelopen zelfverdediging. Gebeurt voortdurend.'

'Houd je kop, Brody.' Kirsty's hand trilde lichtjes. Het pistool verschoof tegen Zara's huid.

Garretts ogen flitsten naar Brody, en toen weer terug naar Kirsty. 'Er is meer politie onderweg. Elke agent in de stad. Ze zijn er binnen drie minuten, misschien minder.'

Alsof het was afgesproken, sneed het geluid van sirenes door de regen. In de verte, maar ze kwamen dichterbij. Meerdere voertuigen, zo te horen.

'Dan hebben we geen tijd te verliezen.' Kirsty's stem was ijskoud geworden. 'Leg het pistool neer, Garrett. Loop weg.'

'Dat gaat niet gebeuren.'

'Dan sterft ze.'

'Hoe gaat dat u helpen, Kirsty?' Garrett klonk zo kalm. Alsof hij niet in een storm stond te midden van een poging om tot een sociopaat door te dringen.

Zara's gedachten tolden. Kirsty was langer en stond achter haar met het pistool tegen haar slaap. Geen enkele manier om te bukken of weg te draaien zonder neergeschoten te worden. Brody stond tussen Garrett en hen in. Het ravijn gaapte aan beide kanten. Ze zaten gevangen in een patstelling die zou eindigen met haar dood, tenzij er iets veranderde.

Het gewicht in haar zak. Haar telefoon.

Ze had op wat ze dacht dat de Go Live was gedrukt, toen Kirsty begon te praten. De telefoon had twee keer getrild. Ze wist niet of het was gelukt. Wist niet of er iemand keek.

De sirenes werden luider.

Zara's hand bewoog langzaam, voorzichtig, naar haar zak. Kirsty leek het niet te merken; ze was gefocust op Garrett, op het pistool in zijn handen, op de naderende sirenes. Zara's vingers vonden de telefoon op de tast. Warm, een beetje nat. Het scherm zou oplichten als ze die knop had geraakt.

Ze haalde hem tevoorschijn en hield hem op een plek waar Kirsty over haar schouder mee kon kijken. Het scherm verlichtte haar gezicht met een koud blauw licht.

De YouTube-app stond open. De livestream was bezig. Het aantal kijkers in de hoek: meer dan 43.000 en stijgend. Reacties scrollden sneller voorbij dan ze kon lezen. Opnametijd: 8:47 en oplopend.

'Misschien moet u zich nog eens bedenken,' zei Zara. Haar stem klonk vaster dan ze zich voelde. 'Dit is al live sinds ik hier aankwam. Meer dan veertigduizend kijkers en het stijgt nog steeds. Elk woord dat u heeft gezegd. Elke bedreiging die u heeft geuit. Het is allemaal opgenomen en uitgezonden. Tot op dit moment was het alleen audio, maar nu kunnen ze ons ook zien.'

Het pistool bleef tegen haar hoofd gedrukt, maar Kirsty werd lijkstil. 'U liegt.'

'Kijk maar op het scherm.' Zara hield de telefoon een beetje schuin, in de hoop dat de camera recht op Kirsty's gezicht gericht was. 'Iemand die Salties69 heet, heeft net gereageerd: "Holy shit, ze heeft het bekend." TrueCrimeJenny wil weten of dit echt is of gescript. BrisbaneMum44 zegt dat ze de politie belt.' Ze zweeg even. 'Hoewel dat op dit punt waarschijnlijk overbodig is.'

Kirsty's ademhaling was veranderd. Sneller. Oppervlakkiger. Het pistool trilde tegen Zara's slaap.

'Zet hem uit,' zei Kirsty.

'Kan niet. Het is al de wereld in. Zelfs als ik de stream nu beëindig, hebben veertigduizend mensen uw bekentenis gehoord. Ze hebben u horen toegeven dat u Iris Zhang heeft vermoord en Jane Goulding van deze brug heeft geduwd. Ze hebben u mij horen bedreigen.' Zara hield haar stem vlak. 'Het is voorbij, Kirsty.'

De bliksem flitste opnieuw. In de korte verlichting zag Zara de uitdrukking van Garrett: opluchting en iets wat leek op doodsangst door wat ze zojuist had gedaan.

'Zet hem uit!' Kirsty's stem sloeg over. De kalmte van de politica was verdwenen, weggevaagd. Daaronder zat iets jongers, iets angstigers. Het meisje dat elf jaar geleden haar beste vriendin onder water had gehouden en zichzelf er nooit van had kunnen overtuigen dat het niet haar schuld was.

'Zelfs als ik de stream uitzet, blijft het archief bestaan,' zei Zara. 'Waarschijnlijk is het al door tientallen mensen gedownload. Zo werkt het internet nu eenmaal. Dit kunt u niet meer terugdraaien.'

De sirenes waren nu vlakbij. Blauwe en rode lichten flikkerden door de bomen.

'U heeft me opgenomen.' Kirsty's stem was gevoelloos geworden. 'U heeft me in de val gelokt.'

'U heeft me geappt vanaf Janes telefoon en me hiernaartoe gelokt om me te vermoorden,' antwoordde Zara. 'Ik heb vastgelegd wat er gebeurde. Dat is mijn werk.'

Het pistool viel weg van Zara's hoofd. Ze hoorde het natte geluid van metaal dat de houten planken raakte; Kirsty's wapen kletterde op het brugdek. Ze voelde hoe Kirsty haar schouder losliet.

'Op je knieën,' zei Garrett onmiddellijk, zijn wapen nog steeds op Brody gericht. 'Handen op je hoofd. Allebei.'

Kirsty zakte langzaam naar beneden, haar bewegingen mechanisch. Haar handen gingen omhoog, vingers ineengestengeld achter haar hoofd. Brody volgde haar voorbeeld, zijn gezichtsuitdrukking nog steeds onbewogen, alsof gearresteerd worden gewoon de volgende taak op zijn lijstje was.

Garrett kwam naar voren, hield zijn wapen in de aanslag en controleerde Brody eerst. 'Handen achter je rug.' Hij boeide Brody's polsen, reikte in zijn jasje en kwam tevoorschijn met een pistool. Daarna raapte hij het pistool van Kirsty op, controleerde het en liet het in zijn jaszak glijden.

De sirenes waren er nu pal bovenop; meerdere voertuigen reden de parkeerplaats op. Deuren sloegen dicht. Stemmen riepen. Lichtbundels van zaklampen sneden door de regen.

Garrett keek Zara aan over de brug. 'Gaat het?'

Ze knikte, hoewel haar handen trilden en haar benen onvast aanvoelden. De telefoon was nog steeds in haar hand, nog steeds aan het streamen, terwijl het aantal kijkers nog steeds omhoog schoot. Ze keek naar het scherm, naar de reacties die voorbij scrollden. Iemand had de bekentenis al met een schermopname vastgelegd. Meerdere mensen zelfs. De video zou morgenochtend overal te zien zijn.

'Jane ligt daaronder,' zei ze, haar stem plotseling dringend. 'Ze hebben haar naar beneden geduwd. Ze is gewond.'

Garretts uitdrukking veranderde onmiddellijk. 'Ga.' Hij gebaarde naar het pad dat omlaag naar de beek leidde. 'Ik handel dit hier af.'

Zara stopte de livestream, stak haar telefoon in haar zak en rende naar het pad het ravijn in. De afdaling was steil, verraderlijk door de regen en op sommige plekken meer een suggestie dan een echt pad. Ze greep zich vast aan eucalypustakken voor steun, de bast ruw en nat onder haar handpalmen, terwijl haar voeten weggleden over de bladeren die door de stortbui in een gladde brij waren veranderd. Achter haar hoorde ze stemmen op de brug, het gekraak van portofoons, de stem van Garrett die de arriverende agenten instructies gaf. Het deed er niet toe. Jane lag hier beneden ergens, mogelijk dood in de wassende beek, maar misschien, heel misschien, nog in leven.

'Jane!' Haar stem schalde door de regen. 'Jane, ik kom eraan!'

Het pad slingerde met haarspeldbochten steil naar beneden. Zara rende en gleed half omlaag, gebruikmakend van de bomen om haar afdaling onder controle te houden, terwijl de modder aan haar laarzen kleefde. Het geluid van jagend water werd luider. Tussen de bomen door ving ze glimpen op van de beek beneden, donker en kolkend, gezwollen door de storm. De bliksem flitste en verlichtte het ravijn met stoterig wit licht, gevolgd door diepe duisternis.

Ze bereikte de bodem waar het pad bij de oever van de beek uitkwam. Het water stroomde voorbij, hier tot haar enkels, verderop in de bedding dieper. Stroomopwaarts, hoog boven haar, kon ze de omtrek van de onderkant van de brug onderscheiden, en daar, tegen de wand van het ravijn waar de helling het steilst was, zag ze een bleke vorm die daar niet hoorde.

'Jane!' Zara waadde het water in en hapte naar adem door de kou. Het water drukte tegen haar benen, sterker dan het leek, en probeerde haar uit balans te brengen. Ze vocht zich een weg naar de vorm, naar het zilveren haar en het bleke jasje dat verkreukeld tegen de rotsen lag.

Jane lag half op de rotsachtige oever, half in het water, haar benen in hoeken gedraaid waardoor Zara's maag zich omdraaide. Haar ogen waren open, ongeconcentreerd, en toen Zara haar bereikte, slaakte ze een geluid dat het midden hield tussen een kreun en een snik.

'Ik heb je.' Zara nam positie in achter Jane en hield haar armen onder de schouders van de oudere vrouw. 'Ik heb je. Het komt goed met je.'

Jane's gewicht was groter dan Zara had verwacht. Ze zette haar laarzen schrap tegen een rots en tilde Jane's hoofd en boven-lichaam uit het water. Jane slaakte een kreet en Zara's hart kromp ineen.

'Ik weet dat het pijn doet. Het spijt me. Maar ik moet je boven water houden.' Ze verlegde haar greep en klemde zichzelf tegen de oever, terwijl ze het gewicht van Jane tegen haar eigen lichaam opving. Het water raasde om hen heen, hoger dan toen ze er voor het eerst in was gestapt. De regen hield niet op.

Jane's ademhaling was zwaar, haar gezicht grijs, zelfs in het donker. Maar haar ogen begonnen scherp te stellen en vonden Zara's gezicht.

'Zara,' fluisterde ze.

'Ik ben hier. Er komt hulp aan. Blijf bij me.'

'Kirsty.' Janes stem brak bij de naam. 'Ik dacht dat ze over Iris wilde praten. Dat ze er eindelijk klaar voor was om het achter zich te laten, na al die jaren.' Tranen mengden zich met de regen op haar gezicht. 'Ze heeft me geduwd. Ze was mijn vriendin, dacht ik.'

'Ik weet het.' Zara hield haar stem vastberaden en vocht tegen de kou die in haar botten trok. 'Ze heeft uw telefoon gebruikt om me te appen. Ze heeft mij op dezelfde manier hiernaartoe gelokt.'

Janes ogen werden groot. 'Ben je gewond?'

'Nee. Garrett was op tijd. Kirsty en Brody zijn allebei gearresteerd.' Zara verzette haar greep toen Jane's gewicht wegglipte doordat de stroming aan haar lichaam trok. Haar armen begonnen te trillen door de inspanning en de kou. 'Ze gaan niemand meer pijn doen.'

'Mijn benen.' Jane's adem stokte. 'Ik voel mijn voeten niet meer.'

'Probeer niet te bewegen. De ambulancebroeders komen eraan.' Zara keek omhoog naar de brug, waar de lichten door de bomen flikkerden. 'Het duurt niet lang meer.'

Janes hand vond Zara's arm en kneep er zwakjes in. 'Heb je haar gevonden?'

Een moment begreep Zara het niet. Toen realiseerde ze het zich. 'Iris?'

'Haar stem. Je zei dat je op zoek was naar haar stem.' Janes woorden kwamen langzamer, een beetje onduidelijk. De shock begon toe te slaan. 'Heb je die gevonden?'

'Ja.' Zara trok Jane dichterbij en hield haar steviger vast. 'We hebben haar telefoon gevonden. Ze heeft opnames achtergelaten. Spraakmemo's, video. Ze heeft alles vastgelegd wat er is gebeurd, alles wat Kirsty heeft gedaan. Haar plagiaat. De bedreigingen. Waarom ze die avond hadden afgesproken.'

'Ze wist het.' Janes ogen sloten zich. 'Ze wist dat Kirsty haar misschien iets aan zou doen.'

'Ze hoopte van niet. Maar ze heeft zich toch voorbereid.' Zara voelde hoe Jane zwaarder werd en haar lichaam verslapte. 'Jane! Blijf bij me. Blijf wakker.'

'Moe.'

'Dat weet ik. Maar je moet wakker blijven. Vertel me over Iris. Vertel me hoe ze was tijdens je lessen.'

Janes ogen fladderden open. 'Briljant.' Het woord klonk zacht. 'De meest getalenteerde student die ik ooit heb lesgegeven. Ze zag dingen die anderen misten. En ze zorgde dat jij ze ook zag, door haar lens.' Een stilte. 'Ze herinnerde me eraan waarom ik lerares ben geworden.'

'Ze herinnerde je aan jezelf, denk ik.' Zara bleef praten, haar stem stabiel ondanks de kou, ondanks haar armen die brandden van het vasthouden van Jane's gewicht. 'Dat is wat je me vertelde toen we elkaar voor het eerst ontmoetten. Dat ze iets uitstraalde.'

'Jij hebt dat ook.' Janes hand greep weer even in Zara's arm. 'Diezelfde manier van aanwezig zijn in een ruimte. Ervoor zorgen dat mensen luisteren.'

'Dan kun je nu maar beter naar mij luisteren. Blijf wakker. De hulp is er bijna.'

Stemmen klonken van bovenaf; iemand riep instructies. De straal van een sterke zaklamp veegde door het ravijn, vond hen en bleef op hen gericht.

'Gevonden!' riep een mannenstem van boven. 'Twee personen in het water. Eén lijkt gewond.'

'Zwaargewond!' riep Zara terug. 'Gebroken benen, mogelijk rugletsel. Ze heeft een wervelplank nodig!'

'De broeders komen nu naar beneden. Hou vol!'

Zara keek neer op Jane, naar het water dat om hen heen steeg en naar haar eigen handen die wit uitgeslagen waren van de kou. Ze hield Jane nu misschien drie minuten vast, maar het voelde als een uur. Haar schouders schreeuwden het uit, haar benen waren gevoelloos en de uitputting sloop er aan de randen in.

'We zijn er bijna,' mompelde ze. 'Nog even volhouden.'

Het licht van zaklampen danste over het pad, vergezeld door stemmen en het gerammel van uitrusting. Twee ambulancebroeders verschenen en bewogen zich snel maar voorzichtig over de verraderlijke helling, met een wervelplank en een medische tas. Een derde persoon volgde met meer spullen.

'Wij nemen het over,' zei de eerste broeder, een vrouw met grijs haar dat strak naar achteren was gebonden. Ze stapte zonder aarzelen het water in, waadde door de beek om bij hen te komen en beoordeelde Jane met snelle efficiëntie. 'Je hebt het goed gedaan door haar stil en boven water te houden.'

Zara zakte achterover zodra zij het overnamen; haar armen vielen langs haar zij en voelden plotseling nutteloos aan. Ze drongen erop aan dat ze uit het water ging, en ze ging op de rotsachtige oever zitten met opgetrokken knieën. Ze keek toe hoe ze een nekkraag bij Jane omdeden, de wervelplank klaarmaakten en hun bewegingen coördineerden.

'Ga maar,' zei de grijsharige broeder, niet onvriendelijk, terwijl er nog meer mensen naar beneden klommen. 'Je bent onderkoeld. Ga naar de ambulance boven.'

Een van de jongere broeders pakte haar bij haar elleboog en hielp haar overeind. 'Kom op. Stap voor stap.'

De klim terug omhoog was zwaarder dan de afdaling. Zara's benen knikten bij elke stap; haar spieren waren opgebrand door het vasthouden van Jane, het koude water en de adrenaline-ontlading die nu in alle heftigheid toesloeg. De jonge broeder hield haar stevig bij haar elleboog vast, leidde haar om de ergste modder heen en liet haar op hem leunen wanneer haar laarzen weggleden. Ze greep met gevoelloze vingers naar boomtakken en hees zichzelf omhoog aan wortels en stammen. Haar ademhaling kwam in schokken die niets te maken hadden met de fysieke inspanning en alles met het feit dat haar lichaam had besloten dat het genoeg was geweest.

Het pad werd vlakker. Blauwe en rode lichten flitsten door de bomen. Overal stemmen, krakende portofoons, de georganiseerde chaos van een grootschalige hulpverlening. Zara sleepte zichzelf de laatste meters omhoog en kwam in het felle licht van de parkeerplaats terecht.

Vier politiewagens, drie ambulances, een brandweerauto. Er werd al afzetlint gespannen bij de ingang van de voetbrug. De regen was overgegaan in een gestage motregen. Draagbare werklampen zetten alles in een vlak, wit licht dat pijn deed aan haar ogen.

Ze keek in de richting van de brug. Kirsty was al weg, afgevoerd. Een van de politiewagens reed net de parkeerplaats af met zwaailichten aan; een bleek gezicht was een moment zichtbaar door de achterruit voordat de wagen de weg opdraaide en verdween. Brody werd in een andere auto geholpen, met zijn handen op zijn rug geboeid, terwijl twee agenten hem naar de achterbank begeleidden. Hij verzette zich niet. Zijn uitdrukking was net zo wezenloos als op de brug.

Garrett stond bij de ingang van de voetbrug en keek toe. Toen hij Zara zag, liep hij op haar af.

De broeder liet haar elleboog los. 'Ik moet je controleren op onderkoeling.'

'Over een minuutje,' zei Zara.

Garrett bereikte haar, trok zijn jas uit en sloeg die om haar schouders. De stof was klam, maar warmer dan haar doornatte shirt. Ze trok hem strak om zich heen.

'Jane?' vroeg hij zachtjes.

'Ze leeft. Beide benen gebroken, waarschijnlijk meer. Maar ze was bij bewustzijn en praatte.' Zara's stem klonk rauw, haar keel deed pijn van het schreeuwen in de regen. 'Kirsty zei tegen haar dat ze over Iris wilde praten. Haar geweten wilde sussen. Jane vertrouwde haar.'

'Kirsty is er goed in om mensen haar te laten vertrouwen.' Garretts kaken spanden zich aan. 'Ze heeft er veel ervaring mee.'

Ze keken toe hoe de ambulancebroeders met de wervelplank het pad op kwamen. Zelfs vanaf deze afstand kon Zara het gezicht van Jane zien, bleek en getekend, de nekkraag felwit tegen haar zilveren haar. De deuren van de ambulance sloten zich en de wagen reed weg met zwaailichten aan, in de richting van het ziekenhuis.

Een agente kwam naar Garrett toe, een jonge vrouw met haar haar in een strakke staart. 'Meneer, we hebben de plek veiliggesteld. Brody Lygon wordt getransporteerd. Kirsty Cannon is al op het bureau en eist haar advocaat.'

'Goed.' Garretts stem werd weer professioneel. 'Ik wil verklaringen van iedereen die ter plaatse was. En zorg dat iemand van de cybercrime-afdeling die livestream veiligstelt.'

'Zijn we al mee bezig, meneer. De hele uitzending is in het archief geplaatst.' De agente keek even naar Zara. 'Achtenvijftig-duizend kijkers op het hoogtepunt. Het gaat helemaal los op sociale media. Honderdduizenden mensen bekijken de herhaling op dit moment.'

Garrett knikte. 'Ik ben binnen een uur op het bureau.'

De agente vertrok. Garrett wendde zich weer tot Zara en zijn professionele masker viel af. 'Je trilt.'

Dat deed ze. Haar hele lichaam beefde, haar tanden klapperden. 'Ik red me wel.'

'Je bent onderkoeld.' Hij keek naar de tweede ambulance. 'Je moet nagekeken worden.'

'Over een minuutje.' Ze wilde nog niet bewegen. 'Geef me even een minuutje.'

Hij sprak haar niet tegen. Zijn arm ging om haar schouders en hij trok haar tegen zich aan. Zara leunde tegen hem aan; haar lichaam had besloten dat op eigen benen blijven staan te veel moeite was.

Zo stonden ze aan de rand van de parkeerplaats, terwijl de motregen om hen heen neerkwam en de zwaailichten alles in wisselende kleuren kleurden. Geen van beiden sprak.

'Het is voorbij,' zei Zara zachtjes.

Garretts arm trok haar steviger tegen zich aan. 'May en David zullen het eindelijk weten.'

'Ja.' Ze zweeg even. 'We hebben onze beloften gehouden.'

De regen hield op. Boven hen trok de bewolking open en lieten de sterren zich voor even zien.

'Kom,' zei Garrett. 'We laten je even nakijken.'

Zara knikte tegen zijn schouder. Samen liepen ze naar de wacht-ende ambulance, zijn arm nog steeds om haar heen, haar stappen onvast.

HOOFDSTUK 21

GARRETTS WOONKAMER VOELDE OVERVOL aan met hun vijven; de versleten leren bank en twee fauteuils stonden rond een salontafel die bezaaid lag met dossiernotities en haar laptop. Buiten was de nacht koel en helder na twee dagen regen, maar de gordijnen waren gesloten; de kamer werd alleen verlicht door een staande lamp in de hoek en een kleinere op de bijzettafel. May en David Zhang zaten samen op de bank, ze raakten elkaar niet aan maar zaten dicht bij elkaar, Davids armen strak over zijn borst gevouwen. Vince Thorne zat in een van de fauteuils, voorovergebogen alsof hij elk moment kon wegvluchten. Zara nam de andere stoel, schuin gedraaid zodat ze ieders gezicht kon zien. Garrett stond bij de deuropening, niet helemaal in de kamer, niet helemaal erbuiten.

Er waren vijf dagen verstreken sinds de confrontatie op de voetbrug, en Zara's ribben deden nog steeds pijn op de plek waar ze Janes gewicht had opgevangen. Het ziekenhuis had haar ontslagen nadat ze een uur lang onder warmtedekens had gelegen en warme, zoete thee had gedronken tegen de onderkoeling, hoewel ze erop hadden aangedrongen haar een nacht ter observatie te houden.

Bij Jane was het een paar uur kritiek geweest, maar uiteindelijk stabiliseerde ze en onderging ze een operatie waarbij haar benen met metaal aan elkaar werden gezet. Ze zou nog een tijdje in het ziekenhuis moeten blijven, tot ze weer in staat was om thuis voor zichzelf te zorgen. Kirsty en Brody waren beiden snel overgebracht naar Brisbane omdat de arrestantencellen in Salt Creek op geen enkele manier uitgerust waren voor langdurige detentie. Een magistraat had tijdens de eerste zitting borgtocht geweigerd en hen bestempeld als een potentieel gevaar voor het publiek. Het proces zou pas over maanden plaatsvinden, maar voor nu zaten ze allebei achter de tralies.

Het nieuws had het verhaal opgepikt van haar livestream; haar telefoon en de telefoons op het politiebureau van Salt Creek hadden niet opgehouden met rinkelen. Maar dat deed er nu allemaal niet toe. Wat telde was de laptop op de salontafel en het bestand dat wachtte om geopend te worden.

'Thee,' zei Garrett, terwijl het woord de stilte verbrak. 'Ik zal de waterkoker aanzetten.'

May knikte zonder naar hem te kijken. Haar handen lagen in haar schoot, haar vingers strak in elkaar verstrengeld. David had sinds hun aankomst geen woord gezegd; hij was May alleen maar naar binnen gevolgd en gaan zitten waar zij zat.

Vince verschoof in zijn stoel, waarbij het leer kraakte. Hij was afgevallen sinds Zara hem voor het eerst ontmoette bij het motel; zijn gezicht was smaller, harder. Hij droeg een eenvoudig grijs shirt en een spijkerbroek, zijn werkschoenen nog steeds strak geveterd.

Garrett liep naar de keuken. Zara hoorde de kraan lopen en de klik van de waterkoker die aanging.

Ze keek naar de laptop. De video die ze op het punt stonden te bekijken had simpelweg de naam: 'Iris_Final_Oct15_2014.m p4.' Elf minuten van een meisje dat geen idee had dat haar beste vriendin op het punt stond haar te vermoorden.

May hikte even naar adem. Zara keek opzij en zag dat er al tranen over haar gezicht liepen, stil en gestaag. Ze snikte niet, maakte helemaal geen geluid. Ze huilde gewoon zoals iemand dat deed als de tranen al elf jaar wachtten om te vloeien.

Davids hand bewoog naar Mays knie. Mays hand bedekte de zijne.

Garrett kwam terug met een dienblad met vier mokken thee en een klein bordje koekjes dat niemand zou eten. Hij zette het op de salontafel. May nam een mok in beide handen en klemde die tussen haar handpalmen. David schudde zijn hoofd bij de aangeboden mok. Vince nam er een aan maar dronk niet.

Garrett bleef bij de deuropening staan met zijn armen over elkaar.

'Voordat we beginnen,' zei hij zacht, 'moet ik uitleggen wat jullie zo gaan zien.'

May keek naar hem.

'Dit is een video die Iris heeft opgenomen op de avond van vijftien oktober 2014. De dag dat ze stierf.' Garretts stem was kalm. 'Ze filmde het met haar telefoon, die May en Zara twee weken geleden klem vonden onder de voetbrug. De video stond op een microSD-kaart die elf jaar weer en wind heeft overleefd. Een getalenteerde dataspecialist heeft alles erop kunnen herstellen, en ik heb toestemming gekregen van het Office of the Director of Public Prosecutions om deze specifieke video aan jullie te laten zien. Dit is het belangrijkste bewijsstuk, en Zara wilde het samen met jullie bekijken. We zijn blij dat jullie vandaag allemaal wilden komen.'

Davids hand op Mays knie trok strakker aan.

'In de video legt Iris vast waarom ze die avond met Kirsty had afgesproken. Ze legt uit over het plagiaat, over het feit dat Kirsty haar creatieve portfolio voor haar universitaire aanmelding had gestolen. Ze praat erover dat ze het probeerde op te lossen, dat ze Kirsty kansen gaf om het juiste te doen.' Garrett aarzelde even. 'Ze maakt ook duidelijk dat ze wist dat er gevolgen konden zijn. Dat ze bang was, maar dat ze Kirsty toch ging ontmoeten.'

Vince maakte een geluid, half een zucht, half iets dat gebroken klonk.

Zara zette haar thee op de bijzettafel en leunde voorover. 'De video duurt elf minuten. Iris spreekt rechtstreeks in de camera. Ze is heel duidelijk, heel gedetailleerd.' Ze keek naar May en David. 'Het is moeilijk om naar te kijken. Maar het is ook een geschenk. Ze wilde dat de mensen de waarheid zouden weten. Ze heeft alles vastgelegd zodat zelfs als haar iets zou overkomen, de waarheid zou voortbestaan.'

'Mijn dochter,' zei David. Het waren de eerste woorden die hij had gesproken sinds zijn aankomst. Zijn stem was schor, bijna onhoorbaar. 'Mijn dochter wist dat iemand haar misschien pijn zou doen en ze maakte een video.'

Niemand antwoordde. Er viel niets te zeggen.

Garrett liep naar de laptop en navigeerde naar het bestand. De cursor bleef erboven zweven.

'Zijn jullie er klaar voor?' vroeg hij, terwijl hij naar May en David keek.

May knikte. David knikte ook.

Garrett wierp een blik op Vince. 'Je hoeft dit niet te zien.'

Vince schudde zijn hoofd. 'Ik moet haar zien.' Zijn stem sloeg over. Hij slikte. 'Ik moet hierbij zijn.'

De kamer werd stil. Garrett keek naar Zara. Ze knikte. Hij drukte op 'afspelen'.

Het scherm werd gevuld met het gezicht van Iris Zhang. Zeventien jaar oud, springlevend, en ze keek recht in de camera met donkere ogen die achter haar rechthoekige bril in gelijke mate angst en vastberadenheid uitstraalden.

'Mijn naam is Iris Zhang,' zei ze, haar stem helder en stabiel. 'Het is vijftien oktober 2014, en ik moet vastleggen wat ik heb ontdekt, want als er iets gebeurt, moeten de mensen de waarheid weten.'

May snakte naar adem. Davids hand bedekte de hare nu volledig.

Iris bleef praten. Jong en bang en zo overtuigd van haar principes. Ze gaf uitleg over Kirsty, over het plagiaat, over de beslissing die ze had genomen om het te melden, ook al wist ze wat het haar zou kunnen kosten.

Zara observeerde de mensen in de kamer in plaats van het scherm. Ze had deze video inmiddels meerdere keren gezien. Maar kijken hoe May en David de stem van hun dochter voor het eerst in elf jaar hoorden, was iets heel anders.

De thee werd koud. En Iris Zhang, die al elf jaar dood was, mocht eindelijk haar verhaal vertellen.

Iris' stem vulde de kleine kamer, helder en vastberaden ondanks de trilling die eronder zat. Op de video zat ze in haar slaapkamer; Zara herkende de groenblauwe muur van de foto's, het hoekje van een poster was zichtbaar achter haar linkerschouder. Haar bril ving het licht van haar bureaulamp op.

'Ik ben al bevriend met Kirsty Cannon sinds we samen op de kleuterschool zaten,' zei Iris. 'Ik vertrouwde haar volledig. Dus toen ik merkte dat sommige van mijn projectbestanden waren geopend terwijl ik niet thuis was, of dat mijn USB-stick op een andere plek lag dan ik hem had achtergelaten, zei ik tegen mezelf dat ik paranoïde was.'

May produceerde een zacht en gewond geluid. Davids arm ging om haar schouders.

Op het scherm duwde Iris haar bril omhoog op haar neus. Het gebaar was zo gewoon, zo levendig, dat Zara haar eigen keel voelde dichtsnoeren.

'Maar ik was niet paranoïde,' vervolgde Iris. 'Ik heb de toegangslogbestanden van mijn computer gecontroleerd, die mijn vader me heeft leren lezen. Kirsty heeft mijn hele creatieve portfolio gekopieerd. Alles waar ik aan heb gewerkt voor mijn QCA-aanmelding.'

Iris vertelde over het vinden van de gestolen bestanden op Kirsty's laptop, over de confrontatie, over Kirsty's tranen en excuses. Haar stem bleef beheerst en feitelijk, maar daaronder kon Zara het verdriet horen.

'Ze smeekte me om het tegen niemand te zeggen. Ze zei dat ze wanhopig was, dat haar vader haar zou vermoorden als ze niet op een goede universiteit werd toegelaten, dat ze paniekaanvallen had gehad over de aanmelding.' Iris' uitdrukking op het scherm was droevig en teleurgesteld. 'Ze zei dat het maar een concept was, dat ze uiteindelijk haar eigen werk zou gaan maken. Maar de deadline voor de aanmelding was al verstreken. Ze had mijn werk al ingeleverd als het hare.'

De video ging verder. Iris beschreef het plagiaat met dezelfde grondigheid die ze in haar mediaprojecten had gelegd. De verschillende universitaire faculteiten, de geringe kans op ont-dekking, de berekende aard van Kirsty's diefstal. Daarna de sms-jes, de escalerende wanhoop in Kirsty's berichten, de dreigementen die vermomd waren als smeekbedes.

''Je maakt me kapot,'' las Iris voor van haar telefoon op het scherm. ''Ik kan niet slapen. Niet eten. Je verpest mijn leven om een of ander stom filmpje.'' Ze keek in de camera. 'Voor mij is het niet stom. Het is mijn werk. Mijn ideeën. Mijn stem.'

Mays tranen vloeiden nu sneller. David trok haar dichter tegen zich aan, zijn kin rustend op haar hoofd, zijn ogen stijf dicht-geknepen.

Iris praatte over Kirsty's vader, over de macht van Richard Can-non in Salt Creek, over het risico voor het restaurant van haar ouders. Ze erkende het allemaal met de zorgvuldige logica van iemand die over elk aspect had nagedacht. En toen zei ze, sim-pelweg: 'Maar ik kan dit niet laten rusten. Het gaat niet alleen om mijn werk. Het gaat om wat juist is.'

'Ik zie Kirsty vanavond bij de voetbrug nadat ik klaar ben met werken,' zei Iris. 'Ze vroeg om nog één kans om me op andere gedachten te brengen. Die ga ik haar geven. Eén laatste kans om zelf het juiste te doen.'

Vinces hand zakte weg van zijn mond om de armleuning beet te pakken.

'Als ze dat niet doet,' vervolgde Iris, 'dan dien ik maandag de rapporten in. Bij UQ, bij QCA, bij iedereen die het moet weten. En als er iets met mij gebeurt...' Ze viel stil, voor het eerst was er onzekerheid op haar gezicht te zien. 'Als deze video bekeken wordt omdat ik er niet meer ben om het zelf te melden, dan moeten jullie weten: het was geen ongeluk.'

May barstte in snikken uit, een geluid dat werd gedempt tegen Davids borst. Hij legde zijn hand tegen haar achterhoofd om haar te sussen.

'Er staan kopieën van al deze bestanden op mijn laptop,' zei Iris, haar stem weer sterker. 'Alles is gedocumenteerd. Het plagiaat, de sms-jes, alles. Kirsty Cannon heeft mijn werk gestolen en toen ik haar er niet mee weg liet komen, heeft ze...'

Ze stopte. Schudde haar hoofd. Een kleine, droevige glimlach.

'Nee, ik ben paranoïde. Kirsty zou me nooit echt pijn doen. We zijn al vriendinnen sinds we klein waren. Ze is gewoon bang en wanhopig.' Iris keek recht in de camera, over een periode van elf jaar keek ze hen recht aan. 'We zullen praten, dan zal ze het begrijpen. Ze zal inzien dat het juiste doen belangrijker is dan...'

De video eindigde. Midden in de zin werd het scherm zwart, de tijdsaanduiding bevroren op 17:17. Elf minuten en vier seconden van een meisje dat niet had geloofd dat haar beste vriendin haar echt iets aan zou doen, en dat die misrekening met haar leven had betaald.

De stilte in Garretts woonkamer was totaal. De koelventilator van de laptop zoemde zachtjes.

Mays ademhaling was veranderd in horten en stoten. David hield haar vast, zijn eigen gezicht was nu ook nat. Vince huilde onverholen, hij deed geen moeite het te verbergen. De mok was op een gegeven moment uit zijn handen geglipt en lag op zijn kant op het tapijt, de thee trok erin.

Garrett was niet van zijn plek bij de deur geweken. Zijn armen waren nog steeds over elkaar, maar zijn hoofd was gebogen. Toen hij eindelijk opkeek, waren zijn ogen roodomrand.

Zara's eigen zicht was wazig geworden. Ze had deze video al vaker gezien, meerdere keren zelfs. Ze dacht dat ze voorbereid was. Maar hem bekijken samen met Iris' ouders en de jongen die van haar had gehouden, was iets totaal anders.

Mays snikken waren het enige geluid. Zacht, hartverscheurend, het verdriet van een moeder die de stem van haar overleden dochter hoort en haar weer helemaal opnieuw moet verliezen.

Het laptopscherm was donker geworden; de automatische slaapstand was geactiveerd. De blauwe gloed verdween en liet alleen het warme gele licht van de staande lamp achter.

May tilde haar hoofd op van Davids borst. Haar gezicht was vlekkerig, haar ogen gezwollen. Ze keek lange tijd naar de donkere laptop en keek toen de kamer rond.

'Er wordt eindelijk naar haar geluisterd,' zei May. Haar stem was nauwelijks hoorbaar, rauw en schor. 'Na elf jaar. Er wordt eindelijk naar mijn dochter geluisterd.'

Vince stond abrupt op. Zijn stoel schraapte over de vloer. 'Ik heb wat frisse lucht nodig,' zei hij met verstikte stem. 'Het spijt me, ik moet even...'

Hij maakte zijn zin niet af. Hij liep alleen maar naar de deur. Garrett stapte opzij om hem door te laten. De voordeur ging open en dicht, voorzichtig en stil ondanks zijn duidelijke ontreddering.

Door het raam kon Zara hem op de kleine veranda zien staan, met zijn rug naar het huis, zijn schouders opgetrokken en zijn handen in zijn zakken.

David vouwde zijn armen van elkaar. De beweging leek hem moeite te kosten. Zijn handen vielen op zijn knieën en hij bracht ze daarna naar zijn gezicht om eroverheen te wrijven. Toen hij ze weer liet zakken, keek hij naar Garrett.

'Elf jaar,' zei David. 'U hebt dit elf jaar lang bij u gedragen.'

Garrett verplaatste zijn gewicht tegen de muur. 'Ik heb het niet goed genoeg gedragen. Als ik...'

'U was een aankomend agent,' onderbrak David hem. 'Ze hebben je het zwijgen opgelegd. U overgeplaatst toen u niet ophield met vragen stellen.' Zijn stem was schor maar vastberaden. 'U had het kunnen laten rusten. Maar dat deed u niet.'

'Nee. Dat kon ik niet.'

May pakte een zakdoekje uit de doos op de salontafel. Ze veegde haar ogen af en snoot haar neus. 'In het begin nam ik het u kwalijk,' zei ze zachtjes. 'Toen we hoorden dat u overgeplaatst was. Ik dacht dat u Iris had opgegeven, net als de rest.'

'Ik heb haar nooit opgegeven.'

'Dank u wel,' zei May. 'Dat u haar niet bent vergeten.'

Garrett knikte één keer. Hij was niet goed in het omgaan met dankbaarheid, had Zara geleerd.

Zara stond op, haar benen waren stijf van het zitten. 'Wilt u de video nog een keer zien? We kunnen u alleen laten zodat u hem nogmaals kunt bekijken.'

Mays hand zocht de hare over de salontafel. 'Blijf,' zei ze. 'Alsjeblieft. Ik kan er nu nog niet alleen mee zijn.'

'Natuurlijk.'

Davids blik verschoof naar Zara. 'En jij. Jij kwam, en jij zette door toen iedereen allang verder was gegaan.'

'May vroeg me om uit te zoeken wat er was gebeurd. Ik heb mijn belofte gehouden.'

'Dat hebt u allebei gedaan.' Davids stem sloeg een beetje over. Hij schraapte zijn keel. 'Dank u wel. Dat u onze dochter haar stem hebt teruggegeven.'

Garrett kwam bij de muur vandaan en ging naast de stoel van Zara staan. Zijn vingers raakten haar schouder even aan.

De voordeur ging zachtjes open. Vince kwam weer naar binnen; zijn gezicht was nu beheerst, hoewel zijn ogen rood waren. Hij ging niet terug naar zijn stoel, maar leunde tegen de muur bij de deur. Hij hield zich dichtbij, maar toch afgezonderd.

'Ze nam vroeger alles op,' zei Vince. Zijn stem was zacht, hij praatte bijna tegen zichzelf. 'Toen al. Dan richtte ze haar camera op iets en dacht je: waarom filmt ze dat nou? Een barst in het asfalt. Een vogel op een draadje. Dan liet ze je de montage zien en zag je wat zij had gezien.' Hij slikte. 'Ze zag dingen die niemand anders zag.'

Mays gezicht vertrok bij die woorden en er kwamen weer nieuwe tranen. Maar ze knikte. 'Dat is precies hoe het was.'

Er daalde een ander soort stilte over de kamer. Niet de stilte van de ingehouden adem van vóór de video of het zware verdriet van erna, maar iets dat meer leek op uitgeputte vrede. Het ergste was voorbij. Ze waren getuige geweest van wat gezien moest worden.

May zette haar mok thee op de salontafel. 'Kunnen we een kopie krijgen? Van de video?'

'Zodra het juridische proces is afgerond,' zei Garrett. 'Het bewijsmateriaal moet veilig worden bewaard tot na het proces. Maar ja. Ik zorg ervoor dat jullie overal kopieën van krijgen. Alle opnames van Iris, de foto's, de sms-jes. Alles wat we van haar telefoon hebben kunnen herstellen.'

May knikte. 'Ik wil haar stem weer horen. Zo vaak als ik maar kan.'

Davids arm trok haar steviger tegen zich aan. Hij zei niets, maar zijn uitdrukking sprak boekdelen.

Garretts hand vond die van Zara in de ruimte tussen hen in, zijn vingers verstrengelden zich even met de hare. Het contact voelde warm en robuust aan.

Er zouden nog advocaten komen en formele verklaringen, en de langzame molens van het recht zouden draaien. May en David zouden een proces moeten uitzitten, moeten aanhoren hoe de moord op hun dochter in klinische details werd beschreven, en oog in oog komen te staan met Kirsty Cannon in de rechtbank.

Maar vannacht, in deze kleine warme kamer, hadden de ouders van Iris Zhang de stem van hun dochter gehoord. Hadden ze de waarheid over haar dood vernomen. Ze hadden, zo niet hun dochter, dan tenminste de zekerheid van het weten teruggekregen.

Het zou voor nu genoeg moeten zijn.

HOOFDSTUK 22

DE TREDEN VAN DE rechtbank in Brisbane waren breed, de grijze steen gladgesleten door decennia van voeten die vonnissen de wereld in droegen. Ze stond drie treden van de bovenkant af, een professionele cameraman twee treden lager; het soort ingehuurde expertise dat ze zich tot nu toe nooit had kunnen veroorloven.

Zes maanden sinds de voetbrug. Zes maanden sinds de arrestatie van Kirsty Cannon. En nu, deze ochtend, een veroordeling tot vijfentwintig jaar, uitgesproken in een rechtszaal waar Zara drie weken lang onafgebroken had gezeten, terwijl ze toekeek hoe het recht zich in zijn ijzige tempo voortbewoog.

De lichte bloes die ze die ochtend had uitgekozen voelde te dun voor de airconditioning die de hele dag door de rechtbank had geblazen, maar hier buiten in de late augustuszon was hij perfect. Een nette broek, haar haar in een strakke paardenstaart, minimale make-up. Professioneel, maar geen uiterlijk vertoon. Ze had het verschil geleerd.

Dev stond onderaan de trap, buiten beeld maar dichtbij genoeg zodat ze hem kon zien. Hij was elke dag van het proces aanwezig geweest, zittend op de publieke tribune met zijn laptop, aantekeningen makend op die intense manier van hem als hij volledig gefocust was. Nu stak hij zijn duim naar haar op, een gebaar dat wat ongemakkelijk maar oprecht was.

De cameraman, Andy, paste iets aan zijn uitrusting aan. 'Klaar als jij dat bent.'

Zara knikte. Ze had het fragment gisteravond geschreven, het vanmorgen herzien en het tijdens de lunchpauze twee keer in haar hoofd doorgenomen. De woorden waren er. Ze hoefde ze alleen nog maar uit te spreken.

Andy telde af op zijn vingers. *Drie, twee, een*. Het rode lampje op zijn camera sprong aan.

'Dit is Zara Langley, verslaggevend vanaf het Supreme Court of Queensland in Brisbane.' Haar stem klonk vastberaden, in het podcast-ritme dat ze in de loop van maanden hard werken weer had opgebouwd. 'Vandaag is Kirsty Cannon veroordeeld tot vijfentwintig jaar gevangenisstraf voor de moord op de zeventienjarige Iris Zhang in oktober 2014. Het vonnis markeert het einde van een elf jaar durend onderzoek naar een dood die als een ongeval werd afgedaan, totdat er bewijs op dook dat het tegendeel bewees.'

De feiten waren makkelijker. Ze kon feiten presenteren zonder ze te voelen.

'Het proces duurde drie weken. Het Openbaar Ministerie presenteerde forensisch bewijs, getuigenverklaringen en, het meest opvallend, opnames die door Iris zelf waren gemaakt op de dag van haar overlijden. Deze opnames, die na elf jaar op de mobiele telefoon van Iris werden teruggevonden, documenteerden het plagiaat dat tot haar moord leidde en de beslissing van Iris om dit te melden, ondanks dat ze de persoonlijke tol daarvan kende.'

Een man in pak liep achter haar langs, aktetas in de hand, zonder naar hen te kijken. De stad ging gewoon door. Bussen, verkeer, mensen die hun werkdag afrondden. Onverschillig voor vonnissen.

'De verdediging van Kirsty Cannon voerde aan dat de doding niet met voorbedachten rade was gebeurd, dat een confrontatie uit de hand was gelopen.' Zara hield haar blik op de camera gericht, op Andy's gezicht vlak naast de lens. 'De jury verwierp dit argument. Het bewijs toonde planning aan. Opzet. De lokroep die Iris die avond naar de voetbrug bracht, de leugens die verteld werden om het te verhullen, de elf jaar stilzwijgen terwijl de ouders van Iris rouwden om een dochter van wie hen verteld was dat ze door een ongeval was verdronken.'

Ze zweeg even. Het script vroeg erom, een moment om het door te laten dringen. Maar de pauze duurde langer dan gepland, omdat het gezicht van Iris in haar gedachten was opgedoken, het meisje in die laatste video, die er zo zeker van was dat haar vriendin haar niet echt pijn zou doen.

Haar stem haperde toen ze verderging. Slechts heel even, een fractie van een seconde die Andy er later waarschijnlijk uit zou knippen als ze hem daarom vroeg.

'Iris Zhang was een getalenteerde kunstenares. Een liefhebbende dochter. Een principiële jonge vrouw die geloofde dat het juiste doen belangrijker was dan het beschermen van een vriendschap die op leugens was gebouwd.' Zara voelde haar keel dichtknijpen. Ze zette door. 'Ze legde haar verhaal vast omdat ze vermoedde dat ze het misschien niet zou overleven om het zelf te vertellen. En dankzij die vastlegging, dankzij haar vooruitziende blik en moed, is haar moordenaar ter verantwoording geroepen.'

De woorden voelden ontoereikend. Vijfentwintig jaar voor een leven.

'Deze zaak zou nooit voor de rechter zijn gekomen zonder de vastberadenheid van recherche-inspecteur Garrett Pennell, die elf jaar lang zocht naar bewijsmateriaal dat begraven was door corruptie binnen de Queensland Police Service. Voormalig hoofdagent Malcolm Finch werd vorige maand veroordeeld tot zes jaar gevangenisstraf voor zijn aandeel in het verhullen van de moord op Iris. Brody Lygon, die optrad als medeplichtige en deelnam aan de poging tot moord op Jane Goulding, kreeg vijftien jaar.'

Dev was tijdens het fragment dichterbij gekomen. Ze kon hem in haar ooghoeken zien staan, handen in zijn zakken, toekijkend.

'De familie Zhang heeft me gevraagd om iedereen te bedanken die het onderzoek heeft gesteund. De buurtbewoners die naar voren kwamen met informatie. De technische experts die cruciaal bewijsmateriaal hebben hersteld.' Ze stond zichzelf een kleine glimlach toe. 'En de luisteraars van De Verloren Australiërs, die weigerden dit verhaal te laten vergeten.'

De glimlach voelde vreemd op haar gezicht. Ze was niet gewend om in deze fragmenten te glimlachen. Maar hij was echt, dus ze hield hem vast.

'Dit is de laatste aflevering van Het Meisje in de Beek. Het verhaal van Iris is verteld. Haar familie heeft de waarheid waar ze elf jaar op hebben gewacht. En hoewel niets haar terug kan brengen, hoewel geen enkel vonnis echt in balans kan staan met wat er is afgenomen, is er gerechtigheid. Gebrekkig, onvolmaakt, te laat gekomen. Maar desalniettemin gerechtigheid.'

Ze bleef een lang moment doodstil staan, terwijl ze recht in de camera keek.

'Bedankt voor het luisteren. Bedankt voor jullie medeleven met een meisje dat jullie nooit hebben ontmoet, in een stad die jullie waarschijnlijk nooit zullen bezoeken. Bedankt voor het geloof dat de waarheid ertoe doet, zelfs als die diep begraven ligt en beschermd wordt door mensen met macht.' Haar stem werd rustiger, krachtiger. 'De Verloren Australiërs keert binnenkort terug met een nieuwe zaak. Tot die tijd, dit is Zara Langley, die afscheid neemt.'

Andy bleef nog een paar seconden filmen en liet toen de camera zakken. 'Hebbes. Dat was perfect, in één keer goed.'

De spanning die Zara's rug recht had gehouden, viel in één klap weg. Ze voelde haar houding verslappen en slaakte een diepe zucht. De last van het zes maanden lang dragen van het verhaal van Iris, van het bijwonen van het proces, van het kijken naar Kirsty's gezicht toen het vonnis werd voorgelezen; dat alles viel net genoeg van haar af om voor het eerst in weken weer fatsoenlijk te kunnen ademen.

Dev kwam de treden op gerend met een brede grijns. 'Dat was briljant. Helemaal raak. Dat stukje over dat de gerechtigheid gebrekkig maar echt is? Perfect.'

'Bedankt.' Ze kreeg nu een echte glimlach op haar gezicht. 'Ik had het absoluut niet zonder jou gekund. Die telefoongegevens waren alles.'

'Tja, nou ja.' Dev kreeg een kleur. 'Ik heb ze alleen maar teruggevonden. Jij bent degene die wist wat ze ermee moest doen.'

Andy bekeek de beelden op het scherm van zijn camera. Zara liep naar hem toe om over zijn schouder mee te kijken. De compositie was goed, de rechtbank was achter haar zichtbaar, het licht viel op haar gezicht zonder het te flets te maken. Ze zag er moe uit op de beelden, ouder dan haar tweeëndertig jaar, maar er lag iets krachtigs in haar blik wat er een jaar geleden nog niet was.

'We zijn klaar,' zei Andy. 'Ik heb de gemonteerde versie morgenochtend voor je.'

'Bedankt.' Zara schudde zijn hand. 'Ik waardeer het dat je hiervoor bent gekomen.'

'Dat had ik voor geen goud willen missen; ik was gevleid dat je me belde. Die livestream die je bij de brug deed?' Hij floot zachtjes. 'Je hebt een talent om op de juiste plek op het rampzalig verkeerde moment te zijn.'

Zara lachte, tot haar eigen verrassing. 'Zo kun je het ook noemen.'

Andy begon zijn apparatuur in te pakken. Dev hielp hem met het oprollen van kabels, en de twee werkten in gemoedelijke stilte samen.

Zara keerde zich weer naar de treden van de rechtbank en keek omhoog naar de imposante gevel van het gebouw. Ergens daarbinnen werd Kirsty Cannon ingeschreven, klaar voor transport naar de penitentiaire inrichting waar ze de komende tweeënhalf decennium zou doorbrengen.

May Zhang verscheen bovenaan de trap, met David naast haar. Ze bewogen allebei langzaam alsof het vonnis voor fysieke ballast had gezorgd. Zara rechtte haar rug.

Mays gezicht was beheerst, maar haar ogen waren roodomrand. Davids uitdrukking was moeilijker te peilen; zijn gelaatstrekken waren in een zorgvuldige neutraliteit geplooid, maar zijn hand zweefde bij Mays elleboog terwijl ze naar beneden liepen, klaar om haar te steunen als dat nodig was.

May zei in eerste instantie niets. Ze stapte gewoon naar voren en sloeg haar armen om Zara heen, haar in een omhelzing trekkend die fel was ondanks Mays kleine postuur. Zara voelde de schouders van de oudere vrouw beven en merkte dat ze haar eigen armen omhoog deed om de omhelzing te beantwoorden.

'Dank u,' fluisterde May tegen haar oor. 'Voor het houden van uw belofte.'

Zara's keel kroop dicht. Ze hield haar gewoon vast totdat Mays greep verslapte en ze elkaar loslieten.

David kwam naar voren en stak zijn hand uit. Zara pakte hem aan, in de verwachting van een simpele handdruk, maar Davids linkerhand kwam ook op de hare te liggen.

'Onze dochter,' zei hij met een schorre stem. 'U heeft haar aan ons teruggegeven. Niet haar leven, maar wel haar stem.' Hij zweeg even. 'Dat is belangrijk. Belangrijker dan ik kan zeggen.'

'Ze verdiende het om gehoord te worden.'

David knikte en liet haar hand los, terwijl hij zijn arm weer om zijn vrouw heen sloeg. De twee pasten bij elkaar als puzzelstukjes die door jarenlang contact glad waren gesleten, de schouder van May weggedrukt in de ruimte onder de arm van David.

'Vijfentwintig jaar,' zei May. Ze proefde het gewicht ervan.

'Na zeventien jaar komt ze in aanmerking voor voorwaardelijke invrijheidstelling,' antwoordde Zara. 'Maar gezien de om-standigheden, met de doofpotaffaire en de poging tot moord op Jane, zal de commissie voor voorwaardelijke invrijheidstelling niet welwillend tegenover haar staan.'

'Goed,' zei David. Kort en krachtig. Definitief.

Een beweging bovenaan de trap trok de aandacht van Zara. Jane Goulding kwam naar beneden, met één hand aan de trapleuning en de andere om een wandelstok geklemd. Haar afdaling was behoedzaam maar gestaag; het lichte manken aan haar rechterbeen was de enige zichtbare herinnering aan de val. Zes maanden fysiotherapie hadden wonderen verricht, maar Zara betwijfelde of Jane ooit weer helemaal op dezelfde manier zou bewegen.

Achter Jane, een klein stukje van haar vandaan, stond Vince Thorne.

Jane bereikte hen, een beetje buiten adem door de trap. Haar zilveren haar was korter geknipt dan Zara zich herinnerde, misschien makkelijker te onderhouden dan de eerdere stijlvolle bob. Ze droeg een los linnen overhemd en een comfortabele broek, met praktische instappers. Het soort kleding dat iemand draagt die geleerd heeft om functie boven vorm te stellen.

'Zara.' Janes stem klonk warm ondanks de vermoeidheid op haar gezicht. Ze verplaatste de wandelstok naar haar linkerhand en kneep in Zara's arm. 'Goed om je te zien.'

'Bedankt dat je er bent. Hoe voel je je?'

'Oud.' Er verscheen een grimas op Janes mond. 'Maar ik leef nog, wat op een gegeven moment onwaarschijnlijk leek.' Haar vingers knepen kortstondig harder in Zara's arm, en in dat kleine gebaar voelde Zara alles wat Jane niet kon of wilde zeggen. De angst om te vallen. Het koude water. De urenlange operatie.

'Eigenwijs,' voegde Jane eraan toe. 'Dat is wat de fysiotherapeuten zeggen. Te eigenwijs om me door een val van een brug te laten afremmen.'

Vince was tijdens hun gesprek de trap afgekomen, met zijn handen in zijn zakken. Hij bleef op een paar passen afstand staan en voegde zich niet direct bij de groep. Hij had zich netjes aangekleed voor het vonnis; een overhemd met knoopjes, een schone chino, gepoetste laarzen. Zijn ogen waren roodomrand.

Na een moment stapte hij naar voren. 'Zara.' Hij stak zijn hand uit en zij pakte die aan. Hij hield haar hand langer vast dan voor een handdruk nodig was.

'Iris zou dankbaar zijn,' zei Vince met onvaste stem. 'Dat je haar niet bent vergeten.'

'Ik wou dat ik het eerder had kunnen doen.'

'Je deed het toen je kon.' Vince liet haar hand los en keek langs haar heen, naar het gerechtsgebouw. 'Ik heb elf jaar lang geprobeerd niet te veel aan haar te denken. Geprobeerd verder te gaan. Maar ze was er altijd.' Hij schudde zijn hoofd. 'Ik ben blij dat het voorbij is. Blij dat ze niet meer kunnen doen alsof.'

Er lag iets wat op vrede leek op het gezicht van Vince, en Zara hoopte voor hem dat hij nu verder kon gaan nu er recht was geschied. Hij was negenentwintig, nog een jonge man. Hij verdiende het om iemand te vinden om van te houden, zonder dat de geest van Iris voor eeuwig om hem heen zou hangen.

De groep stond in een losse formatie bij elkaar op de treden. Dev was klaar met het helpen van Andy en stond nu onderaan de trap om hen de ruimte te geven. Hij ving de blik van Zara op en knikte.

'We moeten gaan,' zei May uiteindelijk. 'Het is morgen een lange rit terug naar Salt Creek.'

'Blijven jullie vannacht hier?' vroeg Zara.

'In een hotel hier vlakbij,' antwoordde David. 'We vertrekken vroeg, om de drukte voor te zijn.'

May keek naar Zara, naar Jane, naar Vince. 'Jullie allemaal bedankt. Dat jullie hier vandaag waren. Om getuige te zijn.' Haar stem stokte. 'Iris zou blij zijn geweest als ze had geweten dat er zoveel mensen voor haar vochten.'

Jane stak haar hand uit en kneep in de hand van May. 'Ze was een opmerkelijke leerling. Het spijt me gewoon dat ik haar niet kon beschermen.'

'Niemand van ons kon dat,' zei May. 'Niet daartegen.'

De deuren van de rechtbank gingen achter hen open en Garrett verscheen in het late middaglicht, nog steeds in zijn formele uniform. Hij kwam met twee treden tegelijk de trap af, met de beheerste energie van iemand die te lang stil had gezeten. Toen hij hen bereikte, gleed zijn arm om Zara's schouders in een gebaar dat in de afgelopen maanden natuurlijk was geworden.

May keek naar hem, en toen naar Zara. 'Wat volgt hierna? Wat gaan jullie na deze zaak onderzoeken?'

Zara glimlachte. 'Dan zult u moeten afstemmen op De Verloren Australiërs om daarachter te komen.'

May lachte. Het geluid was verrassend en oprecht. Davids mondhoeken trokken omhoog. Zelfs Jane glimlachte, terwijl ze op haar wandelstok leunde.

'We zullen luisteren,' zei May.

Ze namen afscheid, kort en rustig. May en David liepen samen de trap af, waarbij David haar naar een wachtende auto leidde. Jane volgde, haar wandelstok tikkend tegen het steen. Bij de auto bleef ze even staan, keek terug naar de treden van de rechtbank en tilde haar wandelstok even op als groet. Zara stak haar hand terug op. Daarna stapte Jane voorzichtig op de achterbank en reed de auto weg, het verkeer van Brisbane in.

Vince aarzelde nog een moment, zijn blik op de rechtbank gericht, knikte toen eenmaal naar Zara en verdween in een zijstraat, binnen enkele ogenblikken opgegaan in de menigte.

'Goed fragment?' vroeg Garrett.

'Andy vindt van wel. In één take.'

'Dat komt omdat je goed bent in je werk.' Hij kneep in haar schouder. 'Ondanks alle bewijzen van het tegendeel uit je reactiesectie.'

Dev was de trap op gekomen om zich bij hen te voegen. 'De trollen waren massaal aanwezig. Iemand noemde haar gisteren een "sensatiebeluste lijkenpikker".'

'Charmant,' zei Garrett droogjes.

'Ik ben voor erger uitgemaakt.' Zara keek naar hem op. 'Hoe voelde het om de veroordeling vanaf de publieke tribune te bekijken in plaats van vanuit de getuigenbank?'

'Vreemd. Op een goede manier vreemd.' Tevredenheid mengde zich met iets ingewikkelder. 'Vijfentwintig jaar. Eigenlijk had het levenslang moeten zijn, maar dat krijgen vrouwen bijna nooit. Vijfentwintig jaar moet dan maar genoeg zijn.'

'Het is gerechtigheid,' zei Zara. 'Onvolmaakt, maar echt.'

Dev keek op zijn telefoon. 'De Uber is in aantocht.' Hij keek naar Zara. 'Je bent mijn huisgenoot en mijn vriendin. Bovendien heb je me een etentje beloofd als we vandaag de uitspraak zouden krijgen, dus ik ga nergens heen totdat ik die heb verzilverd.' Hij grijnsde. 'Er is een heel duur nieuw Koreaans restaurant in de Valley. Ik heb een tafel voor drie gereserveerd. De reservering staat om zeven uur. Ik app je het adres.'

Hij rende de trap af, zijn laptoptas stuiterend tegen zijn heup, en sprong in de Uber die bij de stoeprand stopte.

Zara and Garrett bleven op de treden achter.

'Het is een goede jongen,' zei Garrett.

'Hij is vierentwintig.'

'Nog steeds een kind.' Garretts arm viel van haar schouders en hij draaide zich naar haar om. 'Hoe voel je je echt? Niet je podcast-stem, maar het echte antwoord.'

Zara dacht over de vraag na.

'Moe,' zei ze. 'Opgelucht. Misschien een beetje verloren. Deze zaak is zo lang mijn enige focus geweest. Nu het klaar is, weet ik even niet wat ik met mezelf aan moet.'

'Neem een pauze. Slaap drie dagen lang aan één stuk door. Eet maaltijden die geen fastfood zijn.' De mond van Garrett krulde omhoog. 'Breng tijd door met je overduidelijk-niet-vriendje die nu toevallig in dezelfde stad woont.'

'Mijn overduidelijk-niet-vriendje,' herhaalde Zara. 'Is dat nog steeds de officiële titel?'

'Ik sta open voor heronderhandeling.' Hij pakte haar hand vast. 'Maar dat komt later wel. Wanneer jij niet uitgeput bent en ik niet over veertig minuten bij een briefing moet zijn.'

'Recherche-inspecteur Pennell mag niet te laat komen op zijn briefings.'

'Recherche-inspecteur Pennell moet nog steeds wennen aan de titel.' Hij kneep in haar hand. 'En zou veel liever hier bij jou blijven.'

De promotie was drie maanden geleden doorgekomen, en de overplaatsing terug naar Brisbane was met verrassende snelheid geregeld nadat het onderzoek van de CCC hem had vrijgepleit. Hij was in een huurwoning nabij de stad getrokken, een klein appartement met uitzicht op het water dat meer kostte dan zijn hele huis in Salt Creek. Zijn boot lag in een kleine jachthaven aan de baai; ze gingen minstens één keer per week vissen, waarbij ze nog steeds nooit iets vingen dat de moeite van het eten waard was, maar wel genoten van de rust en de vrijheid van het op het water zijn.

Ze waren allebei klaar met Salt Creek.

'Je moet gaan,' zei Zara. 'Ik zie je vanavond. Dev heeft gereserveerd voor drie.'

'En dan kun je daarna met mij mee naar huis komen.' Het was niet echt een vraag. 'Ik heb betere koffie dan jij.'

'Probeer je me te verleiden met je espressomachine?'

'Alles wat werkt.' Hij trok haar dichterbij en gaf haar een kus op haar voorhoofd. 'Ik ben trots op je. Dat je dit tot een goed einde hebt gebracht.'

'Ik ben ook trots op mezelf,' zei Zara. 'Denk ik.'

'Dat zou je moeten zijn.' Hij liet haar los en deed een stap achteruit. 'Ga lekker eten. Vier het.'

Ze keek hem na terwijl hij de trap af jogde. Hij bewoog nu anders, minder belast, dacht ze. Onderaan draaide hij zich om en stak zijn hand op. Ze zwaaide terug.

Toen was hij weg, opgegaan in de avonddrukte van de stad.

Zara bleef nog even op de treden staan. Haar telefoon trilde en ze keek erop. Er stroomden reacties binnen, de bekende mix.

Maar de cijfers waren goed. De Verloren Australiërs was stabiel, groeide en was levensvatbaar.

Nog een appje van Dev: *Uber-chauffeur is de weg kwijt help me*

Ze glimlachte en typte terug: *Je bent een volwassen vent zoek het lekker uit*

Zijn reactie was onmiddellijk: *Hard maar rechtvaardig*

Zara stak haar telefoon in haar zak en keek nog een laatste keer naar de treden van de rechtbank, naar de plek waar ze had gestaan om haar laatste fragment te filmen. Deze zaak was afgerond. Het verhaal van Iris Zhang was verteld. Gerechtigheid, gebrekkig, onvolmaakt en elf jaar te laat, was geschied.

Wat hierna kwam, zou een andere zaak zijn, een ander verhaal, een nieuwe kans om dit werk op de juiste manier te doen. Niet voor verlossing, hoewel dat er een onderdeel van was. Niet voor de inhoud, hoewel haar carrière ervan afhing. Maar omdat dit ertoe deed. Omdat stemmen gehoord moesten worden. Omdat de waarheid het nastreven waard was, zelfs als die diep begraven lag en beschermd werd door mensen met macht.

Ze liep de trap af, haar laarzen klikten tegen de steen die gladgesleten was door decennia aan voeten. Achter haar verrees het gerechtsgebouw, imposant en permanent, gerechtigheid vastgelegd in grijze steen. Voor haar spreidde de avond van Brisbane zich uit in verkeer en lichtjes en de gewone chaos van het leven dat doorging.

Zara liep erheen, klaar voor wat er ook zou komen.

VAN DE AUTEUR

CAITLYN LYNCH IS EEN Britse expat die met een Australiër trouwde en in 2001 naar Queensland emigreerde.

Zij schrijft hedendaagse romans en romantische spanning.

Het Meisje in de beek is haar eerste misdaadthriller; het is het eerste deel van de serie *De Verloren Australiërs*.

Zara en Garrett keren terug in deel 2, *Het Meisje op het Jacht*.

Andere boeken van Caitlyn Lynch

De Verloren Australiërs

Het Meisje in de beek

Het Meisje op het jacht

Het Meisje in het herenhuis

De Reddingsrangers – Eliteromantic-suspense vol actie en Special Forces-helden

Gered door de ranger

De thuiskomst van de ranger

De missie van de ranger

Het bloed van de ranger

Ranger Vuur (exclusief voor nieuwsbriefabonnees)

De Amazones van Ridgewater – In het hart van Australië: moedige vrouwen en onvergetelijke paarden

Vertrouw op je pad

Barrières doorbreken

Balans vinden

Geschreven in de sterren

Kerstmis op Ridgewater

Tropische ontsnapping – 7 vrolijke, flirterige tropische romans!

Een bieuw begin op het Rif

De onverwachte miljardair

Foute bruiloft, echte liefde

Op laag luur

Hartstocht in de ring

Liefde in beeld

Liefde in de praktijk

Op zichzelf staande romans

Liefde in de scrum – Een liefdesroman over een rugbyspeler en een rockzangeres

Als wensen paarden waren - Een Ierse romance

Ontdek alle publicaties van Shenanigans Press op onze websitehttps://www.shenaniganspress.com/nl!

Of volg ons op sociale media; we zijn te vinden op Facebook en Instagram.

En vergeet je niet in te schrijven voor onze nieuwsbrief om op de hoogte te blijven van nieuwe uitgaven, acties, winacties en meer!